JN057609

DECAMERON 2020

Alessia Antoniotti / Angela Bonadimani
Davide Borgonovo / Andrea Conchetto / Silvia Creanza
Claudia Damonti / Jacopo Di Napoli / Chiara Lanza
Soda Marem Lo / Anna Miotto / Simone Molinari / Claudia Pagliarulo
Sara Pagliarulo / Silvia Pagliarulo / Giovanni Pintus / Julie Giulia Pisu
Martina Raineri / Michele Rossi Cairo / Elisa Santi / Otto Scaccini
Agnese Setti / Valentina Srbuljevic / Alessia Trombin / Marta Voarino

Basilica di San Pietro in Vaticano, Cappella del Crocifisso, gruppo marmoreo della *Pietà* di Michelangelo Buonarroti.

2020/3/10 @_MiBACT #iorestoacasa
https://twitter.com/_MiBACT/status/1237138006643019779?s=20

この画像は、2020年3月9日に政府が発令した全国封鎖、非常事態宣言に追随して流された、イタリアの文化財・文化活動省のツイートです。

説明は1字もありません。これだけ。

＜＃私は家に居る＞というタグが付いて、広まりました。現状を軽く考えずに外出を避けて家にいよう、と呼びかけたのです。

しのごの言わずに、発令。

中世にヴェネツィア共和国のペスト対策で発案された、隔離対策と感染症学をそのまま踏襲するかのように、断固として実践しています。

「生きていたら、経済のどん底からも必ず立ち直れる。物事の重要さの順位、本末転倒してはならないことを肝に銘じ、弱い人を守り、他人への責任を果たしましょう」

イタリア政府の全国封鎖通達を受けて、こうした呼びかけを文化財·文化活動省が出す。事態が由々しいのはウイルスの蔓延もさることながら、人々の心の危機にある、としたからではないかと感じました。

同省は対応が可能なすべての美術館と連携し、所蔵作品をサイトにアップして無料で鑑賞できるようにし、

「皆さんが外出できなくなったのなら、文化のほうから皆さんを訪ねていきます」

という公告も出しています。

交通機関の多くが運休となり、徒歩での外出にすら自己申請の認証書の提示が必要となった現在のイタリアの日常を、各地の若者の五感を通してリアルタイムでお伝えしてみようと思います。

内田洋子
2020年3月16日

Immagini dalla Campagna Viaggio in Italia

アンナ・ミオット |28|

Anna Miotto

ヴェネツィア Venezia（ヴェネト州 Veneto）／北イタリア、パドヴァ市近郊の小さな村出身。5年前からヴェネツィア在住。1年前に経済学部を卒業。40年余り前、ヴェネツィア本島に父が創業したレストランを継ぐことを決意。余暇は（いつもほとんどないけれど）本を読み、音楽を聴き、映画を見る。そして、次の旅のことを考えている。10kmでも10,000kmでも、見知らぬ地を訪ねるのが大好きだから。

マルタ・ヴォアリーノ |23|

Marta Voarino

ミラノ Milano（ロンバルディア州 Lombardia）／友達には、イニシャルのMから＜エンメ＞と呼ばれている。ミラノのサン・ラッファエッロ大学医学部5回生。両親と弟といっしょにミラノ在住。人生で好きなことは、寝ること、読むこと、友達と飲みに行くこと。

ヤコポ・ディ・ナポリ |23|

Jacopo Di Napoli

ミラノ Milano（ロンバルディア州 Lombardia）／チャオ！　幼い頃から、バスケットボールの有名選手になりたかった。それから作家。そのあとは脳に興味を持ち、現在は国立ミラノ大学医学部の5回生だ。ミラノで生まれて育った。兄がロンドンに引っ越したあと、現在は両親と暮らしている。猛勉強と趣味もろもろで家の中で過ごし、友達とビールを飲みに行く毎日を送っている。

クラウディア・ダモンティ |23|

Claudia Damonti

デルフト Delft（オランダ Olanda）ミラノ出身。現在は、オランダのデルフト工科大学大学院在学。

ダヴィデ・ボルゴノーヴォ |27|

Davide Borgonovo

アルビアーテ Albiate（ロンバルディア州 Lombardia）／北イタリア、ロンバルディア州モンツァ・エ・ブリアンツァ県（Monza e della Brianza）、ジュッサーノ（Giussano）生まれ。そこからごく近くにあるアルビアーテ在住。ミラノ音楽院ジャズ科卒業目前（2020年3月末の卒業実演試験の前日に、非常事態宣言が発動され、全土封鎖に突入してしまった！）。パーカッショニスト。作曲とピアノ演奏も。僕にとって音楽は、人生のすべてだ。未踏の地を求めて旅するのが音楽、と思って生きている。東洋の思想と養生法、自然との共存に関心を持つ。

オット・スカッチーニ |22|

Otto Scaccini

ミラノ Milano（ロンバルディア州 Lombardia）／ミラノに家族と在住。国立ミラノ大学医学部4回生。でも、もし何をしているのか訊かれたら、絵を描くのが好き、と答える。幼い頃からずっと、僕にとって絵を描くことは趣味ではなくて情熱だ。自分を表現し、他人との関係を築くための大切なことだから。手作業はすべて好き（外科医になりたい）。犬を連れて山歩きをするのも好き。料理も好き。

アレッシア・トロンビン |22|

Alessia Trombin

サヴィリアーノ Savigliano（ピエモンテ州 Piemonte）／国立ヴェネツィア・カ・フォスカリ大学大学院芸術経済学専攻。シンプルで笑い上戸。髪はいつもボサボサ。熟成ハムが大嫌い。身の回りにある優美な物やことをいつも探している。だから、芸術分野で働きたい。なぜなら芸術は、人間の真の美しさの源だから。

ミケーレ・ロッシ・カイロ |23|

Michele Rossi Cairo

ミラノ Milano（ロンバルディア州 Lombardia）／大学を卒業して、これから就職という端境期（残念ながら、ウイルスのせいで延びそう）。ミラノ生まれ。16歳の時にアメリカの高校へ転校、移住。ヴァンダービルト大学経済・心理学部卒業。1年ほど前にミラノに戻ったばかり。余暇は、本を読んだり、スポーツをしたり（6年間カヌーを練習して、なかなかのレベル）、友達といっしょに過ごしたり（僕にとって、とても重要なこと）、自然の中を散歩したりして過ごす。

ジュリ・ジュリア・ピズ |23|

Julie Giulia Pisu

ヴェネツィア Venezia（ヴェネト州 Veneto）／国立ヴェネツィア・カ・フォスカリ大学大学院芸術経済・運営学専攻。ミラノ生まれ、育ち。2019年からヴェネツィアに愛犬レオンと移住。アートと本、よい友達に囲まれて暮らす。これにおいしい食べ物とワインがあれば、もう何も言うことはなし。

ソーダ・マレム・ロ |23|

Soda Marem Lo

モドゥーニョ Modugno（プーリア州 Puglia）／国立パヴィア大学大学院で、応用言語学専攻。半分イタリアで、半分セネガル。母の家族といっしょに19歳まで南イタリア、プーリア州都バーリ市から10kmほどの町で暮らし、大学進学のために独りでミラノへ転居。この全国封鎖で、帰郷中のモドゥーニョから日記を送る。好奇心に満ちていて、本と海が好き。ずっと泳いでいたい。

ジョヴァンニ・ピントゥス |23|

Giovanni Pintus

ミラノ Milano（ロンバルディア州 Lombardia）／チャオ、ジョヴァンニです。トスカーナ州生まれ。郷土への強い愛着があり、夏になると必ず帰る。ミラノで大好きな家族と暮らす（両親と妹、弟。そしてたくさんの動物たち）。国立ミラノ工科大学大学院で経営工学専攻。天気がよければ、自転車で風に導かれるまま、どこまででも走っていく。あるいは、サッカー。

アレッシア・アントニオッティ |17|

Alessia Antoniotti

モンテレッジォ Montereggio（トスカーナ州 Toscana）／山の中の小さな村で、弟と両親といっしょに暮らしています。9年前からスカウトに所属。旅すること、眠ること、音楽を聴くこと、生きているなあ、と感じるためのイヤフォンとお日さまと友達。これで十分です。

シルヴィア・クレアンツァ｜22｜
Silvia Creanza

コンヴェルサーノ Conversano（プーリア州 Puglia）／南イタリアプーリア州にある、小さな町コンヴェルサーノで生まれて育った。自分の生まれた町が大好き。高校卒業後、大学進学のためミラノに引っ越して今年で4年目になる。美術に興味がある。将来は美術館で働きたい。旅する機会があれば逃さない。料理が好き。友達とワインを飲みながら過ごすのが好き。

サーラ・パリアルーロ｜20｜
Sara Pagliarulo

ローマ Roma（ラツィオ州 Lazio）／ローマ在住。トル・ヴェルガータ大学経済・経営学部。大家族（6人：姉妹と弟に両親）は、強く結びついている。美術と旅、食べることが好き。勉強が済むと、友達と美術館巡りをする。ドイツ語の講座に通っている。週に3回、近所のジムで鍛えている。

アンジェラ・ボナディマーニ｜23｜
Angela Bonadimani

ミラノ MIlano（ロンバルディア州 Lombardia）／友達からは、アンジーと呼ばれている。フルで呼ばれるのは、母から叱られるときだけ。生まれて育ち、ずっと暮らしているミラノが大好き。大学院で現代文学を専攻。あと1年で修了予定。そのあと何をするかって？ 訊いてくださるな！ ビブリオフィラー（愛書家）。本を読むために生きていて、生きるために読んでいる。本とお茶は、いつでもどこでもそばにある。

クラウディア・パリアルーロ｜22｜
Claudia Pagliarulo

ボローニャ Bologna（エミリア・ロマーニャ州 Emilia Romagna）／ローマ生まれ。現在はボローニャ在住。国立ボローニャ大学で政治経済学を学んでいる。絵を描くのと本が好き。

アニェーゼ・セッティ｜22｜
Agnese Setti

カリアリ Cagliari（サルデーニャ島 Sardegna）／サルデーニャ島カリアリ生まれ、育ち。国立カリアリ大学文学部歴史学科3回生。映画、写真が大好き。政治に関心があり、大学の生徒会代表を担っている。

エリーザ・サンティ｜20｜
Elisa Santi

ヴェネツィア Venezia（ヴェネト州 Veneto）／ヴェネツィア 国立マルチメディア芸術学院 IUAV 1回生 ヴェネツィア、ジュデッカ島在住。

アンドレア・コンケット｜26｜
Andrea Conchetto

ヴェネツィア Venezia（ヴェネト州 Veneto）／生粋のヴェネツィアっ子。家族で青果店を経営。サッカーと旅が好き。

シモーネ・モリナーリ｜21｜
Simone Molinari

ヴェネツィア Venezia（ヴェネト州 Veneto）／現在ヴェネツィアにいるが、生まれはミラノ。2年前から大学で芸術を勉強している。視覚でとらえられる像、写真も絵も彫刻もすべてを含む。ときどき文章も書く。この頃小説をまた読み始めた。ノンフィクションは読んでいない。しばらく読んでいなかったので、小説を読むことに戻れてうれしい。思想や哲学の引用よりずっと多くのことを、ひとつの物語から教わることがあるから。水泳。ときどき走る。

マルティーナ・ライネーリ｜29｜
Martina Raineri

インペリア Imperia（リグリア州 Liguria）／チャオ！ インペリアという小さな海辺の町で、パートナー、フランチェスコと暮らしている。職業は、足病医。犬が好き。屋外が好き。踊りなら、なんでも好き。

シルヴィア・パリアルーロ｜17｜
Silvia Pagliarulo

ローマ Roma（ラツィオ州 Lazio）／フランス系イタリア人。ローマ在住。理系高等学校4年生（注：イタリアの高校は5年制）。州の諮問委員会代表。いろいろなことに興味があるけれど、将来の方向はまだ決めていない。というか、今日ははっきりしているつもりでも、明日になったら気が変わるという状態。旅が大好き。友達といっしょにいるのが好き。文化全般に興味がある。

キアラ・ランツァ｜23｜
Chiara Lanza

トレカスターニ Trecastagni（シチリア島 Sicilia）／トリノ市で生まれたが運命のいたずらだったらしく、生後2カ月で両親の出身地であるシチリア島に転居。そこで太陽を浴びて育つ。海の近くであり、火山の近くでもあり。2004年からトレカスターニに暮らしている。今は両親と犬だけになったけれど。エトナ火山の尾根沿いの小さな山村。18歳で、文化遺産について大学の人文学部で勉強するために、独りでトリノに戻る。決断は簡単ではなかったが、一度決めたら後ろは振り返らないことにしている。他に私には選択肢が残されていないから。トリノでの3年間は、諸事情から、壁に頭を打ちつけるような体験だった。晴れた日を探しに、リスボンへ移住。パステル・デ・ナタを食べながら、大学の卒業論文をまとめる。1年間トリノから離れてみてやっと、自分の生まれた町の魅力がわかった。広場も町も、生まれ変わった気持ちで見られるようになった。現在ヴェネツィアに住み、大学院に通っている。とても幸せ。島だからだろうか。潮の香りがするからだろうか。今のところ落ち着いている。好奇心旺盛で、ときどきぼんやりする。食べることが大好き。オリーブの実は大嫌い。

ヴァレンティーナ・スルブリエヴィチ｜26｜
Valentina Srbuljevic

ヴェネツィア Venezia（ヴェネト州 Veneto）／セルビア出身。1996年にイタリアへ家族と移住。現在ヴェネツィアの南端に向かい合う干潟、ジュデッカに在住。国立ヴェネツィア・カ・フォスカリ大学アジア・アフリカ地中海地域、言語・文化・社会学部在学中。スポーツ、編み物やジュエリーなどの手芸が好き。新しく何かを習うことが好き。このコラムが、ヴェネツィアで私がどう暮らしているかを見てもらえる小さな窓になれば、と願っている。

marsiglia
Sauona
Genua
napoli
salerno
lipari
ragusa
catharo
durazo
salonic

公告 1

在ミラノ日本国総領事館による、
2020年3月11日イタリア首相令DPCMの抄訳
https://www.it.emb-japan.go.jp/pdf/20200311_dpcm.pdf）：

食料品、生活必需品の販売店や薬局及びスーパーマーケットを除く、すべての商業及び小売り販売活動の休止を規定する。つまり、スーパーマーケットに食料品を買いに走る必要はない。

しかし店舗、喫茶店、パブ、レストランは、宅配サービスできる可能性を残して休業する。

対人距離1メートルの確保ができない理美容院、美容エステ店、食堂サービスは休業する。

生産業及び専門性の高い業務は可能な限りテレワークで活動を続け、従業員には休暇の取得を推奨する。

企業内の生産部門に必須でない部門は活動中止する。感染を避けるため、自社の従業員に安全ルールを守らせることができるのであれば、生産活動は継続することができる。製造会社では現状を乗り越えるための措置として、シフトの調整、休暇の前倒し、不必要な部門の閉鎖を採ることが推奨される。

公共交通機関、公益に資するサービス、銀行・郵便・金融・保険サービス、その他活動を続ける分野が正しく機能するために必要な、生活に不可欠な公共サービスは保証されている。

保健衛生の規則を守る限り、農業・畜産業・農産品加工業、及びこれらの業者に物品・サービスを提供する流通業の継続も保証されている。基本となる規則は変わらない。

我々の移動は、仕事上、健康上あるいは買い物といった必要な理由に制限しなければならない。外出禁止の警戒期限は、2020年3月25日。 （原文ママ）

3.10

アレッシア・アントニオッティ
モンテレッジォ

家に閉じこもったきりになって、今日でちょうど6日目。最初は休校になってうれしかったが、3日もすると家にいるのがどれほど退屈かがわかった。どうやって時間を潰せばいいのかわからない。自分の部屋の片付けをした。洋服ダンスの整理をした。トルテッリ（具入りパスタ）を小さめにたくさん、弟のために作った。

1日の大半を、弟と私だけで過ごしている。両親は朝から晩まで働いているからだ。父はあちこちへと移動の続く仕事で、母は高速道路のサービスエリアで働いている。ふたりとも大勢の見知らぬ人達に対面する仕事なので、心配だ。

自分が病気になるのが怖いのではなくて、身近にいる大切な人が病気になるのが怖い。このところ、すぐ近くに住んでいる祖父母にも会いに行っていない。モンテレッジォ村にもウイルスが入ってきたからではなく、どんな軽い鼻風邪であっても私が祖父母にうつしてしまわないか、と心配だからだ。

この数カ月、祖父は病気でとても具合が悪い。少しでもそばにいたい。あとどのくらいいっしょにいられるかわからないので、1分1秒でも長くいっしょにいたい。でも私が近くに行くと、祖父母が遠くへ行ってしまうことにつながるかもしれない。だから会わない。行けない。

私が住んでいるルニジャーナ地方でも、感染者が多く出ている。そのうちの2名は、うちの村だ。若い母親と生まれて数カ月の赤ちゃん。家族の気持ちを考えると、胸が締めつけられる。大切な人が苦しんでいるのに、何もできないなんて。

また今日も昨日と同じ繰り返しだった。終わりの見えない始まりだ。朝起きて、昨日と同じ朝食をとり、＜皆さん、家に居てください！＞＜人混みの中へ行かないでください！＞と、繰り返すニュースを見る。いくら言われてもイタリア人の大半は聞いていないし、わかろうとしない。

朝食を済ませたら、家事にかかる。終わったら自分の部屋へ戻り、勉強するかテレビのドラマシリーズを観る。同じその部屋で夜になったら、眠る。

どうか明日は、今日と違う日でありますように。これがただの悪夢でありますように。そう祈りながら床につく。

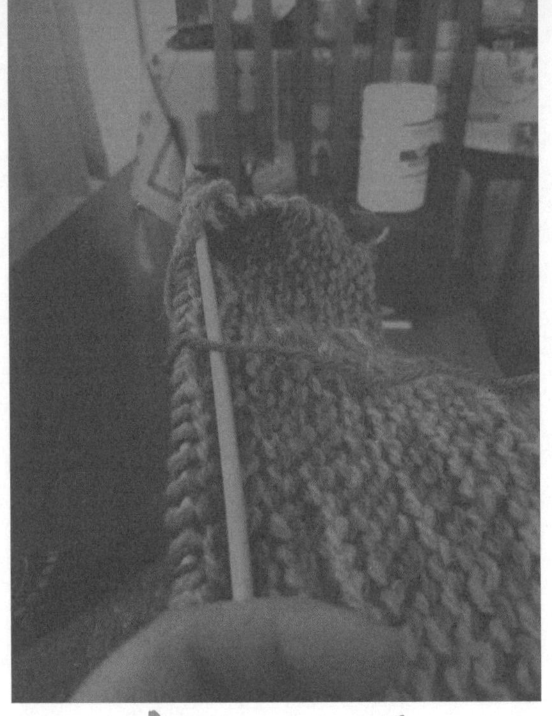

ヴァレンティーナ・スルブリエヴィチ
ヴェネツィア

ソファに座って考える。この時間には今までだと、アルバイトへ行ったり、大学で授業を受けていたり、ジムに行きそのあと友達とスプリッツ（注：ヴェネト地方定番のアペリティフ）を飲んだりしていたのに。でも、全部閉まっている。全部。

それで、また考える。私にとっては、もしかしたらそれほど悪いことでもないのかも。これまで毎日の忙しさに流されて思うようにできていなかったことに、時間を割けるから。

では、何から始めようか？ スイーツ作り？ それとも本？ 買ったのに読み始めていない本や、読みかけのままになっている本がある。

編棒を出してきた。セーターを編もう。

ジュリは隣に座って、本を読んでいる。ふたりともお茶を飲みながら、手を温めている。でも、ちょっと待って。ソファに並んで座ると、感染予防のために空けなければならない1メートルを守れない。罰金になるのだろうか。自分の家の中でもダメなの？

Tutto andrà Bene!

3.11

ジュリ・G・ピズ
ヴェネツィア

いつもと変わらない1日に思える。休日のような。下宿の同居人ヴァレンティーナとソファに座ってぼんやりしているうちに、ジュデッカ島のうしろへと日が沈んでいく。

数日前まで、水上バスや連絡船、豪華客船、タクシー船や小舟がひっきりなしに往来していた運河は、静まり返っている。モーターボートの追波が岸壁に打ち寄せることもない。波頭の立たない水面は鏡のようで、空が映り込んでいる。

家の中もしんとしている。退屈だ。昨日まで、この時間になるとスプリッツを飲みに出かけていたのに。18時12分。すでにどこもかしこも閉まっている。でもそのほうが、人との安全距離を保てる。これでいいのだ。

「それで、なにをする？」

「さあ。映画でも観る？」

「あまり気が乗らない」

「これって、隔離ということでしょ。昔の人達は、こういうときどう過ごしていたのかしらね？」

「それぞれ物語を披露し合っていたのよね」

「ボッカッチョの『デカメロン』を読み直してみない？」

「いいかもね！ 私達もその日に思ったことをメモしてみるのはどう？」

「わあ！」

冗談半分のような思い付きだったが、わくわくした。これで、来月までの自宅待機の過ごし方が見つかった！

「装丁の美しい版を見つけようね。きれいなノートを買って、毎日写真を撮り、ページに挟んでいくの」

「すごくいい！」

「じゃあ明日、まず本を探しに行かなくてはね」

「日中は、書店はまだ開いているのよね？」

一瞬、私達は顔を見合わせる。

「だといいけれど」

どうか開いていますように。祈る気持ちで、就寝した。

<朝の口には、金>（思い立ったが吉日、の意）

目が覚めると、『デカメロン』で頭

はいっぱい。
「始める？」
「もちろん」
　どこへ買いに行こうか。大型書店だと学校の教材かペーパーバックだけで、特別な装丁の本は置いてないだろう。
「ベルトーニ書店に行ってみようか？」
「あそこなら、きっと見つかるよね」
　いつのまにか寒は緩み、冬のコートは必要がないほどだ。でも用心のため、スカーフはしていかなければ。
　水上バスの停留所へ向かう。ぶらぶらと流し歩く人達がいる。正確には、ヴェネツィア人が、いる。観光客は誰もいない。住人の元にやっとヴェネツィアが戻ってきた。
　岸壁を行く。もうセルフィー・スティックやスーツケースを避けて歩かなくてもいい。2週間前まで20分はかかっていた道程が、今では10分そこそこだ。アカデミア橋から見るカナーレ・グランデ大運河は絶景で、見とれて立ち尽くす観光客の間をかいくぐり橋を渡りきるだけでも軽く15分はかかっていた。
　周辺のバールには、＜入店は、最多8人まで＞とか＜休業中＞と貼り紙がしてある。このまま町は少しずつ息絶えていくのだろうか。励ましの声がけなのか、＜きっとうまくいく＞と書かれたポストイットが、あちこちのガラス戸やシャッター、欄干に貼ってある。
　ベルトーニ書店に着いた。ちょうど、中年の女性が袋いっぱいの本を提げて出てくるところだった。この先ひと月、読書三昧で過ごすことにしたのだろうか。
「こんにちは！　店内の人数制限はありますか？」
「さあさあ、お入りください。積み上げた本が柱代わりになって、自然と人との距離が開くようになっているから、だいじょうぶですよ」
　いつ来ても、天井まで本が積み上げられている。いくつもある本の山は、何の仕分けもされていないように見える。
　美術展のカタログの山の後ろから、
「お手伝いしましょうか？」
　店主アルベルトさんが尋ねた。
「ちょっと、おかしなお願いかもしれませんが、ボッカッチョの『デカメロン』全集はありますか？」
　アルベルトさんは笑って、
「全巻ありますけれどね、かなりしっかりした編纂でしてね。大判で、全4巻。でもとても美しい装丁です。きっと、もう少し手軽なものをお探しなのでしょうけれど」
「いえ、私達、まさにそういうのが欲しかったのです！」
　アルベルトさんは本の間を器用にすり抜けて奥へ行き、体を折り曲げ書棚の下段から、
「はいどうぞ、お嬢さん達！」
　ドン、と4巻を私達の前に置いた。
　風格のある赤い表紙に（ヴェネツィアン・レッドだろうか？）、金色で『デカメロン』と刻字してある。
「買います」
　ふたりで2冊ずつ分けて持ち、私達は文化の分だけ重くなって帰宅した。
　さあ今晩からの伴は、1杯のワインとボッカッチョだ。

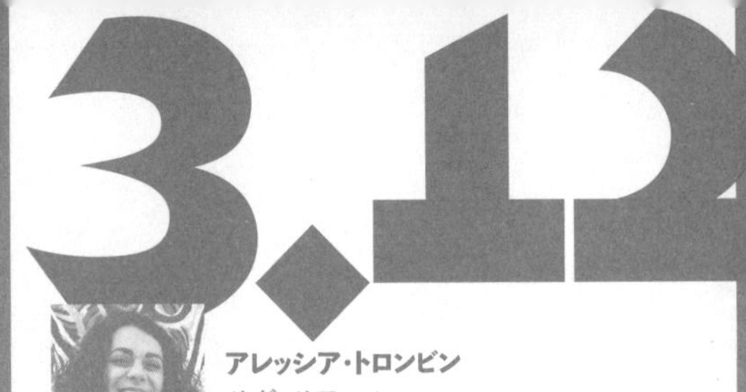

アレッシア・トロンビン
サヴィリアーノ

暇だ。

いつどこで最初のカフェテリアが開いたのか調べてみることにした（そう、家に居てよい点は、思い浮かぶことを片っ端から調べられることだ）。

1554年にコンスタンティノープルで最初のカフェテリアが開いた、と知った（コーヒーを飲む習慣は中東で始まった、ということはさておき）。

イタリアでは、1720年にヴェネツィアで最初のカフェテリアが開業した。サン・マルコ広場に現在もある、＜カフェ・フロリアン＞だ。

カフェテリアは、人々がコーヒーを飲みながら、物語や思想、冗談を言ったり、論争したりする唯一の場所だった。

どれほどの秘めた話や出会いが生まれ、絶望が沈んでいっただろうか。

テレビ電話を友達にかけて、コーヒーをいっしょに飲む。いつも喫茶店で落ち合っていたように。

こんなことで、歴史ある習慣を、伝統を、変えられてたまるものか。絶対に消させない。

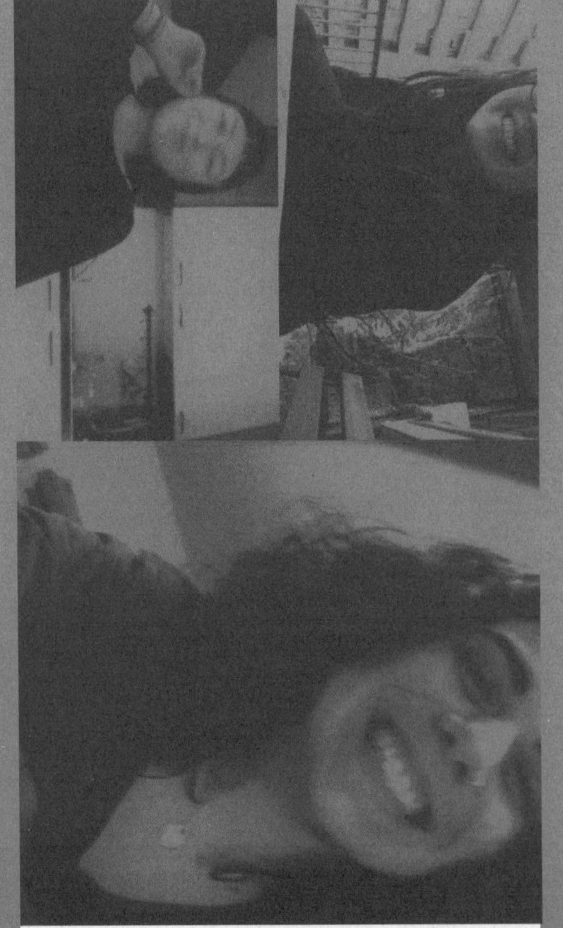

アンジェラ・ボナディマーニ
ミラノ

私の城へようこそ。

広くないし片付いてもいないのは、よくわかっている。でも本棚の管理は大変だ。新しく本を1冊買うと（あるいは3冊、5冊、9冊。1冊だけ買う、ということはあまりない）、前からある本を動かしてスペースを作らなければならない。常に最前列に並べておきたい本もある。教室で一番前の列に座りたがる学生のように。勉強熱心な生徒は前、サボり気味なのは最後部。

全部で何冊、家にあるのかわからない。全部読んだわけでもない。ときどき背表紙を見ては、＜少し暇ができたら、ずっと読めるのに！＞と、思ってきた。

それが今、いきなり暇がやってきた。歴史始まって以来の暇だ。

外出は禁止。大学院は休校。友達には会えない。

オーケー。それでも家事は続くわけで。料理に掃除、勉強も続くし。

日常生活の中の、長めのタイムアウトはときには必要だ。

待ちかねた時間がやってきた。

今日からそういうわけで、私の城は皆さんの城にもなります。

家の玄関ドアは閉まるけれど、私の本の部屋のドアは開く。たくさんの物語と見知らぬ大勢の人々が待っている。本は、さみしくなったり退屈したり、忘れられたような気持ちになったりするときの私の薬だ。

本を読めば、飛行機で旅に出る必要はない。

でも、気を付けて。読書はシリアスだ。依存症に注意しなければ。

アンナ・ミオット
ヴェネツィア

今日は、ヴェネツィアが<赤い地区>として警戒発令された第1日目。
オンブラ(影)が初逃亡しようとした日。
私の飼い猫で、いつも開け放しにしている窓からこれまで1度も出入りしたことはなかった。

外に出たい、という私の気持ちが猫に伝わったのかもしれない。

私は生まれて初めて、家の中に閉じ込められる重苦しさを感じている。

エリーザ・サンティ
ヴェネツィア

昨日、友達のアニータと散歩に行く約束をした。規則内だから、OKよね。私は約束の時間より30分早く着き、彼女は30分遅れた。でもOK。リラックス。ザッテレ(Zattere)の岸壁で、日光浴を楽しむことにする。ザッテレはいつも太陽がいっぱいなのに、私が住んでいる対岸のジュデッカはいつも影だ。ときどき運河を渡らないとね。

アニータはすらりとして、金髪。美人。濃いサングラスに全身、茶色のコーデ。「わあ、とてもきれいよ！」と、私に言い、私はニッコリ返して、いっしょに歩き始めた。寒くない。まったく寒くない。いい感じ。彼女が、岸壁沿いのバールに行かない？　と言ったので、私はOKと言う。

ぶらぶら歩いていると、声をかけられた。ボロ着の変わった男で、ヒゲが超長い。大理石のベンチにもうひとりと並んで座っている。その人は、真逆のタイプ。え、なにこれ？私達はちょっと戸惑い、顔を見合わせて、でもその変わった男に一応、挨拶する。その男はそれからもしばらく、チャオチャオチャオと繰り返し呼び、そのつどアニータは振り返る。私も同様。

アニータはふと立ち止まり、その風変わりな男をじっと見たあと、手を振り上げて思いきりチャオチャオと答えた。え？ 私はわけがわからず、アニータを見る。風変わりな男は立ち上がり、全速力でこちらに走ってきた。そして、アニータと男は抱き合って挨拶したのだった。いったい、なんなの？

その男は名前を告げて私にも挨拶し（名前はもう忘れたけれど）、夜明けからそこで絵を描いていて、ジュデッカに住んでいて明日もまたここに来て絵を描きたいのに外出禁止だなんてどうしよう、と言った。アニータは、びっくりした顔で聞いている。私はまだよく事情が飲み込めない。アニータとその男は二言三言話し、また私達は歩き始めた。

アニータが説明する。あの男性とは、以前パーティーで知り合ったこと。一夜をいっしょに過ごしたこと。以来、今日まで1度も会わなかったこと。えっ。私は仰天し、頭の中が訊きたいことでいっぱいになる。バールに行かなくちゃ。

座って、── 1メートルの安全距離を保って座り ──、割でスプリッツをお願いします、グラツィエ(ありがとう)。ビール小、お願いします、グラツィエ。

アニータと私は、びっくりした顔で互いを見る。アニータはタバコに火を点ける。誰かが彼女の肩にさっと触れる。あの男だ。小さな紙包みをアニータに渡す。中には、すごくきれいな緑色のガラスの小さな塊が入っている。その男は走り去ってしまう。

アニータが、どうしたらいいと思う？ と訊く。日付と時間、どこで会うかを紙に書いて彼に渡せば、と私は答える。アニータは、わかった、と言いながらもかなりためらっている。ボーイにボールペンと紙ナフキンを頼み、ガラスを渡したあの男に、3月16日夜明けにここで、と書きドキドキして迷っている。

立ち上がってその男を追いかけて走り、紙を渡す。君がそうしたいなら、と彼が言う。戻ってきたアニータに私はにっこり、ブラーヴァ(ナイス)、と言う。ほんとに？ まだよくわからない。ショックを受けている。

アニータは震えながら、笑っている。私は興味しんしん。

で、思う。ワオ、まるで映画じゃない。全部、作り話みたい。アニータは私を見て、こう言う。ワオ、まるで映画みたい。全部、作り話みたい。私は笑い返し、アニータも笑い返し、ふたりでニコニコし続けている。映画。全部、作り話。

キアラ・ランツァ
トレカスターニ

今日は春。暑いくらいの1日だった。

昼食は、レンズ豆のスープ（熱々の、典型的な真冬のメニュー）。3月12日は暦の上ではまだ冬、と母は思っているから。

食べ終わってから、キッチンのバルコニーに置いてある重たい椅子を提げて、庭に出た。どうしようか。しばらく考えてから、もう1脚、足置き用に持ってくる。

太陽を浴びながら、＜海に行こう＞と1週間前に考えていたのを思い出す。＜まだ早い。もう少し待とう＞＜日差しが完璧になるまでは＞＜岩が温まれば寝転ぶのも気持ちいいし＞。

ところが、どうなのこれ？

すべてなし。

犬は、そよ風に目を閉じて気持ちよさそうに寝ている。犬にとっては、今日もいつもと変わらない1日だ。いや、家族が揃って家にいる。これって、本当にいつもと同じようで、全然いつもと違うすばらしいことじゃないの？

緑の間からエトナ山が見える。もう雪はない。封鎖が終わったら、こうしよう：朝、海へ行く。夜、エトナ山に登る。頂上から海を見下ろし、「今朝、そこにいたのよ！」と、叫ぶ。

3.12

ソーダ・マレム・ロ
モドゥーニョ

ワルシャワに行く夢を見た。ウイルスのせいで戻れなくなるのではないか、と心配しながら飛行機に乗っていた。到着したものの、ひどく後悔していた。来ることに決めたが、この先どうなるのかわからない。どうしよう、と何度も繰り返している。自分で自分の将来のことを考えないと、という強い責任感が押し寄せてくる。

おかしな夢だった。夢で見たことが、よく現実になる。目が覚めても、眠っていたと思えない。疲れている。これからまた同じような、重圧と先行きの見えない不安でいっぱいの1日が始まる。夜だけが救いの光だった。

それなのに、ウイルスは夢の中まで追いかけてくる。逃れたい。今まで、日常の悩みや問題から解放されたのは、夢の中だったのに。

夜、眠りにつく前に、しなければならないことや間違えないように注意するべきことを反芻する。がんじがらめになることが多い。頭は冴えている。今考えても、どうしようもないことなのに。

責任感がある、と人からはよく言われる。ほめられているのかあわれまれているのか、わからない。間違うことを恐れ自分に課す義務が大きすぎて、自分で自分を押し潰しているのかもしれない。あまり考えすぎないように、いつも大急ぎで決めてしまう。それでも夜になると、これから生じるかもしれない間違いや問題への不安が押し寄せてくる。このまま私に貼り付いたまま残るのではないか、と怖い。

疫病とヴェネツィア共和国

有史以来、人類が経験した最も恐ろしい疫病は、1340年後半に広まった黒死病（ペスト）である。内陸アジアで発祥し、そのあとヨーロッパを経由して世界へ感染が拡大していったとされるが、詳細はよくわかっていない。

1347年の秋にジェノヴァ共和国の船団は、コンスタンティノープルからシチリア島メッシーナ、マルセイユ、ジェノヴァ、スパラート、シチリア島ラグーザを経由してヴェネツィアという航路を取ったが、それがそのままペストの感染経路となったようだ。

ヨーロッパに上陸したペストは猛威をふるい、全人口の約3割が犠牲となったとされる。

ヴェネツィアへは翌年春までに伝播され、何万人もの死者が出た。町じゅうに死臭が充満したという。酢と薔薇水を含ませた布を鼻にあてて臭いをさえぎり、窓には蠟引きした布を掛け、季節風の強い北風が吹くときだけ窓を開けるように通達が出た。人とのいっさいの接触を禁じた。運動も、頬ずりも抱き合うことも、セックスも。

当局は国民に、毎日、足、手首、額を酢で洗うよう義務付けた。支払いの前には、必ずお金も酢で洗わなければならなかった。共和国元首により、食事も厳しく管理され、肉や野菜、魚などの生食を避け、料理に酢を多用するよう勧めた。酢は寄生虫を殺し、食欲を増進させ、寝付きをよくして気持ちを明るくする効能がある、とされていたからである。こうした食事療法は、9世紀頃に南部イタリアのサレルノで開校された医学学校の研究を元にしたものだった。

海運業で栄えたヴェネツィア共和国は、内海にある干潟である。周囲に多くの干潟が点在する。そのひとつサンタ・マリア・ディ・ナザレ島で、ペストの感染者の隔離を行った。俗称ラッザレットと呼ばれる。感染者は40日間にわたって隔離された。40を意味するイタリア語、quarantaが＜検疫＞（quarantena,英語quarantine)の語源である。その後、疫病の感染を事前に回避するために、ヴェネツィアに寄港する前に船を強制停泊させる、世界初の総合検閲所を設けた「隔離島」が作られた。

船上で病人が出た場合は、海域に近づく前に黄色の旗を掲げて知らせることが義務付けられていた。

1575年から76年に再びペストが大流行したとき、感染者や隔離待機者があっという間に増え、隔離島では到底収容しきれない事態となった。医療崩壊である。

隔離された家族との面会や検査、治療を希望する人達が、3,000隻余りの小船に分乗して8,000人から1万人近く押し寄せたという。隔離島をぐるりと取り囲む3,000隻の船に、毎朝焼きたてのパンや野菜、肉、魚、ワインなど、食物を積んで届ける奉仕者も大勢いた。

数千人もいるはずなのに静まり返った海には、聖母マリアへの祈りや歌声があちこちの船から低く重なり流れたという。

3.12

オット・スカッチーニ
ミラノ

えっと、確か木曜日だったよな？携帯電話のメモでも確かめておこうか……。

冬休みが終わって大学に戻り、あと何コマ、授業があったのかを確認しておくつもりだった。それがいったい何てことだ。すべて保留。僕自身も、宙に浮いている。

これまでは講義を受けながら、<ああこれから手術室に行かなくてもいいのなら、昨晩始めた絵の続きを描けるのに>（絵には、これで完成、ということはないが）とか<昨日買った本を読めるのに>など、考えることもよくあった。

勉強し始めると自由になる時間は細切れになっていたが、そのほうがかえって予定は組み立てやすかった。ところがどうだ。今、地平線いっぱいに自由が広がり、自分がどこにいるのかよくわからなくなってしまった。

しかたがない。

机を離れて、ギターでも弾いてみる。これをちょっと、あれも少し。どれに手を付けていいのかわからなくなると、また勉強に戻る。そうこうしているうちに、1日がなんとか埋まる。結局、意味あることを何ひとつできなかった。むなしい。

仲間の多くは、この状況下、家でくつろいでいるらしい。試験勉強で一心不乱に本ばかり読んで過ごし、そのあとぽっかり時間が空いても、僕はのんびりする気分にはなれない。1日をどう過ごすかが決まっていないと、落ち着かない。実はそういうところが、僕の問題なのかもしれない。

今晩は、ちょっと違った。父がスタジオから帰ってくるのに（父はフォトグラファーだ）、バイクでわざと遠回りをして、外出禁止下の広場や駅、公園を撮ってきた。父は罰金など意に介さない。そのうち痛い目に遭いそうだけれど、心配しているのは母だろう。父は帰宅するとすぐ、居間にあるコンピューターで撮ってきたばかりの写真の修正に取りかかった。僕はキッチンへ行きがてら、ちらりとその画像を見た。どれも見慣れた場所ばかりだ。ところが、写真の中の今晩のミラノには人がいなかった。音を失った町がそこにあった。さみしいとか情けないという気持ちにはならなかった。むしろ、もぬけの殻となった町が愛おしかった。自分を見るような気がした。

同じ場所なのに、違うところ。

人の消えた町のあちこちから、これまで僕が過ごしてきたいろいろなときが浮き上がってくる。雑然とした毎日で見えなくなっていたことや人が、そこには見える。

突然に予定が消え、自分にとって何が大切なのかを考えられるのは、今だけだ。これから毎日、少しずつ味わっていく。

ジョヴァンニ・ピントゥス
ミラノ

夕食に、別れた彼女を待っている。僕はまだ彼女のことが好きだ。

なんとか両親と妹弟に出かけてもらい、ふたりきりで過ごす時間を作った。やり直せないかをうかがう、これが最後のチャンスだ。外出禁止になる前に。ロックダウンで家に閉じ込められてしまう前に。

ジレンマがある。

もしチャンスがあれば、キスする？

何カ月も前からそう願っている。でも、あらゆる接触を避ける、という節度を固く守ってきた。愛と欲望、感情は、管理できないのに。

いよいよそのときがきた。夕食が始まる。

これまでと何も変わっていないように見える。病院の廊下とはかけ離れた、いつもの日常の風景。ワイングラスにステーキ。目と目が合う。切れ味のよいフレーズ。もしかして、と期待がふくらむ。希望へつながる。熱い一夜へも。

でも、僕の妄想は全部、あっさりと片付いてしまう。彼女は、もう僕を必要としていない。僕とキスはしない。

僕の元には、もう戻ってこない。

明日からは、新しい人生だ……。

いや、あと数週間は待たなければならないかもしれない。

ようこそ、外出禁止よ。

3.1

ミケーレ・ロッシ・カイロ
ミラノ

ずっと家の中にいるのは、キツい。都会で暮らすこと自体、すでに自然から離れていて辛いのに、外に出られず閉じ込められているのは、かなり気分が重い。

幸いうちにはテラスがある。今日、屋外用のテーブルを出した。日の当たるところに座り目を閉じて、田舎にいるふりをしてみた。

マルティーナ・ライネーリ
インペリア

5年ほど前から、私はアポと治療に必要な物の注文、患者から頻繁にかかってくる電話に囲まれて暮らしてきた。それを今日、閉じた。決定的に、この先ずっと。

この数日、「民間の治療施設は閉鎖すること」「いや、安全基準を厳守して治療は続けること」。治療師仲間のあいだで電話をかけあうものの、皆、不安や疑問だらけで、どうしていいのかわからなかった。そして、ストップ。閉鎖が決定した。

最近とても疲れていて、少し休みを取りたかった。畑や花の世話をしたかった。ところが今、働かなくてもいい、となるとどうも変な感じだ。なんというか、洗濯機の脱水機から出てきたような感じ、というか。

患者全員に連絡をし終える。どうか、見放されたような気持ちになりませんように。もし何か必要なことがあれば、電話で話すことくらいしかできないが連絡してほしい、と伝えた。

まったく電話がかかってこないのは、どうもおかしな感じだ。

フランチェスコの仕事部屋から、電話の鳴る音が聞こえてきた。何回も。

今日から彼は、スマートワーキングなのだ。

それで、私は何をしたらいいの？

外は曇天。あり余る時間がある……。太陽をビン詰めにしてみようか？

うちの庭のオレンジで、ジャムを作る。

クラウディア・ダモンティ
デルフト(オランダ)

今朝カーテンの隙間からの朝日で目を覚ましたとき、<これって夢、それとも現実?!>と、寝呆けていなければ叫んでいたかもしれない。反応するにも、まずはコーヒーを飲んでからだ。

つまり、今日は太陽が出ていたのだった。ここの天気ときたら、日が差しているのかどうかわからないような太陽だし、外へ出てタバコに火を点けてもすぐに風が吹いてきて消えてしまうし、大雨で道は川になり、濃霧で前が見えない。

ところが今朝は違う。これって、本物の太陽じゃない？

信じることはよいことで、信じないことはもっとよいことなので、今日は何かがおかしいに違いない、と思うことにした。だって、変でしょ？

ここで暮らし始めて6カ月になるが、毎朝、大雨だ。その中を自転車で、58号館に通っている。58号館に向かって、いつも悪態をついている。まず遠すぎる。それに、駐輪所は常に満杯。環境によいことをするのは正しいことだとは思うけれど、もう少し暖房を強くしてくれてもいいのではないか。

あの建物が明日から少なくとも1カ月は閉鎖になる、という連絡がさっきあった。

今、どう思えばいいわけ？ Ik weet het niet.（さあね？）

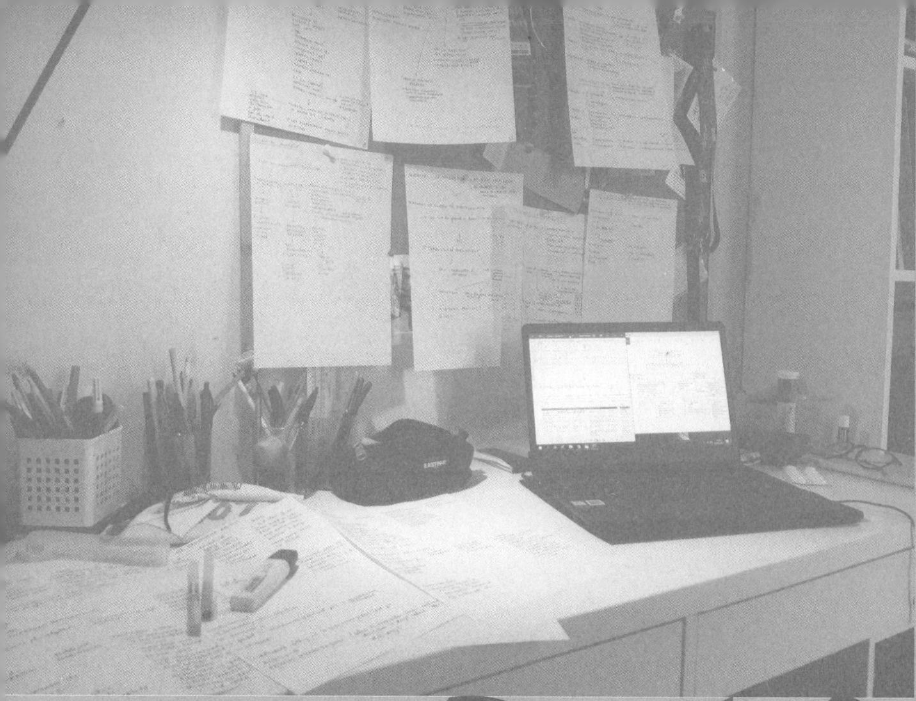

マルタ・ヴォアリーノ
ミラノ

私の机。
今日は、初めてのオンライン口頭試験。
教授へ挨拶をして、コンピューターを閉じる。うまくできて、とてもうれしい。
まだ緊張している。机から離れて周囲を見回す。さて、これからどうする？
また、座る。

3.12

シモーネ・モリナーリ
ヴェネツィア

正直に言うが、昨夜は出かけた。
シルヴィアから家に食事しに来ないか、と誘われて誘惑に勝てなかった。
ヴェネツィアでは、たいていのところには歩いていける。移動にいつも水上バスが必要というわけではない。歩く気があれば、だが。
僕が外出しても誰にも害は与えないだろう、と考えた。他の通行者と安全な距離を保ち、何も触らず、早足で目的地まで行けばいい。

夕方6時。僕以外に路地を歩いている人は、ごくわずかだった。犬を散歩に連れて出ている人。清掃人。ひとりで歩いている人。店はすべて閉まっている。空はまだ明るい。
歩いていると、家の中から音や人の声が聞こえてくる。まだ町は生きているな、と思う。
シルヴィアと下宿仲間2人との夕食は、とても楽しかった。少しだけウイルスの話も出た。熱々のポレンタにキノコと煮込んだソーセージを食べながら雑談をし、一見いつもと変わらない冬の食卓の光景だった。
皆で映画を観たあと、僕はコートを着て帰路についた。建物の階段を下り、建物の玄関扉を閉めて、夜中の路地へ出た。ワインに少し酔っていて、ゆっくり歩き始めた。
そこで会ったヴェネツィアは、これまでと違っていた。何かよくわからない違和感がある。胸がざわつく。ポケットに小さな虫が入っているような気持ち悪さだ。歩くうちに、落ち着かない感じは次第に大きくなっていった。
冷えきったはめ石に、自分の足音が響く。路地はごく狭く、路面から足音が連なって突き上がってきて不協和音のように響く。僕は耳を押さえて、足を速めた。ときどき振り返って、うしろを見る。路地を曲がるたびに、角から誰かに見られているような気がする。
行き止まりの小道や狭い路地をようやく通り過ぎ、やっと大きな広場に出た。開けた空間に出たら安心、と思っていたのにそうではなかった。目の前には、見知らぬ闇が広がっている。誰もいない広場に濃霧が下りて、先が見えない。終わりのない闇だ。月は出ているものの、ぼんやりと白く霞んだ染みだ。月明かりは、僕のところまで届かない。歴史のある華麗な建物には明かりがひとつも灯らず、漆黒の中にあきらめて身を投じたように見える。
怖がっている僕は、突き放されてしまう。あまりの静けさは、非現実的だ。
そうか。さっきから僕が感じていた違和感は、この静けさだったのだ。
もともとヴェネツィアは、静けさの町だ。ふだんでも1日のうち数時間は、静まり返るときがある。しかしどんなに静かなときでも、真夜中でも、水の音は聞こえてくる。水はヴェネツィアに血のように流れ、町に生気を与えている。
ところが、昨夜は違った。迷路の奥で、小道で、あの優しい小さな水音は果てていた。町じゅうの窓から、死者達が黙ってこちらを見ているような気がした。古い建物に潜んでいた死者達が、突然息を吹き返したようだった。
湿った空気を吸い込む。霧と静けさの町で、僕はよそ者だった。
コートを胸元でしっかりと押さえ、広場を突き抜けた。永遠に歩き続けなければいけないような不安にかられながら、ようやく家にたどり着いた。

アレッシア・アントニオッティ
モンテレッジォ

青菜のパイ
材料
具：
初春の青菜（数種類を混ぜてもOK）　ひと束
ポロネギ（太いネギ）1本
ジャガイモ　3個
塩　少々
オリーブオイル　少々
パルメザンチーズをすりおろしたもの　100g

パイ生地：
小麦粉　250g
お湯　コップ1杯

アレッシア・トロンビン
サヴィリアーノ

うちにいるようになってからずっと、手に取ってもらいたくて彼らは私を見つめている。ベッドからその銀色の箱に陽が反射し、スポットライトが当たっているように見える。本当に待っているみたいだ。

今朝やっと、彼らの近くへ寄ってみた。目と目を合わせるだけで十分だった。どれもそれぞれに美しく、ラインアップして。まったく、なんて魅力的なのだろう。

色鉛筆！

色に惹かれて、午前中、無我夢中で塗った。音楽を聴きながら、塗りに塗った。時間の感覚がなくなり、リゾットを焦がしてしまう。

色のせいにしたいけれど、すべて私が不器用なのが原因。

3.1

アンジェラ・ボナディマーニ
ミラノ

今日は金曜日。いつもなら女友達と夕食をいっしょに作りながら、週末の過ごし方の相談をしているところだ。今日が、いつもと同じ金曜日ではないことはわかっている。今読んでいる本が、日常生活のことを書いたものでよかった。

1990年代の話。使い捨てカメラが登場する。イスキアーノ・スカーロという、聞いたこともない町が舞台となっている。＜ピエトロ＞は12歳の少年。自転車に乗ることと、動物について勉強するのが好き。<グラツィアーノ>は44歳で、ギターを弾くのが趣味。のほほんとした話で助かる。外界で起きていることを考えずに済むし、公園へ行ってベンチに座り、トランプをしたりコーヒーを飲んだり、家族のメンバーではない他の誰かと雑談したり……ということを考えずに済む。

ミラノは晴天。イスキアーノ・スカーロの天気はどうだろう。

ヴァレンティーナ・スルブリエヴィチ
ヴェネツィア

日が沈んでからしばらく経った。このあと何が起こり、何をして夜を過ごせるのかを考えている。

グルグル、キュルキュル。お腹が鳴っている。何か食べたいというより、外に出て深呼吸したい。数日前までは、そんなこと1度も感じたことはなかった。外の空気を吸えるのは、当たり前のことだったから。

階下へ出る。目の前いっぱいに運河が広がる。誰もいない。船も通らない。犬連れもいない。岸壁沿いに散歩する。スーパーマーケットがある方へ右折する。真夜中のような静けさだ。時計を見ると、まだ夜の7時前だ。閉店前にぎりぎり間に合うかも。スーパーの外には列ができていて、待つときも前の人とは1メートルあけて並んでいるだろうか。

ゆっくりと歩く。唯一シャッターが開いているのは、下宿の近くの青果店だけだ。明かりが点いているのはそこだけで、他は真っ暗だ。だんだん不安が喉元へ上がってくる。もう少し歩こう。

やっと遠くに、買い物袋を提げた人がこちらに向かって歩いてくるのが見えた。緊急や特別な事情以外で外出が許されているのは、買い物だけである。

真っ暗な路地に入ると、不安で暗い今の自分と対面するようだ。煌々と照明の点いた生協のガラス戸が、暗闇に浮かび上がる。行列はなかった。入るとすぐ前に、ゴム手袋にキャップ、マスクを装着したレジ係が目に入った。店の外にはなかった行列が、店内のレジの向こう側にあった。レジから出入り口までが狭いために、前の人が出ていくのを待たないと安全距離が保てない。店から出るために、並んでいるのだった。1メートルずつ間をあけて。

最小限の買い物を済ませて、外に出る。再び、静寂。来た道を戻る。岸壁へ抜けると、青果店がシャッターを下ろしているところだった。挨拶して、うちの建物に入ろうとして、バサリ。見上げると、子供達なのだろう。ありったけの色で無邪気な絵が描かれたシーツが翻っている。行きがけには、気が付かなかった。

＜きっとうまくいくから！＞

シーツに幼い字が踊っている。

アンナ・ミオット
ヴェネツィア

7:15。目覚ましが鳴る。起きて、仕事に行く支度をする。働きに行くのが少しも、苦痛でないのは、初めて。いや、うれしいくらいだ。早めに家を出て、遠回りして仕事場に行くことにした。

誰とも会わない。イヤホンを外す（朝、仕事に行くときの大切な友達）。すると、どうだろう。まったくの静けさに包まれた。唯一聞こえるのは、自分の足音だけ。壁に響き、まるで音楽だ。

毎日繰り返してきた道なのに、突然、見知らぬところを歩いているような錯覚に陥る。思いもかけない発見だ。

いろいろなことを考えているうちに、仕事場に着いた。玄関ドアを開けて店に入ると、クロスの掛かっていないテーブルが目に入った。空っぽの食堂。暖房は点いていない。そうか、エスプレッソマシーンのスイッチも電気が入っていないのだった。

2階の事務室へ行く。

食堂は休業するよう、全市に向けて封鎖令が出ているため、すべて閉まっているし誰もいないが、月末の各種支払いは容赦なくやってくる。仕入れ先、店舗の賃貸料、光熱費に水道代、従業員達の厚生年金や健康保険、給料も払わなければならない。現在の大変な状況は自分のせいでないとわかっていても、2、3時間、仕事をしているうちに、一服せずにはいられない気持ちになった。

窓から外を眺める。風が吹くたびに運河の水面がさざめいて、細かな光の粒が転がっていく。毎日見ていた景色なのに、知らない光景がそこにある。船も通らない。

ロックダウンになってから1日しか経っていないけれど、知らなかった町の顔をたくさん見つけた。まだこれから先もある。どのくらい未知のヴェネツィアに会えるのだろう。

タバコを吸い終えて、さて仕事に戻ろうか。

キアラ・ランツァ
トレカスターニ

今日は金曜日。ふだんなら、<今晩は出かける日>で、活き活きした日だ。だけど、今日はなし。

外出禁止になって4日目にもなると、いつもと違う生活にイライラしてくる。私は幸い、独りで家にいるわけではないのだけれど。

母はたっぷり時間があるので、いつもならできない料理を作ろうと決めたらしい。今日のメニューは、カリチェッディ（caliceddi)のミートボール。

カリチェッディは、この火山一帯に生える野草である。名前の由来は知らないけれど、たぶん青菜の一種<カヴォリチェッリ>、つまり小さなキャベツの一種から来ているのだと思う。苦味が少し効いた、野趣のある味だ。

食べながら、少し悲しくなってくる。少し前まで付き合っていた彼は、おばあさんが作るこの野菜の料理が大好きだった。ああ、おばあちゃん！　彼のおばあさんのカツレツは、ほんと、最高だったな……。

フランスにいる彼は、今頃どうしているだろう。フランスではまだ、緊急事態宣言が出ていない。いや、もう私が気にかけることもないのだ。

「おねえちゃん、バカみたいな顔してるよ」と、妹が言う。

あわててカリチェッディを飲み込み、妹に向かって黙って下品なジェスチャーを返す。

3

エリーザ・サンティ
ヴェネツィア

今日は何も生産的なことはしなかった。
— シャワーを浴びた。
— そして、考えた。

ho pensato ad una casa
gialla e ad una casa
verde - ho pensato:
quanti ricordi
ed ero un po' triste

i miei ricordi sono a
320 Km di distanza

320

黄色い家と緑色の家を考えた。たくさんの思い出を考えた。
そして、少し悲しくなった。

私の思い出は、320km離れている。
2020/3/13　ヴェネツィア

オット・スカッチーニ
ミラノ

A3の水。Ｊ5撃沈。チェッ。

ガールフレンドと軍艦戦ゲームをしている。スカイプでだけど、もちろん。モニター越しで会うのにも、そろそろ慣れないと。

今日はビデオゲームはやめて、トランプをすることにした。

ベアトリーチェ、うしろで猫がノートをかじってるよ！ 気を付けて！

妹が横から邪魔をする。買い出しから戻ったばかりの妹を手伝ってやらなければ。

それで卵にヨーグルト、ピアディーネパン。

「ねえ、コナッド（スーパーの名前）に行く途中、この近所の建物の窓やバルコニーに人が出て、大声でしゃべったり笑ったり、と大騒ぎしてたの。2階の窓に腰かけて、ウクレレを弾いてる女の子がいてね。1曲終わったら、皆が拍手喝采だった。隣の3階では、エレキギターの男の子がいて、でもそこの建物では、窓やバルコニーに出て聴いている人が誰もいなかったのよ」

妹の話によると、今日は＜家に居ながら＞フラッシュモブをしよう、と呼びかけがあったらしい。

数日前まで、僕は仲間とスキーに行ったりライブハウスに行ったりする予定を組んでいた。ところが、政府の緊急事態宣言ですべてがキャンセルになった。妹が今話したことをにわかに信じられなかった。正直、驚いた。それなら今晩、僕も他の見知らぬイタリア人達と親近感を持てるのかもしれない。知らない人達と、この外出禁止の状況を分かち合えるのかもしれない。

バルコニーに出てみる。動きが止まった町の向こうに、夕日が沈んでいく。そうだ。僕も初めて顔を合わす人達に向かって、遠くから＜いっしょにいるんだぜ＞のギターを弾いてみせる。

13

13/03/20
VENEZIA

クラウディア・ダモンティ
デルフト(オランダ)

今日は、在宅で初めてのリモート受講。

死ぬほど退屈。

左手にオートミール、右手にはコーヒーカップ（エスプレッソマシーンで淹れた。毎日の私の些細な幸せ）を持ち、壁を見ながら聴いている。

あの額、曲がってる。床に落ちているジャケットを拾って、ハンガーに掛けないと。遠くから、母の叫び声が聞こえてくる気がする。＜あんたは混乱を巻き起こす嵐だわ！＞。いつもオーバーなんだから。

でも今度はいつ会えるのかな、ママ。

3.13

シモーネ・モリナーリ
ヴェネツィア

昨夜、夕食後にゆっくり電子書籍の本棚を見ていた。山ほど溜まっている、まだ観ていない映画の中に、『ヒロシマ・モナムール』を見つけた。1959年アラン・レネ監督（Alain Resnais）。不勉強なのと怠け癖で、これまであの年代のフランス映画は避けてきた。他に何もすることがないし、タイトルにも惹かれて、観てみようか、となった。で、観た。

映画の撮影のために日本にいるパリの女性が、前の晩にたまたまバールで知り合った現地の男性と一夜をともにする。映画の主題は、最初の数分ですぐに明らかにされる。裸の男女のもつれ合うシーンと、1945年の原爆の記録フィルムや写真が交互に現れる。甘美なシーンとすさまじい原爆の様子。淫靡に身体を重ね合わせるふたりが、次第に部屋の暗闇に溶け込んでいくように見える。並行して、原爆で焦げ溶けてしまい人の姿すら残っていない被災の惨状が流れる。喘ぎ声。苦しむ女の声と男の声。相容れないふたつの物語が、並行して語られていく。

生き延びた人達やこれから生まれてくる人達へ語り残す意味を、監督は問うているのだろうか。

歴史でも恋愛でも、時間が経つにつれ記憶は薄れていってしまう。追憶は次第に消えゆき、いっぽう生活は前へ進んでいく。記念碑が残ると、忘れてはならない、という重責から僕達は少し解放される。でもそれすら、時間が経ち記念碑の周りに新しい建物が建ち、埋もれ、だんだん消えていってしまう。

当然、僕の中でこの映画は好きな順の上位に、ほぼ頂点に位置することになった。

椅子の上にノートパソコンを置いて、周りを見てみる。そっと目を閉じて、数日前から独りで暮らしているこの下宿の中の静けさに、耳を澄ます。この瞬間のことをどれだけの人が、どのくらいの期間、覚えていられるのだろうか。この隔離の経験で、僕には何が残るのだろうか？ この経験の記念碑として、何が残るのだろうか？ 僕にはわからない。

今僕がしなければならないことは、この静けさを体験することがどれほど貴重なのかを確かめながら、静寂に味わいと意味を持たせることだ。世の中の人も同じように感じているといいのだけれど。

ジュリ・G・ピズ
ヴェネツィア

ヴァレンティーナと『デカメロン』を買いに出かけてから、数日経った。

散歩に行くことにする。今日は、ひとりで。これなら、ソーシャル・ディスタンシングを云々されることもない。

いつものように水上バスで運河を渡り、ヴェネツィア本島へ着く。花曇り。灰色の雲を背景にした町は、憂鬱な感じ。何も予定がなく、急ぐ必要もない。通い慣れた道を1歩ずつ味わうようにたどる。

改修工事が終わり、新しくなったばかりのアカデミア橋を渡る。今日も誰もいない。渡った先のサン・ステファノ広場には、バールの椅子やテーブルがシャッターを下ろした店の前に積み重ねられ、また使ってもらうのを待っている。

ときどき、ひとり歩きをしている人とすれ違う。どの人も買い物袋を提げたり、ショッピング用のキャリーバッグを引いたりしている。新聞を脇に挟んでいる人もいる。立ち止まってタバコに火を点けている人もいる。さらに厳しくなった首相令で、開いている店は、食料品店と薬局、キオスク、タバコ屋だけだ。

今日もまたベルトーニ書店の前を通ってみようか。閉まっているはずだけれど。

閉まっている店の前に、マリオさんがいた。現在の店主アルベルトさんの父親だ。強制休業を利用して、昨年11月の冠水以来、整理の追いついていなかった倉庫や店内の掃除、整頓をしているのだという。

「マリオ！　マリオ！　その人から離れて！　うつされるかもしれないから！」

大声が聞こえてきた。いったい誰がどこから、とマリオと私があたりを見回していると、斜め上の3階の洗濯物のあいだから、老いた男性が手を振っているのが見えた。

「チャオ、パオロ！　どうだ、元気か？　ラッファエーレはどうしてる？」

マリオさんが、上に向かってていねいに応える。

「おう、ラッファエーレは家にいるよ。他の皆と同じようにね。退屈してる。他の皆と同じようにね」

あの、すみませんが、ここから写真を撮ってもいいでしょうか？

私はその人に恐る恐る訊いてみた。

「もちろん！　で、どこに出るの、その写真は？　イギリスかい？」

いえ、日本です。

「いいねえ！　すべて記録に取っておくんだよ！　日本の皆さんに、私らはどうにかこうにか元気だから、と伝えてくれる？　さて、そろそろメシでも食うかな。そちらもおいしいお昼を召し上がれ！」

どうもありがとうございます！

マリオさんと別れて、散歩を続ける。そのうち妙なことに気が付いた。いつも聞こえるカモメの鳴き声が、いっさいしないのだ。1羽もいない。代わりにハト達が、悠々と路面を歩き、何かついばんでいる。

町の中の匂いが変わった。狭い道をすり抜けるとき、食堂の厨房からの煮炊きの匂いがしていたのに、それも消えてしまっている。代わりに潮の香が流れてくる。遠くから、運河を流れる水音が小さく聞こえてくる。心地よい。ここは海の町なのだ。

突然、強烈な臭いが静かな音と香りを割って入ってきた。何だろう、これは？　臭いの元は、と見回す。薬局だった。アルコール消毒液の強い臭い。冷徹だが、店頭で待つ人達を落ち着かせ、守ってくれる匂いだ。

殺菌剤の冷たい匂いが、どこまでもついてくるような気がして、急ぎ足で帰路につく。するとそのとき、ミモザが目の前に現れた。甘い香りに救われる。春が近づいている。

ジョヴァンニ・ピントゥス
ミラノ

隔離第2日目。
<3時間>

まだ朝が早い。ぐっすり眠っていた。

遠くで物音がし、気持ちよく眠っていたのに起こされた。何の音なのかわからない。ラジオから聞こえてくる音だろうか。雑音混じりの人声のように聞こえる。

その音の出所を確かめようと、いやいや目を開ける。どうも隣の弟の部屋かららしい。朝9時から、いったい何をしているのだろう？ もっと寝ていたかったのに起こされて、イラつきながら弟の部屋へ行く。

そこで目にしたのは、本当におかしな光景だった。まさにこの状況ならでは、というか。間違いなく、学生の歴史始まって以来、初めての光景だ。

弟は大いびきをかいて寝ていた。口を大きく開けたまま。ベッドに斜めに線を引くように横たわっていて、身体半分がベッドからだらしなくずり落ち、残り半分はかろうじて毛布の中だ。頭は枕の横で、携帯電話は点けっぱなし。その電話から、弟のラテン語の先生の声が外まで漏れ響いていたのだった。音の正体のラテン語は、リモート授業なのだった。

弟ピエトロは、昼過ぎにならないと起きない。あと3時間分の授業が終わった頃に、やっと目を覚ますだろう。これまでは授業に間に合うように起きていたのに、今では授業が睡眠薬の代わりだ。ぐっすり眠っている。すごいな、この隔離は。

現時点では、高校生にはうれしい状況だろう。でも、あとどのくらい喜んでいられるだろうか。

おっと、弟が起きた。どこへ行くかと思ったら、テレビの前だ。そこでゲームをして3時間を過ごす。僕は叱る。「ピエトロ、1日じゅう何もしてないじゃないか。勉強しろよ」「家で役に立つようなことをしろよ」等々。

でも本当は、僕がゲームをしたかったからだ。弟のあと、僕も3時間たっぷりゲームをしてしまった。

3.1

マルタ・ヴォアリーノ
ミラノ

23時。

息抜きを兼ねて運動がてらに出かけるのに、ちょうどいい時間だ。

ごく遠くに路面電車の走る音がする。それ以外に聞こえるのは、自分の足音だけだ。第三者が写真だけを見ると、人の消えた寂しい光景に映るのかもしれない。でも私は、8月のミラノみたい、と思う。皆がバカンスに出かけてしまったあとの、平穏なミラノ。

トリノ通りを歩きながら、古い歌を口ずさむ。特に行き先はない。足に任せて歩く。

そして、ああ。ミラノのドゥオーモの前に出た。堂々と、壮大だ。

やはりミラノはミラノなのだ、と思う。

ミケーレ・ロッシ・カイロ
ミラノ

今日は、買い出しに行った。大勢が入店していたので、店の外でしばらく待たなければならなかった。ようやく順番が来て、店内にいるすべての人との安全距離を最低1メートル保って、買い物を済ませる。

いろいろな料理に挑戦してみたい。でも必要な食材が、全部は手に入らなかった（精肉関連、すべて売り切れ）。食いたいよ、肉。

明日は、粗挽きソーセージを見つけて、ブロッコリーと粗挽きソーセージのソースで、オレッキエッテ（耳たぶの形をした、ショートパスタ。南部プーリア州の特産物）を作りたい。

ソーダ・マレム・ロ
モドゥーニョ

ルネ・クルヴェル(René Crevel)の『ぼくの肉体とぼく』を読んでいる。人とも会えず、深い孤独感でいっぱいの今には、この本はふさわしくないのかも、と思いながら読んでいる。主人公が周囲の人の身体に静かに入っていきじっと観ている様子を読みながら、この数日、私が耳を澄まして聞いている、顔のない数々の声を考える。“会うために”かけた、テレビ電話で聞いた声も。

今のこういう瞬間を体験しているおかげで、自分がどういうことをしたいのか、見たいのか、聞きたいものは何なのか、ともに分かち合いたいのは誰となのか、それが遠くにいる人だと思っていたら思いのほか近いところにいる人だったとか、がよくわかるようになってきた。

そういう気持ちを確かめたあとで、自分から求めた孤独と苦悩の物語を再び読んでみる。クルヴェルの孤独は、そういう言葉では表せない、また別のものなのだけれど。

マルティーナ・ライネーリ
インペリア

今日もまた曇天。眠くなるような天気だ。退屈して寂しい私の気分に合わせてくれているのだろうか。1年じゅう花でいっぱいの、ここリヴィエラ（注：リグリア州沿岸一帯）自慢の、1年の日照時間3,000時間は、いったいどこへいったのか。

皆が皆、落ち込んで暗い顔をしているわけではない。例えば、鳥。周りから音が消えたおかげで、ゴミ回収車の音の合間から、春の鳥のさえずりが家まで聞こえてくる。鳥の鳴き声を聞いているうちに、私も窓から飛び出して空から周りを見たくなってくる。居場所を変えて、違う風景を見られたらな。

遠くに見えるカルヴァリオ山(Monte Calvario)まで飛んで行きたい。家から遠くへいきたい。

こうなる前も、家から見慣れた風景とは違う景色が見えるところへ行きたい、といつも思っていた。幼かった頃、高速道路を走る両親の車の窓から、山の上のポッジ村にある私の家を見ていたのを思い出す。

窓の桟にパンのかけらを置いてみる。ツバメが来て、私の家が空からどう見えるのか、話を聞けるといいな。

エリーザ・サンティ
ヴェネツィア

部屋にクモが巣を張っているのを見つけた。いつからそこにあったのか、相当な大きさで、かなり長い時間をかけてクモはそこで働いたのだろうな。 ── と男友達が言う ── 彼はディラン。この数日、退屈しすぎている。パーティーしようぜ、と言い、私もパーティーしたいと返事する。

でも友達が（私の友達でもある）いないんだよな、と言う。あんたの友達は私の友達でもあるのだから、私も友達がいないのよね、と返事する。

この男友達に最後に会ったのは、ちょうど1週間前になる。いつものように彼は優しくて、ほかにカルロやビアンカ、アニータとリサもいっしょに、ある家で会っていた。その家は<ブラゴーラ Bragora>という名前で、サン・マルコ広場の近くにある。とても広い場所で、まるで若者捨て場みたいなところだ。実際、若者がたくさん捨て置いてある。

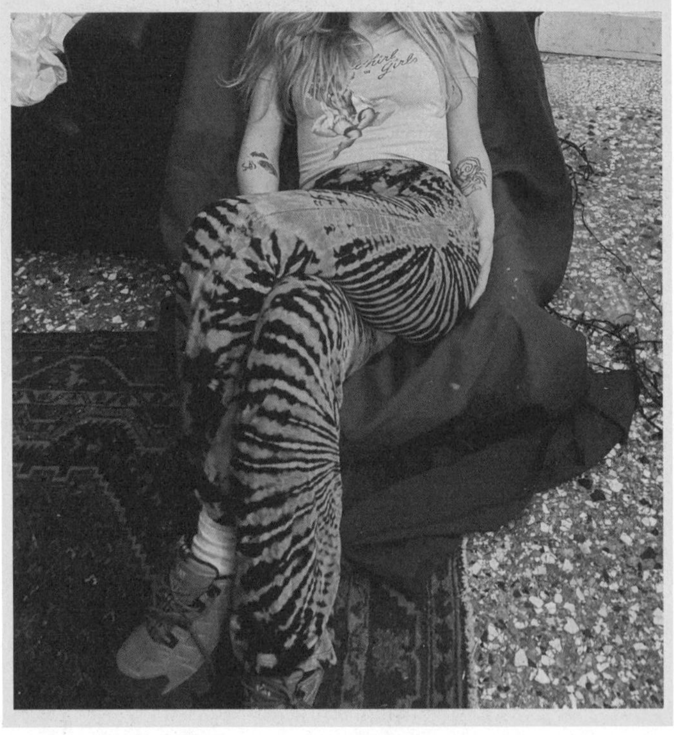

その夜、私は古びたテーブルに着いて、カルロとパスタを食べていた。このカルロは金髪でハンサムな子なのだけれど、私にこう言った。エリーザ、おれ達、<赤い地区>（感染危険地区）らしいよ。私は彼を見て、こう返事した。何なの赤い地区って？ カルロは言った。家から出たらいけないっていう地区のことだよ。私は言う。あっそう。赤い地区のことなどはそのとき考えたくなかったし、ひとりで笑っていたかったから。

ビアンカが来たので、このニュースを教える。ビアンカ、パニック。

ディランが来たので、ニュースを教える。ディラン、パニック。

リサが来て、リサ、パニック。

アニータが来て、でもアニータはまあまあ落ち着いている。

私は考えたくなかったのでひとりで笑っていたのだけれど、皆は赤い地区について話し始め、そのうち友達の不安が私にもうつってきた。そのときはあまりよくわかっていなかったので、ねえ明日考えることにしない、と私が言うと、友達も皆、OKと言った。そのうちふざけ始めて、何か質問したり子供みたいになったり、ティーテーブルやボロボロのソファの周りで踊ったりした。そしてときどき目を見合わせ、お互いの足元を見て、脚を、腕を、そして髪を見たりした。ときどき笑った。ときどき近づいたり、触れ合ったり、離れたり、目を合わせたり、足で突いたり、脚や腕、髪、そしてときどき顔、鼻、目、口に触れ合ったりした。

その家で朝5時まで寝ずに過ごし、くたくたになって、喉もカラカラに渇き、目の下に隈ができたけれど、誰も悲しくなかったし、赤い地区について考える人もいなかった。幸せで、ああ楽しい夜だった、と皆が思った。私は特に何度も、ああ楽しい夜だった、と思った。

すばらしい1日だった、とそのあとも思い出しながら考える。今、私は驚いてはいるけれど、取り乱していないし、また友達と会えたら、自分はラッキーだと心から思うだろう。強制的に独りぼっちで過ごさなければならない毎日、運河の向こう、深い草むらでのダンス、野原に張ったビニールテント、黒く染めた短い髪、甘辛い人、寝心地のよいベッド、大きな窓、緑色の海……など考える。

楽しいことも嫌なことも、いずれはすべてが思い出になるのだと考える。それでいいのだろうか？ それでいいのよね。そう思うと、もう赤い地区のことなど考えないし、自分が赤い地区に住んでいるのも気にならない。

さっき、私は思い出を部屋の中に見つけた。いつからそこにいたのか、どのくらいそこにいたのか、私がそれを張るのにどれだけ時間がかかったのか、考えていた。

キアラ・ランツァ
トレカスターニ

疲れが骨の髄まで沁み込んでいる。

宿題をしているうちに、まるで高校4年のときのような絶望感に襲われて、泣いた。降参してノートを閉じ、近代美術史の本を開いた。雑な複写のせいで、絵画は黒く潰れている。字も染みのようになって、うまく読み取れない。聖人についての説明だが、インクが滲んでて細かいところが見えない。それでも絵を見ながら、＜これは今の私のための絵だ＞と、確信する。

グーグルで、ヴィットーレ・カルパッチョの『聖ジョルジョと竜』について検索する。出てきた画像をパソコンのスクリーンセーバーにした。

パソコンを開いたまま、勇気をもらおうと午後じゅう画面を見ている。

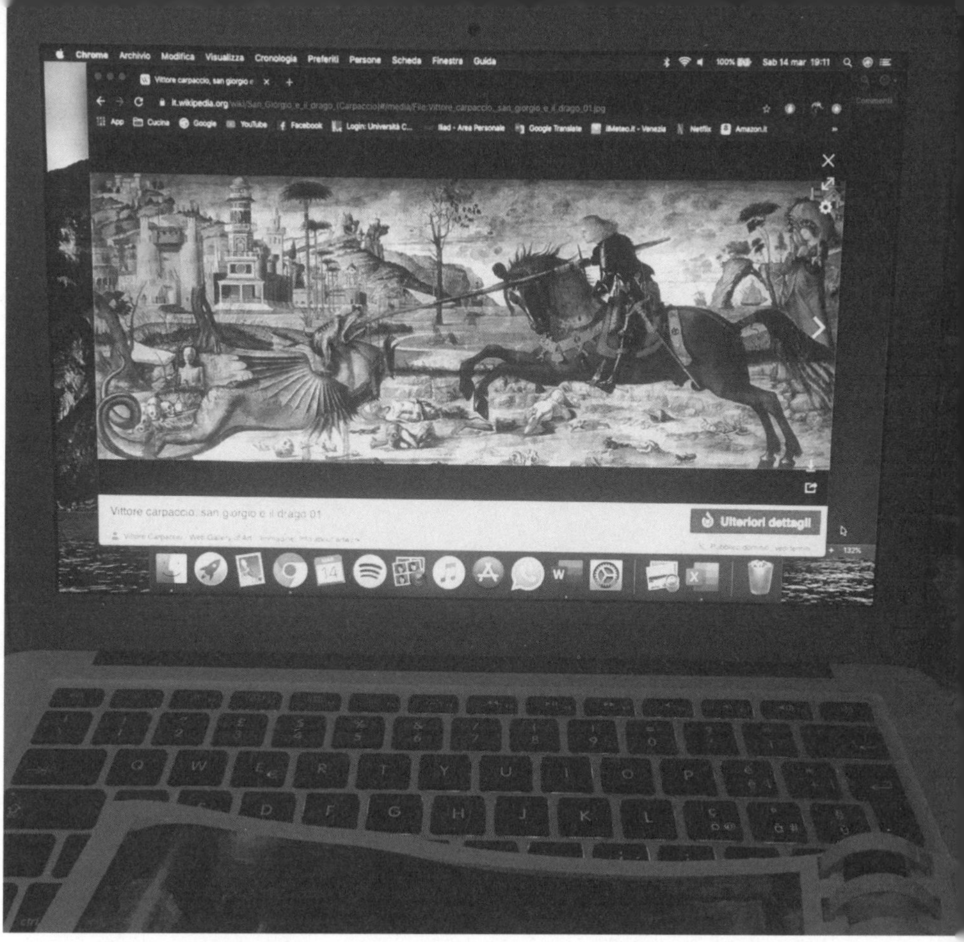

クラウディア・ダモンティ
デルフト（オランダ）

今日は、会いに来てくれる人がいる！　＜ミラノ＞の友達だ。細かいことを言えば、彼はブリアンツァ（ミラノ近郊の地方都市）の生まれ育ちなのだけれど、そういう場合はだいたい、ミラノ生まれ、と紹介することになっている。加えて彼は今、ポー川の北あたりに住んでいる。家にパートナーを残し、ひとりで電車でやってくる。大げさに喜んでいるように聞こえるかもしれないが、この状況にこの行動は、優雅で紳士的だと思う。アペリティフくらい、おごるでしょ？　当然。でも、どこで？

自転車を担いで電車に乗り、うちまで来てちょうだい。なんとかなる。勉強机の上を片付ける。全然、問題じゃない。下宿仲間に椅子を借りる。ママがどうしても、と送ってくれたバリラのパスタもまだ1キロあるから、スパゲッティだって食べられる。それに絶妙のタイミングだ。イケアで買った本棚が箱に入ったまま、力持ちでやる気がありネジ回しを使いこなせる若者を待っていたところ。

旧友に乾杯。ごく小さな優しさのおかげで、私は祖国の家にいるような気持ちになっている。

アレッシア・トロンビン
サヴィリアーノ

今日は、天気が最悪。
起き抜けから、窓を打つ雨音が低く聞こえる。太陽が恋しい。家にいるようになってからこの数日、太陽がそばにいてくれて助かっていた。
何もしたくない。悲しい。外出禁止になってから初めて、さみしい。
都会暮らしは悲惨だ。

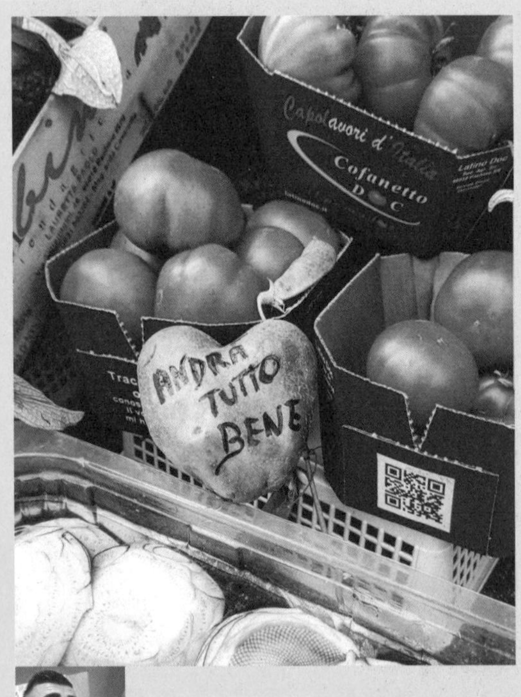

アンドレア・コンケット
ヴェネツィア

ジュデッカ島で、僕が経営する青果店の店頭から。
（トマトにマジックで書いた文字がメッセージ）
<きっとうまくいくから、だいじょうぶ>
ANDRÀ TUTTO BENE.

3

マルティーナ・ライネーリ
インペリア

いつもの土曜日の朝と同じように、まだ寝足りない気分でゆっくり起きた。どういうわけか土曜日だというのに私は8時前にはもう目が覚めていて、フランチェスコはまだぐっすり眠っている。うらやましい！外出禁止となっても、これまで通りに昼まで眠っていられる彼のようになりたい。

規制は守りつつ、でも昨夜、金曜の夜は、毎週の約束ごとを破棄にはできなかった。町の中心にある<アルテカフェ>は、友人フランチェスコが経営する店だ。私達にとっての<ロキシーバー>のような店で、毎週金曜日の夜は必ずそこで友人達と落ち合うことになっている。何年も通い続けているうちに、店で顔なじみになる人も少しずつ増え、今では大家族のようなものだ。店に行けば、必ず知った顔がいる。独りじゃない、と思える。特別な店なのだ。そういう魔法のような金曜日の約束を、なしにできるわけがないでしょう？

天の恵みで、テレビ電話がある。私達は自宅から出ずにテーブルにワイン、おいしいつまみを準備して、19時を待った。店主が画面の向こうでグラスを上げる。「僕達に、乾杯！」。すぐにウイルスのことも、皆で集まれないことも、親族に会いに行けないことも、町が沈みきっていることもすべて忘れて、飲んでしゃべった。笑うことは、魔法のようだ。

昨夜の乾杯から12時間経ったが、まだ私は幸せな気分に満たされている。前向きなエネルギーが充電できた。昨夜、友人達と別れ際に、今晩ピッツァを家で作る約束をした。私は家でピッツァを作ったことがない。おいしくできるといいのだけれど。これまでは、ピッツァ職人の弟と料理が得意な父が、生地から練って作ってくれていた。なかなか難しい挑戦だ。

がんばれ、私の腕。さあ粉をこねよう！

アンジェラ・ボナディマーニ
ミラノ

ミラノの中心に住んでいる。うちの前には交通量の激しい広場があり、その少し先には＜緑色路線＞の地下鉄の駅がある。騒音には慣れている。クラクション。スキール音を立てるタイヤ。夜遅く大声を上げてふざける少年達。車の外まで聞こえる大音量の音楽。私の部屋まで、音の渦が流れ込んでくる。

きれいな空気を吸いに、勉強しに、バカンスに、週末を過ごしに山の家へ行く。まったく眠れない。騒音がないとダメなのだ。地下鉄が通るたびに揺れる家でないと、眠れない。日常生活で耳にしている音を聞くと、ほっとする。守られていると感じる。

広場は空っぽだ。たまに車が、誰もいない道を走っていく。ときどき家が震える。車庫へ移動する地下鉄が通ったのだろう。それ以外の音がしない。道に迷ったような感じ。

『宇宙の恩恵』という本を読んでいる。外出しなくなってからこれで4冊目だ。今の私に必要な本だと思う。私だけでなく、たぶん他の皆もきっと、宇宙の恩恵が必要なのではないだろうか。本当に宇宙が、このように方向転換をしてくれたのかもしれない。

この本はなかなか面白い。＜カート・O・レイリー＞という人物が出てくるが、ある日突然、すべての物事がうまくいくようになる。全部うまくいくなんて。そんな幸運ばかりが続くなんて、あり？　何か裏があるのでは？　読み進めるうちに何かわかれば、また説明します。

いつものように祖父が髭をあたっている。まるでこれから出かけるかのように。髭剃りの音は聞き慣れた音だ。今日もいつもと同じように聞こえている。

よかった。

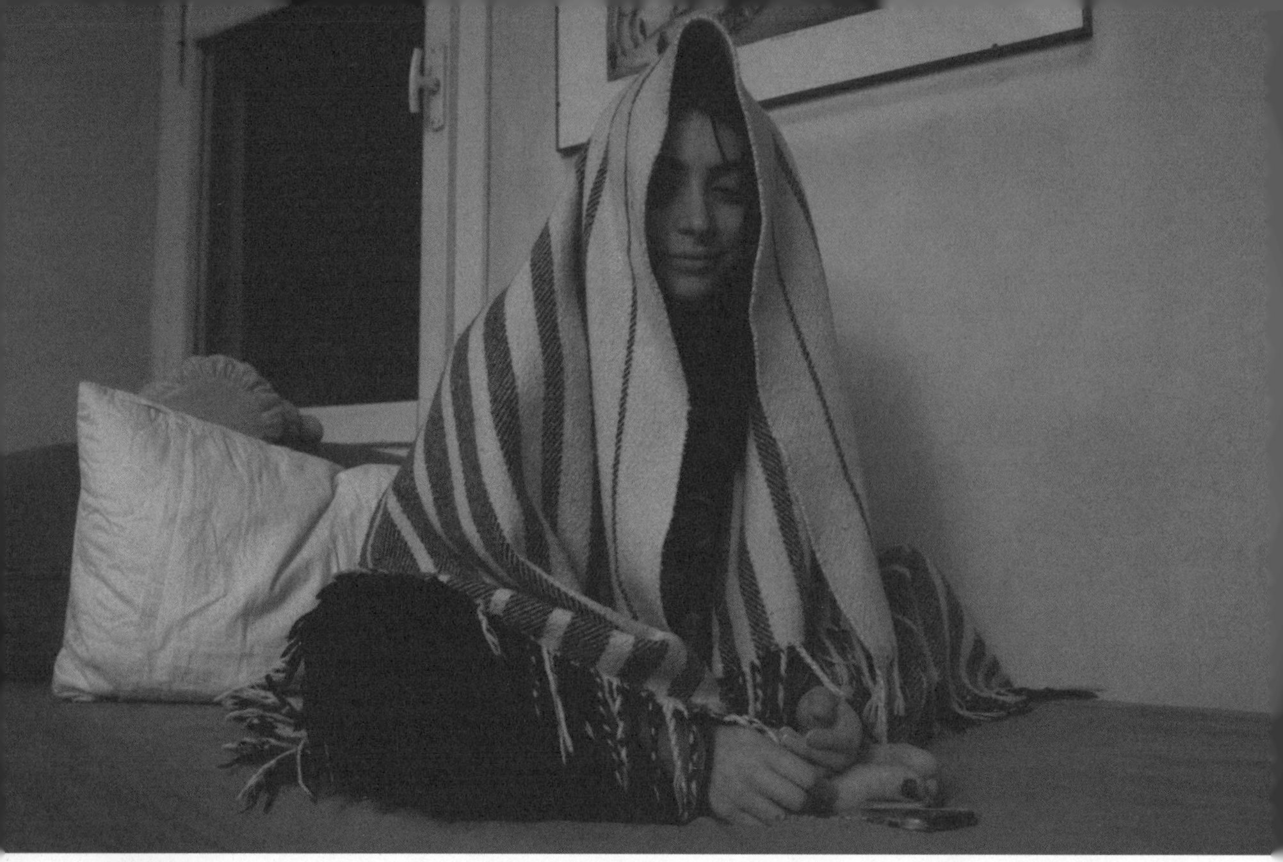

シモーネ・モリナーリ
ヴェネツィア

彼女は、レティツィア。去年11月に知り合った。たった4カ月しか経っていない。中央イタリアのウンブリア州の出身で、大学に通うために昨年9月にヴェネツィアに引っ越してきた。そこでいきなり歴史的な大冠水に遭った。

さて彼女の不幸というか幸運は、サンティ・ジョヴァンニ・エ・パオロ病院の真向かいに住んでいることだ。毎朝、窓の下を救急船が通り、看護師や医師、救急隊員、赤十字隊員が往来するのが聞こえる。

現代的に改装してあり、ヴェネツィアでは珍しく住み心地のよさそうなアパートだ。4階にあり、病院前の運河に面している。病室は運河沿いに伸びる建物に並んでいて、20メートルの長さの食堂がある。彼女の家の窓から、病院の中が見える。

いつの間にかもう夜になっていた。彼女は眠そうに、緑色のソファに座っている。頭から被った毛布が肩を覆い、目を伏せて、心がここにない表情をしている。まるで聖母のようだ。外の世界から離れ、毛布に守られていると思っているのかもしれない。

向かいに住む隣人はどうだ？ 白いシーツに包まれ、じっと堪えて待っている。

もう寝る時間がきてしまった。

3.14

ジュリ・G・ピズ
ヴェネツィア

目が覚めた。ベッドの上にある窓から、空の切れ端が見える。グレー。今日もまた同じ。いや、昨日よりも少し濃いかもしれない。

飼い犬レオンは私が目覚めたのに気付き、片脚をベッドに上げて外へ連れていくよう催促する。

オーケー。眠い目をこすりながら、着る服を選ぶ。水色か群青色を着たら、天気がよくなるかもしれない。リードにジャケット、さあ外に出よう。

岸壁を歩く。今朝は本当にまったく人がいない。遠くにジョギングする人が1人いるくらいだ。風がとても強いので、家に戻ったほうがいいのかもしれない。風まで運命とグルなのか。

犬からリードを外し、散歩することにした。うれしそう。ロックダウンなど、犬の知ったことではない。転がるように走り回る。その無邪気な様子を見て思わず笑い、ほっとする。

私の髪は向かい風を受けてボサボサに乱れ、犬は風に吹かれて毛が逆立っている。

シルヴィア・クレアンツァ
コンヴェルサーノ

自主的隔離をセルジォと始めて、今日で3日目。先週までふたりとも下宿先のミラノにいたので、できるだけ両親から離れて感染を避けたい。そのために私達はまず、空間を分けた。実家は町の中心にある古い建物で、いくつかの階がある。1番下の階のアパートメントは、しばらく前から使っていない。1990年代からすでに暖房は取り外してしまい、電化製品も家具も置いていない。そこに電気ストーブを入れて、私とセルジォは料理を作り、食べ、勉強し、暇を潰している。

両親は上の階で暮らしている。買い物をして届けてくれ、ときどき料理も作って持ってきてくれる。

だから食事どきは、ドキドキする。上のドアが開いて階段を下りてくる足音がすると、食べ物がやってくる、とわかっている。モッツァレッラ・チーズが入った袋。摘みたてのサラダ菜。熱々のトマトソースが入った鍋。果物。宝物のように、すぐに冷蔵庫に入れる。

そのときに食べたいものを買いに行けないのは、さみしい。自由に手のかかる料理を作れなくて、さみしい。今までこれほどシンプルな食材が大切だと思ったことはなかった。この隔離のあとは、何を食べてもおいしいと感じるだろう。

ミケーレ・ロッシ・カイロ
ミラノ

今日は、別のスーパーマーケットへ行ってきた。粗挽きソーセージをなんとしても買いたいからだ。

今回は、店の外で並ばなくても済んだ。店に入ると、そこにいる全員がお互いなるべく近寄らないように避けている。他人が皆、僕を疑わしい目で見ているような気がする。

ああ、あった。粗挽きソーセージ。それに、オレッキエッテもあるじゃないか。全部買う。チョコレートも買いたくなって、通路で立ち止まって場所を探していると、背後に人の気配がする。振り返ると、1メートルおきに人が立っている。前に行きたい人達が、1メートルずつ間を空けないと通れないので、僕が動くのを待っているのだった。他の人とそれ以上、近寄るのが怖い人もいるようだった。大急ぎでチョコレートを取り、支払いを済ませて帰宅した。

田舎にある別荘の庭から摘んでおいた、タイムとローズマリーを冷凍庫から出す。細かく刻み始める。青い匂いがまな板から立ち上る。夏を想う。太陽と野原。

目を閉じて、都会から逃げ出すふりをしてみる。

サーラ・パリアルーロ
ローマ

外出禁止になって今日で6日目で、驚くようなできごとを目撃し始めて3日目だ。イタリア全土がロックダウンになってから、各地で同じ時間にそれぞれの家のバルコニーに出て国歌を歌ったり、叫んだり、手を叩いたり、鍋やふたを鳴らして大きな音をたてている。はじめのうちは、バカバカしいと思っていた。勉強をしていると、うるさくて邪魔だった。皆で揃って大騒ぎするなんて、どういう得があるわけ？

ウイルス感染を広めないために、外出を禁じられている。

再び、私は考えた。いつもどこにいても、どんな場合にも、距離を1.5メートルあけて他の人から離れることは、実はまた＜他の人に寄り添う＞ことでもあるのだ。

わずか数分を皆で大騒ぎして過ごすことは、ただ歌いたいから、音楽を聴きたいからではない。それぞれの退屈や不安、希望を他の人と寄り添い、分かち合いたいからなのだ。それで気持ちが明るくなるのなら、よいことだ。

それに、ことわざにもあるではないか。＜中途半端な共有では、喜びも半分＞と。

アレッシア・トロンビン
サヴィリアーノ

何日の何時何分にバルコニーに出てみんないっしょに歌を歌おう、という呼びかけがSNSでどんどん回ってくる。怖さに立ち向かおう、というフラッシュモブみたいなものだ。

へそ曲がりなので、この行動の意味が私にはよくわからない。いったい何の助けになるのか、わからない。

夜、「ねえアレッシア、来て！ マジック！」と、弟が大声で呼んだ。ちょうど『ハリーポッター』を読み始めたところだったので、邪魔されてイライラしながら弟の部屋へ行った。

後ろの建物が光っている。携帯電話だ。バルコニーに光る無数の携帯電話は、蛍のよう。そして、イタリアの国歌が聞こえてきた。界隈丸ごと、国歌でユニゾンになっている。

そのとき、私も感動した。自分よりも大きなものに包まれて、その中の一員になったという感覚。うまく言い表せない。

本当に、魔法のような体験だった。

3.1

アレッシア・アントニオッティ
モンテレッジォ

わかってる。家から出てはいけなかったのは。でも、もうがまんできなかった。でも何も悪いことはしなかった……。誰にも会わなかったし。山のてっぺんへ独りで行った、ということもあるけれど。

外に出る必要があった。出たとたん、生き返った。歩きながら新鮮な風を頬に受ける。風はそのまま髪を梳かし、背後へ抜けていく。風といっしょに、さまざまないい匂いを吸い込む。生きている、と感じた。こんな気持ちになったのは初めてのことだ。野生の香草や花（こうした事態になって、ただひとつ変わらず止まらないのは、自然だけだ）の香りを集め、土が匂い立つ。

日差しは温めてくれるけれど、今日は今までとは違う。まるで私の中に入ってきて、そのエネルギーを分けてくれようとしているようだ。これまで自分の周りにあるものを、これほどありがたいと感じたことはなかった。物事の大切さは失ってみないとわからない、というのは本当なのかもしれない。

マルタ・ヴォアリーノ
ミラノ

00:45。台所からチッコ・シモネッタ通りを見ている。真っ暗で静まり返っている。

外出禁止だったにもかかわらず、私にはとてもあわただしい数日だった。ときどき子ではなくて、親の役をしなければならないこともあるものだ。家族のために私が判断しなければならないのは、精神的になかなか疲れる。もちろん、皆が全面的に私の判断を信じてくれているのは、とても誇らしいことなのだけれども。

自分のために、ちょっと休憩する。イタリアの歌手、ファブリツィオ・デ・アンドレ(Fabrizio De André)の『ホテル・スプラモンテ(Hotel Supramonte)』を聴く。これを聴くと、いつも落ち着く。
<この停留所もやがて通り越す。誰も傷つけずに。やがてこの小雨も止むだろう。傷みが消えていくように>

3.15

ジュリ・G・ピズ
ヴェネツィア

「OK。明日11時に、ザッテレのスーパーマーケットで」

そう言って、昨夜、私はヴァレンティーナとデイヴィッド、リッカルドと電話で約束した。

外出禁止の日曜日は、すばらしい晴天。買い物袋を提げて、水上バスの停留所へ行く。停留所で待つ乗客がくっつきすぎていないか、警官が目を光らせている。私達はいつものように大急ぎで警官の前を走り抜けて、乗降口の安全ポールを閉じかけていた船にぎりぎりセーフで飛び乗った。

「グラツィエ！」

あわてて乗りこんだ私達を笑っている乗船員に、礼を言う。

サン・バジリオで降りる。対岸の停留所だ。スーパーマーケットに近づく。路上に強烈な赤い色のものがいくつも置いてある。スーパーの買い物かごだ。店外で待つときに、かごに合わせて並ぶように目印として並べてあるのだ。1度に店に入れる人数は少数に限られていて、外で並ぶときには人との間を1メートルずつ空けるように、と貼り紙に書いてある。

私達も列に並んで、周りを見た。

「なんて偶然！」

「ブオンジョルノ！」

デイヴィッドとリッカルドが声をかけてくる。

「同じ時間に買い物に来ただなんて、ほんと、すごい偶然ね！」

そっと互いに目配せしながら、ちょっとわざとらしく大きめの声で挨拶を交わす。

4人で列に並び、絶対厳守の1メートルの空間を飛び越えて、しゃべり始める。

「すみませんが、列最後の方はどちらです？」

女の人が尋ねる。

「私です！ 並ぶ代わりに、列にスーパーのショッピングカートを置いてあります」

少し離れたベンチに座っている男の人が叫ぶ。

「まるでお医者の順番待ちみたいですわね！」

「まったく！」

ようやく順番が回ってきた。店に入りながら考える。

＜先週までは、友達との約束はバールだったのに。今はスーパーマーケットを隠れみのにして、こっそり会わないとならないなんて＞。

『デカメロン』

ジョヴァンニ・ボッカッチョ 著

『デカメロン』（古代ギリシャ語で「10日の（物語）」の意）は、1349年から1351年にかけてジョヴァンニ・ボッカッチョによって書かれた、全100話からなる物語集です。10人の若い男女が、ペストの危機から逃れるためにフィレンツェ郊外にこもり、10日間にわたって10話ずつ物語を語り合います。

ボッカッチョは前書きの中で、何年にもわたってペストが蔓延した当時の惨状を描き、当時大切にされていた社会規範や慣習が、この感染症の大流行によって破壊しつくされた様子を語っています。

その一方で、10人の若い男女を通じてもうひとつの事実、つまり人類は己の力と知性によってどんな状況をも切り抜けられる、ということを示してもいます。

協力：イタリア文化会館
https://www.iictokyo.com/blog/

dire
inutili
un
sor
riso
geo
met
ric
ame
nte
al
Cinema
INUTILI
AL CINEMA LE L
mutande

キアラ・ランツァ
トレカスターニ

携帯電話を見たら、3月15日 日曜日 08:21とあった。もう月半ばだ。この3月はなかったに等しい。

起き上がる。いつものようにガラス戸を開け表に出て、空気を入れ替えてどんよりした眠気を追い出す。

思いもよらない寒さが流れ込んできた。秋みたい。空は、言う必要もないが、灰色だ。少し風があり、カシの木の葉が小さく揺れている。空気の匂いも、秋のようだ。少し燻った匂いがする。最初の寒さが下りてきて、ストーブに薪をくべるときと同じ匂いだ。隣家の庭では、親戚の悪口をシチリア訛りでさかんに話している。小鳥が鳴いている。

3.15

ソーダ・マレム・ロ
モドゥーニョ

雨が降ってきたので、私は母と叔父といっしょに大急ぎでテラスに出て、洗濯物を取り込んだ。たいした降りではなく、そのまま私達はテラスに残って、外の新鮮な空気を楽しんだ。

近所の人達も、各々のシーツや洋服を取り入れにテラスに出てきた。小学校の同級生ヴィートのお母さんと目が合った。うちの様子を尋ね、兄オマールの近況を訊き、そして私が今何をしているのか知りたがった。少ししゃべって、家にまた入ることにした。

「外出禁止で家にいるのだから、庭越しにヴィートと話してみたらどう？」

すぐに母が言う。

私とヴィートは、昔とても仲がよかった。ヴィートは3階に住んでいて、彼の部屋のバルコニーはうちの庭に面しているので、毎日、彼はあちらから私はこちらから、建物の壁と庭をあいだに置いて、延々としゃべり続けたものだった。それは私達にとって、1日のうちのとても大切な時間だった。いつもの時間になってもどちらかが出てこなければ、大声で名前を呼んだものだ。ときには電話がかかってきた。＜こんにちは、おばさん。すみませんが、マレムに庭に出るように伝えてもらえますか？＞。呼べば、応えていた。

毎朝ヴィートは学校へ行くのに、私を迎えにきた。いつもヴィートのほうが私よりも早く起きていたので、私がまだ道に出ていないと、遠回りになるのにわざわざうちまでやってきた。うちの下の角で落ち合っていっしょに歩き、ミングッチォ通りへ左折した。おやつに食べるパニーノをそこで買っていた。来た道を家のほうに戻り、シモーネが下りてくるのを待った。それから皆いっしょに小学校へ行った。その道の行き止まりの左側に、小学校はあった。

夏になると、ヴィートはうちの庭で遊んでもよいことになっていた。夏以外は、いつもバルコニーから見ることしかできなかった庭だった。いっしょにレモンを取った。祖母がそれを切って、私達はレモン半分にひと口ごとに思い切り砂糖をまぶしてかぶりついたのを思い出す。

今でもそうしてレモンを食べる。ひと口ごとに、あの夏の日々を思い出す。彼のことは、何を話していたかより、そのしぐさを思い出す。

たとえ何年も話していなくても、私は彼との友情は永遠だと思っている。

マルティーナ・ライネーリ
インペリア

この数日、SNSに多くの動画や写真、マンガが投稿されている。どれも笑わせようとするものばかりで、毎日の重苦しさを吹き飛ばそうといっしょうけんめいだ。とりわけこの動画には胸を打たれた。数えきれないくらい繰り返し観ている。私の町、インペリアのポルト・マウリツィオ（Poroto Maurizio）が映っている。

インペリアはまだ歴史が新しい。1920年代にできた町である。もともと、インペーロ川（町の名前の由来）を挟んで、ふたつの町があった。ポルト・マウリツィオとオネリア(Oneglia)だ。郷土主義は現在でも強く残っている。もしインペリア生まれか、と訊かれたら、私はすぐに「はい、ポルト・マウリツィオです！」と、応えるだろう。私の親族は、＜ポルト＞の出身だ。父方は特に、その旧市街の中央にあるパラージオ（Parasio）地区である。鷹の巣状の町の斜面に、細い路地が入り込んでいる。町のどこからでも海が見える。息を飲む美しさだ。

あれこれ非難されるところもあるけれど、私はこの町を愛している。自由に、足の向くまま、目的もなく、ゆっくり町を散歩できないのがさみしい。軍隊に外出許可証や自己申告書の提示を命じられることなく、感染させないように心配せずに、散歩できないのが悲しい。好きなところで立ち止まって海を見たい。いつもそこにあるのに、見るたびに違う表情をしている海を。

3.15

オット・スカッチーニ
ミラノ

海岸

今朝は、なかなかいい時間に起きた。早く出ないと、スーパーマーケットが混んで大変だ。今日は料理をする。エビの天ぷらのための材料がいる。

家を出る。階段を駆け下りる。建物の玄関門を閉めて、おっと、イヤホン！

今朝は、近所の上階から音楽は聞こえてこない。

自転車にまたがって、出発。広場を横切り、運河のかつての船曳き所を通り過ぎ、いつもなら大渋滞で詰まってる道をスイスイ走り抜けていく。まるで8月の午後のようだ。アスファルトの道はペダルが軽い。道に広がる静けさを聞く。自転車のメカといっしょに道を行く。道は、延々と続く人気のない灰色の砂浜のようだ。いい気分。空気が新鮮だ。

昼食後、ポルタ・ジェノヴァ駅を描いてみる。実物よりもっと小さくて、さみしくて、壁が傷み、面影がない。クリーム色の壁の横に、階段と雨樋を付け加えてみる。小さな窓をたくさん描き込む。描きながら、この数日の空漠感を自覚できるような気がする。

誰にも知られずに、僕が望む通りの風景を描くと、町が近づいてきて親密になるように感じるのだ。なんというか、町が僕のものになる、というか。

アンジェラ・ボナディマーニ
ミラノ

毎日、星占いを読んでいる。やる気の湧く1文が書いてある。今日のはこれ。
<あなたの考えが真実に合うように生きてみるといい>

は? どういう意味?

何が言いたいのか考えながら、今日は次に何を読むのか決める日だったことを思い出す。そう簡単ではない。オプションがありすぎて、どうやって選べばいいの?

まず、天気に合うかどうかを考えなくては。今日は晴天だ。つまり、悲しい話や内側にこもるようなのはダメ。外に出たい。自然の中に行きたい。軽くて、すらすら読めるのがいい。物語に引きずり込まれて、ページを繰る手が止まらないような本がいい。たぶん2日前に父から勧められた本がいいのかも? あるいは、クリスマスツリーの下に置いてあり、まだ開いてもいない本だろうか。

机と本棚の間を行ったり来たりする。

決めなくては。

冬休みに読み始めたものの試験勉強をしなくてはならず、途中で放り出したままになっている、あの分厚いのもあったっけ。いや、ジェーン・オースティン (Jane Austen)と、1800年代のイギリスの田舎へ飛んでみるのも悪くない。

今日はいったん休憩にし、もう少し考えてみることにする。時間はあり余るほどある。

3.16

キアラ・ランツァ
トレカスターニ

今日は、世の中との接触があった大切な日だった!

午後、インターネット電話でGといっしょに勉強したのだ。コンピューターでスカイプを使い、それぞれの画面に互いの顔が映るのを見ながら、私は美術の勉強をし友達Gはよくわからない名前の、法学の勉強をした。

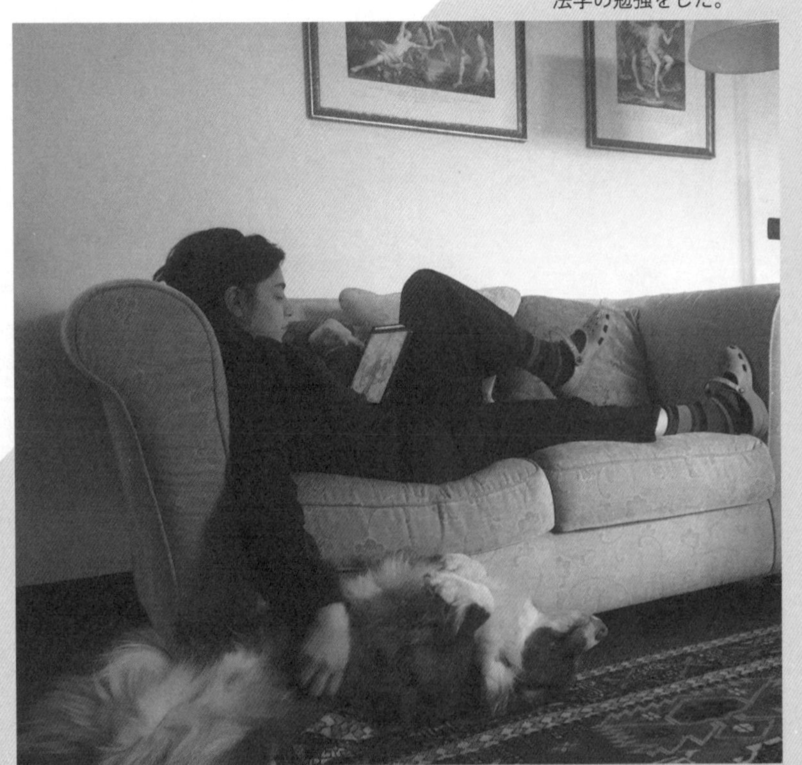

夜になって、Rから電話があった。彼女は動じることがない、度胸のすわった冷血動物みたいな人で、いつも冷静で間違えない。彼女の母親は看護師で、勤務先のトリノの病院での感染リスクが日増しに高まっている、と言った。

「感染させたくないのなら、子供との関わり方もよく考えなければならない。しばらく家には帰らないほうがいい」

職場でそう告げられたという。冷血動物のRもさすがに心配して、電話をかけてきたのだった。

「ねえ、関係ないことを私としゃべってくれない?」

私は彼女の気をそらせようと、思い付く限り関係ない話をした。そして、気をしっかり持つように、そのうち全部終わるから、と締めくくった。彼女はあいまいに礼を述べ、電話を切った。

今日の妹と犬は、まあまあおとなしくしていた。

エリーザ・サンティ
ヴェネツィア

以前、遠くて色鮮やかな異国の名前を持つ友達がいた。彼女の髪は黒くて黒くて黒くて、短く、癖っ毛で目は緑色で緑色で緑色だった。肌は真っ白で真っ白で真っ白で、爪をかむ癖があった。

彼女といると、時間について熱心に話し込むことが多かった。彼女は、時とは何かを尋ねた。時間というのは誰にもうまく扱えない物で、でもいつも私達の周りにあるのだ、と話していた。時間というものはこんなに近くにあるのに、まったく管理できないのはなぜなのか、とよく考え込んでいた。

そういうことを、彼女は私に質問した。私は時間に対しては好感を持ったことがなかった。時間はスルリとすばしこいかと思うと、どんよりと重苦しくて遅く、日や場面によって変わり、映画のように後戻りすることができない。私の友達も、時間のそういうところに対してブツブツ文句を言っていた。持て余して、私に時間に関してのそういう話をしていた。

しょっちゅう、まったくしょっちゅう私の友達は、しくじっていた。私もよくしくじった。ふたりで目をつぶって、まちがいをしでかす前を強く強く強く思ってみたのだが､何も起こらなかった。

しょっちゅう、まったくしょっちゅう起きたしくじりは、私達のせいではなくて、周りにあるさまざまな物事のせいで起きていた。

しょっちゅう、まったくしょっちゅう、この赤い事態になってからというもの、どうしたら後戻りできるだろうか、と私は考えている。

神経を集中して、目を閉じ、強く強く強くこの事態が起きる前を考えてみる。でも何も起こらない。

私の友達のことを想う。彼女はどのようにして時間に打ち勝ったのだろう。

もしここに彼女がいたら、後戻りしたいと思うだろうか。おそらく、おそらく、おそらく、答えはノーだ。

なぜ私がそう思うのか理由はうまく説明できないけれど、彼女が後戻りしたい、と答えるとは思えない。絶対にそう思わないだろう。

だって、彼女は部屋にいるのが好きだったし、彼女と部屋にいるのが私も好きだったし。

理由はわからない。理由がなんだったのかわからないけれど、彼女が後戻りしたくない、と答えるのは確かだ。それが重要だ。

時が経ち、あることは過去にも変えられないし未来にもできない、ということが私はわかった。

時が経ち、ずいぶん納得するのに骨は折れたけれど、答えは、時間の流れに任せればいい、ということなのだとわかった。

もし時間の流れるままに任せないと、私はお腹が痛くなる。

もし時間の流れるままに任せないと、私は頭が痛くなる。

もし時間の流れるままに任せないと、私は口が痛くなる。

私の友達も、時間が流れるのに身を任せたのだろうか、と考える。そして自分は時間の流れに任せて最後を迎える用意ができているのだろうか。

希望とは、1番最後に死ぬことだ。

オット・スカッチーニ
ミラノ

<筋肉は、多数の繊維が集まってできている。どのような分子の仕組みで細胞が収縮したりするのか、まだよくわかっていないが……>

50年前にリチャード・フィリップス・ファインマン(Richard Phillips Feynman)は、大学の講義でそう説いた(『Six Easy Pieces』として1994年に刊行)。彼が説明できなかったことの半分近くは、現在では高校の理科の教科書に載っている。現代の科学は目覚しく進化し続け、社会に影響を及ぼしている。

本から目を上げて、空っぽの外の景色を見る。この数日の静けさのおかげで、これまでのあわただしい時間の過ごし方を考えている。緊急事態で、暮らしのあり方を変えるときがきたのではないか。ゆっくりすることを味わい、自然の美しさを確認できるのは正しいことだ。

運河の元船曳き所の周りを歩き終える。運河に住むアヒルを追いかけたあと、犬は僕の後ろについてくる。人がいないことに気を許したアヒルが、そのままだと舗道まで上がってくるところだった。

午後になると、暑いくらいだ。家のほうに渡ろうと運河から路上への階段を上ると、ベンチに座る釣り人をそこからじっと見ている人がいる。これだけ町に人がいないと、身の回りの小さなことも大切に思えるのかもしれない。

ジュリ・G・ピズ
ヴェネツィア

「もっと間を空けてください！ もっと間を空けたほうが、皆のためです！」

中年の女性が叫んでいる。

ザッテレにいる。いつもの犬の散歩コースだ。今日もとてもよい天気。昨日までの風も止んで、穏やかな春の日だ。

運河に沿ってずっと、冠水のときに使う台が並べて置いてある。今日は冠水のためではなく、ベンチ代わりに置いてある。中年女性が2人、腰かけて日光浴をしている。おしゃべりをしたくてたまらない、という顔をしている。長い距離を置いて座っている。お互いの声を聞くには、怒鳴り合わないとならないだろう。それでしかたなく、前を通り過ぎる人を相手におしゃべりを始めた。

「家に独りでいるのは、もうたくさん。気を付ければいいでしょ。私は念のために2メートル、空けるようにしてますから。1メートルじゃなくて。握手もしませんの」

そうですよね。日光浴を楽しんでくださいね！

飼い犬レオンもけっこうな年なので、休ませるために私もそこへ座った。

先ほどの女性を見る。外出禁止の最中だからといって、部屋着で出てきたわけではない。まったく隙のないお洒落で、まるでこれからお芝居でも観にいくようだ。黒いオーバーコートを羽織り、セットしたての髪に真珠のイヤリング。襟元には、目の覚めるような紫色のスカーフを着けている。離れて座っている彼女の友達は、堂々と真っ赤なコートである。そしてイヤリングは、やはり真珠だ。

「どんな状況でも完璧にしていないとね。誰に会うやもしれませんから。それに、お洒落していると、なにより自分の気分がいいものですしね」

3.16

クラウディア・ダモンティ
デルフト（オランダ）

新しい日。同じソファ。ものすごく朝早く目が覚めた。少しずつ日照時間が長くなり、私の部屋も冷たい朝日で明るくなる。光が入ると眠れない。どこにいても、私はあまり眠れない。ミラノでは、部屋を確実に暗くする方法を決めてあった。ドアに窓、よろい戸とカーテンすべてを閉めてから、ベッドに入った。部屋の中は真っ暗で、地下のように静かだった。

ところがここオランダでは、まだよろい戸というものが発明されていないらしい。私が不眠症なのを知っている親友達は、イタリアを発つ前に貴重な贈り物をしてくれた。ヤマネの形をしたアイマスクだ（注：イタリア語でぐっすり眠ることを、<ヤマネのように眠る>という。ヤマネは夜行性で、昼間はたっぷり眠る）。いよいよ出番だ、と開けてみたら、子供用サイズだった。私は小柄で童顔なので親友達は、これでぴったり、と思ったのかもしれない（いまだにスーパーマーケットでビールを買おうとすると、身分証明書を提示するように言われる）。

でも私の頭回りは、十分に大人だ。

結局、朝日とともに目が覚めた。ズキズキと頭が痛い。最悪。

コーヒーを飲んで、オンライン授業が始まるのを待とう。

買い物

<人は食なり>

3月12日に全土封鎖の首相令が発動されて以来、現時点（3月23日）で許されている外出は、生活必需品と食料、医療関係品の買い出しのみとなっている。買い物に行くにも、さまざまな規制がある。

各家庭（共同生活している場所）につき1名。

店内では、レジも含み、他人との距離を1メートル以上空けられる状態であること（店外で待機する場合の行列も同様）。

店舗によっては、支払いは現金不可。

規制強化で、大型店舗の入り口で検温義務。

ミラノを州都とするロンバルディア州で、スーパーマーケットで買い占め騒動が起きたのをきっかけに、北イタリアを中心に各地でも同様のパニックが起きた。食料品店への供給は途切れることなく潤沢であるが、食料品店の前には常に行列ができている状態が続いている。

首相令発動と同時に、緊急事態にあっても、国民には<Made in Italy>の安全で確かな食材を過不足なく供給保証する、とイタリア農業協同組合

COLDIRETTI http://www.coldiretti.it とイタリア食料供給連盟　FILIERA ITALIA https://www.filieraitalia.it/ が発表した。

バールやレストランなど、あらゆる外食産業（ケイタリングも含む）が休業となったため、封鎖前は国民の10.4パーセントが外食していたが(600万人強)、現時点で在宅しているほぼ全国民が自宅で食事を取るようになっている

（Federazione Italiana Pubblici Esercizi https://www.fipe.it/)。

インターネット電話やインスタグラムなどのSNSの投稿のテーマの大半が、<食>に集中している。インターネット電話でつながりながら仮想食卓をともにするのは、すでにごく当たり前の情景となっている。

自宅待機になり自宅で食事や料理をすることは、孤独感、閉塞感、不安などから気を紛らわすのに効果大。欠点は、肥満と栄養のバランスが崩れること。

現時点で、イタリア国民の38パーセントの買い物行動が、毎日の必要食材ではなく買い置きのためとなっている。各住居は、食材で飽和状態となっている。買い物品目の動向からも明らかだ。

全土封鎖になる直前から外出禁止の出た直後までの、買い物内容の動向は以下の通り(2020年3月9日～2020年3月15日　Nielsen https://www.nielsen.com/it/it/)：

2019年同時期と比較して：

パスタ　＋65.3％
小麦粉　＋185.3％
トマトピューレ　＋82.2％
長期保存可能　牛乳Uhtタイプ　＋62.2％
ツナ缶詰　＋56.0％

他にも<感染特需>として：

家庭用ゴム手袋（販売最多記録）　＋362.5％
洗剤　＋49.7％
アルコール　＋169.2％

また、アルコール飲料（主にワイン）の購入も都市部では軒並み増え、2020年2月の1カ月間と2020年3月1日～18日の期間と比べて、＋220％～＋240％との報告がある（https://www.winelivery.com/)。

食材店、特に都市部の大型店舗では、店外での順番待ちが2時間以上にも及ぶ。高齢者や障害者、疾病者などの負担と感染リスクをなくすために、自治体の福祉課やイタリア生活協同組合、ボランティア団体などが買い物と配達代行サービスを始めている。

290

3.16

シルヴィア・クレアンツァ
コンヴェルサーノ

今晩の町はあまりに静かすぎて、向かいの家の誰かの携帯電話へのメッセージ着信が聞こえた。

シルヴィア・パリアルーロ
ローマ

ついこの間、うちの台所に世界地図が貼られた。見るたびに、自分がいかに小さな存在であり、重大に思える日々のできごとも実は他愛のないことなのだと思う。

この果てのない外出禁止の毎日も、長い目で見れば小さなことにすぎないのだ。終わりがないように感じるのは、1日じゅうすることがないからではなく、ロックダウンが解けて普通の生活に戻れる日からカウントダウンしながら、暮らしているからだろう。

今、世界中の人達が同じ不安を抱えている。そう思うと突然、目の前が開け大きな世界を感じる。今は皆が握りしめたまま手を伸ばしているが、やがてその手を固くつなぎ合い、ぐるりと地球を抱けるときがくるのを待っているのだ。

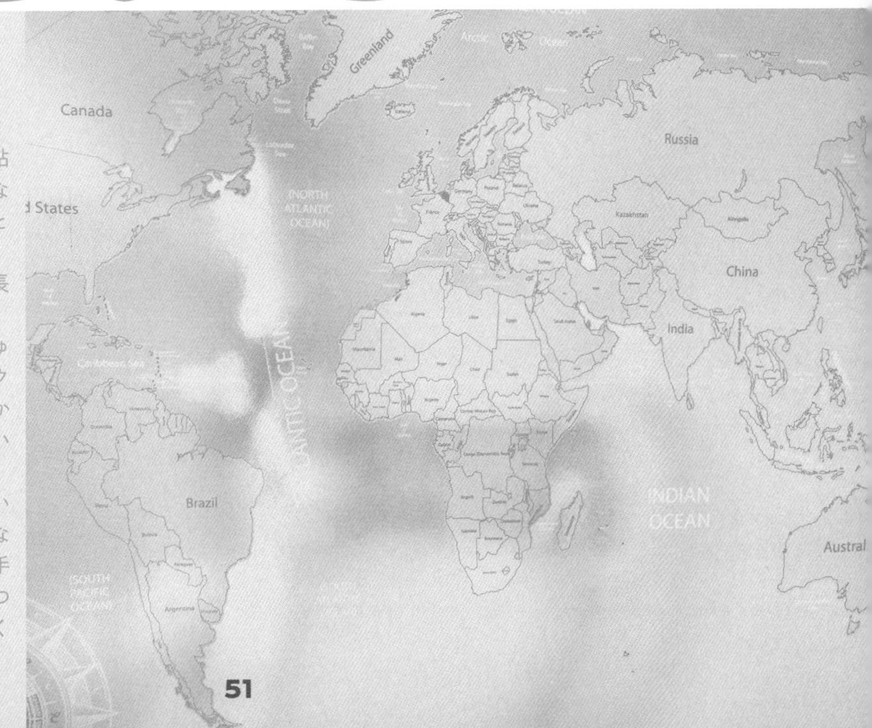

ヤコポ・ディ・ナポリ
ミラノ

このあいだ友達と電話で話していて、この強制封鎖で自分の本性がはっきりするだろうな、ということになった。

僕は、自分の本性をよくわかっている。怠け者だ。ただし、それが長所だと思っている。

告白するけど、外出禁止になってからの1週間は毎日10～12時間は眠り、残りはソファとベッド、台所の椅子のあいだを回って過ごした。誰と回ったかって？ 本と医学の教科書、PCとゲームとだ。まったく苦痛ではなかった。むしろ居心地は抜群だ。

それで今感じていることを、ちょっと哲学っぽくて申し訳ないけれど書いてみる。

皆の中で、人生の真の目的とは何かを自分に問うてみた人はいるだろうか？

人類が始まって以来のジレンマだ。紀元前29000年から現在まで、毎朝、悩んできたことだ。牛を狩るために洞穴から出て来て以来、その牛がクローン牛を産むようになった現代まで続いている、あの悩みだ。

迷える人間の魂を揺すぶる、あの3つの疑問のひとつだ。活力に満ちた問いかけだ。この3つの疑問の他に、自然に湧き上がる知への探求心に火を点けるものはない。

＜なぜ生きるのか？＞

＜幸せとは何か？＞

そして、

＜あの子、誰かともう付き合っているのか？＞。

最初のふたつの疑問への僕なりの答えは、＜人間は自分の幸せのために生き、自分の本質に満足することこそ、個人にとって最大の幸せ＞だ。

もし個人の本質が僕のように＜怠惰＞なら、幸せに生きるのはすごく簡単になる。ベッドさえあれば済む。しかも寝たきりのベッドでなければならない。真の怠け者というのは、ベッドメイキングで時間を無駄にはしないのだ。

3.16

マルティーナ・ライネーリ
インペリア

今日、＜贅沢＞という言葉に新たな定義を加えた。＜外出禁止期間に、庭付きの家を持っていること＞。

どうして贅沢かというと、私は今、町の真ん中に住んでいて、日当たりの悪いバルコニーがあるのがせいぜいだ。果樹や小さな家庭菜園だなんて、本当に夢のまた夢だ。

5年前まで両親と住んでいた頃は、庭や畑の手入れはしたくなかった。それが今では、庭なしではいられない。春が訪れる頃は特にそうだ。花のつぼみや小さな芽が少しずつふくらみ、柔らかな葉になり、さまざまな色が見え始め、甘い香りといっしょに少し塩辛いような匂いが土から立ち上る。おかしな人に見えるかもしれないが、私は草花1本1本に近寄っては声をかけ、じょうぶに育つように、と撫でて回る。

今朝は、仕事のことが心配でいつもより早く目が覚めた。患者はどうしているだろう。どうやって支払いをしようか……。

でも、今考えるのはやめておこう。考えてみたところでしかたない。家から出られないのだから。ヨガの先生が言うように、今の瞬間をよく生きなければ。これから起こるかもしれないことを考えて、現在を台なしにしてはならない。

今日は、すばらしくよい天気なのだ。仕事をするフランチェスコはそのままにして、階下の庭へ下りた。小鳥の鳴き声を聞き、心を落ち着かせた。日差しが顔や手を温めていく。もう上着も要らない。1時間以上、屋外で過ごした。明日も天気がよければ、また来よう。

これぞ、贅沢だ。

キアラ・ランツァ
トレカスターニ

今日はあまりに退屈しすぎて、とうとう半地下にある本棚を整理することにした。

乱雑な本棚に黒人の頭が置いてある。真っ白でツヤのある陶製だ。この黒人の頭は、伝統的なシチリアの定番置物である。サイズと色もお望み次第で揃っている。たいてい2個がセットになっているが、シングルでもオーケー。シチリアのどこでも買える！

とても昔の物語に源を発する、ちょっとゾッとする愛と嫉妬の物語だ。

時代は1000年。シチリアは、モーリ（黒い人達）の支配下にあった。モーリとは、北アフリカのベルベル族出自のイスラム教の人達のこと。シチリア島西部にあるパレルモで、もっと正確に言うと、アラブ地区カルサ（Kalsa)での話である。さて。

ある美しい女性が、毎日バルコニーに出て花の世話をしていた。通りかかったモーロが、ひと目惚れしてしまう。ふたりは互いに激しく惹かれ合う。しかし、熱情だけではうまくいかないもの。女性は、愛しいモーロが母国へ帰らなければならないことを知る。母国には、彼の帰りを待ちわびる妻がいることを女性は知る。裏切られ、侮辱され、理性を失い激情にかられて、眠っている恋人を女性は殺してしまう。さて、ここからが山場だ。女性は恋人の頭を切り取って中身をくり抜き、植木鉢にする。そこへバジリコを入れる。

バジリコへの水やりは、女性が流す毎日の涙だ。すくすくと育つ。近所の人達はそれを見て、自分達もテラコッタでモーロの頭の形をした鉢を真似て作る。

＜なかなか！＞。本棚に置いてある、女の顔の陶器を見てそう思う。

3.17

ソーダ・マレム・ロ
モドゥーニョ

私の春は、今日始まった。

叔父と庭の手入れをした。何をどこにいつ植えるか話しながら、私は外に出られてどれだけ気持ちいいか、何度も何度も繰り返して言った。

叔父に会うたびに、たくさんのことを習う。今日は、2種類の果物の木の接ぎ木のしかたを教わった。叔父は幹に触れ、どこに切り込みを入れたらよいのか、教えてくれた。

叔父は、自分が教えていることはすべて幼い頃に祖父から習ったこと、と話した。

雑草を抜きながら、ビワの味が口いっぱいに広がった。

アレッシア・トロンビン
サヴィリアーノ

今晩、父が作ったピッツァのレシピ。定番。私には、世界で一番おいしいピッツァ。

材料：
- 600g　小麦粉
- 100ml　エキストラ・ヴァージン・オリーブ・オイル
- 240ml　水
- 10g　イースト
- 5g　砂糖
- 10g　塩
- トマトピューレ
- モッツァレッラチーズ
- バジリコ

作り方:
砂糖とイーストを溶かし混ぜる。
小麦粉と合わせて、オリーブオイルと水を少しずつ加えていく。
適度な弾力が生地に出るまで、リズムよく練る。
布で包んで寝かせる。
生地が発酵してふくらんだら、板の上に伸ばす（麺棒を使ってもよい）。
表面全体にトマトピューレを伸ばし、細かく切ったモッツァレッラチーズを散らし置く。
250度のオーブンで20分焼く。
焼き上がったら、バジリコの葉を2枚とオリーブオイル少々をかけて、でき上がり。

エリーザ・サンティ
ヴェネツィア

外出禁止の毎日、何も面白いことは起きない
私の家にあるものはすべてすっかり記憶済み

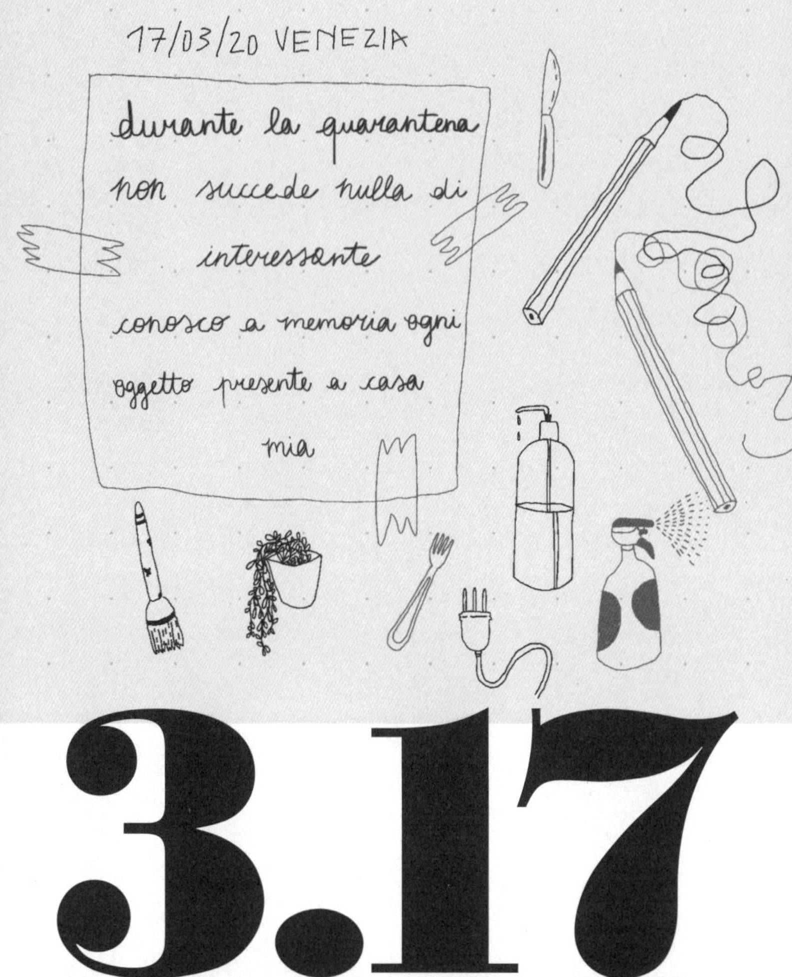

17/03/20 VENEZIA
durante la quarantena
non succede nulla di
interessante
conosco a memoria ogni
oggetto presente a casa
mia

3.17

アニェーゼ・セッティ
カリアリ

今日のカリアリの空は、のっぺりとした白色だ。

今朝、母はオフィスへ行き、分厚くて黄ばんだファイルを何冊も抱えて帰ってきて、今、書斎で仕事をしている。兄は大学への提出物をまとめていて、父は本を読んでいる。

数日前から家の中には、異様なほどの平和とすぐに火が点くけんかの（たいてい夕食後だ）繰り返しだ。けんかの種は、<台所の後片付けは誰がするか？>から、<世の中でのフランチェスコ法王の役割について>などである。たいてい議論のテーマは極端で、現実に直面しているあの問題とは接点がない。

家族を見ながら、うちはかなり例外だな、と思う。サルデーニャ人というのは人見知りで無口だと世間では思われているが、うちの家族はすぐに熱くなり、言い争いをし、うるさい。台所にまるで15人くらいいるかのようだ。

また、サルデーニャ人は誇り高く、周囲でどんな論議が交わされていようが構わず自分の信念を貫き通す人達、とも考えられている。まあ、これはうちもその通りだろう。

言っておきたいのは、私達はこういう暮らしに慣れていないということだ。父と母は、少なくとも30年前からずっと働いてきた。兄ミケーレは家を離れて独り暮らしをするようになって、もう6年になる。私は、人があまりいない広い家の中で自分のテリトリーを守ってきた。こんなに長い時間、いっしょに過ごすのに慣れていない。正確に言えば、けんかせずに長い間いっしょにいるのに慣れていない。イライラが爆発するのは、不安のはけ口のようなものだ。けんかをして、外に出て気を紛らわすこともできない。閉所恐怖症のような不安が次第に大きくなってくる。

少しずつ人の違う面が見えてきている。両親も、これまで自分達になかった感情 ― 退屈 ― に64歳と56歳の今、初めて向かい合っている。

外出禁止で私達は4人の同居人となり、平穏に、でもたまにうんざりして家族であることを忘れないように少し騒いでみたりしている。

せめて夢を見るときくらいは
出かけて楽しむ
それでたくさんの
人と会う

almeno quando sogno
esco e mi diverto
e vedo un sacco di
persone
ELISA
SANTI

アレッシア・アントニオッティ
モンテレッジォ

今日は美容師になった。久しぶりに面白かった。

この外出禁止のおかげで、私はとても生産性のあることをしている。髪を染めるなんて、これまで考えたこともなかった。でも、＜最悪の状況は最善の解決策＞という通りだ。

母の髪が染まり終わるのを待っている。うまくできたらいいけれど。新型コロナウイルスや外出禁止なんて、ちっとも怖くない！

オット・スカッチーニ
ミラノ

＜ヨーグルト＞

今日は出だしからよくなかった。大学の同級生が、この数日イタリア各地で見られる楽天主義的な動きを厳しく批判した。彼女は、人々は深刻な現状の全体像をわかっておらず、皆で励ましあったり寄り添う気持ちばかりを鼓舞するのは間違いだ、と怒っている。僕は、楽天主義を非難するのは違うと思う。なぜなら、そもそも僕達が個人でできることは限られていて、特に今のような状況では皆いっしょに問題に立ち向かわなければならないと思うからだ。力を合わせて乗り越えるのが、こういうときには唯一の方法ではないか。

ふだん心から尊敬している同級生からこうした批判を聞いて、僕は悲しかった。これまで彼女に対して抱いていた敬意と、この厳しい批判を、自分の中でうまく処理できない。気分を変えないと。

イライラしたり不安なとき、僕は手仕事をする。台所へ行き、少し考えて、ヨーグルトを作ることにした（たいていうちの台所には、過剰な量や高カロリーの材料がある）。

牛乳をゆっくり温めているうちに、だんだん落ち着いてくる。外は晴天。今晩は、うちの建物を描く。

ミケーレ・ロッシ・カイロ
ミラノ

今日は眼科に予約が入っている。できるだけ人と会うのを避けるため、地下鉄は止めて徒歩で行くことにした。

歩きながら、おかしな夢の中にいる気分になる。一見、すべてきれいに見える。太陽がさんさんと輝き、やっと春だ。しかしよく見ると、穏やかに見える町は表向きの様子にすぎないと気が付く。通行人はほとんどいない。いるのは、外出規制を見張っている警官達だ。大通りのビルの壁面広告は、ウイルス関連の警告へと代わっている。ときどき見かける歩行者は、なるべく人から離れて歩こうとしている。前からやってくる男性は、僕と正面から行き会わないよう、かなり手前で反対側の舗道に移った。僕と2メートル空けて通り過ぎるためだ。ポジティブに考えて、がら空きのミラノを味わおう。

眼科に着くと、すぐにマスクを渡される。着けたらメガネが曇る。手を消毒するように命じられる。診療所のスタッフは全員、医療用のゴム手袋にマスク姿だ。待合室にいるのは、老人と僕だけ。老人は、携帯電話で動画を大音量にして何か見ている。

呼ばれて、診察を受ける。幸い近視はあまり進んでいなかった。大変な苦労をしてやってきたかいがあった。ニコニコしながら歩いて帰る。

3

Coronavirus.
Fermiamolo
insieme.

URBAN VISION

17

マルティーナ・ライネーリ
インペリア

今日で、外出禁止になってちょうど1週間になる。

起きたけれど、落ち込んでいる。電話をしたら、母も暗かった。いつもならお互いに話がたくさんあるのに、今日は全然だめだった。ふだんは料理が大好きなのに、今日は料理もいやだ。

幸い午後になってだいぶん気分が晴れてきた。ダンス教室のインストラクター、マッシモに、レッスン仲間といっしょにスカイプでレッスンを受ける約束だ。突然、うちの居間が臨時のダンス教室へと変わる。フローリングではないので、床で足が冷えないようにじゅうたんを敷く。

2週間、強制的に中断されていたレッスンを再開して、身体を動かせて本当によかった。外に出られないと、どうしても座ったままか家事で身体を動かす程度になる。長年のレッスンのおかげで、もう身体が覚えている。関節を動かし、硬くなっていた筋肉をほぐす。

脚が疲れてだるく腕は痛いけれど（ダンスで使うのはつま先だけではないので！）、夜、心地よい疲れといっしょにお気に入りの毛布に包まりソファに寝そべる。

クラウディア・ダモンティ
デルフト（オランダ）

今日もとてもよい天気。がまんできない。どうする？ 家の中はビールの空き瓶でいっぱいだ。善良な市民として、スーパーマーケットへ空き瓶を捨てに行くことにする（ここオランダでは、空き瓶回収に対しサービスがある）。

いざ出動。私達、イタリア人、ロシア人、オーストリア人の女3人は、空き瓶を山と提げてデルフガウ（Delfgauw）の道を行く。全員、湧き立つうれしさを抑えきれず、勝者の凱旋行進の足取りになる。

外は穏やかで、日が輝き、ロシア人がミントと黒スグリ味のタバコをくれる。幼い頃に使っていた歯磨きを思い出す。頭の中は空っぽだ。空き瓶用の回収ボックスの向かいで、羊がのんびり草を食んでいる。

アンジェラ・ボナディマーニ
ミラノ

今日はスタートからつまずいた。遅く目が覚め、昨日よりもずっと疲れていた。晴天だけれど、外に出られないのはいつも通り。何もしたくない。勉強なんて、とんでもない。

ベルリンに留学中の女友達から電話があった。去年11月にベルリンに会いに行ってきた。今日、大使館へ行くのだ、と言った。もう少しベルリンに滞在できるかと思っていたが、ベルリンも感染が広がりつつあり、心配した彼女の両親が早くイタリアへ帰ってくるように言ったからだ。でもミラノに着いたとたん、彼女は自宅にこもらなければならない。

「悪夢だわ。やっと春になったのに、2週間もこもっていないとならないなんて。ベルリンで12月を過ごすより、これってひどいんじゃない？」

ひとしきり嘆いたあと、私が今何を読んでいるのかを尋ねた。私は、何も決められない状態で読む本も見つからない、と答えた。

「それなら」、と友達が推薦してくれたのは、これ。外出禁止になってから5冊目の本だ。

『ザ・ロード』（コーマック・マッカーシー著／The Road, Cormac McCarthy）

読後に感想を話そう、と友達が誘ってくれたおかげで、気分が少し晴れた。

姉とピッツァを作ることにした。

ピッツァとコカ・コーラの夕食のあとで、本。いつものような夜だ。

3.18

アレッシア・トロンビン
サヴィリアーノ

今日午後、部屋いっぱいに太陽が差し込んだ。ここ11日間で初めてのことで、出かけたくなった。ただ外に出て歩くだけでいい。

落ち込み、ベッドに腰かけて前の壁を見る。考え込まないように、音楽をかける。

突然、しばらく聴いていなかった曲が流れた。なかなかいい曲だけれど、歌詞をちゃんと聴いたことはなかった。音楽を聴くとき、よほどの気持ちが湧かない限り、歌詞を気にかけることはない。

今日は、そういう気持ちがあった。ワンフレーズを耳にしたとたん、詩に惹き込まれた。

> 皆、どこにいってしまったのだろう？／ここにいるのでしょう、ここに／抱きしめて、確かめたい／この瞬間を大切だと思うなら／ 1歩前に出て、もう1歩前に／もっと強く抱きしめ合える／もう独りぼっちにはさせない

曲もいい。歌詞もまさに私が聞きたかった言葉そのものだった。

運命など信じない、とはいうけれど。

アレッシア・アントニオッティ
モンテレッジォ

＜誇りに思う＞
今日は午後、弟エマヌエーレ（13歳。中学1年生）を手伝った。サッカーのコーチに見せるために、動画を撮影したのだ。状況は日増しに深刻になってきていて不安だけれど、今日も私は笑った。ふたりともあまりに笑いすぎて、何度も撮りなおさなければならなかった。弟は、私にかまってもらえてうれしかったのだろう。私もうれしかった。けんかはしょっちゅうだけれど、お互い大好きだ。コーチから言われた通りに練習をこなした弟を、私は誇りに思う。もうがまんできない、と弟を叱りつけたりすることもあるが、でも私のかわいい弟なのだ。彼が喜ぶなら、何でもしてやりたい。

マルティーナ・ライネーリ
インペリア

外は抜群の天気だ。雲ひとつない空に暑いくらいの日差し、そよ風も吹いている。
ごきげんで目を覚ます。何かしたい気分。外出禁止の毎日をポジティブに過ごすために、なるべく朗らかにしている。
でもショックなことがあった。毎日、私とフランチェスコは、感染者や犠牲者、医療関係者の底知れない疲労、などのニュースを追っている。身の回りで何が起きているのか、ふたりとも十分に承知している。感染を前に、自分が何もできないのが辛い。明るくふるまうのは、申し訳ない気がする。家にこうしているのも、それほど悪くはない。ところが、外では苦しんでいる人が大勢いる。ニュースのあと、考え込んで1日を過ごす。
外出禁止になった初日から毎日、正午と18時になるときっかり時報のように、誰だかわからないが近所でタンバリンを鳴らす人がいる。鳴らしている姿が見えない。でも時間になると私はすぐに窓のそばに走っていき、向かいの窓やバルコニーを見る。老いた女性が、タンバリンに合わせて金属製のお玉でバルコニーの柵を叩いている。独り。誰かといっしょに暮らしているのだろうか。連日どのように過ごしているのだろうか。私と同じなのだ。皆、外に出ずに過ごしている。

これが、私達に与えられた役目なのかもしれない。明るくふるまっても、罪ではない。規制をきちんと守って、精神の健康も保たなければ。
明るさを誰かにうつすことができれば、よい感染だ。
あの老女はタンバリンから朗らかさをうつされたのだろうか、それとも私が老女からうつされたのだろうか。

ヴァレンティーナ・スルブリエヴィチ
ヴェネツィア

午前11時。テラスに出て、暖かい日差しを楽しもう。これならショートパンツでもだいじょうぶかな。そう思ったとたん、アイデアが浮かんだ。テラスに居間を移動させよう！
居間からソファのクッションと祖母が手編みで作ってくれたカーペット、ジュリのビーチタオル、日焼け用のクリームを持ってテラスに出る。まるで夏。ソファのクッションも、室内で転がっているより外のほうがうれしそうだ。
ラグを敷き、クッションを置いて、ビーチタオルを広げる。
以前住んでいた下宿を思い出す。小さなアパートメントだったが居心地がよくて、どの部屋も天井には梁が見え、その木のおかげで優しい雰囲気だった。そのときの下宿仲間を思い出す。まだあのアパートメントに住んでいるのだろうか。元気かしら。リアルト橋の近くのアパートメントは、隙間なく密集して建っている。あの地区に限ったことではなく、ヴェネツィアはどこでも同じようなものだ。限られた土地に建ち、よって路地もごく狭い。他のアパートメントはどうかわからないが、私の前の下宿は日当たりが悪かった。1日のうちわずかな時間、向かいの建物の上階の窓に反射する光が差し込むだけだった。それ以外は1日じゅう日陰だった。太陽に当たりたくて外に出ていく自分は、まるでトカゲのようだった。
さて、テラスの柵沿いに寝転がる。日焼けクリームの匂いを嗅ぐと、砂浜にいる気分だ。テラス一面に太陽があふれ、肌が熱くなり、身体の中まで太陽が染み込んでくる。生まれ変わったようだ。遠くに、カモメの鳴き声や庭で遊んでいる子供達の声が聞こえる。
テラスから身を乗り出すと、子供達が見える。私達も子供達も幸運だ。テラスからの情景は、いつもと変わらない。外出禁止の重苦しさも感じない。
「だってここは観光地なのだから」
以前ここの下宿人だったコスタンツァが、よくそう言っていた。

エリーザ・サンティ
ヴェネツィア

3月からヴェネツィアの日差しは強くなってくる。去年の今頃、学校から戻ると玄関前に置いてある赤いベンチに座り、少し日光浴をして身体を温めてから勉強を始めていた。ジュデッカはいつも日陰だ。日の当たる時間が少ない。だから少しでも太陽を楽しみたい。

今日はとても暑い。日差しを確かめてから、例のベンチに座ることにした。まだパジャマのままだ。その上から赤と青のトレーナーを着て、青色のズボンをはき、冠水のときに従兄弟から借りた分厚い靴下をはいて、ウサギ型のスリッパをひっかけ、イヤホンも持って外へ出た。

ベンチに座って、正面を見る。色のコントラストが美しい。地面にはめてある敷石には、すべてに見覚えがある。幼い頃からずっとここに住んでいるのだ。あの敷石。つまずいては、何千回転んだことか。自転車に乗れるようになったのもここだった。踊って、歌い、食べたりパーティーを開いたりした。

見上げると、私より古くからここにある長い棒が、ロープで壁につなぎ留めてある。ロープはそのまま中庭の隅まで張ってある。洗濯物を干すためだ。ロープにたなびく洗濯物を見るのが、幼い頃から大好きだった。石鹸の匂いが流れ、広げ干したシーツに隠れたり、すぐに割れてしまうカラフルなプラスチック製の洗濯バサミで遊んだりした。

右を見る。ソフィアが住んでいた玄関ドア。ソフィアは、私と妹の幼馴染だった。いつもいっしょだった。毎日この広場に出て、空想の町に見立てて遊んだ。

叔母アンナリーサの家の玄関も見える。従兄弟のアンドレアはヴェネツィアに住んでいる。

左を見る。隣に住むローマの人達の玄関ドアを見る。ときどき数週間をジュデッカで過ごしにやってくる。玄関の外に多くの植木鉢を並べている。その隅が湿気ている。

路地を挟んだ向こう側の家のテラスも見る。広場への出入り口を見る。新しい隣人の家の玄関を見る。＜Talking Heads＞を聴きながら、にっこりする。まぶしくて、手をかざす。それから肩の向こうに頭をずらして、右を見る。うちの玄関のドアを見る。母が私を呼ぶ。「エリーザ、ごはんよ！」

キアラ・ランツァ
トレカスターニ

玄関のブザーが鳴ると、犬が吠える。玄関ドアの開く音がすると、犬が吠える。

というわけで、今朝7時30分頃に外の門が開き、小型バンが中庭に入ってきたので、犬が吠えた。

小型バンから、真っ白のツナギを着た人達が降りてきた。まるで事件ドラマのシーンみたいだった。マスクとゴーグルで顔を覆い、うちに入ってきた。私が大急ぎで階段を下りようとすると、母が半地下に下りてきたらだめ、と言った。父が感染しているかどうか検査をするのだという。夜中に疑わしい症状があり、感染専用の救急番号に電話をし検査を希望したのだった。

1週間前から父は私達と離れて、半地下で暮らしている。ずっと働いていたので、家族の中で感染リスクがあるのは父だけだった。

検査隊員達は、検査結果が出るまでこれまでよりも時間がかかるかもしれない旨を告げた。

「検査希望が大変に多いので」

小さな車窓からマスクとゴーグルを着けたまま隊員が挨拶をして、小型バンは走り去っていった。

午後、友人の訃報を受けた。

私はベッドに突っ伏した。今日は辛い1日だった。永遠に終わらない気がする。

サーラ・パリアルーロ
ローマ

今日は、外出禁止になってから10日目。毎日朝から晩まで家の中にこもっているのが、辛くなってきた。正直に言うと、この＜家の中でのバカンス＞は初日からすでに窮屈だった。

今の時期のローマは、とても素晴らしい。いつも晴れていて、暑いけれど暑すぎない。真っ青で雲ひとつない空。なのに、これだ。からかわれているような気がする。宇宙から＜出かけられないんだよね？ 夏を先取りして味わうのに、絶好の日和だよ！＞と、ちょっかいをかけられているような感じだ。ありがとね。

幸い大学のリモート講義が朝9時から13時まであり、忙しい。あまりに勉強することがありすぎて、いずれにせよ出かけている暇などない。勉強しなければならない状況が、幸運だと感じるときが来るなんて、思いもしなかった。＜極限の状況は、最善の……＞なのだ。

妹シルヴィアが家族全員にケーキを焼いてくれ、ほっとする。でもどこにも出かけず動かないで甘いものを食べていたら、数キロ太るのは絶対だ。

どうしようもない。今日は、NOの日。

クラウディア・ダモンティ
デルフト（オランダ）

電話が大嫌いだ。なぜだかわからないけれど、うろたえてしまうのだ。でも私の解決方法は、実に簡単。かかってきたら、鳴り終わるまで待つ。鳴り終わって10分ほど経ってから、何食わぬ顔でメッセージを送る。＜ごめん。気が付かなかった。急ぎ？ 今ちょっと電話に出られないから、メッセージを残してくれればあとですぐにかけるから＞。天才。

今は、状況が変わってしまった。毎日2回は休講中の大学の講義を受けるためにテレビ電話を受けなければならないし、グループ研究の仲間達とも打ち合わせしなければならない。世の中から隔離された今、電話は他の人達とのつながりを保つための唯一の手段となった。

さて、電話。1カ月前まで、その名前を聞くだけで鳥肌が立つほどだったのに、今では私の生活の基盤となっている。まず聴講仲間、それからママ、おしゃべりの旧友2人と話す。電話もそれほど悪くないのかも、と思うようになった。1日じゅう家に居続けているから、もう話すこともない。まるで過去へ飛び込んだよう。ずっとくっついていて、あまりに長くいっしょにいるとそのうち何も話さず静かにしているようになったものだ。それもまたいい。黙っていても、独りではないから。

ジュリ・G・ピズ
ヴェネツィア

おいしいオレンジジュースが飲みたい。テラスで日光を浴びながら。

冷蔵庫を開ける。まだ眠い。

レモンが目に入る。レモンに目と口がマジックで描かれ、＜外出禁止＞と書いてある。下宿仲間のヴァレンティーナのいたずら書きだ！

うしろのソファに座り私の反応を見ていたヴァレンティーナが、大笑いしている。オレンジを探す。2個しかない。これでは足りないな。買いに行けばいいのだ。出かける理由ができた。

家を出て、アンドレアの店へ行く。隣にある青果店だ。順番を待つ客達の長い列が店外に見える。皆、辛抱強く待っている。対岸を見る。あちら側は、日陰になることがまったくないようだ。ほっとして、運河を渡ってあちらにオレンジを買いに行こう。なんとなく規制違反のようで、気がひけるが。

水上バスの運行本数は減っている。今日現在、20分おきの運行だ。今、出たばかり。ノープロブレム。桟橋で待ちながら、日光浴していればいい。

目を閉じる。他にも水上バスを待つ人達がいる。それぞれ間を空けて、離れて待つ。誰も声高にしゃべらない。電話で話している人もいる。

水上バスが、予定より10分も早目に着いた。停留所の手前で待機している。順番が来るまで、船も近寄らないように見える。

航路番号②番。ふだんは観光客や住人、学生で大変に混み合う。数日前までは、鉄道の駅から卸売市場、大学の校舎2カ所、ジュデッカ島を経由して、終着点のサン・マルコ広場までが②番線の航路だった。ところが昨日から航路は、ジュデッカ島のこの停留所パランカから対岸のザッテレへ渡るだけと

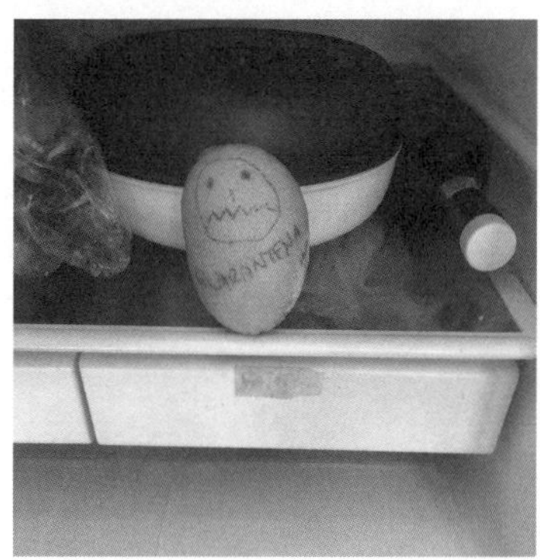

なった。ジュデッカ島の住民が完全に孤立しないように、対岸へ渡れるように1カ所に限っての運行に変更されたのだ。

水上バスの船内にある座席には、誰も座らない。乗船客がひとりもいない。シュールな光景だ。

乗務船員が出入り口のバーを閉じる。船はゆっくりザッテレへ舵を切る。

急いで買い物をする。オレンジと今晩用にワイン1本。水上バスの停留所に戻る。停留所には、先ほど往路で同船した人達が待っている。行って帰って、20分。必要な買い物は、それで済ませる。

往路と同じように乗船し、乗務船員がバーを閉じ、エンジンをかけて出航する。

帰路は、じっくり乗船者を見る。ほぼ全員が、マスクとゴム手袋を着用している。ほんのひと月前には、同じ船にカラフルなカーニバルの仮面（マスク）を着け、お洒落なシルクの長手袋をした人達が大勢乗っていたのを思い出す。楽しかったな。

カーニバルのことを思い出しながら、下船し帰路に就く。

「ブオンジョルノ！ お元気？ 退屈ですよね」

うちの玄関前で、老婦人がフランチェスコ修道会の神父と立ち話をしている。

「退屈に負けてはいけませんね。読書や勉強、自省する絶好の機会ですよ」

「その通りですわね！ では、また」

神父は茶色の聖職衣を翻し、サンダルばきの素足で教会へ向かって去っていった。手には、パンでいっぱいのスーパーマーケットの買い物袋を提げている。独り暮らしの老人宅へ届けるのだという。

私に今できるのは、いたずら好きな下宿仲間にオレンジジュースをごちそうすることくらいだ。

3.19

アレッシア・アントニオッティ
モンテレッジォ

＜ラジオ＞

両親が突然、納屋の整理を決めた。何年も前からずっと先延ばしにしてきたことだ。

しばらくすると、外から音楽が聞こえてきた。急いで部屋から庭へ出ていくと、両親が大笑いしながら若者のように踊っていた。幸せいっぱいの顔で踊るふたりを見て、きっと何年もこんなことはなかったのだろう、と思った。曲は古いラジオから流れていた。家に残っていたことすら覚えていなかったラジオだ。

今日1日で、私が1番うれしかった瞬間だ。

アレッシア・トロンビン
サヴィリアーノ

今日3月19日は、イタリアでは父の日だ。

外出できないのでプレゼントもケーキも買えないが、弟のヤコポと私は準備の役割を分担することにした。

「わかった。じゃあ僕がカードを書くから、お姉ちゃんは料理を作って」

朝食を食べながら、弟が小声で言う。

台所を出たところで父と鉢合わせて、私は反射的に父に抱き付いた。その瞬間、母と弟もいっしょに抱き付いてきた。

10秒間の違反。

これでよかったのだ。おかげで、私は父に守ってもらえる、とほっとして気持ちが落ち着いたのだから。

オット・スカッチーニ
ミラノ

買い物に行った。まとまった買い出しだ。だから車で行った。すでに、スーパーマーケットの外壁をぐるりと囲む長い列ができていた。このあいだからもうこれは当たり前だ。早起きして混まないうちに来たかったが、今朝は初めて起きるのが辛かった。目が覚めるように、窓を開けておいたのに。しかたない。並ぼう。待つ。待つ。

帰宅して、今日がイタリアにとってよくない1日だったことを知る。予測よりかなり感染者が増えたのだった。

たとえテレビやラジオから聞こえてくるニュースが劇的でも、たいていはどこかにポジティブな点を見つけて、自分の見るべき方向を決められる。ところが、今日は違った。これからどうしていいのか、見通しが付かない。このあとどのくらいこの状況が続くのだろう？

ミラノを自転車で走りたい。

待って。待って。

今日は、落ち込んでいる。考えない。夢を見ない。自由でない。

何カ月も前から台所の椅子が壊れたままだ。外はすばらしい晴れ。働くぞ。

アンジェラ・ボナディマーニ
ミラノ

今朝、パンを買いに外に出た。玄関門の前で、管理人が大きく手を広げて挨拶した。私はにっこり挨拶を返す。そうだった。マスクをしているから、彼には笑って挨拶したのが見えないのだった。悪く思われないといいけれど。

道には人がほとんどいなかった。パン屋には1名ずつしか入れない。外に並び、前後2メートルずつ空けて、待つ。誰もが疑わしそうな気持ちになっている。マスクに手袋で、見えない敵、ウイルスから身を守る。二言三言、店員と言葉を交わし、聖ヨゼフのドーナツ、ゼッポレ(zeppole)があるか尋ねた。

今日3月19日はイタリアでは父の日で、聖ヨゼフの祝日でもある。いつもだとオーブンで焼くこの菓子を食べる。中にはカスタードクリームかホイップした生クリームが入っていて、上からブラック・チェリーのシロップもかけてある。私はあまり好きではないのだが、どうしても食べたいから、と姉から頼まれたのだ。こういう状況なので、どんなに小さなことでも楽しく祝おう。売り切れ。考えることは皆同じだった。

公園に沿って歩き、新聞を買いに行った。生まれて初めて見た、誰もいない公園。日がさんさんと差している。悲しい。

帰路に就きながら、他のパン屋にも寄ってみたが、菓子ゼッポレはどこにもなかった。母の友達と会った。立ち話をしながら、家族以外の人と、たとえ2メートルの間を空けなくてはいけなくても、面と向かって話せるのがうれしくて思わずにこにこする。私達が元気にしているか、ずっと働きづめの両親はどうしているのか、心配してくれた。おしゃべりはさみしくて、苦い味がした。早く人間的な環境に戻って、楽しく話をしたい。

家に帰る。

報告：コンピューターに向かう前に、もちろんよく手を洗った。皆さん、ご心配なく。

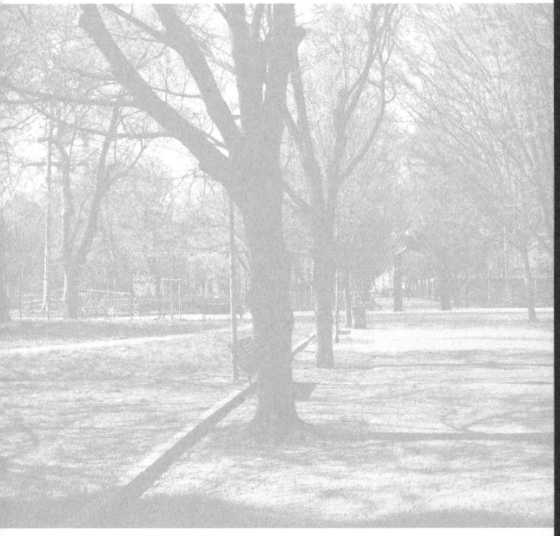

COSA FAREI A LISBONA

FAREI
- PRANZO DA CASA DA ÍNDIA (MAGARI IN PRIMAVERA COSÍ POSSO ORDINARE LE CARACOLETAS GRELHADAS)
- ANDREI NEL BAR LÍ VICINO A COMPRARE I BISCOTTI CON LA MARMELLATA ROSSA SUPER LUCIDA, E I BRIGADEIROS IN QUELLO ACCANTO.
- ENTREREI NELLA CHIESA DELLA MIA TESI E SALUTEREI LA DOTTORESSA ALESSANDRINI, LE PORTEREI DEI FIORI.
- ANDREI A FARE UNA PASSEGGIATA A RIBERA DAS NAUS
- ANDREI A BARREIRO DA SANDRA E LA SUA FAMIGLIA
- ANDREI UNA SERA A CASA INDEPENDENTE A BERE UNA SIDRA, AD ANSOS 70 A BERE LA SANGRIA E AL TITANIC SUR MER A BERE UNA BIRRA.
- ANDREI A MARE A COSTA DA CAPARICA DOVE CI SONO LE CASE DEI PESCATORI. FAREI COLAZIONE IN QUEL POSTO SULLA VIA PRINCIPALE DEL MARE.
- FAREI IL FAMOSO BRUNCH DA JOSEPHINE
- ANDREI A VEDERE SE HANNO FINITO DI RISTRUTTURARE IL MIRADOURO DI SANTA CATARINA.
- ANDREI A MONTEAGUDO DI NOTTE, CON LO SPEAKER E LE BIRRE
- ANDREI A SENTIRE MUSICA DAL VIVO A PENSÃO AMOR, E ORDINEREI UN MOSCATEL
- FAREI UN PRANZO A LX FACTORY PER IL GUSTO DI FARLO, SENZA PENSARE A QUANTO STO SPENDENDO.
- ANDREI A BELÉM A FARE MERENDA A PASTEIS DE BELÉM. POI ANDREI ALLA TORRE VISTO CHE NON SONO MAI STATA.
- PRENDEREI LA FUNICOLARE DA SOLA A PARQUE DAS NAÇÕES
- ANDREI AL CENTRO COMMERCIALE COLOMBO (POSSIBILMENTE PER IL BLACK FRIDAY AHAHAH)
- ANDREI NELL'ALGARVE PER LA PRIMA VOLTA
- ANDREI DAL FRUTTIVENDOLO CINESE ♥
- PRENDEREI UN CAFFÉ AL MIRADOURO DE SANTA LUZIA (PORTA DO SOL)
- ANDREI A STUDIARE AL CALEIDOSCOPIO DI CAMPO GRANDE.
- MI SIEDEREI NELLA PIAZZETTA DI ALFAMA A VEDERE COSA SUCCEDE ATTORNO A ME. ASCOLTEREI COSA DICONO LE VECCHIETTE CHE STANNO SEMPRE LÍ.
- ANDREI AL SUSHI A 5€.
- ANDREI A SALUTARE LA SARTA DI ALAMEDA.
- PRENDEREI L'ENNESIMA LEZIONE DI SURF.

キアラ・ランツァ
トレカスターニ

昨夜は、重苦しい気持ちでベッドに入った。そうしたら、リスボンにいる夢を見た。去年、大学のエラスムス制度で（注：海外留学）、リスボンに9カ月ほど暮らした。大西洋に面する町で、海のオーラに包まれている。

夢の中では、私は今までよりポルトガル語がずっとよく話せるようになっていた。自分の町のように感じるあちこちを回り、これ以上の幸せはない気分だった。

目が覚めて、リスボンの10平米の下宿でなく、シチリア島トレカスターニの実家のベッドにいるのだとわかった。

ため息。

大きなマグカップに入れたカフェラテを電子レンジで温めながら、テレビを点ける。ニュース番組のチャンネルを急いで飛ばす。ザッピングしたが、今日は何も見たいものがない。音楽チャンネルに合わせる。

テーブルに着いて、妹が作ったピスタチオ入りのケーキを切り、テレビを眺める。画面の中では、音楽を背景に若い女性が見覚えのある場所で踊っている。ああ、リスボンだ！ LXファクトリー、カイス・ド・ソドレ（Cais do Sodré）駅、それにピンクストリート（Pink Street）も！

リスボンで前期いっしょに聴講していたRへメッセージを送る。夢のことも全部伝え、不思議な偶然でしょ、と書く。もしまたリスボンに帰ることがあったら何がしたいか、これからリストを作る、とも書いた。友達は興奮して、私も書くからあとで読み比べよう、と答えてきた。

リストを作る。項目を見ながら、たくさんのことを思い出し、笑う。昨日フランス人の友達は言った。「あのとき、自分達がどれほどラッキーだったのか、全然わかっていなかったのよね」。

ヴァレンティーナ・スルブリエヴィチ
ヴェネツィア

3.19

テラスで座っている。日差しが強すぎるくらいだ。荷物を運ぶボートや水上バスのエンジンの音がときどき聞こえるくらいで、他に物音はしない。

午前中に家に電話をかけ、両親の様子を訊くことにする。いつもは母に電話をするけれど、今日は父にかける。今日は父の日なのだ。電話に出た父にすぐ、父の日おめでとう、と告げると大いに照れて笑った。古いタイプの人なので、気持ちを言葉に表すのが苦手だけれど、他のいろいろな方法で伝えてくれる。いろいろとしゃべる。元気なのか、どうしているのか、私が父のことを心配していること、などを伝えると、父は私を笑わせようと別の話をして返す。今何をしているのか、と私が尋ねると、だいじょうぶ元気だ、と言い、仕事先でガソリンを満タンにしてきた、と付け加えた（父はトラックの運転手をしている）。その日にならないとどう働くかがはっきりしない状態が続いているらしい。ロックダウンの首相令が発動されてから、現在どの企業が開いていてどこが閉まっているのか、よくわからないからだ。今日はたぶん、運搬を1回でまとめて済ませそのあと家に帰るつもりだ、と言った。現在、貨物トラックで混み合う高速道路の休憩所は、駐車スペースが見つからないことも多いらしい。トイレ休憩や徹夜で走ったあとの仮眠、目覚めのコーヒーが問題だ、と父は笑った。もう出かけないと、と言って父は電話を切った。

最後に両親が私に会いに来てくれたときのことを思い出す。ひと月ほど前だった。カーニバルが始まったばかりだった。サン・マルコ広場での仮装ショーを観に連れていく前に、＜王の入江(Baia del Re)＞へ案内したかった。サンタ・ルチア駅の北にある地区で、私はヴェネツィアの中でもその一帯が大好きだからだ。

サンタ・ルチア駅をうしろに残して、左側に折れ、路地へと入っていった。そうしなければ、全方向からまるで小バエのように群がり歩く人達で先に進めないからだ。トレ・アルキ（Tre Archi）橋を渡り、左折し、右折し、玄関かと見間違うアーチをくぐり、出ては入って、岸壁の端に着いた。水面は静まり返っている。昨日夕焼けを見たジュデッカ運河も、こうだった。

サッカのサン・ジロラモ岸壁には、スカーフを頭に被り円状に椅子を並べて座る、老女達の低い話し声が聞こえるだけだった。

ふと見ると、両親は手をつないで沖の向こうの干潟を黙って見ていた。

ママに電話する。

病院船

北イタリアのジェノヴァ港コロンボ埠頭に、リグリア保健所とイタリア市民保護局との協力で、<病院船>が錨泊した。大型船<Gnv Splendid>を7日間で病院に改築し、派遣された感染病専門医療チームにより、今日から新型コロナウイルスの感染者の隔離治療を開始した(治癒後の隔離待機期の患者対象)。増え続ける感染者を受け入れる収容能力がぎりぎりで、医療崩壊を避けるための対策である。

すでにジェノヴァ市内の病院から4人の患者が搬送され、客室を改装した病室に隔離され、治療に入っている。続いて25人が搬送される予定で、当面は100人を受け入れて、市内の病院のベッドをあける調整を進める。収容できる患者数は350名。

イタリアはこの<病院船>への改築のノウハウを無料で他国にも伝授する用意がある、としている。すでにトランプ大統領も、アメリカの豪華客船を同様に病院船に改築することを検討し始めている、という（リグリア保健所代表、ルイジ・C・ボッターロ弁)。「病院船での隔離入院で、患者は海を見ながらヨードと湿り気を含んだ空気を吸えるため､呼吸器系にも楽なはず」(同上)。

ANSA: 2020/3/23打電

クラウディア・ダモンティ
デルフト(オランダ)

今日は、festa del papàフェスタ・デル・パパ。父の日。私の父は<パパ>とは呼ばせず、私達はずっと<バッボ>(おとうちゃん)と呼んできた。

WhatsApp(注:Lineのようなメッセージアプリ)で、父にテレビ電話をかけてみた。受信がうまくいかず、何度目かに父は同僚に手伝ってもらってやっと応えてくれた。

無理強いして悪かった。私の機械嫌いが誰譲りなのか、これでよくわかった。

まあ、いいか。

ミラノにいた頃、毎日が同じ繰り返しだった。朝7時に起床、朝食、シャワー、そして大学。

毎朝、台所に行き、エスプレッソコーヒーの用意をしようと思うと、マシンの準備がすでにしてあったっけ。<おとうちゃんより>と書いたポストイットがそばに貼ってあった。ポストイットのメモのおかげで、まるでエスプレッソマシーンが話しているように思えた。

<ひどい顔しているね、今朝は!><私は用意できたけど、そちらはどう?><カモン・ベイビー、私のハートに火を点けて>。

不変のおしゃべりマシンなのだった。ウサギの絵やたくさんのハートが描いてあることもあった。女子高校生の日記帳でも、ああはいかないだろう。

毎朝のメモは、変化のない私の朝を一瞬でも和ませようとした、父の気遣いだった。

おとうちゃん。

シモーネ・モリナーリ
ヴェネツィア

遠くからサクソフォンのジャズが聞こえてくる。僕の部屋の窓の左から、日が差し込む。もう暑いくらいで、金色で、夏が来たようだ。

今朝、弟のエットレに誕生祝いの電話をした。一生に1度だけの12歳の誕生日が、こういう隔離状態に重なるなんて。

僕はヴェネツィアで独りだが、弟はミラノで家族といっしょにいる。いつでも実家に戻ることができるのだけれど、僕はヴェネツィアに残ることに決めた。無数にあるアプリのおかげで、テレビ電話で毎日連絡が取れるし、距離もそれほど感じない。

僕が幼かった頃、父はしょっちゅう出張していた。中国や日本、トルコにアメリカ合衆国などへ行っては、僕や弟達においしいお土産を買ってきてくれた。その頃はまだスカイプしかなく、それも今のようにはうまくつながらなかった。それでも父の顔がコンピューターの画面に現れると、魔法のような、聖なる瞬間のように思えたものだった。画像は粗く、会話そのものもなんとなく神秘的だった。

テクノロジーの進化で今ではもう当たり前になった。

携帯電話の画面で弟の顔を見ながら、僕もそばにいて弟の耳たぶを引っ張り頬にキスできたらいいのに、と思う。

(注:年齢の数だけ耳たぶを引っ張ると、縁起がいいとされる)

3.19

シルヴィア・クレアンツァ
コンヴェルサーノ

昼食の後、私はコンピューターで勉強しセルジォはマンガを読むために、ソファに寝転がった。

開け放した窓から、14時の陽が差し込む。

町は静かだ。外に人影はなく、皆コーヒーを飲んだり、昼寝をしたり、テレビを見たりしている。夏の正午から15時のようだ。強い日差しが真っ白の道や壁に当たる、夏の光景を思う。

満腹と暑さで、眠たくなる。

昼食後の眠気のことを、プーリアでは<パパーニャ papagna>と呼ぶ。パパーニャは、南部イタリアに伝わる<おばあちゃんの薬>に由来する。干したケシの花と数種類の野草を混ぜて煮出したハーブティーで、それに砂糖やハチミツを加えて子供を寝かしつけるために飲ませた。小作人や、子沢山で忙しい母親が使ったものだった。

現在、ケシの花の栽培は違法である。1950年代からパパーニャはもう作られていない。それでも名前はこうして残っている。

部屋に戻ると、外から口笛が聞こえてきた。バルコニーに出て口笛の主は、と見回したら、向かいのテラスで気持ちよさそうに日光浴をしている少年が、イヤホンで音楽を聴いているのだった。

ミケーレ・ロッシ・カイロ
ミラノ

今日テラスで母と食事をしながら、ツタがひどく絡まっているのに気が付いた。昼食の後、僕は梯子に上って、ハサミでツタの絡まりを解いてやる作業にかかった。1時間も手入れをしただろうか。ツタがきれいに解けただけではなく、テラス全体がすっきりとみちがえた。

外出禁止になってから、僕の地平線は狭まってしまっている。それまでは大陸から大陸の移動をしていたのに、今は家の玄関までで途切れている。今は、身の回りにあることに集中して注意を払えばいいのだ。

不要なものを切り落とせば、これが終わった後にはきっと蕾が開くのだと思いたい。

ヤコポ・ディ・ナポリ
ミラノ

外出禁止になってからのこの数日で、両親が必死に守り抜いてきた儀式のような小さな習慣が復活した。

例えば、昼下がりに母はスマートワークを済ませた後（イタリアで最近、頻繁に使われている英語だが、数年前からロンドンに住む兄に言わせると、あまり意味がないらしい。イギリスでは、やり場のないような退屈な在宅業務のことを指すらしいからだ）、スクリーンとソファベッドのコンビがセットしてある父の書斎へこもる。うちの中で一番静かで威厳のある部屋が、突然プライベート映画館へと変身する。父と母はそこで夕食までの数時間を過ごす。

昨日はでも、少し様子が違った。父は、― 大学教授なのだが ― 初めてのリモート講義をしなければならなかった。もちろん書斎からだ。母は最初の数分間は、親切な熟年男性が＜視点と知覚＞について話すのを聞いていた。しかしすぐに退散し、僕の部屋へと場所替えした。ところが残念ながらそこでもまた、親切な熟年男性が画面の中から＜腱障害＞と＜エントラップメント症候群＞について話しているのに出くわしたのだった。母はしょんぼりと台所へ戻っていった。まるでお仕置きでも受けるように。

翌朝、台所に行くと、平皿に山盛りのみごとなビスケットがあった。焼いて、どこかに隠してあったらしい。

母は、昨晩は自分もリモート講義を受けたのよ、と言った。菓子店を経営する友達に、テレビ電話で作り方を習ったのだった。

9

アニェーゼ・セッティ
カリアリ

エラスムス留学からカリアリ（サルデーニャ島）に戻って、今日でちょうど1カ月経った。5カ月に及ぶセビリア（Sevilla）での大学生活は、すばらしかった。今日インターネット電話で、そのときの友人達とグループで話した。イタリアからやスペイン、ウルグアイにアルゼンチンからだ。世界各地で皆揃って､外出禁止。全員､退屈している。セビリアでの元気いっぱいの毎日から、この屋内だけの暮らしへの激変だ。

セビリアでは、驚きと発見の毎日だった。目のくらむような美しい町での暮らしは、私達にとって映画の中のワンシーンを演じるようだった。自由で身軽､気ままな身分で、町の魅力を存分に味わった。

ヨーロッパ出身者達が集まって、4月末にセビリアに集まる約束だった。もう行けないのはわかっている。いろいろな計画もご破算だ。すでにフライトは予約してあり、今のところはキャンセルにはなっていない。とても楽しみにしていて、これからの1カ月でうまく収まり必ず再会できる、と念じている。祈っている。

夢みたいなことを、だろうか？ 違うと思う。私達は若く未熟で、理論だけでは納得できない。希望こそが原動力なのだ。

電話を終えたあと、箱を開けた。エラスムス留学のときの思い出がいっぱい詰まっている。今日、初めて開けた。手紙や美術館の入場券の半券、演劇や映画のチケット、スペイン各地に連れていってくれた電車の切符、絵葉書、落書き、絵、ブレスレット。

部屋にこもり、小さな宝物の欠片からスペインでの数カ月を思い出した。ノスタルジーで胸がいっぱいだ。

アレッシア・アントニオッティ
モンテレッジォ

今日は勇気を出した。200メートル先に住んでいる祖父母を訪ねたのだ。全身を消毒し防備してから、家に入った。祖父母は訪問を喜んでくれ、私も会えてうれしかった。

祖母と話しながら、パンの焼き方を教えてもらおう、と思い付いた。祖母のパンは最高においしい。

材料を用意し、私達は生地を準備した。生イーストを入れて発酵するのを待つあいだ、祖父とトランプをした。祖父母のところに来られず、さみしかった。でも祖父母に何かあってはならないと用心して、外出禁止になってからずっと家に閉じこもってきた。もう自主的隔離は十分だろう。祖父母と永遠にいっしょにいられるわけではない。

あれこれ考えながら、トランプを続けた。

「生地がふくらんだわよ」祖母の声で、我に返った。

3.21

アレッシア・トロンビン
サヴィリアーノ

今日は買い出しに行った。私は、買い物が大好き。たいていリラックスするために、ひとりで行く。

14日間ずっと閉じこもっていた私も、今日はやっと外に出た。徒歩で行くことにした。歩きたかったし、私は免許を持っていないので。出かけるために、お気に入りの黒いロングスカートに緑のトレーナーを着て、薄化粧もする。変な感じ。半分わくわくし、半分不安。

誰にも会わない。少し残念だった。家族とは違う顔ぶれと話したかった。スーパーに着いたが、そこから入るまでに45分待った。店外には、並ぶときに前後の人との間を少なくとも1メートルは空けるよう、支払いに現金は使わないように注意する放送が繰り返し流れていた。

リストにあったものは全部買えた。顔見知りのレジ係と少し話す。とても疲れた顔だったが、いつもの通り親切だった。

「思う存分に春の第1日目を味わいながら、お家に帰ってね！」

と、彼女は挨拶がてら言った。

そう言われた通りにした。

公告 2

2020/3/21 03:20
在ミラノ日本国総領事館

イタリアにおける新型コロナウイルス関連情報（新たな保健省令とローマ市の規制強化）

新たな保健省令とローマ市の規制強化について、以下の通りお知らせします。

外出の際には、ご注意ください。

●3月20日、保健省令が決定され、以下のような禁止行為と営業条件が規定されました。
有効期間は、21日から25日です。

・公園、ヴィッラ（注：邸宅を中心とした庭園公園）、遊技場、公共庭園へのアクセス禁止。
・屋外での娯楽、レクリエーション活動禁止。ただし自宅近辺で対人距離1メートルを確保しながら個人で運動するのは可能。
・駅やガソリンスタンドの売店閉鎖。高速道路沿いサービスエリアの持ち帰り専用売店及び病院や空港の売店は対人距離1メートルを確保する条件で営業可能。
・休日、普段生活している住居から休暇用住居等への移動禁止。

●20日からローマ市内一部で車両の通行コントロールが強化されていますが、ローマ市警察は、21日（土）から7～13時の間及び14～20時の時間帯、ローマ環状線ジャンクションに検問所が設けられ、市内へ流入する車両のコントロールを実施することを決定しました。

（原文ママ）

アンナ・ミオット
ヴェネツィア

外出禁止で家に閉じこもってから4日後、仕事場へ書類を取りに行く。それがないと、役所への申請書がまとめられないからだ。

外に出て、呼吸のしかたがこの前までとは変わっている。新鮮な空気を思い切り吸い込んで肺をいっぱいにする。家から仕事場までは近くて、自分の息の吸い方まで気にしたことはなかった。次に外に出られるのは、いつになるだろう。

歩きながら、数日前から声を聞いていなかった母に電話をする。父とふたりきりで過ごしている毎日のことや、保存食材を作っていることなどを話す。父は工具の手入れをしたり、裏の野原へ犬を散歩に連れていったりしているという。

私は、田舎の村を出たことを初めて悔やんだ。住んでいたら今頃は、畑仕事や野原で心ゆくまで深呼吸できただろうに。

仕事場に着いたので母との電話を切り、目を上げた。

運河に日が差し、澄みきった水の上に両側の家々が映り込んでいる。

見たこともない美しい光景に目を奪われ、立ち尽くす。

息が戻る。

いつもの呼吸が戻る。

これほど美しい光景に囲まれて暮らす幸運を、これまで自分がないがしろにしてきたことに気付く。

胸が澄みきった思いでいっぱいになる。

マルタ・ヴォアリーノ
ミラノ

うちの台所にやって来た春の第1日目。

3月初めに球根をもらった。毎朝水をやり、とても大切に育てている。

神秘的で、かわいらしい私の弟。何が出てくるのだろう！

何にも邪魔されずに春が訪れるのを見るのは、うれしい。

アニェーゼ・セッティ
カリアリ

mento salutare, colto e talora raffinato, ma non disgiunto dal piacere della lettura: la quale andrà fatta in modo personale (perciò appena mormorata con le labbra anziché declamata ad alta voce), così da far conseguire un doppio scopo, mediante la fusione del *discere* e del *delectari*; soprattutto per distinguere i vari significati del testo, come lascia capire l'uso del verbo *inspicere* (cioè "guardare dentro" il libro con scrupolosa attenzione). Tale invito insinuante è riformulato poche righe sotto, al termine della breve prefazione, attraverso una frase di invincibile ambiguità: *fabulam Graecanicam incipimus. Lector intende: laetaberis*, che vuol dire «robetta da Greci è il racconto che comincia; ma attenzione, lettore, che ti divertirai»; se però ai verbi *intende* e *laetaberis* daremo il senso di «tendi te stesso e troverai la tua felicità», l'espressione acquista ben altro valore programmatico, e tutto quanto segue andrà interpretato in modo allegorico e morale.

昨夕、うちに祖母が夕食に下りてきた。私の唯一の祖母は、同じ建物内に住んでいる。うちの上の階だ。

祖母は気落ちしていた。退屈なのだ。

こうなる前は毎日出かけて散歩をし、薬局へ寄り、それからパン屋、長年の付き合いのチェザレさんの青果店で買い物をしていた。

「おばあちゃん、ポジティブに考えようよ。戦争を生き抜いた話だけじゃなくて、これで疫病感染も生き抜いたって話せるじゃない！」

私が言うと祖母は少しだけ笑ったが、何も返さなかった。

祖母は、本物の戦争を体験した。今87歳だが、とても元気だ。ファシズム時代に私の曽祖父（彼女の父）は、東アフリカのエリトリア、アスマラの植民地に転居した。6歳だった祖母は両親と妹とともに、しばらくの間アフリカで暮らした。そして突然のイギリス軍の上陸。「連れていってしまったの」とだけ祖母が言うように、私の曽祖父は、彼女の父は連行され、いなくなった。

その後も祖母は妹と母とアフリカに残った。

私はしょっちゅう祖母にねだってそのときのことを繰り返し話してもらうが、それでも毎回、初めて聞く話が出てくる。数日前に聞いた話で、祖母達がガゼルを飼っていた、と知った。どうしたことか、この野生動物が祖母達になついて、家の庭にいついてしまった。ときどき頭がおかしくなったように、ガゼルは家の周りをまるでコマのように走り回り続け、その様子に祖母と大叔母のパオラは身をよじって笑ったのだそうだ。

ようやくイタリアへ戻るときがやってきた。サルデーニャ島はアフリカにとても近いのだが、その頃スエズ運河は閉鎖されていたために、アフリカ大陸を1周する航路を取らざるを得なかった。大型船は、海のあちこちに漂流する爆弾を避けながら進まなければならなかった。どれほど悲惨な船旅だったか、と祖母は繰り返す。何週間にもわたって、恐怖といっしょにカリアリまで旅を続けた。

やっと着いた故郷は、戦禍で見る影もなかった。全壊。何年も経ってから、曽祖父は病に冒されボロ布のようになって、イギリスの強制収容所から戻ってきた。

「おばあちゃん、本に書かないと！」

何度も私は勧めるが、祖母は笑って相手にしない。

祖母の話に聞き入って、時間の経つのを忘れる。時間をさかのぼって、遠い異国を想像する。情景や夕焼け。満月。匂い。顔。温もり。

私のそばに歴史の1片がいる。幸運だ。私は、外出規制に対して連日文句を言っている。ところが祖母は、ひと言も愚痴らない。アフリカでの恐ろしい記憶の前には、何でもないことなのだ。

私の番がやってくるときのことを思う。今のこの経験を私の孫に話すときのことを考える。私が祖母の話に熱心に耳を傾けるように、私の体験談を聞くのだろうか。

どうなのだろう。

ラテン語の勉強に戻らなければ。

1日、本と向き合って過ごす。

21

ソーダ・マレム・ロ
モドゥーニョ

3日前から頭痛がする。たぶん強制されるせいだ。勉強も家事も、退屈することも。コンピューターや電話、テレビの前で過ごすことも。

外出できなくなってからの15日目、ベッドから起き上がるのがとても難しくなってきた。昨日と何も変わらない1日が、今日も始まる。どうしていいのかわからない。

昨夜から頭の中でソッチ*(表記)の文章を繰り返している。

Senti come una testa nella testa
una testa più piccola all'interno
di una testa custodia.

Da ieri è primavera e si direbbe
una svolta epocale.
Una delle due teste ti fa male.
Non sai quale.

頭の中にあるもうひとつの頭のように感じて
守られている頭の中のもう少し小さな頭

昨日から春、それで
劇的な展開と言うかもしれない。
ふたつの頭のうちのひとつが痛む。
でもどちらなのかわからない。

――――――――――

*ルイジ・ソッチ 詩人。
Luigi Socci. Prevenzioni del Tempo, Valigie rosse poesia, Vecchiano, 2017

エリーザ・サンティ
ヴェネツィア

<不安>

今日は、悲しい。イライラしている。怒っている。懐かしい。失望している。さみしい。落ち込む。緊張している。欺かれている。不幸せ。苦々しい。暗い。思案中。不安定。落ち着かない。心配。疲れている。退屈。

とりわけ、不安だ。

ミケーレ・ロッシ・カイロ
ミラノ

僕はスポーツマンタイプではなかった。11歳のとき、両親に水泳教室に入れられた。憎んでいた。14歳になって、水泳からカヌーへ変更した。憎みはしなかったが、言い訳を見つけては教室をサボっていた。

がらりと変わったのは、アメリカに行ってからである。アメリカではスポーツをすることが当然であるばかりか、もう人生の一部なのだ。そこでカヌー競技を知って以来、ずっとスポーツを続けている。

今、全部閉まっているが、練習は欠かさない。ここで練習を止めると、ウイルスに負けたことになる。よほどの必然性がない限り、まもなく家から出られなくなるだろう。そうなると、母の家から父の家にも ― 誰もいない家 ― 、もう行けなくなってしまう。父の家には運動用のマシンが置いてあるのだ。

今日は、まだ出かけられた。春の空気を存分に楽しんで10分ほど歩き、父の家に着く。手を洗い、練習開始。

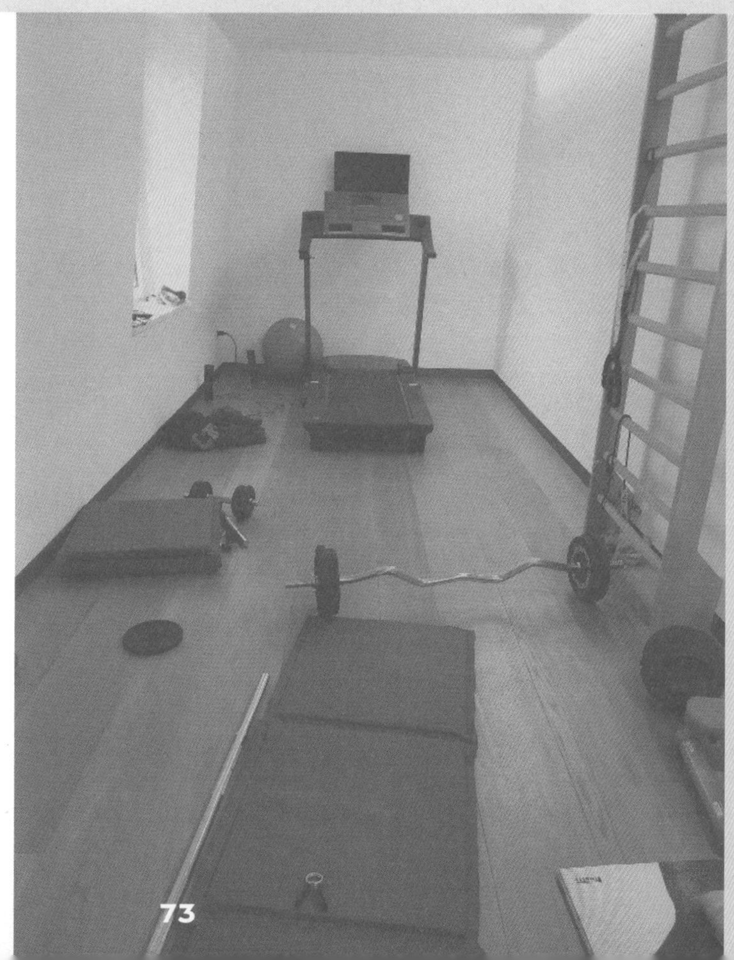

シルヴィア・クレアンツァ
コンヴェルサーノ

セルジォは眠っている。私もすべて消灯し、明朝寝坊しないように早めに寝ることにした。

寝る前に、携帯電話でSNSをチェックする。新たに首相令が出て、生活に必須なこと以外の全活動が禁止となったのを知る。不安が喉元まで湧き上がる。感染関連について、できうる限りあまり考えないことにしてきた。やがてここも北イタリアと同様の状態へ陥り、あっという間に大切な人が奪われてしまうかもしれない、と考えるのを避けてきた。それでもときどきやはり、考えてしまう。眠れない。国のこと。これから直面する経済的な難局。何年も底から這い上がれないかもしれないこと。再び、私の大切な人達。両親のことを思う。もし何かが彼らの身に起こったら、と想像するだけで胸が苦しくなる。

これまで生きてきて出会った、私にとって大切な人全員に手紙を書かなくては。友人の母親、親しい知り合い、教師、医師、バールマン。

この機会に、私の敬意と感謝の思いを知らせよう。

愛情を拡散するということは、私に今できる最良のことだと思う。

あまり考え込まず、気をそらし、楽しいことを考えて眠ろう。

明かりをまた点けて、枕元の本を開く。

がんばる。

3.21

ジュリ・G・ピズ
ヴェネツィア

＜春の大掃除＞

消毒剤。この匂いで目が覚める。朝8時から、同居人の誰かがもう部屋の掃除をしたのだろうか？ 目を閉じたまま耳を澄ませる。静かだ。

屋外から、ブーンという音が聞こえてくる。

窓から外を見ると、マスクとゴーグルに蛍光色のジャケットの2人と白い防護ツナギを着た人が、岸壁沿いの通りを消毒していた。無駄口はいっさいない。白いツナギの人は、ポンプから消毒液を散布している。路面から壁、ベンチに至るまで、念入りにゆっくりと、少しの隙間も残さず隅々まで消毒しながら進んでいく。ヴェネツィアのすべてを除菌していく作業は、先週から始まった。

ジュデッカ島を消毒剤の匂いが覆う。

春が始まった朝。

3.21

クラウディア・ダモンティ
デルフト(オランダ)

＜運転注意。19時から7時は、カエルが横断します＞

小さい頃、1番好きな動物はカエルだった。種類を問わず、何千もの色や形、大きさに関係なく、カエルなら何でも惹かれた。

日曜日になると、両親は私を野原に散歩に連れていってくれた。私達はミラノの南部に住んでいた。すぐ近くに農地が広がっていた。1日を野原で過ごしたあと、両親は私を抱き上げて帰り道を歩いた。農地への水路が、カエルでいっぱいになるからだった！

私は小さな両手いっぱいにカエルをすくいあげ、近くから、ものすごく近くから大好きなカエルを観られるなんて！とてもうれしかったのを覚えている。

今朝、下宿仲間と散歩に出かけた。この標識を見つけて、雷に打たれた気持ちだった。私の1番好きな動物はずっとカエルだった、と言うと、仲間は大ウケして笑った。どこがおかしいのよ。

写真を撮って、母に送った。

＜ママならわかる＞

そう思った。

マルティーナ・ライネーリ
インペリア

毎日、感染の状況は、イタリアだけではなく世界中でますます悪くなる一方だ。オーストラリアに住む弟によれば、彼の地も日増しに状況は深刻になっていっているという。

もっと近くにいてやりたい。弟に会いたい。

イタリアの外出禁止の期間は、さらに延びるらしい。この先どうなるのか見通しが立たないと、生活全般と特に仕事の先行きを決められず、とても辛い。

昨夜もその前も、眠れなかった。変わらない毎日。家の中に閉じ込められての、同じことの繰り返し。起きて、朝食、片付け、昼食の支度。

よいことだけを考えるようにしよう。そうしないと、頭がおかしくなりそうだ。

＜幸せな気持ち＞という名前を付けたガラスの瓶に、紙切れにポジティブな気持ちを書いて入れることにした。フランチェスコも書いて入れる。外出禁止が明けたら、ふたりで＜幸せな気持ち＞を読むのだ。

ガラス瓶は、丸1日空っぽのままだった。少しずつ、紙切れが溜まってきた。

考え込まないと、ポジティブな気持ちが書けない。

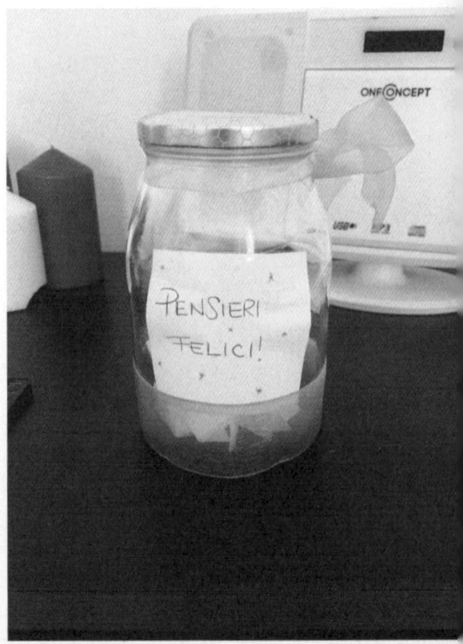

キアラ・ランツァ
トレカスターニ

緊急事態の現在、多くのイタリア人が、食べ物がなくなってしまうのではないか、と不安に思っているらしい。ニュースで、スーパーマーケットの店外には長い行列ができ、棚が空っぽになった様子を見る。買い占めは、もう日常茶飯事となった。

そういうのが私と家族は嫌で、外出禁止になってからスーパーマーケットには行っていない。母は買い物先を、青果店と鮮魚店だけに絞っている。買い方も考えて、まず欲しいものをリストアップしてから、店に電話をする。引き取りに行く時間を約束し、時間になったら買い物袋を提げて取りに行くのである。

でもさすがに2週間も経つと、スーパーに行かざるを得なくなってきた。

思い付く順に、必要なものをポストイットに書いて冷蔵庫に貼っていった。今日の時点で、冷蔵庫に貼ったリストはA4サイズに増えている。

島の当局からの告知で、現在スーパーマーケットに2名で連れだって行くのは禁じられている。私がひとりで行けるから、と母に拝むように言った。

「あなたのことを信じていないのではなくて、他の人を信じてないのよ！」

私の申し出に納得していない口ぶりだった。

「それに、あなたが行くと要らないものをたくさん買うでしょ、きっと」

私が、禁じられたものを羽目を外して買うのに違いない、と想像して母は笑っている。

気を落ちつけて行ってくるから、と説明し母に許可してもらった。

買い物には、あさって月曜日に行くことになった。

子供が遊園地に行く日を指折り数えて待つように、私は今か、今かとその日を心待ちにしている。

公告 3

2020/3/22 08:50

在ミラノ日本国総領事館
イタリアにおける新型コロナウイルス関連情報（ロンバルディア州の規制措置強化他）

●3月21日夜、ロンバルディア州は、さらなる厳格な制限措置を規定する州知事令を発出しました。措置の概要は以下のとおりです。州知事令は3月22日に発効し、4月15日まで有効です。

1　公共の場所でのふたり以上の集会の禁止。違反した場合は上限5,000ユーロの罰金。
2　業務開始前の医療従事者の健康状態モニタリング。
3　公共機関及び行政活動を実施する民間主体の活動停止、ただし必要不可欠な公共サービスの供給を除く。
4　非常事態もしくは必要不可欠な生産に関連しない手工業活動の停止。
5　屋外における市場の停止。
6　接客業（例：理髪師、美容師）の停止。
7　専門職事業活動の停止。延期不可で緊急のサービスもしくは期限が定められたサービスに関するものを除く。
8　すべての受入施設の閉鎖。ただし、非常事態対応に関わる施設を除く。すでに宿泊している客は、知事令の発効から72時間以内に施設を退去しなければならない。
9　建設工事の停止。道路、高速道路、鉄道、医療、病院、非常事態用施設の工事を除く。
10　飲料及び包装食品を販売する、「h24」と呼ばれる自動販売機の閉鎖。
11　屋外におけるスポーツ及び運動の禁止。独りで行う場合を含む。

キオスク、薬局、ドラッグストアは営業するが、1メートルの安全距離を確保しなければならない。
スーパーマーケット、薬局、職場における従業員及び客、治安当局が取り締まる者に対する体温測定の実施を推奨する。
公共交通機関は、現在有効な州条例が規定する、利用者間の距離に関する措置が引き続き適用される。
各自治体の長は、各自治体における個別の状況に応じて制限規定を更に強化することができる。

出所：ロンバルディア州HP該当ページ（州知事令原文（イタリア語）を含む）

https://www.regione.lombardia.it/wps/portal/istituzionale/HP/DettaglioRedazionale/servizi-e-informazioni/cittadini/salute-e-prevenzione/Prevenzione-e-benessere/red-coronavirusnuoviaggiornamenti（3月22日付州知事令）

●北イタリア地域のその他の州においても同様の措置が執られる可能性がありますので，お住まいの地域の州HPから最新の情報を入手するように努めてください。

＜北イタリア各州HP（除くロンバルディア州）＞
・エミリア＝ロマーニャ州
http://www.regione.emilia-romagna.it/
・ヴェネト州
https://www.regione.veneto.it/
・ピエモンテ州
https://www.regione.piemonte.it/web/
・リグーリア州
https://www.regione.liguria.it/
・フリウリ＝ヴェネツィア・ジュリア州
http://www.regione.fvg.it/rafvg/cms/RAFVG
・トレント自治県
http://www.provincia.tn.it/
・ボルツァーノ自治県
http://www.provincia.bz.it/it/default.asp
・ヴァッレ・ダオスタ特別自治州
https://www.regione.vda.it/

（原文ママ）

キアラ・ランツァ
トレカスターニ

5年ほど前、大学進学のために北イタリアのトリノに移住した。生まれて初めての独り暮らしだった。たくさんの知らないことや出会いに胸をときめかせ、トリノは私の第2の家になるはずだった。私は、エトナ火山の旧噴火口にある、人口1万人の古い町に生まれ育った。つまり、＜都会＞とはとうてい呼べない環境だ。

トリノに引っ越して、まず音に慣れなかった。

例えば、下宿のすぐ裏が路面電車の発着停留所だったため、毎朝の始発車で睡眠が妨げられた。金曜日の夜、路上で羽目を外す大学生達の喧騒。少し先にある病院の救急車のサイレン。

こうした数々の慣れない音に囲まれながら、でも1番堪えたのは、自分の部屋にいて雨の音が聞こえなかったことだった。朝起きて、窓の外を見る。雨が降っている。それなのに、音が聞こえない。

ここトレカスターニだと、雨に気が付かないなどありえない。雨はバルコニーの手すりを打ち、金属を小刻みに鳴らす。頭上では、屋根に当たる音。玄関門から中庭への床石に降る音。家の横の大きなカシの葉を伝う音。鳥や犬は鳴かずにじっとしている。地面からは土の濡れた匂いが立ち上がり、地上の緑が青々と輝く。

今朝、雨音で目が覚めた。目を開けて、掛け布団から鼻を出してひくつかせ、外を見る。ああ、雨だ。

寝返りを打ち、家にいるのも悪くない、と思う。ここにしかないことがある。

アレッシア・アントニオッティ
モンテレッジォ

<掃除>

今までで1番、隔離されているのを感じる。家にいるのは、もう飽きた。友人に会えないのにも、疲れてしまった。退屈している。映画を観てみる。ゲームをしてみる。全然だめだ。

あまりに退屈しすぎて、掃除を始める。退屈なときに掃除しようと思うなんて、今まで想像したこともなかった。ところが、あまりにすることがなくて落ち込んでいると、掃除もそれほど悪いことではないように思える。

1番よく使った洗剤は、漂白剤だ。家じゅうの消毒をするように、何度も母から言われていたからだろうか。<candeggina(漂白剤)>という名前の<candido（真っ白な）>から、雪を連想する。

寒い冬。あの頃、誰がこんなことが起きるなんて想像しただろう。

アレッシア・トロンビン
サヴィリアーノ

ヴェネツィアが恋しい。

この数カ月、故郷のような気持ちを持ち始めていた。

新しい毎日の習慣、大学、勉強、買い物、散歩にスプリッツ。特に恋しいのは、友人達とスプリッツ・セレクトを飲みながら見る夕暮れだ。

恋しさに負けまい、とスプリッツを作ってみた。いつもスクエーロ(注：店名：Lo Squero)で飲むようにはいかないが、ヴェネツィアのそばにいるような気持ちになった。

第2の故郷に帰る日が待ちどおしい。

オット・スカッチーニ
ミラノ

半分閉めたよろい戸の隙間から、朝日が差し込む。昨日より少し寒い。

僕は、どこにいたいのだろう？

海の真ん中に浮かぶ船の上がいい。風を受けて海面を走る。潮の香りがする。船腹に寄せるさざ波の音が聞こえる。冷たい波しぶきが服にかかる。日差しが眩しい。陸へ向かう波乗りを背後に残す。船首から甲板長の怒声が聞こえる。西に向かうヨットに続く。頂上に雪を載せた火山が見える。アイスランドの砂漠の深い闇を竜骨は突き抜けていく。細かな砂塵が立ち上り、サテンのように流れて消えていき、視界が遮られる。水平線に、乾いた地に反射して太陽が輝く。幻の水が揺らめく。進んでいくうちに、鋭い山脈の影が、黒から緑と金茶色に変わっていく。僕の背後に日が沈み始める。リグリア州のアペニン山脈だ。正面には、果てしない下り坂が延びている。次第に消えていき、闇の中に沈む。夏の湿った夜に、虫が鳴く。緩やかな丘の上に張ったテントが、電灯の弱い光を受けて光っている。僕は少しずつ近づいていく。

これは、ここから遠いところの光景で、実際に僕が見たことだ。身動きしない灰色の町から遠いところで、さまざまなことがあった。

でも、ここにいたくないのではない。旅や見知らぬ場所へ行ってみたい、と自分が願っているのかどうか、わからない。

単調で遅い毎日に飲み込まれてしまっている。それでも、僕はやはり自由なままであり、空想を連ねている。

ジュリ・G・ピズ
ヴェネツィア

数日前からうまく集中できなくなってきた。しょっちゅう気がそれる。時間がたっぷりあり、あれこれ物思いにふけってしまう。

冷蔵庫の中を見て、何が作れるか考える。

レオンにエサはやったのだっけ？

強制隔離になってから、どのくらいの数の犬が捨てられてしまっただろう？

ヴェネツィアの内海にイルカが入ってきたというのは、本当だろうか？

数日前まで人間が使っていた道を、今は動物達が歩いている。

風が強まる音に、ぶるっと寒気がする。

温かい紅茶を飲めば、肌寒さも和らぐだろう。

新しい本を読み始めなければ。

外国語を新たに勉強できる。

ウクレレを弾けるようになりたい。ところでウクレレの語源はなんだろう？

<ポルトガルの楽器から派生したハワイのもの>と、ウィキペディアが教えてくれる。隔離で自宅待機がなければ、調べることはなかっただろう。

本棚から次に読む本を探す。

洗濯物を干すのを忘れていた！

洗濯機から衣服を取り出し、折りたたみ式物干しを廊下に広げていると、台所から（ドアの向こう！）ヴァレンティーナがメッセージを携帯電話に送ってくる。

<近代美術　#隔離待機>のタグに続いて、電子レンジの中に入った私のマグカップの写真が添付してある。

今日、紅茶を温めるのは、これで4度目だ。

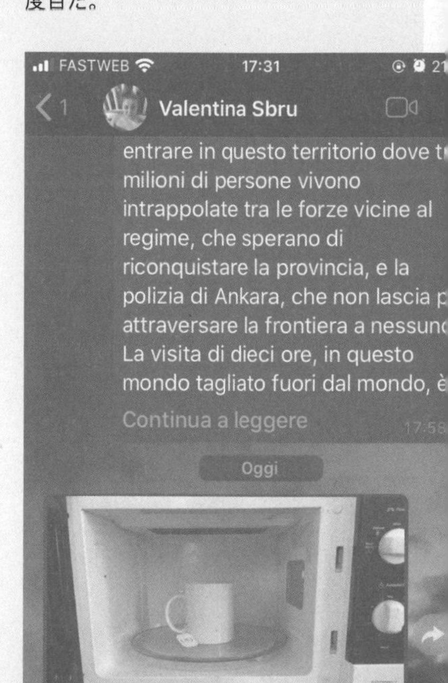

© Benedetta Pintus

ジョヴァンニ・ピントゥス
ミラノ

よく晴れて、暑いくらいのミラノだ。もう夏のよう。温度は20度だけれど、体感温度はもっと高いだろう。町の暑さ。疲れる。エネルギーを消耗する。やる気がなくなる。そういう暑さだ。

テラスで座る。空気が止まっている。そよりともしない。活力を感じない。自宅待機を面白がった1週間は過ぎた。バルコニーからは、もう歌声は聞こえてこない。使命感を持って、家にいようと堪えた当初のエネルギーはだんだん消えていっている。

今日僕は、初めて自宅待機を苦しいと感じた。自転車で郊外を走り、新鮮な空気を吸い込んで、溜まった疲労と退屈を吐き出し、自由を味わいたい衝動を必死に押さえた。がまんした。外には出なかった。よしと言われるまで耐えてみせる。

冷え込みが欲しい。あるいは嵐でもいい。雨の1日でもあれば。

家にいられてよかった、と思うようなことが起きるといい。天よ。どうか雨を降らせてくれないか。

3.22

マルタ・ヴォアリーノ
ミラノ

いつもの朝と同じように、電話で目を覚ます。「もしもし、どこにいるの？　まだ寝ているの？　まったく。早く起きなさいよ。私達はもう始めているんだから」。いつもの朝と同じように、私は目覚まし時計が鳴ったのに気が付かなかった。

起きて、朝食を済ませ、着替えて地下鉄に乗って大学へ行き、聴講仲間と会う、のがこれまでの日課だった。でも今日はベッドから起き上がって、台所へビスケットを取りに行き、勉強机の前に座る。まだ眠い。コンピューターを開けたら、そこに勢揃いして皆が待っている。

試験前は必ず、仲間といっしょに試験勉強をすることになっている。習ったことや教科書を繰り返し読み合う。長い1日も、あっという間に過ぎていく。試験勉強に没頭していることもあるし、友人達といっしょにいるからでもある。試験前になると、いつも同じことを言っている。「もう勉強に飽きた」「この試験では、合格点が取れないに決まってる！」「ねえ、ここは質問されると思う？」「さて、そろそろコーヒー休憩にしよう」

そして、ときどきこれまでとは違う問いと思いが口を突く。

「まだ医者ではなくても、私達にも何かできることがあるはず」「あとどのくらい続くと思う？」「今日の状況、見た？」

画面の中で、互いに顔を見合わせる。誰にも何も答えられない。

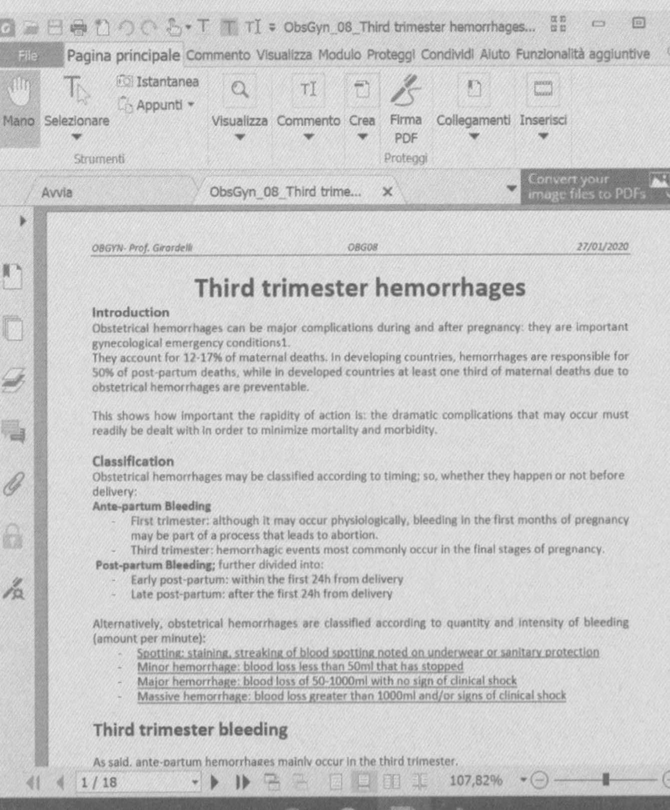

OBGYN- Prof. Girardelli OBG08 27/01/2020

Third trimester hemorrhages

Introduction
Obstetrical hemorrhages can be major complications during and after pregnancy: they are important gynecological emergency conditions1.
They account for 12-17% of maternal deaths. In developing countries, hemorrhages are responsible for 50% of post-partum deaths, while in developed countries at least one third of maternal deaths due to obstetrical hemorrhages are preventable.

This shows how important the rapidity of action is: the dramatic complications that may occur must readily be dealt with in order to minimize mortality and morbidity.

Classification
Obstetrical hemorrhages may be classified according to timing; so, whether they happen or not before delivery:
Ante-partum Bleeding
- First trimester: although it may occur physiologically, bleeding in the first months of pregnancy may be part of a process that leads to abortion.
- Third trimester: hemorrhagic events most commonly occur in the final stages of pregnancy.

Post-partum Bleeding; further divided into:
- Early post-partum: within the first 24h from delivery
- Late post-partum: after the first 24h from delivery

Alternatively, obstetrical hemorrhages are classified according to quantity and intensity of bleeding (amount per minute):
- Spotting: staining, streaking of blood spotting noted on underwear or sanitary protection
- Minor hemorrhage: blood loss less than 50ml that has stopped
- Major hemorrhage: blood loss of 50-1000ml with no sign of clinical shock
- Massive hemorrhage: blood loss greater than 1000ml and/or signs of clinical shock

Third trimester bleeding

As said, ante-partum hemorrhages mainly occur in the third trimester.

マルティーナ・ライネーリ
インペリア

もう、毎日が同じだ。時間の過ぎるのがわかるのは、フランチェスコの仕事のおかげだ。日々のルーティンは、彼にとってはこれまでもそうだったので変化はない。今は家で仕事をしている、というだけのことである。

今日は日曜日。いつもより時間をかけて朝食をとる。昨晩ふたりで焼いたプラムケーキと庭でなったミカンを絞ってジュース。

私は<アイリッシュ・ブレックファスト>を飲みながら、アイルランドのコークで過ごした昨夏のバカンスを思い出す。フランチェスコが昨夜見た夢を話す。昨夜は幸い眠れたけれど、夢を見たかどうか覚えていない。

フランチェスコの話を聞くのが大好きだ。夢の中の細かいところまでを覚えていて、とても上手に話してくれる。でも昨夜は、仕事の夢を見たのだという。在宅で仕事をしていると頭のスイッチをうまく切り替えられない、と言った。

いくら家にいるとはいっても、週末になると疲れが溜まる。

今日はだから、日曜日。ソファで毛布に包まって、テレビドラマのシリーズをふたりで観ることにした。

3.23

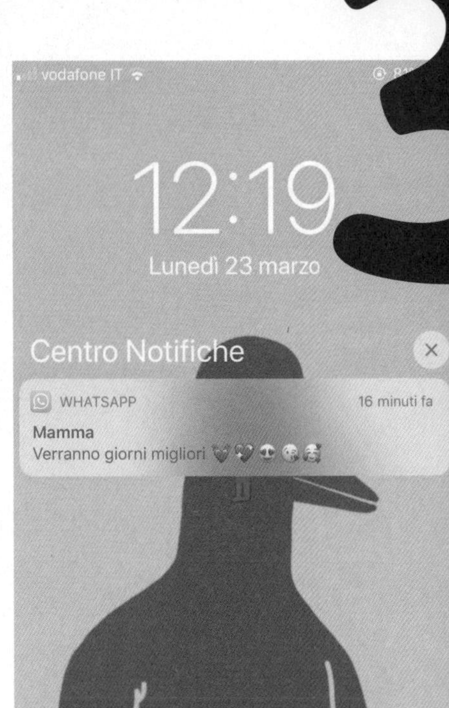

公告 4

2020/3/23 03:29

在ミラノ日本国総領事館
イタリアにおける新型コロナウイルス関連情報（ロンバルディア州の規制措置強化他）

●22日、内務相と保健相は連名で、イタリア全国における新型コロナウイルス感染抑止のための更なる緊急対策を講じる省令を発出しました。

●当該省令の内容は以下の通りです。

1　公共及び私用の交通機関で、居住する自治体から別の自治体へ移動することを禁じる。証明できる仕事上の理由、極めて緊急性の高い事態あるいは健康上の理由の場合を除く。

2　有効期間は、2020年3月22日から新たな首相令が発効するまで。

（原文ママ）

アンナ・ミオット
ヴェネツィア

仕事場に行かなければならない。パソコンを開かなければならない。メールを読まなければならない。役所へ証明書を書いて送らなければならない。

ベッドから起きなければ。でも、今日は無理。

何もしていないのに、疲れている。不確かな状態に押し潰された気分だ。

元通りの暮らしが戻るのだろうか？ 2カ月先の生活はどう変わっているだろう？

いつレストランを再開できるのか？ 売り上げがないまま、この先あと何カ月、賃料や給料、光熱費や諸々を払えるのだろう？

暗い穴が口を開けている。それがどんどん大きくなっていく。

ベッドから出ずに、掛け布団に包まっていたい。

ママからメッセージが届く。昨日から何度も電話がかかってきているのに、どうしても出られない。

<きっといい日が来るから🖤💔👽😘🥰>

ママ……。

そうだといいな。

アンジェラ・ボナディマーニ
ミラノ

今日、ピエトロは25歳になる。お祝いは、なし。彼は、ミラノから1時間のヴァレーゼ（Varese、ロンバルディア州）に大家族と住んでいる。家族といっしょに、家から出ないで過ごしている。付き合い始めて2年になる。その記念日も、ちょうどロンバルディア州全域がレッドゾーン（危険区域）に指定されたので、先送りしたところだ。

彼の誕生日祝いは早めに決めてあった。外出禁止の毎日に使えるものをプレゼントにしようと思った。

私の特技は、プレゼントをすること。自慢じゃないが、相手にどんぴしゃのプレゼントを見つける才能がある。それで、ピエトロ。彼は映画が大好きだ。今、映画館が全部閉まっていても、ソファで毛布に包まりポップコーンを手にテレビで映画を楽しめる。ポップコーンマシンと映画専門チャンネルの契約を贈ろうときめた。

今朝インターネット電話をかけ、お互いの顔を見ながら誕生日を祝った。彼が丸刈りにしていて、驚いた。誰なのかわからないくらいだ。カメラに向かって、アマゾンからの包みを開き始めた。中からポップコーンマシンが出てくると、クリスマスの子供みたいに大喜びした。映画チャンネルもセットだなんて、と、信じられない様子だった。

母がケーキを買ってきたので、ピエトロと彼の家族といっしょに遠くから誕生日を祝った（スイーツを食べられるのなら、どんな理由でもオーケーだ）。

いつもと違う誕生祝いだったが、なかなか楽しかった。

この先、よい思い出話になるだろう。

「ねえ、新型コロナウイルスのときの誕生日を覚えてる？」

年をとった私が言うのを今から想像できる。

エリーザ・サンティ
ヴェネツィア

<山>

外出禁止中だ。

夏、車で山を上り下りしたことを思い出している。木々を見て、家々を見て、湖を見て、川を見て。車に男友達と乗っていて　— 運転は彼 —　私は窓から頭を出す。カーステレオにCDを差し込む。Talking Heads。彼に向かって私は歌って、笑って、歌って、微笑む。彼は歌って、運転して、歌って、運転して、私に微笑む。

2時間ほど車に乗っている。

小さな村に着く。男友達は言う。「ここでピエロ・デッラ・フランチェスカが生まれたの、知ってる？」。私は言う。「イタリアは本当に美しいわね」。

道は知らないが、村を歩く。小さな公園に着いた。私達は噴水の縁に座る。けっこう長い時間、そこでおしゃべりをする。まだお互いによく知らないって、とてもいい。話すことが山ほどあって、ちっとも退屈しない。退屈は、人間関係を台無しにする。

立ち上がると、もう暗くなりかけている。食事するところを探す。ケバブを出す小さな店を見つけた。そこに入ることにする。最高においしい。店主は親切なロシア女性だ。トウモロコシとオリーブをケバブに入れてくれる。これまでそんなことをしてもらったことがない。

子供服店の前のベンチに座る。食べて満腹。

車に戻る。真っ暗だ。自分がどこかに置き去りにされた物のように思えて、気分が悪い。私の男友達はエンジンをかける。森の中の道を走る。運転して、運転して、運転して、上って下って、上って下って。私達は黙ったままだが、居心地がいい。Morphineを聴く。

私の男友達に尋ねる。「もう少しどこかへ行かない？」。家に帰りたくなかった。彼は、いいよ、と言う。運転し続けて、私は靴を脱いで助手席にあぐらをかいて座る。曲はとても官能的だ。液体になったような気がする。

彼は運転し、運転を続けて、続けて運転して、突然もう遅い時間になっている。家に帰ろう。

私の友達の山の家は、先ほどの村よりもまだ小さい村にある。家はかわいらしい。ソファベッドを開く。ワインの栓を抜く。私の男友達は何本かタバコを吸って、ベッドに寝転がる。Blurを聴いている。彼の横に寝転がる。夏だが、寒い。毛布を掛けて、目を閉じる。もうずいぶん前からこんなにほっとしたことがなかった。

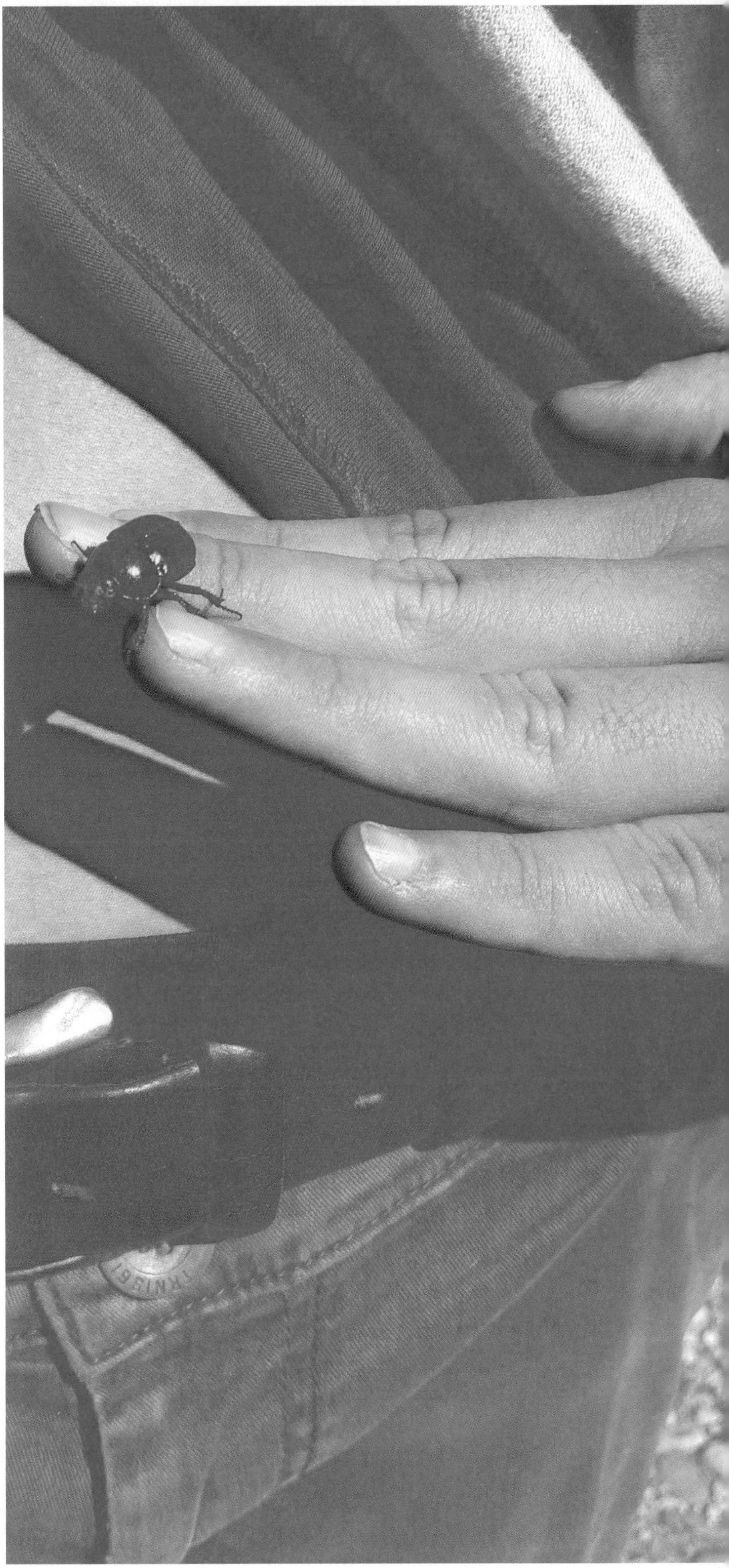

キアラ・ランツァ
トレカスターニ

今日は、女友達Mの誕生日。高校卒業後、それぞれ異なる進路を取った。私は大学へ進学し、彼女はフィレンツェにある国家憲兵養成専門学校を選んだ。以来、私達はあまり会っていない。大学生と憲兵養成校の学生とは、学校のカレンダーがうまく合わないからだ。

まだ2回生であっても、将来の警察官はイタリア各地での任務に就く。今のような非常事態のときは、特にそうだ。先週、Mと学校の同期生達は、イタリアの中でも特に警戒が必要な場所へと派遣された。Mは、フィレンツェからフェルラ（Ferla)へと発った。シチリア島シラクサ（Siracusa)市近郊の小さな町だ。

現在、あちこちで警察や憲兵を見かける。寄ってきて、外出の際に義務付けられている自己証明書の提示を求める。イタリアの地域によっては、軍隊まで出動している。

Mは緊張し張りきって初任務に就いたのだが大きく予想と違っていたため、元気がない。なぜなら、フェルラには人間より牛のほうが多いからだ。牛は放し飼いされていて、道路の際から野原まで、そこらじゅうの草を食みにくる。見渡す限り、牛。

彼女に誕生日を祝うメッセージを送った。きっとよい日がやってくる、そうしたらふたりで祝おう、夏にそれができるといいけれど、と書いた。

＜変な誕生日になった＞。メッセージを書きながら、そう思う。新型コロナウイルスなど関係なく悠々と町を行く牛に、友達が罰金切符を切っているのを想像する。

（注：国家憲兵は、陸軍、海軍、空軍と並びイタリア軍を構成する4つの軍のひとつ。国家憲兵養成学校は軍組織に属し、就学期間は3年間。履歴の範疇は大学と同等だが、普通大学とは異なる学習課目となっている）

マルタ・ヴォアリーノ
ミラノ

新しい日課にもすっかり慣れた。ある意味、むしろ以前の生活に戻るのは難しいかもしれない。

例えば朝、授業に間に合うようにあわてて地下鉄にかけこまなくてもいい。家族ともっと長い時間いっしょに過ごせる。……昼食後の昼寝はどうする？

1日じゅう勉強しているので、夜になると眠い。自分へのほうびに、大好きなチョコチップ入りのヨーグルトと『ハリーポッター』と夜半を過ごす。

ときどきゆっくり過ごすのも、それほど悪くない。

3.23

クラウディア・ダモンティ
デルフト（オランダ）

自然の威力について考えた。

そう。笑わないでもらいたい。インテリぶるわけではない。大切な真義だ。

ずっと考えていると眠たくなってくるけれど、なぜ自然の威力について考えたのか、説明しよう。

今住んでいる下宿の裏には小さな庭がある。庭というか、どう表現していいのか、かなり手入れのされていない庭のようなものがある。雑草が好き放題に生えている。ただでさえ荒れているのに、北欧の容赦ない雨や風、雹に打たれた植物は、もはや庭というよりも荒れ果てた戦地のような雰囲気をかもし出している。おまけに最近、隣家が自分の庭との境をはっきりさせるために、壁まで立ててしまった。そのうち庭をなんとかしようと、私達は計画を立てている。

そこで本題である。今朝、起き抜けの寝呆け眼で最初の1本目のタバコを吸っていたら、どうもいつもと様子が違うのに気が付いた。

花!!

美しくて巨大な花が、ひと晩のうちに咲いていたのである。怠けて何も世話してやらなかった私達の庭で。

非情な人間へ、自然が思いきりビンタを食らわしたようだった。

フェラーリ、医療機器の製造へ

　すでにイタリアのファッション業界はマスク生産を始めているが、イタリアの産業界を牽引する自動車業界の盟主、フェラーリ社は、イタリア、ボローニャ市の医療機器専門メーカー、Siare Engineering International社と協力して、呼吸器と空気洗浄機の生産を始めることを発表した。

http://www.siare.it/

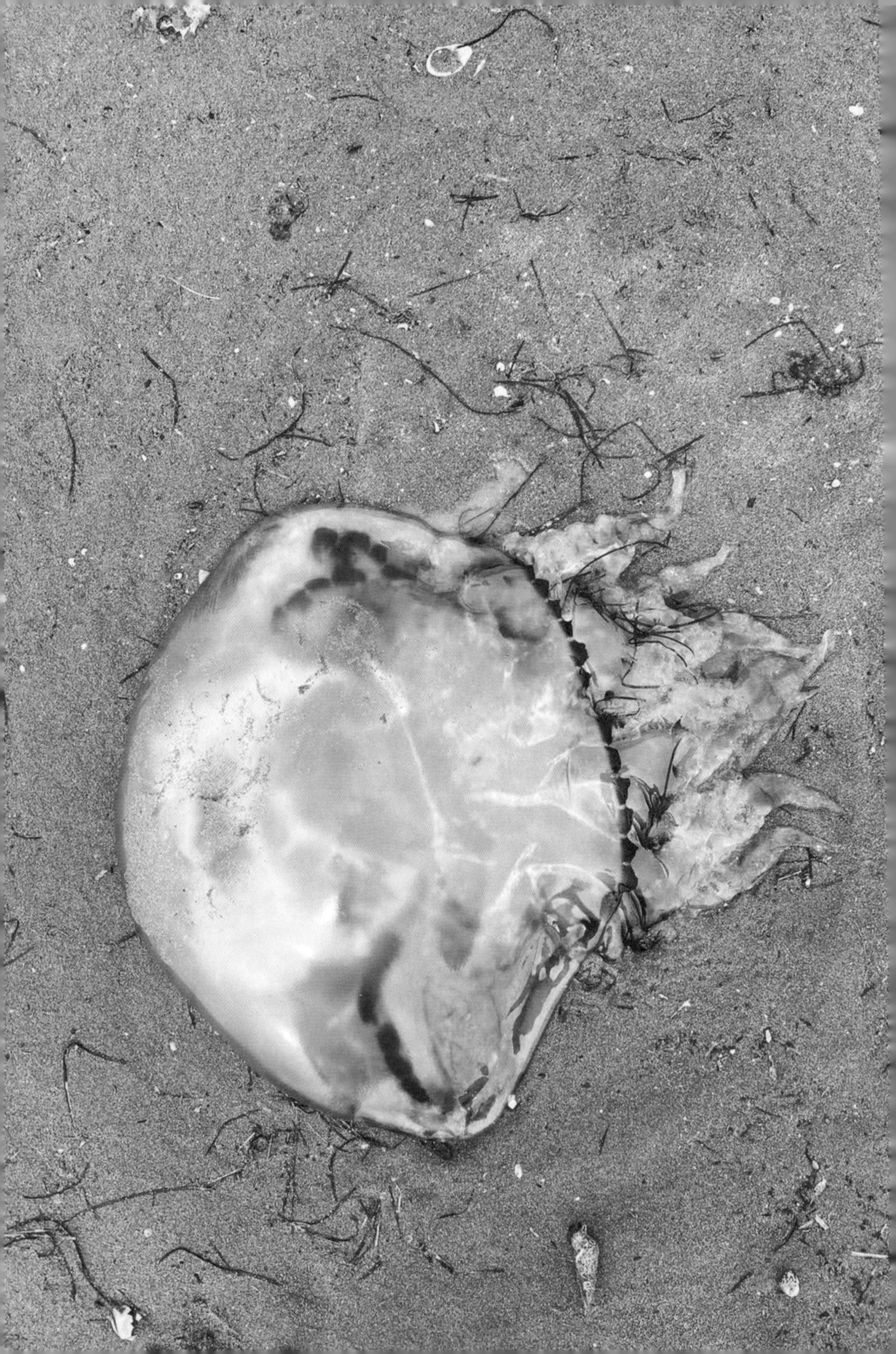

3.23

シモーネ・モリナーリ
ヴェネツィア

コロナ時代には愛だ、と父が電話で言った。ふざけて言った言葉だったが、僕の頭の中に強く残った。今、僕はレティツィアの家にいる。ここへ移ってきたのだ。自宅待機が終わるのをいっしょに待とう、とふたりで決めた。今のところ、同居はうまくいっている。僕は皿洗いをして食卓を整える。彼女は料理を作る。彼女はヴィーガン主義者なのだけれど、そんなことは問題ではない。僕はきちんとした食生活をしなければならない。ヴィーガン料理は、世の中で一番健康的かもしれない。彼女は僕が今まで知らなかった野菜を食べさせてくれる。トウフ、グルテンミート（注：＜セイタン＞）、テンペ（注：いわゆる＜インドネシア納豆＞）……。

初めのうちは、その形姿と未知の味に少しひるんだが、少しずつ慣れてきて、ヴィーガン料理が好きになりつつある。

それに、彼女はとても思いやりがある。僕が朝食に牛乳とビスケットを食べるとき、見ないふりをしてくれる。完璧な人間などいない。

友達マッテオと電話で話した。感極まって、でも満足そうな声で、昨日ついに恋人ができた、と報告した。会えないまま、距離を置いて始まった付き合い。だいぶん前からふたりはお互いに密かに惹かれ合っていたのだが、ここへきて愛が開花したのだ。春が来たのは、暦の上だけではない。

ジョヴァンニ・ピントゥス
ミラノ

悲劇

今日で何日経ったのか、もうわからなくなってしまった。たぶんそのほうがいい。この間に季節は移って、春だ。今日はとても寒くて、まるで12月のようだが。

外出禁止の毎日は、1日1日と過ぎていく。昨日と同じ今日。朝は遅く起きて、そこそこの運動をし、たっぷりすぎる食事に、テレビに浸かる。その合間に外界とのつながりをスマホで保つ。友人達が送ってくる写真やグループチャットで時間を過ごす。インターネット電話で、すっかり忘れていた人達と話す。

それが、今日からもうできなくなってしまった。

昨日テラスに出て、スカイプで友達と話をしていた。そこへ弟がボールを持ってやってきた。パスを2度3度。僕にボール。僕から弟へ。その間もずっとスカイプで話し続けていた。次第に熱くなってきて、軽いパスからドリブルへ。突然、弟のひと蹴りが僕のスマホを直撃した。一瞬だった。手からスマホが落ちていく。スローモーションのようだった。すぐに拾い上げたが、もう点かなかった。画面が割れた。スマホが死んだ。ロックダウンで、店は全部閉まっている。僕は、携帯電話なし、となった。

これからが面白くなる。携帯電話なしでの自宅待機は、神秘的な体験だ。町の店は開いていないが、幸いオンラインでは買える。手元に着くまでに、数週間かかるらしい。なんて楽しい隔離生活なんだ。

© Benedetta Pintus

3.23

ミケーレ・ロッシ・カイロ
ミラノ

昨日、さらに厳しい規制が発動された。食料の買い出しと薬局へ行く以外は、外出は絶対に禁止となった。屋外のスポーツも禁止。犬の散歩の距離まで規制されてしまった！（注：玄関から200メートル以内）

僕は家にいるのにもう慣れてしまったが、屋内のジムで練習するために父の家へ行けないのは、キツい。徒歩10分の距離が、どれほど気分転換になっていたことか。歩いていると、いつもの通りに戻ったような気分になっていたからだ。

僕は幸運だ。広い母の家に住み、好きなようにスペースを使わせてもらえる。小さな家に暮らす人、そういう家で自主的に隔離待機をしなければならない人、いたずら盛りの小さい子供のいる家、あるいは独り暮らしの人達のことを考える。

外出禁止も公平ではないのだ。各人各様の隔離環境がある。

昨日、初めて1日の新感染者数が減った。どうかこの流れのまま続いて、少しでも早く元の生活に戻れますように。

ヴァレンティーナ・スルブリエヴィチ
ヴェネツィア

夜明け前に目が覚める。なぜだかわからない。退屈しているからか（毎日が日曜日で、もう十分休めたと思う）、風のせいか。昨日から風が強く、家じゅうの窓ガラスが揺れている。暖かなそよ風ならともかく、隙間からもけっして家には入れるものか。

昨日からこの季節風ボーラが吹きすさぶ音で、階下の公園で遊ぶ幼い子の声もかき消されてしまった。カモメの鳴き声も聞こえない。ただ風の音だけが灰色の空を吹き回っている。時間はなかなか過ぎず、とりたてて楽しいこともなかった。勉強に没頭して、1日を過ごした。

今朝に話を戻そう。目が覚めて、またこれからも前日とまったく同じ1日を過ごすのだ。のろのろと起き上がり、暗い気分で台所へ行く。まだ真っ暗だ。電灯を点けて、エスプレッソマシンでコーヒーを準備しながら、昨日と違うかもしれない、と風を聞く。何も違わない。いっこうに止まず、冷え冷えしている。

うっかりエスプレッソマシンを落とし、樹脂の取っ手が割れてしまった。幸い、取っ手がなくてもコーヒーは沸かせる。エスプレッソマシンを見ながら、コーヒーさえまともに淹れられないなんてひどい1日の始まりだ、と苦々しく思う。

コーヒーができ、一方の手にはコーヒーカップを、もう一方にはタバコを持って、テーブルに着く。ラジオを聴く。外はまだ暗い。しばらくしてから、別の窓の外を見る。うっすらと朝日が見え始める。弱々しく寒そうで、たいして気にも留めない。

新たに増えた感染者数が昨日の数より減っていて、この苦しい状況から抜け出すきっかけになるように、と祈るような気持ちでラジオに聴き入る。そのとき窓が、不思議なオレンジ色に光っているのが見えた。玄関前へ下りてみると、運河の水面が朝日を受けて空とひとつになっていた。いい1日になるといいけれど。

家に戻り、コーヒーを飲み終えて、また今日も1日勉強することに決めた。大学最終学年の学期がまもなく終わる。親しい人達に会えないのなら、家にこもって試験勉強に集中したほうがいい。

1日が始まれば、母やアンナからの電話がかかってきたり、聴講仲間から携帯電話にメッセージが入ったりして、冷えた気持ちも温まるだろう。

3.24

キアラ・ランツァ
トレカスターニ

$$\text{(P2)}\begin{cases}\min\ x_1 - 5x_2 \\ \text{s.a.}\ +x_1 + x_2 \geq 20 \\ 8x_1 - 5x_2 \geq 40 \\ x_1 + 2x_2 \leq 26 \\ x_1 \geq 0 \\ x_2 \geq 0\end{cases}$$

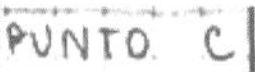

PUNTO C

$$\rightarrow \begin{cases} 8x_1 - 5x_2 = 40 \\ x_1 = -2x_2 + 26 \end{cases}$$

$$5x_2 = 40 \rightarrow \begin{cases} -16x_2 + 208 - 5x_2 = 40 \end{cases}$$

$$-208 + 40 \rightarrow \begin{cases} -21x_2 = -168 \end{cases}$$

1週間、教科書とノートを閉じたままだったが、昨日は数学の勉強を始めた。敵の存在に慣れるのに、しばらく時間が必要だった。敵と対面する前に、机の角で勉強した。問題は、数学が私の天敵であることだ。小学校の頃から嫌いになり始めたのを覚えている。数字ごとに、ため息を吐いていた。

さて、イタリアじゅうの大学は、遠距離からのリモート試験に対応できるよう準備している。時間制限のある筆記試験から、教授とのインターネットテレビ電話に小論文、そのほか全部について、だ。

そういう状況なので、好きも嫌いも言ってはいられない。勉強を始めなければ。

最初の2時間は苦痛だった。獣の遠吠えのような声を聞きつけて、ときどき妹が心配して覗きにきていたが、私は少しずつ数学を理解し始めた。

数学は、最初の印象が悪い人のようなものだ。＜生理的に＞嫌い。けっして関わりを持ちたくない。でも、持たざるを得ない。少しつき合ってみると、どうだろう。それほど悪くないじゃないの。ひょっとして、好きかもしれないくらいだ！

とはいえ、きっとそのうちノートを窓から投げ捨てるときがくる気がするけれど。

アニェーゼ・セッティ
カリアリ

目が覚めて、1日の始まりのコーヒー（何杯も飲むうちの）を飲みに台所へ行く。

すでに台所が調理態勢に入っていて、準備万端整っている。リコッタチーズの大きな塊と並んで、パスタの生地がふたつの山に分けてある。ひとつはアーティーチョークが具に入り、もうひと山にはホウレンソウが入るらしい。

今日は母がラビオリを作る。

＜私と母がラビオリを作る＞とは言わない。なぜなら、こういう場面になると母の中には、言葉では言い表せないような、主役意識がムクムクと沸き起こり、彼女だけが他の存在を認めない、絶対の女王に変身するからだ。

母の悪いところ、として論(あげつら)っているのではない。母の中に、観客を必要としない、誰にも有無を言わせない表現者の強い思いが立ち上がり、神聖な儀式のように調理に没頭する様子に、私はただ驚いて横で見ている。手馴れていない他人の手など、必要なし。下手に手出しなどしたら、母のリズムが崩れてしまう。

どうぞご覧あれ。生地を練り、伸ばし、具を詰め、包み込むと、ラビオリのでき上がり。

生まれてからずっとそうしてきたように、今日も私はそばでじっと観ている。

うちでは私は、いつも観察者だった。何も特技はないし、気の利いた意見や感想も言えない。母が料理をするのを観るのが大好きだ。惚れ惚れする。スペクタクルだ。

兄は私と違って器用で、魔法使いのような手仕事をする。ミリ単位の正確さだ。彼にはたくさんの才能がある。

そして、父。鍵盤楽器の演奏ができる。際限なく演奏できるレパートリーを持っている。幼い頃から22年間、私は父が演奏する手元を見ながら、＜いったいどうやって？＞と、思ってきた。

今日も私は観る。そばに座って、母の手が手際よく動くのを。母は生地を練り始める前に、オペラをかける。彼女の小麦粉のショウにぴったりの曲が台所に流れる。

数時間後、昼食の時間になった。何を食べたかわかるでしょう？サルデーニャ産のオリーブオイルとカラスミで和えたアーティーチョーク入りのラビオリ。

アーティーチョークとカラスミ。私が1番好きな組み合わせだ。大地の花と海の宝物。

これだけで、今日1日を幸せに過ごせる。

3.24

アレッシア・トロンビン
サヴィリアーノ

辛い。ポジティブじゃない。

今朝、でも、カール・グスタフ・ユングの『赤の書』の1節を読み、グレーな日が少し明るくなった。しばらくのあいだ、NOの日を支えてくれますように。＜そうなのだ。あの年は私から春を奪い、他にたくさんの物事が取り上げられてしまった。それでも私は変わらず花を咲かせた。自分の中に春を連れてきたからだ。もう誰にも盗むことができない＞＊

＊カール・グスタフ・ユング『赤の書』 Carl Gustav Jung, Libro Rosso, Liver Novus, S.Shamdasani編､n.10 Torino, Bollati Boringhieri, 2010

ソーダ・マレム・ロ
モドゥーニョ

＜忘れたこと＞

この数日間、ミラノの下宿の暖房を点けっ放しにしたままではないか、と気にかかっている。帰れるまでずっと心配し続けなければならないのかと思うと、泣けてきた。いつ帰れるかわからないのだから。

本当に泣いたわけではなかったが、イライラしていた。心配しているのは不安だから、とわかっていた。暖房を消し忘れるわけがない、と自分でもよくわかっている。それでも、くよくよ悩む。

暖房の心配など、どうでもいいことだった。毎日の不安から気を紛らわすために、自分が無理やりに作り上げたようなものだった。2月末にモドゥーニョへ戻ったとき、3月7日にはまたミラノに帰っているだろう、と考えていた。以前の生活に戻り、手帳に記した予定通りにパヴィアへ授業を受けに行ったり、自動車の教習所へ通って3月30日には運転免許の試験を済ませたりしていたはずだった。

状況をよくわかっているいま、できることなら自宅待機の場所として選びたかった大切な私のミラノの部屋に、いい加減な忘れ物をするなどありえない。

いつ帰れるのかわからない、私の唯一の居場所へ。

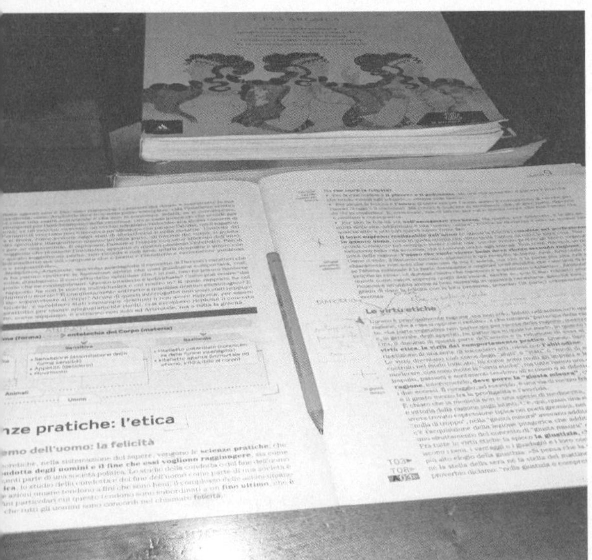

アレッシア・アントニオッティ
モンテレッジォ

＜勉強＞

昨日と同様、丸1日勉強した。アリストテレスの思索や古代ローマ時代初期の芸術、シェイクスピア、ギリシャ哲学も少々、だ。周囲で起こっていることを考えて気が散らないように、勉強に没頭した。

両親は私が気付いていないと思っているだろうが、夕食のときにふたりとも暗い表情をし、電話がかかってくると悪い知らせだったのか、不安そうな顔をしていた。テレビニュースが、今日1日の感染者や死亡者などの数を伝える。

夜になって、考えないようにしようと思っても無理だった。1日、避けてきた心配ごとを端から思い出してしまう。背中がぞくりと震える。鼻の奥がツンとしたかと思うと、涙があふれてくる。またか。近くの村で亡くなった人達を悔みながら、泣く。自分には心配することしかできない。震える。身体が冷えて寒いせいではなく、怖くて不安で心が冷え冷えとしているからだ。

アンナ・ミオット
ヴェネツィア

今朝、広場に出る露店へ魚を買いに行った。

サンタ・マルゲリータ広場のすぐ近くに住んでいるおかげで、毎朝ここで露店を営むふたりから新鮮な魚が手に入るのだ。

カレイとエビ、ホタテにタイを買い、包んでくれるのを待ちながら、少し雑談をした。彼らはこれまで通りの毎日で、朝5時に起きて卸売市場へ仕入れに行ったあと、露店の準備をして8時に開店する。

ただひとつこれまでと違うのは、誰もいなくなったことだ。数少ない客達も、一刻も早く家に帰ろうとして忙しない。他愛のない話をしながら買い物を楽しんでいたのに、そういう気持ちが皆になくなってしまった。

普通なら大勢の客がいるのに、今朝は私とカモメだけだった。店の上を旋回しながら、いつ魚の残骸を盗ってやろうか、と虎視眈々である。露天商はカモメに気付き、人情で（あるいは、いきなりの襲撃を避けるために）魚の残骸を路面にばらまいてやった。路面の餌をついばもうと、無数のカモメがいっせいに飛び下りてきた。

その光景に微笑み、いっぱいの買い物袋を提げて（空腹のカモメに凝視されて、胸に抱きかかえる）、挨拶し、家に戻って料理を始めた。

オット・スカッチーニ
ミラノ

大学が恋しい。毎朝自転車で走っていた道が恋しい。大学の仲間に会いたい。白衣を詰めたぎゅうぎゅうのデイパックが恋しい。野原で弁当を食べたい。病棟担当に行きたい。医師、患者、手術室、消毒液の匂いが恋しい。感染内科の入り口を探して迷う。採血がうまくできない。朝8時で頭がよく回らない。忘れてしまう。理解できていない装置や経路（パスウエイ）について学友と話したい。

遅く終わる授業。授業内容のやっと半分を書き取った聴講メモ。

解剖学のノートをめくってみる。絵がうまく描けていない。メモ、注釈、走り書き。必要ない雑記が多い。

1年前からクラスメート2名といっしょに、解剖学の教授を手伝っている。実施練習のときに1回生と2回生の補佐をするためだ。

バカンスのためにお金を貯めるためだったが、この数カ月、この小さな仕事は、大学や勉強、僕と同じ講義に通う学生達にずいぶん近づくきっかけとなった。

それができなくなった今、僕の1日には大きな穴が開いてしまった。大学に戻って講義を聴き、話し、何がわかっていないのかを知るときが戻るのを考える。

ノートを見る。これはきっと、翼口蓋について説明しようとしたときのだろう。筆記試験で問題が出たのだった。

思い出すのは楽しいが、すべてが信じられないほど遠い。

戻りたい。

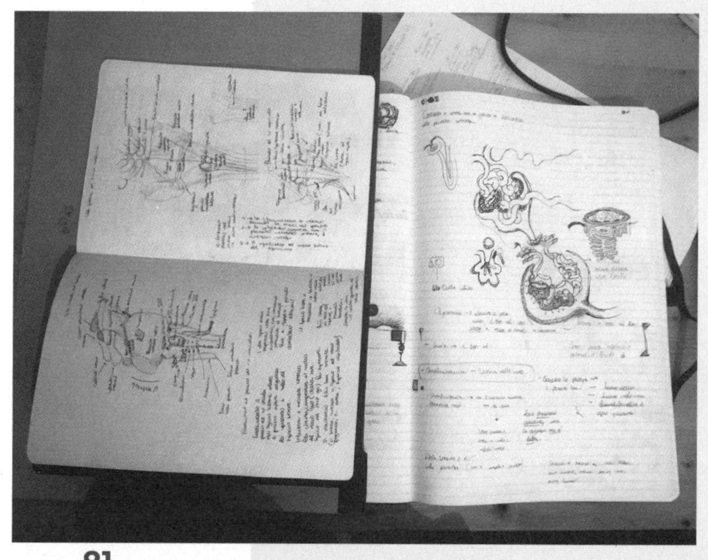

クラウディア・ダモンティ
デルフト(オランダ)

今日も、新しいことはなし。たいして生産的な日ではなかった。そのうえ、オランダでも3人以上での外出禁止令が発動された。今晩最後のスカイプ電話を終えてみると、すでに下宿仲間3人は1日の締めくくりの散歩に揃って出かけるのを決めてしまっていたので、私は独り取り残されてしまった。

しかたない。何か意義あることをひとつはなし遂げてみよう。

結果？ 表面が焦げて中が生焼けの、まったく味がしないケーキが1個でき上がり、だった。まあ、ね。次はきっとうまくいく。それに、明日の朝食の準備はできたのだし。

シモーネ・モリナーリ
ヴェネツィア

距離を置くと、人間関係にこれまでと異なる光が当たる。取り囲む壁は、その物理的な<囲い>だけではなく、少しずつ<精神的な>囲いを示し始める。自分が、世の中の物事から独立したひとりの人間であることを気付かせてくれる。ウェブやSNSから、部分的にそういうことが浮き上がり、見えてくる。

外出禁止になってから20日目。もう携帯電話を見るのも疲れた。視線は、周りの壁に向く。僕の存在を囲み、阻む。地球上がつながり、なんでも簡単に手に入るような感じがする。距離は消え、境界もない。僕を含む、恵まれた側にいる者にとっての話だが。かつては、そうではなかった。ウイルスが、進化を追い続けるのは幻想だ、と警告している。蜃気楼にすぎないのだ。壁を崩すことはできない。なぜなら壁は僕達の中にあるからだ。大切なのは、壁に気付き、己の恐怖と向き合い、人と目を合わせて、手を差し伸べることだ。自宅待機が終わらないと、手は触れられないけれど。

マルティーナ・ライネーリ
インペリア

今日の夕食分で、買い置きの食料が尽きる。明日は勇気を出して買い物に行かなければならない。でないと、永遠にパスタのオリーブオイル和えだ。

もう家にいるのには慣れた。守られて、安全な気がする。正直言って、外出するのが怖い。店の外に行列ができているだろうか？ 周囲の人達は安全な間隔を守ってくれるだろうか？ 欲しい物が棚に残っているだろうか？

許されている買い物のために外に出たら、きっと解放された気分になるのかと思っていたら、違った。むしろ行きたくない。車に乗って出かければ、同じことの繰り返しの毎日の息抜きになるし、いいことだとはわかっている。家は温かで明るく、居心地のよい巣になっている。窓の外を行く、ごくわずかな人達は、一様に寂しそうで、うつむいて早足だ。うちの玄関ドアは、外界から私を守ってくれる。

すべてが終わるとき、大勢の人達の中で私は自分の居場所を見つけることができるのだろうか。

ジュリ・G・ピズ
ヴェネツィア

<私は詩人だった、だからトロイアから来たアンキセスの
正義感の強い息子<アエネアス>のことを歌った。
誇り高いトロイアの城は焼け落ちてしまったからだ。>

（日本語訳　平川祐弘：『神曲』 地獄篇　ダンテ・アリギエーリ　河出文庫より）

イタリアのラッパー、ムルブトゥ（Murubutu)が、クラヴァー・ゴールド＆ジュリアーノ・パルマ（Claver GoldとGiuliano Palma）とのコラボによる新曲発売の予告をインスタグラムで発表して以来、ファン達は今か今かと待ち焦がれている。今日3月25日の<ダンテの日>に合わせての、『パオロとフランチェスカ』というタイトルのシングルだ。この曲は、彼の新しいアルバム『地獄』の予告でもある。地獄への旅（ダンテ）のムルブトゥなりの解釈だろうか？ イタリアの名作古典を現代イタリア風に読み下したものだろうか？

もう1カ月以上前から、私は彼のアルバムの発売を心待ちにしている。3月31日に発売予定だ。

3月のカレンダーに、過ぎた日の上に×印を付けている。自宅待機になってから過ぎ去った日の確認でもあり、あと何日したら25日なのか、と楽しむためでもある。

高校時代からムルブトゥを聴き始めた。唯一無二の人だ。日中は、古典高校の哲学の教師で、夜になるとラッパー。彼の詩と曲を聴くと、異次元の世界の物語が染み入る。どの曲も心に深く残っている。静かに泣き、さまざまなことを考えた。社会の問題や政治などに触れる。それだけではなく、愛についても苦しみについても教わった。古代からの哲人達の言葉を通して、詩となり音楽に載せてラップとなる。
<文学にインスピレーションを得て生まれるラップ、文学ラップ（Letteraturap）>と呼ばれている。

ムルブトゥが、ダンテの3行詩からアルバムを録音する。それは彼がアーティストとしてたどる芸術の道だ。刺激に満ちた、そして難しい創作だったろう。

ダンテ。イタリア文学の父である。

だから、早く聴きたい。『パオロとフランチェスカ』がアップされているかも、と音楽関連の情報データベースを頻繁に検索している。

泣くだろう。

絶対に泣く。

公告 番外編

イタリア文化会館東京協力（文責）
https://www.iictokyo.com/blog/

3月25日はダンテの日（Dantedì）！
Buongiorno a tutti!

毎年3月25日はダンテの日(Dantedì：「ダンテディ」）として、この偉大な人物にちなんだ各種イベントが執り行われます。ダンテの没後700年を来年に控え、今年のダンテディはより一層の盛り上がりを見せています。

ダンテ・アリギエーリ（1265-1321）は、ルネサンス期の先駆者である政治家・詩人で、現代イタリア語の父ともいわれています。1321年に完成した彼の代表作『神曲』はイタリア文学の最高傑作であると同時に、世界に二つとない偉大な作品とされ、今日まで読み継がれています。

ケリーノ《ダンテ、『神曲』の詩人》フィレンツェ、サンタ・マリア・デル・フィオーレ大聖堂

ところで、ダンテが生まれたのは1265年5月21日から6月21日の間、亡くなったのは1321年の9月13日から14日にかけてといわれています。

それではなぜ3月25日がダンテの日として祝われるのでしょうか？『神曲』に描かれる、この偉大な詩人の旅が行われたのは、1300年と推測されています。さらに、作品の中にちりばめられている手がかりを集めると、その日付まで絞り込むことができるのです。

例えば、「地獄篇」第1歌第37行から40行にかけて、ダンテは、1頭の豹が目の前に立ちはだかった際の状況をこう描いています。

時は朝のはじまる暁、
太陽は、神の愛がはじめてあの美しい宇宙を
動かした時にもともにあったあの星座を従えて
昇ろうとしていた。

「神の愛がはじめて（…）宇宙を動かした時」とは、天地創造の時を指します。そして天地創造がなされた時、季節は春で、太陽は牡羊座とともにあったとされています。よって、ここに言及される「星座」は牡羊座、これは春分の日の朝を描写したものであると推測できるのです。

また中世ヨーロッパでは、1年の始まりは現在のように1月1日からではなく、キリストの生誕にちなむ12月25日とする場合と、キリストの受胎告知にちなむ3月25日とする場合がありました。ダンテが生きた当時のトスカーナでは、1年の最初の日は3月25日とされていました。

これらをはじめとする多くのヒントをもとに、諸説ありますが、ダンテが「暗い森の中をさまよっている」自分に気づいたのは、1300年3月25日とされています。

地獄篇の冒頭。気が付くと深い森の中におり、恐怖にかられるダンテ。ギュスターヴ・ドレ による挿絵。

「ダンテの日」3月25日とは、彼の誕生日や命日ではなく、現代でも我々を驚嘆させ続ける、あの旅の始まりの日だったのです。

（原文ママ）

＜参考文献＞
ダンテ・アリギエリ／原基晶訳 『神曲 地獄篇』 講談社、2014

3.25

アレッシア・トロンビン
サヴィリアーノ

自分の部屋で好きなところ：

夜、星がいっしょにいてくれて、朝、太陽が起こしてくれること（屋根裏部屋で、カーテンを掛けていない）。

ベッドのうしろの、黒板にもなる壁。

机の上のカラフルな絵葉書。

＜洋服ダンス＞ではない、洋服ダンス。自分で考えて作った。

明るい色から暗い色の順に並べて吊るしてあるトレーナー。

壁に貼った写真。しょっちゅうはがれ落ちる。

本を床に積んである読書コーナー。

私そのものを表した空間。他にはないと思う。

シンプルで、でも選り抜いてあり、自由奔放で、それでいながら、まとまりがある。ディテイルに至るまで気を巡らせて集めた、小さな、たくさんの物に囲まれている。

小さな私の世界。日が経つごとに、小さな物の大切さを改めて感じている。

感染と犯罪

1348年にペストが爆発的に感染拡大する以前に、1258年4月ヴェネツィア共和国は医師と専門家学会の常設を決め、共和国外からも医師たちを集めて常雇いにし、同チーム内で定期的に解剖学研究や共和国内の薬局の検査と管理を励行してきた。共和国内はもちろん、船や海外の統治領下にも衛生管理を担う拠点を設け、各地の疫病についての情報をリアルタイムで把握し本国への上陸阻止を図り、国民の安全と健康を守ってきた。公衆衛生学、保健衛生学の始点である。

しかし疫病の中でもペストは鎮静しては再び発生し、感染を繰り返した。海運業を主産業とし、主な疫病の発生地である東方からの大型船が入港する地であり、金銭、人材、情報の一大拠点だったヴェネツィア共和国は、検疫制度を制定。感染者と分けるために、＜隔離島＞とは別に＜検疫島＞も設置する（コラム1参照）。

隔離島での患者の治療、食費、隔離滞在中の雑費などの運営経費は、共和国が塩の売買で得た利益で賄われた。島には、妻帯を条件に管理責任者が元首に指名され常駐した。隔離島に送られてくる際、患者達の所有物すべてを管理責任者が一覧にして記録し、患者の死亡後には遺族へ返納していた。

感染の現場を一括して担う重責で、貧困者や身寄りのない人などの弱者に対する差別や不適切な対応があってはならない、と元首は厳しく命じその人選も厳重だったが、中には悪事を働く輩もいた。

感染者数を上乗せして報告し、生じた差の食料や費用を着服したり死亡した患者の財産をせしめたりしたのである。死亡患者達の財産を私物化し、さらに着服した遺品のリネン類を高値で転売した者があった。

「人間として許されない」

激怒した元首は、罪人を無期懲役の刑で投獄する前に、国じゅうの路地という路地、広場を引き回しにして晒した。

La Peste a Venezia, Boccardi V., Venezia, Supernova Edizioni, 2016

アレッシア・アントニオッティ
モンテレッジォ

＜雪＞

あまりに冬や雪のことを考えたから、きっと今日、雪になったのだろう。

7時半に母が私を起こしにきて、雪が降ってるわよ、と言った。小さい頃のように、ベッドから飛び起き窓から顔を出す。冬の雪の日とは違って、寒くはない。それでも、やはり本当に雪だ！ 興奮して弟に言いに行くと、たいしてうれしそうではない。まだ眠たいのだろう。ベッドに入ったままだ。

日が高くなったが、雪は降り続けている。季節風が連れてきたのかもしれない。そんなことはどうでもよかった。積もらない。窓からの眺めは、白くはならない。

舞う雪を見ながら、どこから来て、どの村や町を見てきたのだろうか、と空想する。

雪といっしょにあちこちをひらひらと飛んでみる。

ウイルスも、雪からは自由を奪えない。

エリーザ・サンティ
ヴェネツィア

＜映画＞

何日か前に、時間を早く過ぎさせる1番よい方法はないか、友達に尋ねた。「映画」。彼は答えた。

賛成しないわけではないけれど、私は映画を1本観ると、衝撃でそのあとの数時間は調子がおかしくなる。数日か。いや数カ月かもしれない。観る前の自分に再び戻れないこともよくある。

だが今晩は危険を冒して、ウォン・カーウァイ監督の『Hong Kong Express』を観ることに決めた。

うちはインターネットがつながりにくく、最初のシーンを何度も繰り返して観る羽目になった。少し気分が悪くなったが、観続ける。映画は目の前でどんどん進み、私の人生は少しずつ乾いていく。

ミュージックビデオのようにシーンを観ていたが、ストーリーの半分くらいで登場人物達がうらやましくなってきた。

映画の中って、なんていろいろなことが起きるんだろう。

出てくる人達は走り、逃げ、出て、サングラスをかけ、見知らぬ人達と会い、キスし、セックスし、出発して、手紙を出し合う。

私はそれをただ眺めているだけ。

いいものを味わった。観終えて、でも具体的には何も変わらない、と思う。

映画は突然に終わる。私はぼうっとコンピューターの画面を眺め続ける。

時計を見る。まだたったの23時になったばかりだ。

前言は取り消しだ。

クラウディア・ダモンティ
デルフト（オランダ）

オーガニック専門のスーパーマーケットに行ってきた。処分したい食品の在庫がないか、店員に尋ねた。

ニキビ面の若い店員は、私達のつま先から頭のてっぺんまでジロジロと見た。どうやら、ないらしい。でも店員は私達を悪くは思わなかったようで、

「教会の方ですか？」

と訊いた。

「いえ、あの、そうではなくて……」

私達は、あいまいに答える。僕についてきて、と手招きする。彼についていく。1列になり、互いに1メートルずつ空けて歩く。私達はマフラーを巻いて口元を覆い、セーターの袖を指先が隠れるまで伸ばしている（期限切れの食べ物を恵んでもらうためにきているので、マスクやゴム手袋をまだ買えていないことを説明する必要はないでしょう）。

冷蔵倉庫へ着いた。店員は積み上げられたケースを指差して、

「見てください。古いですが、まだいけます」

私達は大喜びでうなずく。ああ神様、ありがとうございます！

若い店員が持ち場に戻るのを待ち、私達は気を鎮めてから、まだ食べられるものを選び始めた。ケースの中には、黒く変色したレタスの葉や粗挽きソーセージがあった。

意気揚々と下宿に帰る。戦果品をテーブルの上に並べてみる。

キアラ・ランツァ
トレカスターニ

滝のような激しい雨が降り始めて、今日で4日目。州全域に、非常警報が発令された。

外出禁止になってから17日が経った。自宅待機だけでも大変なのに、この天候だと庭にも出られない。バルコニーもダメだし、犬を外に連れて歩くなんてもっと無理。犬は、しょんぼりしている。途方に暮れた様子で家の中を歩き回り、寝そべり、つまらなさそうにしている。ときどき外に出て、雨に打たれている。母が追いかけて怒鳴りつけるが、叱られるほど犬は張りきって走り回る。そのうちはしゃぎすぎと自覚し、家の中に入ってきて今度は家の中を走り回る。母が押さえ込み、拭いて乾かしてやる。

母は大変だろうが、一連の様子を見ていて笑ってしまう。

「かわいそうに。外に出たいのよね。このままだと、神経がまいってしまうわね」

<そうよね、私も同じ。もうぎりぎり>

私は母に聞こえないように、低くつぶやく。

3.25

ジュリ・G・ピズ
ヴェネツィア

「今日は絶対、魚が食べたい」

「イワシを買ってこようか？　唐揚げにする、それともマリネ？」

「マスのような魚のほうがいいかも」

本当にありがたいことに、幸運なことに、下宿と同じ並びに魚屋がある。

強烈な季節風で、歩くのもやっとだ。ウイルスも遠くに吹き飛ばされるだろう。

岸壁に面して間口の開いた店舗だが、安全距離を守って1回に1名ずつの入店だ。

「おはようございます！　マス、ありますか？」「もちろんありますよ、シニョリーナ。何匹？」「2匹、お願いします！」

店主が銀色に光るマスのハラワタを取り除いてくれているあいだに、売り場をじっくりと見る。イイダコにエビ、小エビ、イカと、海の幸でいっぱいだ。小箱に小さなカニが入っているのが見えた。元気よく足を動かしている。チリチリミリミリ、カニがつぶやいている。<モエケ>。札に書いてる。

マスを買って、帰宅。

「ほら、買ってきたよ！　子ガニもあったの。モエケ。知ってる？」

ヴァレは夢見る目で、「もちろん！　揚げるとすごくおいしいのよね！」

「じゃあ、すぐに買ってくる！」

階段を駆け下り、再び向かい風に立ち向かって魚屋へ。

「おや、まだいたの？ おれらのこと、気に入ってくれてるんだね！」

「大好きです！　それで、モエケを買わなくては、絶対に！」

聖者の行進の気分で買い物袋を提げて、家に帰る。台所に直行して、レシピに沿って料理を始める。1匹ずつ小さな子ガニを手に取る。とてもやわらかだ。甲羅がないみたい。ちょうど今、サワガニの脱皮の時期なのだ。

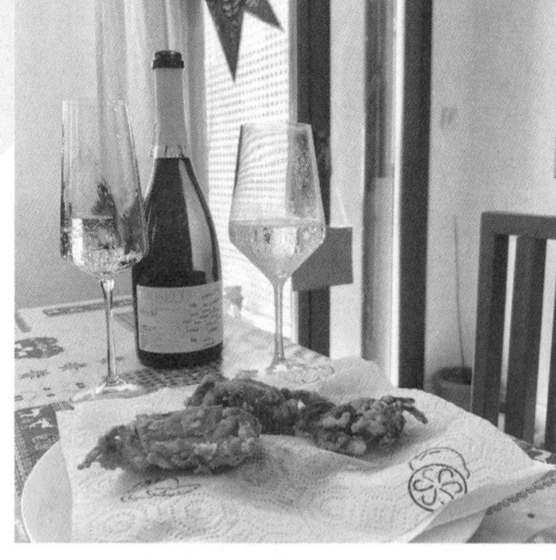

アルコールを水やりのように振りかけてやり、酔わせて昇天してもらいなさい、と教えてもらう。

ヴァレはジンの瓶を持ってきて、勢いよくボウルに注ぐ。動き回るカニにあわてて、手が滑る。

「水やりどころか、これじゃあ溺れてしまうわね！」

ニンニクをすりおろし、パセリをみじん切りにして、生卵の黄身を割り入れる。数分休ませてから小麦粉をまぶして、揚げる。

揚げたてをつまみながら、自分達にも水やりをする。辛口のプロセッコで。

3.26

キアラ・ランツァ
トレカスターニ

今日はやっと雨からは解放されたが、風に持ち場を譲っただけだ。

周囲の木々が強風に揺れている。庭のビワの木は、今にも根こそぎ飛ばされてしまいそうだ。堂々と厳しいカシの枝にはふだん、ヤマバトやカケス、野良猫が留まっているが、今日は裸だ。あまりの強風に葉がすべて引きちぎられている。弱々しい日が差しているが、犬は出ていこうとしない。

風で雲がエトナ火山のほうへ流されている。白い大きな塊に山影が隠れてしまった。しばらくすると吹き続ける風でその下方が途切れ、うっすらと雪化粧をした山肌が見えた。

雪！ 3月26日のシチリア島に、雪だ！

驚いた。シチリア島の3月は、気が早い人達は海へ行く。この冬は降雪量が足りず、エトナ火山にある数少ないスキー場も開かないままだった。

シチリア島でスキー？

皆さん、そう思うでしょう。確かに、ここはミラノへよりもチュニジアへのほうが近い。エトナ火山の山麓を背に、地中海を目の前に見ながら滑る。

そのうちぜひ試しにきてほしい。

両親の寝室のバルコニーに出て、雲の合間に見えるハンカチほどの雪景色に見入る。空想であの山頂を歩いてみる。想像するそばから、猛烈な風が吹いて、家の中に入った。

ソーダ・マレム・ロ
モドゥーニョ

ミケーレ・ロッシ・カイロ
ミラノ

追加の首相令が発動されてから、初めて外に出た。建物の玄関門を出たとたん、これまでと違うのに気が付いた。僕の家の前の通りに、パトカーが3台駐まっている。ときどき通りかかる車をすべて止めて、なぜ出かけるのかを確認している。

僕はスーパーマーケットへ向かった。晴天なのだ。公園の脇の道を歩いて、少しでも外気を味わうことにする。警察に咎められている男の人がいる。屋外で運動をしていたらしい。新しい首相令では、もう禁じられている。

足を速める。あちこちに軍警察が出ている。自分が買い物に行くのではなく、脱獄して逃亡中の犯人に思えてくる。パトカーが僕の横に止まった。僕にいくつか質問をし、よし、と許可された。

やっとスーパーマーケットに着き、買い物を済ませて帰路に就く。そのすぐ横を装甲車が走っていく。

ジュリ・G・ピズ
ヴェネツィア

風で雨戸が揺れている。憤ったように吹き荒れ、鎮まらない。指笛のように、叫び声のように、音を立てて風が吹く。わずかな隙間から、家の中にも容赦なく吹き込んでくる。凍てついて、気が沈む。

日は差さない。空は灰色で重い。

寒さしのぎに、お茶を飲むことにした。今日は普通の煎れ方にする。小鍋に水を張り、コンロの前で沸くのを待った。

じっとコンロの火を見て待つ。
<見ていたら、沸騰しないのよ！>。いつもそう言っていたのは誰だったっけ？

待っているあいだ、他のことができるかもしれない。でも何をする？ 読む？ 勉強？

音楽を聴く？

考えながら、もうこの数週間で習慣になった、外の音に耳を澄ませる。吹きすさぶ風音ばかりで、他には何も聞こえない。

突然、思い出す。運河の対岸にある、大学の図書館のこと。私の部屋の窓からも見える。大好きで、大嫌いな場所。いつも満席で、卓上の手元を照らす照明は、しょっちゅう壊れて点かない。それでも、入るとほっとする。今日のような天気のときは特にそうだ。図書館は、カ・フォスカリ大学の学生にとって第二の家だ。1日じゅう図書館にこもって勉強を終えた後、館内にいる友人達と目配せをする。目は、机から本棚へ、本棚から検索機へ、ソファへと流れていく。
<スプリッツ？>

図書館からいくつかのグループが出てきて、50メートルほど先にあるバカロ、<ロ・スクエーロ>へと向かう。皆で運河沿いに集まって、しゃべりながら飲む。学生の情景は、図書館からアペリティフへと変わり、皆のうしろに日が暮れていく。

小鍋の底から小さな泡が出てきた。

大学がまだ平常通りに開講していた頃、毎朝レオンを散歩に連れていくのと弁当を用意するために早起きしていた。いつも時間が足りず、大急ぎだった。コンロを強火にし、少しでも早く弁当を作ろうとあわてていた。歯と顔を急いで洗い、「よい1日をね、皆！」と下宿仲間に声をかけ、ジャケットの片袖だけに腕を通し、階段を駆け下り、水上バスに飛び乗っていた。

時間を持て余す今と、なんという違いだろう。

湯が沸き立つ。

<中間地点で、例えばヴェローナあたりで、会おうか。どう？>
<いいかも！ 早く彼氏ができるように、ジュリエッタに頼みに行こう！>

ミラノの友達、ラウラが言っていたのを思い出す。しばらく会えていなかったので、ヴェネツィアとミラノの路線の中間の町で、3月14日に会う約束だった。

でも移動できなくなってしまった。家でじっと待つ。書く人もいれば、絵を描く人もいる。テレビやゲーム、勉強に読書。音楽。

私はコンロをじっと見ている。

アレッシア・アントニオッティ
モンテレッジォ

今日は家族で祝う大切な日のはずだった。両親の結婚記念日と弟の誕生日だ。

ところが母は仕事に行かなければならず、残った私達は外出禁止で、母の仕事場まで祝いに行けなかった。

私と父とで、母が昨日のうちに用意してくれていた弟の大好きなスイーツで、彼の誕生日を祝った。でも、祝いの味がしなかった。外出禁止が解けたら皆揃って祝いなおそう、と言いながら、見えないその日に向けて乾杯をした。

アレッシア・トロンビン
サヴィリアーノ

今朝、母が起こしにきた。
「雪の匂いがするのよ。降るわよ、きっと」
雪が大好きだ。わくわくする。
朝のコーヒーを飲みながら、窓際に張り付いて雪を待つ。
コーヒーがオレンジを絞った生ジュースに代わっても、まだ降ってこない。
勉強しながら、外を見る。
12時。すっかりあきらめた。むしろ、今にも日が差してきそうな空だ。
昼食の後、部屋に戻る。がっかりして、気分が暗くなる。昼寝をすることにした。待ち焦がれすぎて疲れてしまった。
うとうとする間もなく、台所から母が叫ぶ。
「雪よ！ わかってたんだから。絶対に外れないのよね、私の雪予報！」
10分間、雪が降る。もっと短かったかもしれない。でも、本当にきれいだった。
これで幸せな気分で昼寝ができる！

クラウディア・ダモンティ
デルフト（オランダ）

ベッドで過ごした1日、の更新だ。もはやベッド、勉強机、食卓の繰り返しの1項目にすぎない。
やっと17時半になった。空気タイム！ 脚を屈伸しに外へ出る。
はっきりしない薄い色の空に、残念ながら冷たくて耳がちぎれそうな風がまた立ち始めている。見渡す限り、野原と温室だ。
ここに住み始めたばかりの頃、夜空がオレンジ色にくすみ、この世の終わりのような色だったのに驚いたことを思い出す。温室の照明のせい、と教えられて少し安心したのだった。
今、温室は空っぽだ。消えている。そして、夜空はこんなに黒々としている……。

アレッシア・アントニオッティ
モンテレッジォ

午後、弟に誕生日プレゼントが届いた。サッカーのゴール、横3メートル、縦2メートル。1部品ずつ、家族全員で一生懸命に組み立てた。
「エンジニアみたいね！」
組み立てながら、母が元気よく言う。
家の中である程度まで組み立てて、庭に運び出し、網を張った。叔父が自分の家の窓から組み立て作業を見ていて、手伝いに下りてきてくれた。
組み立てが終わり、あらかじめ決めておいた位置に設置する。周囲の家々の窓から皆が顔を出して、ゴールを見ている。最初に弟がゴールを決める。それから叔父と少し遊んだ。
家に入ると、母が皆におやつを用意してくれていた。アップルケーキと温かい紅茶。

3.2

キアラ・ランツァ
トレカスターニ

今朝はとても遅く起きた。何時に起きたか、言わないほうがいい。昼食のパスタがもう皿に盛り付けられていた。
食卓に着こうとする私に、母が小言を振りかぶせる。テレビから地方局の番組が流れている。お玉とフォークが皿に当たる音の合間に、マスクをしたニュースのアナウンサーが言う。
「……という状況では、夏も警戒は解けないかもしれません。バカンス関連のキャンセルは相次いでいます。屋外が40度になって、私達はこのまま家の中に居続けられるでしょうか？ 都会に住んでいる皆さんは、どうなるのでしょう？　エアコンのないご家庭もきっと多いことでしょうに！」
夏じゅう家の中にいなければならないなんて、考えるだけで胃が痛くなる。母にチャンネルを変えるように頼み、皆が好きな医療ドラマを見た。

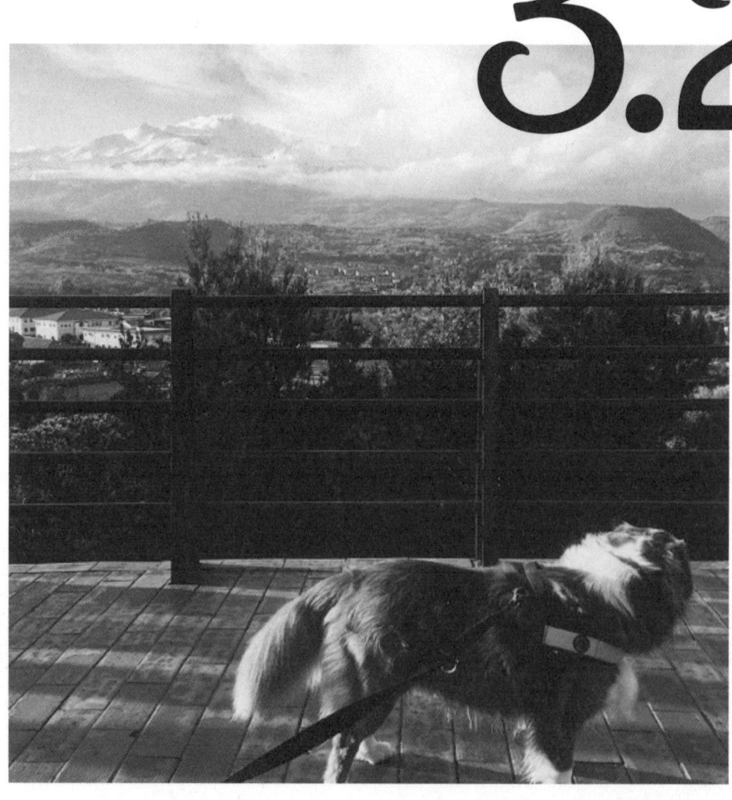

午後、犬のルーフォを連れて散歩に行く。
風も気温も春にはまだほど遠い。犬は少しも気にしていない。むしろ大喜びでどんどん歩く。向かい風に毛をなびかせて、気持ちよさそうだ。
うちの近くにある見晴らし台へ上って、1周する。季節はずれの雪化粧でエトナ火山がくっきりと見える。白い裾には黒々とクレーター跡が並ぶ。日の入り寸前の太陽が、ぬくもりのあるオレンジ色に周囲を照らしている。
私の周りにあるすべてが話しかけてくる。自然を前に、私は閉じ込められたままだ。情景に目を走らせる。どこまでも走らせる。

オット・スカッチーニ
ミラノ

台所のバルコニーに丸々したクロウタドリが来て、鉢植えのパセリをついばんでいる。バルコニーの床は、鳥が突き回しこぼれ落ちた土や小石が散乱している。ガラス戸を開けたら、クロウタドリは飛んでいってしまった。

外気は湿って重く凍っている。裸足にバルコニーの床タイルが冷たい。

コーヒーを用意する。町は今日も静まり返っている。

犬と歩きながら、昼のミラノの光景を思う。ミラノの夜を思う。繁華街は閉じ、夜半の賑わいは消え、人がいなくなった。静かだ。空っぽの道。公共交通機関もほとんど通らない。

サント・エウストルジォの聖堂(Basilica di Sant'Eustorgio)の前を通り過ぎる。堂々として大きく、簡素だが力強い外観だ。煉瓦造りのいくつもの小さな円蓋が外壁を飾る。

2年前のある夜、この前を自転車で通ったときのことを思い出す。アッフォリ(Affori)から家に帰る途中だった。アッフォリはミラノの北にある地区で、市の境界線を越えてかなり先の、市街地への入り口にある。僕の地区からは15キロメートルほど離れている。

パーティーが終わって、深夜の知らない地区を走り抜けなければならなかった。走り始めてまもなく僕は道に迷った。道路標識は不確かで、道を訊くにも歩いている人はいない。往きは日のあるうちだったが、人気が失せて暗闇の中、自分がどこにいるのかわからない。カルボナーリ広場(Piazza Carbonari)に着いたときの安堵を覚えている。そこからの道順はよくわかっていたからだ。カルボナーリ広場からミラノ中央駅前のレプッブリカ広場(Piazza della Repubblica)を抜けて、スカラ座前の広場(Piazza della Scala)に出ると、サン・ロレンツォの円柱(Colonne di San Lorenzo)。そして、サン・エウストルジォの会堂だ。

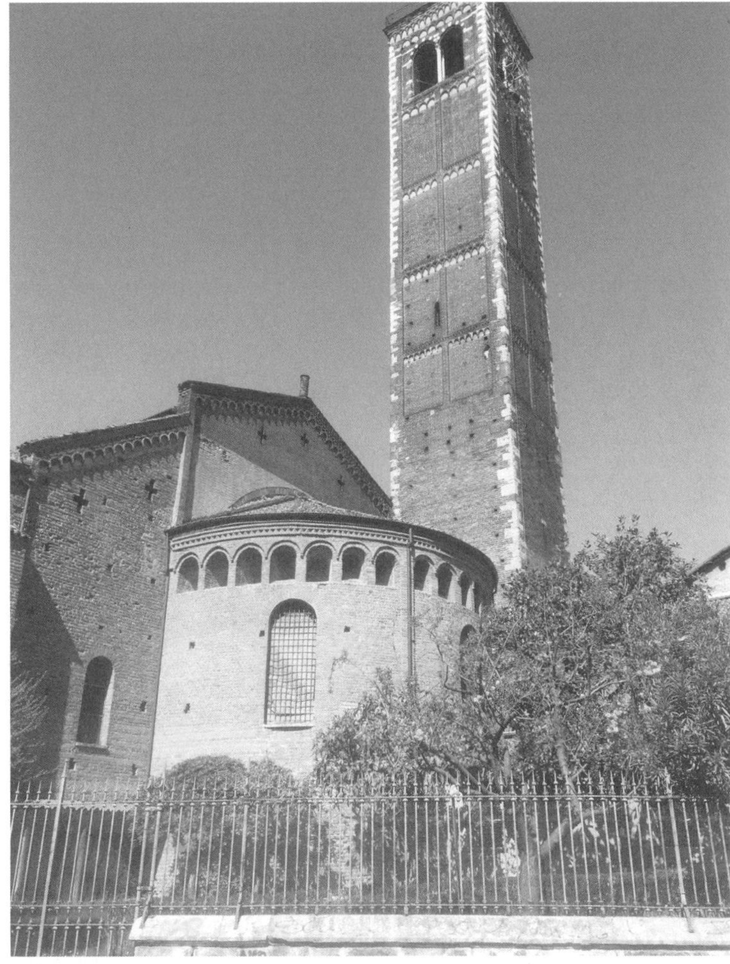

会堂前に着いて、僕は教会前の階段に座った。寒かった。何度も道を間違えたせいで、ずいぶん長い距離を走ってしまった。

教会のファサードは荘厳で冷たく、壁からの小さな照明を受けて低く照らし出されていた。

その前に座って、家に帰ってきたのだとほっとした。夜も教会が開いていたらいいのに、と思ったのだった。

日中だが教会は閉まったままだ。昼間の静けさの中に、路面電車が線路を軋ませる音や通行人達のざわめき、町じゅうの音を包み込んで、教会はそびえ立っている。以前は静けさを見守っていたのが、今はミラノの喧騒を内に留め置いている。

赤い壁に見守られ、その横を僕は歩く。

マルタ・ヴォアリーノ
ミラノ

昨日、産婦人科学の試験を終えたので、今日は丸1日リラックスすることにした。

携帯電話で新聞を読む。感染者数、治癒者数、犠牲となった医師の数。疫病関連のニュースを見るけれど、心が乾いてしまっている。今日は、この窓の外のごく身近で起こっていることから、気持ちが離れている。

発熱のあと、25日間にわたって自室で自主的に隔離をしていた母が、ようやく部屋から出てきた。うれしそうな母の気持ちがしみじみと私にも沁み入る。久しぶりに家族揃っての昼食。弟ピエトロのヒゲが伸びすぎ、と母が言っている。

母の隔離が始まってからの数日は、心配で胸が押し潰されそうだった。やっと解放されて、笑い合える。

また明日からは、自分達に何ができるかを考えることにしよう。

でも今日は、小さなわが家の中の、普通であることを祝う。

シルヴィア・パリアルーロ
ローマ

この数日、よく映画を観るようになった。以前のあわただしい毎日では、あまりなかったことだ。外出禁止も役に立つことがあるのだな。昨日は、古典名作の日だった。
『ローマの休日』。オードリー・ヘップバーンが、王室の毎日に疲れた王女を見事に演じる。一挙一動に至るまで、王室の規範を厳守する生活。カゴの中に閉じ込められた鳥だ。

ちょっと似ている、今の私達と。違うのは、彼女がそこから逃げ出すのを決めて、受け止めてくれる男性と出会い、彼女にぞっこんになるところ。皆ハッピー。

私は、やや少なめにハッピー。ベッドの中で、包み焼きの魚のように布団にくるまってコンピューターの画面の中に映る自分の町ローマを見ているうちに、恋しい気持ちが沸き起こる。

最後にローマの中心街を歩いたのは、もう3週間も前だ。画面の中のコロッセオで、がまんしなければ。それにしても今、空っぽのコロッセオを見たら、きっと悲しくなるだろう。

エリーザ・サンティ
ヴェネツィア

外出禁止の中、自分の気持ちがわからない。

朝起きると、すべてが平らだ。朝食はとらない。起きるのが遅すぎるから。

昼食は、真っ平ら。昼食を食べ終わると、たいていすごく悲しくなる。いつこの状態が終わるのだろう、と考える。

1日の大半は、何も考えないようにしている。心配は沈み、胸騒ぎが残る。ときどき浮き上がってきて、うろたえる。イライラして、不安が喉元まで突き上がる。

インターネットで検索する。<いつまで外出禁止は続くのか？>。

インターネットで検索する。<どのように自宅待機を過ごせばいいのか>。

調べても、何の助けにもならない。明確な答えが見つからない。確かなことが何もないことが、不安でたまらない。

気持ちを高めるために、終わったときのことを考えてみる。考え始めたとたん、自由になるときが待ちきれなくなる。赤いコートに買ったばかりのパンツを合わせてみて、少し気を落ち着かせてみる。この待ち時間は、何のためなのか。

何かしら待ちながら、これまでずっと生きてきた。でも、いつまで待てばいいのか決まっていたものだ。少し前から、もう待たなくなった。今までは幸せだった。気楽な毎日だった。ところが一瞬で、待つだけの生活に戻ってしまった。

まるで電話の自動受信音声みたいに。<そのまましばらくお待ちください。オペレーターが空き次第、ご対応いたします……>。

3.27

マルティーナ・ライネーリ
インペリア

すべて整理することに決めた。

母方の祖母ヴィットリア、 ―トッタと呼んでいたけれど― の手書きのレシピが出てきた。私が実家を出て暮らすことになったとき、料理が好きな私に母が贈ってくれたものだ。

祖母には会ったことがない。写真だけで知るおばあちゃん。その字を追いながら、台所に立つ祖母を想像する。近いうちにレシピをぜひ試してみよう。

家庭料理というのは、どれも素朴で簡単だ。だからといって、他の料理に劣るわけではない。テレビを点けると、料理番組であふれている。見かけのほうが栄養よりも肝心、という料理が多い。もちろん珍しい料理や見知らぬ味を試してみたいが、家にこもって過ごしている今、当たり前が何より欲しい。ゆっくり、確かで、簡潔な料理。奇をてらわず、昔からの変わらない味に安心する。

おばあちゃんの料理を皆で囲む食卓は、世界一おいしくて優しい。

ALBUM

Coming Up for Air (Deluxe Edition)

By **Back Door Slam**

2018 • 15 songs, 1 hr 8 min

PLAY  

TITLE	
♡ **Coming Up for Air** - Davy Knowles	4:36
♡ **Riverbed** - Davy Knowles	3:38
♡ **Mistakes** - Davy Knowles	4:15
♡ **Hear Me Lord** - Davy Knowles	6:03
♡ **Amber's Song** - Davy Knowles	3:12

クラウディア・ダモンティ
デルフト(オランダ)

今日、突然、強烈で太刀打ちできないホームシックに襲われた。下宿は、静まり返っている。同居人達は自室にこもり、物音もせず、誰も出てこない。人間の姿を見たのは、ただ1人。3階に住んでいるリトアニアの男子学生だ。昼寝から起きたらしく、台所に下りてきた。毛布をマント代わりに羽織っている。ちらっと挨拶ごときものをして、マーガリンをたっぷり塗ったパンを2片持って、また部屋へ戻っていった。

生きている人がいたな。他の人達はどうしているのだろう。私も部屋へ戻り、コンピューターを点けた。音楽が必要だった。あまりに静かだと耳が変になる。ミラノに住んでいた頃、隣人が父に音楽の音がうるさい、とよく文句を言いに来ていたのを思い出す。それで、今何が必要なのかがわかった。

午後じゅうベッドに寝転がって、大音量でないと聴く意味がない、と父が言っていたアルバムを、低い音で聞いた。

けっこういけるじゃないの、ボリュームを絞っても。

そんなことを父に言う勇気は、絶対にないけれど。

アニェーゼ・セッティ
カリアリ

幸せでない日々が続いている。

ハーブティーを飲みながら、心はイタリアとスペインに半々に分かれている。新型コロナウイルスの被害が最も甚大な国だ。

怖い。もう安心してはいられなくなった、と自覚する。規制を厳守しても、疫病感染は収まることなく拡散し続けている。大切な人達のことを考え続けている。心配でたまらない。スペインの友人達と常に連絡を取り合っては、互いの安否を確認している。

イタリアがこの非常事態への準備ができていなかったのなら、スペインはなおさらのことだっただろう。スペインからのニュースで、大勢の人々が病院の床にじかに寝かされたり、ホテルが病院として使われたりしているのを見て、心が凍りつく。

私よりもひどい状況にいる人達のことを考える。狭い家に多数で住んでいる人達がいる。私がラビオリやタルトを作っているときに、数週間前から仕事がなくなり買い物に行けずにひもじい思いをしている人達がいる。

自分を追い込まずに、なんとか気持ちを落ち着けなければ。

1日の時間はどんどん長くなっていく。毎日、同じことを繰り返している。朝起きて、勉強し、昼食を食べ、休憩し、勉強し、ときどき運動をし、本を読み、夕食、友達との電話、そして就寝、だ。

人生の困難はこんなものではない。もちろんよくわかっている。炭鉱に働きに行くようにも、戦争に行くようにも命じられず、私は幸せだ。

<明日もまた今日と同じことの繰り返し>と知ることが、人の魂にとってどれほど悲惨なことだろう、と再び考え込む。

必要としている人を助けられるよう、強くありたい。自分にはきっとできると信じている。

ふと視線を落とすと、<BELIEVE YOU CAN>とあった。

シモーネ・モリナーリ
ヴェネツィア

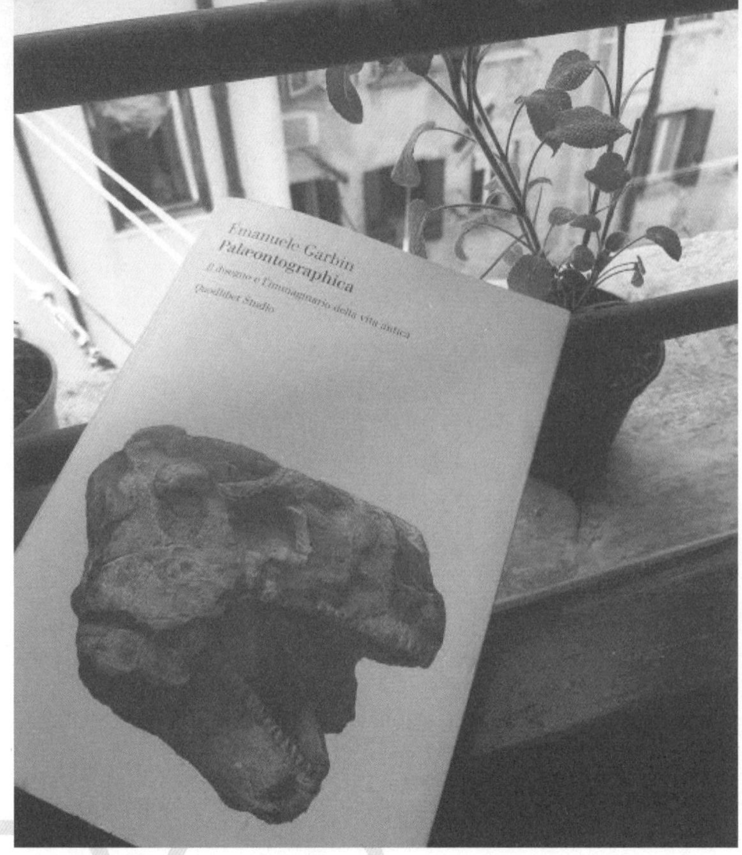

今読んでいる本は、『古生物学、古代の生物に関するデッサンと考察（原題：Palæntographica, Il disegno e l'immaginario della vita antica）』エマヌエーレ・ガルビン著（Emanuele Garbin）。書名の通り、主に19世紀に残された、古代生物についてのデッサンと考察の記録をたどる。骨格や化石、歯、足跡についての研究記録だ。図説は非常に精密で細部までくまなく描かれているが、その一方でシュールでもある。これらの図説は、想像するのが難しい古代に関して、世界中で少しずつ発見される遺物が増えてきた際に、それをできるだけわかりやすい形でカタログ化するのが目的で編纂された。

古代生物の研究者は、関節や角のひとかけらから、残りの骨格の全体像を視覚化しようとする。この、自由に想像する（ほぼ）という研究法を支える基盤は、科学の知識と科学への忠実な誠意だ。ふたつの異なる分野がうまく協調して成り立つ学問をこの本は紹介している。デッサンはほぼすべてが手描きで、そこからは図解するためにどれだけの観察力と時間をかけたかが伝わってくる。

速くて正確に記録できる写真技術が誕生する前から、鉛筆と紙、手、物を視てその謎を考える目が存在した。研究者達は、薄暗いロウソクの明かりのもとで未知の物体を前にして考察し、想像して描いた。はるか彼方から古代を現代に引き寄せる学問だ。

外出禁止になってから、時計が暴れている。暴走したかと思うと、眠りこける。未来は遠くに平らに伸びきって、過去は速度を上げて遠のいていくようだ。僕達はつかまるものもなく、中間地点に取り残される。

想像する訓練は、僕達の手から世界がこぼれ落ちてしまうのを防ぐ唯一の手段だ。未来を観る目で、過去を視る。あるいはその逆も。

僕達の周りにある、化石や残骸のごく小さなかけらの中に、流されていく<時>が存在する。

キアラ・ランツァ
トレカスターニ

くだらないことで母と言い争いになった。荒れた気持ちが治まらないまま、自分の部屋に閉じこもる。

ベッドであれこれ考え続けているところに、携帯電話が鳴った。18キロメートル離れたところにいる友達 Gからだった。私がちょうど誰かと話したいと思っているのを、察知したのかもしれない。

天からの恵みだ。

私達は夏が待ちきれない。毎年、夏が何より楽しみだ。大学の授業が終わり、夏休みで里帰りする。そして今年の夏をこの時点で空想すると、完璧に思える。夏までには、すべて解決しているだろう。この辛さを乗り越えた私達全員が、夏を満喫するのだ。

海岸で過ごす夕べを想う。

踊りたい。

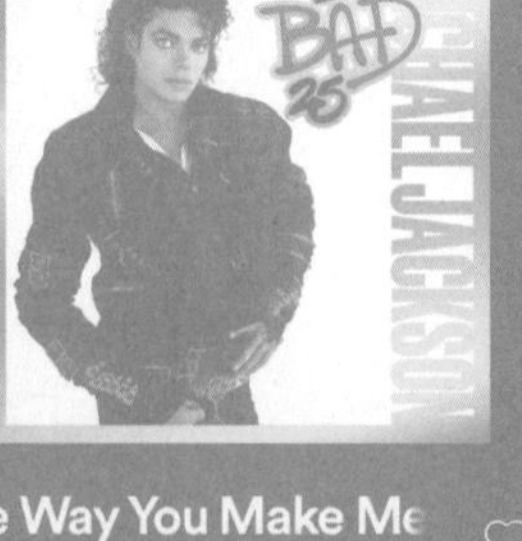

電話を終えて、あるものを探すために箱を開ける。ヘッドフォンを見つける。新しいイヤフォンに替えてから、何年も前に箱にしまったまま忘れていた。でも音の遮断には、この古いのが一番だ。すぐに携帯電話の音楽アーカイブへ飛ぶ。今、この私を踊らせてくれるのが誰だか、よくわかっている。

そう。マイケル・ジャクソンだ。少し古いし、問題ありだけれど。永遠に不滅だ。

『ザ・ウェイ・ユー・メイク・ミー・フィール（原題：The Way You Make Me Feel）』をかける。これ！ 数秒で全身にエネルギーが充ちる。鏡だけが知っている。

この瞬間、他には何もない。何もない。どんな壁にも私は閉じ込められはしない。私は自由だ。

ジュリ・G・ピズ
ヴェネツィア

「レオン、止まれ！ どこ行くの？ 船には乗らないのよ！」

今日は、レオンも外出禁止が堪えてるようだ。毎朝、家から水上バスの停留所まで歩く。だいたい200メートルで、許可されている<ひと息吐ける>外出距離内だ。行って、帰る。行って、帰る。それを1日3回まで。

今朝、停留所に着いたとたん、レオンは待合所に走り込んでいった。運河を渡って、久しぶりに岸壁を歩き、公園へ行きたいのだろう。その気持ちは、よくわかる。

犬を連れ戻しているところに、待合所の自動販売機の前に中年の男性ふたりがやって来て、立ち止まった。ふたりともコーヒーを買って、飲みながら雑談を始める。

「今日は寒くないな」

「風が止んだからな」

「そうだな、たぶんそうだろうな」

以前にも同じ会話を聞いた気がする。数週間前に、たぶん、バールで耳にした。まだ生活は普通で、レオンとずっと長い距離を歩いて、帰りに必ず停留所パランカ(Palanca)の近くにある、店主アンドレアのバールに立ち寄っていた。さっさとエスプレッソコーヒーを飲み、店主と二言三言交わし、店内の客達の雑談を聞くともなしに聞いていた。それが私の1日の、大切な始まりだった。

繰り返せなくなった、毎日の習慣。

「でも油断するなよ。明日はまた風が戻るぞ。今度は雨もいっしょだからな」

「わかった。気を付ける。これでクシャミでもし始めたら、えらいことだからな！」

コーヒーを飲み終えたふたりは立ち上がり、右左に分かれて歩き始めた。

「じゃあ、また明日な」

ミケーレ・ロッシ・カイロ
ミラノ

今日、政府は<4月3日には非常事態の規制は解除されない>と、発表した。そうだろうと思っていた。感染者数は少し減ってはきたものの、規制を解けるような現状ではない。皆が祈るような気持ちで待っていたのだが。

非常に難しい状態だ。苦しいのは、その終焉がいつになるのかわからないことである。不安定な状態で、未来へのプログラムができない。くじけそうだ。待って、待って、ただ待つしかない。

ウイルスのせいで、さまざまな教習が無料でインターネットで受けられるようになっている。僕は、インターネット・プログラミングのコースを始めた。

サーラ・パリアルーロ
ローマ

外出禁止になってから、ちょうど3週間になる。自分が、20歳より80歳に近い感じ。こういう状況を乗りきるには、日課を作るといいらしい。

私は自分なりの日課を作ったが、うちはどんどん高齢者の施設のようになってきている。退屈したらトランプをする。放りっぱなしにしていた編み物まで再開した（これを編み始めたときも、相当に退屈していたのだろう）。代わりに、食生活はよくなった。おいしいものを食べている。今日、母はピスタチオを具にしたラビオリを作ったし、昨夕は私がチコリ（注：キク科の野菜。少し苦味がある）とゴルゴンゾーラチーズのリゾットを作った。その前の晩は、ものすごくおいしいニョッキを食べた。

でも、今私が1番欲しいのは、ローマの真ん中で飲むスプリッツだ。

È stato un grande sogno vivere
e vero sempre, doloroso e di gioia.
Sono venuti per il nostro riso,
per il pianto contro il tavolo e contro il lavoro nel campo.
Sono venuti per guardarci, ecco la meraviglia:
quello è un uomo, quelli sono tutti degli uomini.

生きることは、大きな夢だった
いつも真実であり、辛くもあり、喜びでもある。
私達の米のために
食卓と畑仕事に涙するために
やってきた。
私達を見るためにやってきた。なんとすばらしいこと。
それが人間であり、それらすべてが人間ということなのだ。

Mario Benedetti. Tutte le poesie. Garzanti, Milano, 2017　より

ソーダ・マレム・ロ
モドゥーニョ

昨日、マリオ・ベネデッティが死んだ。

ジェルマーナに会った7月を思い出す。何年も私達は会っておらず、たくさんのことがあったのにもかかわらず、まるで昨日別れたばかりのように話をした。ガラス張りの喫茶店でコーヒーを飲みながら、お互いのそれまでを延々と話した。懐かしげな目に、優しく抱き合っての挨拶。

しばらくして友達は立ち上がると、カバンからベネデッティの詩集を取り出した。本を開き、読んでみて、と私に言い化粧室へ行った。

私は胸を打たれた。数少ない言葉に、美しさが凝縮していた。授かりものだった。それほどに大きな恵みを感じたのは、高校以来だった。一晩じゅう海を楽しんだあと、ジェルマーナと私は本をいっしょに読んだものだった。読みながら感激し、目を合わせる。

しょっちゅう思い出し、懐かしくなる。今はますます、あの頃が懐かしい。

3.28

マルタ・ヴォアリーノ
ミラノ

私が大の甘党なのは、知人にはつとに知られたことだ。チョコレートだけで生きていける、としょっちゅう言っている。うちの家族も全員そう。

今日、友達のキアラと電話で話しているとき、彼女の父の得意なタルトの話になった。ものすごくうらやましい！

「ああ、チョコレートタルトが食べたい。あまりに食べたくて、夢にも見るくらいよ！」

読みかけの本を持ったまま、ぐっすり昼寝をしていた。遠くで玄関ブザーが聞こえている。弟が大声で、「マルタ、ブザーが鳴ってるよ！ キアラからの届け物だって！」。朦朧としながら玄関ドアを開けると、キアラからのチョコレートタルトの宅配だった。その甘い優しさに感激して、泣きながらひと口ずつ味わった。

こういう友達がいると、たとえ遠く離れていてもけっして独りぼっちとは感じない。

周囲の人からの愛情を受け取り、私も皆を愛おしむ。温かな気持ちに満ちて、なんと自分は幸運なのかと思う。毎日。

台所でチョコレートタルトを食べる私

<スプリッツ> spritz

北イタリアのヴェネト州名物のロングドリンク、アペリティフの名称。

基本は、発泡白ワインのプロセッコとビッテル（食欲増進の効能のある薬草を材料とした、苦味のあるアルコール飲料）に炭酸水を1-1-1で混ぜ合わせて作る。

1800年前半に一帯を統括していたオーストリアの人々が、イタリアワインを炭酸水で薄めて飲んでいたのが、スプリッツの始まりとされる。ドイツ語のspritzen（ふりかける、という意味）が名前の由来である。

現在では、アペリティフの一種としてイタリア全土に広まっている。

ヴェネト州では、土地ごとに組み合わせを変えた定番外のスプリッツが、何種類もある。発泡白ワインではなくスティルワインにしたり、ソーダ水よりも炭酸の強いセルツにしたり、ビッテルではなくカンパリやアペロルという他のアルコールを組み合わせたり、オレンジを入れたり、と組み合わせは際限なくある。

発祥の地のヴェネト州では、

「スプリッツ、飲む？」

もはや単なるアペリティフへの誘いを超えて、他の人とともにスプリッツを介して過ごす、楽しいひとときの代名詞となっている。人間関係を築き、守っていくための重要な日課だ。

よほどの悪天候でない限り、ヴェネツィアでは人々はスプリッツを片手に店外に出て、数人が集まって立ったまま歓談する。

なぜ、立ち飲みなのか。

ヴェネト州のヴェネツィア共和国は古くから海運業で栄え、ひきもきらず人々や物の出入りがあった。ヴェネツィア人たちはワインを片手に屋外に出て、町を行く人々をそれとなく、しかし逐一観察していた。

「店内にのんびり座っていては、新しくやってきた人達や誰と誰が連れ立っているのか、など確認ができないでしょう？ 広く遠くまで監視の目を届かせようと、店の外で立ち飲みをしたのです」

（ガリバルディ通りのバールマン談）。

VOGLIA DI DANCE
chiaralann
4 Mi piace • 4h 11m
AGGIUNGI BRANI
Superdiscoteca - nit Remix
Myd, nit
40ena
PLAY
TITOLO
ARTISTA
ALBUM
Il sentiero delle meduse
Socio, Messia
Scrivere
7 giorni fa
What I Do
Gavlyn
From the Art
Va bene
99 Posse
Il tempo. le pa...
Grandma's Hands
Bill Withers
Just As I Am
Manhattan
Cat Power
Sun
Reality Check (feat. Akeny...
Noname, Aken...
Telefone
Abissi
Menhir
S.U.N.S.H.I.N.E.
Rancore, DJ M...
Made It
Akua Naru, Eri...
Bird Gerhl
Antony and th...
Turning
Quarantena
RIPRODUZIONE CASUALE
primavera 2020
jazz & swing I
QUARANTENA PARTY
EXCLUSIVE PARTY
MAYBE WE COULD MAKE AN EXCEPTION, BUT YOU HAVE TO TAKE OFF THE CROWN AND LET IT OUTSIDE... WE DO NOT WANT ANY TROUBLE
BUT I CAN'T
NO
THEN I'M SORRY, BUT INSIDE NO ONE HAS A CROWN. WE DON'T WANT TO SOUND RASIST.. BUT...
I DON'T HAVE THE INVITATION WITH ME... CAN I ENTER?
NOW HE'S SAD...
©Valentina Srvulievic
40ena
PLAY
TITOLO
ARTISTA
ALBUM
Uknowhowwedu
Bahamadia
Kollage
7 giorni fa
Cocoa Butter Kisses
Chance the Ra...
Acid Rap
Cuore più cervello
Colle Der Fom...
Adversus
Your Hand In Mine
Explosions In ...
The Earth Is N...
In My Room
Frank Ocean
Ciao core
Il Muro Del Ca...
Fiore de niente
Je Me Barre
Keny Arkana
Entre Ciment ...
So Nice So Smart
Kimya Dawson
Knock-Knock ...
2020
Faith Made of Silk
Nicolas Jaar
COVERED IN MONEY!
JPEGMAFIA
32.22
Childish Gambino
DIET_
Denzel Curry, Kenny Be...
AS Going (feat. LYZZA)
Amnesia Scanner, LYZZA
Kelman Duran * Necomanc...
Tracce preferite

シモーネ・モリナーリ
ヴェネツィア

人は家の中に閉じこもっている。町は空っぽになった。建物や露店には鍵がかけられて、路地や運河を額縁のように静かに囲んでいる。

パドヴァに住むフランチェスカは、この数週間、同じ地区内にある墓地へ通っている。昨日電話で、彼女が僕にそう明かした。墓地の入り口は閉められていない。門戸はいつも開けたままになっている。生きている人達は自分のことで精一杯で、墓地へ行こうと思う人はいない。もう死んでしまった人達だけのいる場所。

この数日の強風のせいで、墓地の献花が吹き飛ばされている。墓石の前には、花びらが散乱している。生きた人達が住む町の中の、もうひとつの死んだ人達の町だ。

疫病で境界があいまいになっている。生きている人達のすぐ足元に、これまで冷たい大理石の墓石に閉じ込められていた恐怖が姿を現している。今まで保たれていた均衡が壊れていく。

ベルガモで、軍隊が感染で亡くなった人達の棺を装甲車に載せて、墓地へ向かう長い葬列を見る。不条理で気持ちの整理が付かない、痛恨の極みの光景だ。

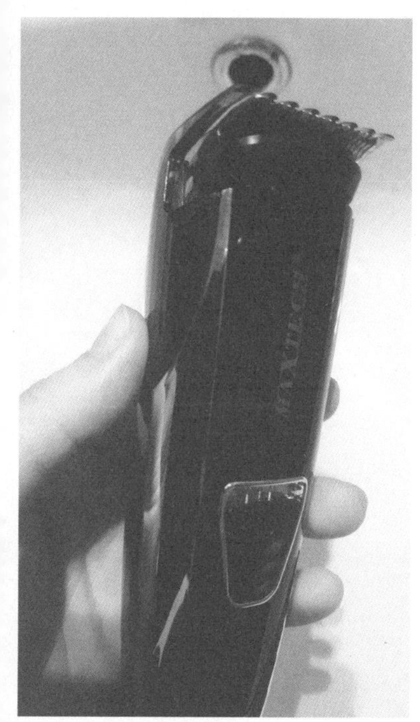

3.29

アレッシア・アントニオッティ
モンテレッジォ

今日、再び美容師をすることになった。

今回は、弟の髪の毛をカットした。失敗するのが怖くて、最初はためらっていたが……。ヘアーカッターを持ったら、覚悟がきまった。

弟は、「もし失敗しても髪の毛はすぐに伸びるので全然問題はないから」と、何度も繰り返した。なかなかの仕上がりだった。もちろん理髪店のようにはいかなかったけれど、私にとって初めてのカットにしては、全然悪くない。

外出禁止になって、私は生産的な気分だ。これまで自分がそんなことをするなど思いもよらなかったことをしている。

あれこれ考えすぎないように、何かしているだけなのかもしれないが。

3.2

マルティーナ・ライネーリ
インペリア

外出禁止になって20日目。昨日始まったようにも思うし、はるか昔から家に閉じ込められているようにも感じる。

昼食後から金槌で打たれるような強い頭痛がしていたが、やっと少し鎮まってきた。頭痛がひどいと、目を開けているのも辛い。ベッドかソファで横になる。眠れず、気を紛らわすこともできないため、考えごとが堰を切ったように湧き起こってくる。

世の中の状況は重い。できるだけテレビやSNSは見ないようにして、<保護壁の中>で暮らすように心がけていても、世の中の様子を思わずにはいられない。感染の矢面に立っている患者や医療関係者達の苦しみを思う。病院で働く友人達がいる。同年輩の女性は怖がっている。別にアパートを借りて、家族にうつさないように独りで暮らしている。

どうか皆が安全で元気でいますように。

知人達との電話では、「ご家族の皆さんはだいじょうぶ？ 周りで誰か感染した人はいない？ だいじょうぶ？」と、確かめ合っている。

情けない。自分には何もできない。私にできるのは、家にいることだけだ。

当然、外出禁止は4月3日以降も続くことになった。トンネルの出口が見えない。悲観的なのは、頭痛のせいかもしれない。もっと光と色に周りを照らしてもらいたい。見えるのは、灰色だけだ。

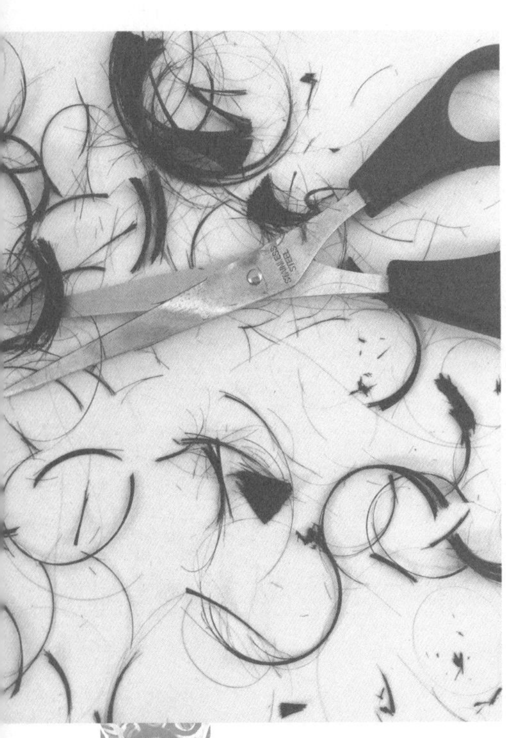

アレッシア・トロンビン
サヴィリアーノ

悲しい。

鏡を見る。髪の毛も私の重い気分がわかっているようだ。天然パーマは乱れて、毛先が伸びている。気に入らない。髪の毛には、自分達は生きている、と感じる権利があるだろう。

切ろう。

3日間かけて、巻き毛を自分でカットする方法をインターネットの美容動画で研究する。いよいよカットばさみを手にバスルームへ入り、緊張する。

なかなかよくできた。たぶんアシンメトリックなヘアスタイルになったかもしれないけれど、髪の毛はずっと幸せそうだ。

髪を切ると何かが変わる、と言う。本当だといいな。変化が欲しい。

クラウディア・ダモンティ
デルフト(オランダ)

今日は大祝賀会だ。とうとう居間がきた！ ビッグ・イベントである。下宿仲間とインターネットで必死に検索して、中古のソファを10ユーロで見つけた。今日の午後、皆で1列に並んで（安全距離を空けて）、取りにいってきた。あまり快適な散歩ではなかったけれど。往路に40分、帰路に少なくとも80分はかかった。

抜けるような青空だったが、非人情な風が吹いていた。ソファは小ぶりなのに、なぜかとても重い。仲間のうち男性は2名だけで、そのうちひとりは戦争の古傷持ちのようで（本当の理由は忘れたが）、重いものを運べない。ほとんど死にそうなミッションだったが、なんとか達成した！

今晩さらにコーヒーテーブルとクッションも追加されて、私達の小さな居間が完成した。ワインとルーマニア人の下宿仲間が焼いたクルミ入りパンと音楽で祝った。

暗闇の毎日に、皆が待ち望んでいたポジティブな出来事がやっと起きたのだった。

シルヴィア・パリアルーロ
ローマ

＜人間はポリス的な動物である＞

アリストテレスは述べた。

“どんなことがあっても”

と、私は付け加えてみる。

他の人と接点を持つ必要がある。テレビ電話で話すほどに、直接に会えないさみしさやもどかしさをいっそう強く感じる。

バルコニーに出て向こう遠くの住人と大声でしゃべり合う女性の様子は、胸に刺さる。あちこちの窓やベランダにイタリアの国旗が翻っている。外出禁止の今、愛国心が強まったかのように見える。でもそれは国粋主義ではなく、いつもともにいるという互いを認めて励まし合う気持ちだ。隔離されて独りで過ごす中、皆の連帯感は必要である。

「それじゃ、また近いうちに！」

本当に。そばに寄って会えるときが、どうか早く来ますように。

ジョヴァンニ・ピントゥス
ミラノ

＜古い情熱と新たな発見＞

月末に近い。時間の流れがよくわからなくなっている。なんとか単調さを打開しようとしているが、同じ毎日が過ぎていく。新しい携帯電話はまだ届かない。でもおそらくそれはいいことかもしれない。少なくとも目のためには。長時間、画面を見続けることもなく目も喜んでいるだろう。

こう書くと、すべてが悪いほうへ向かっているように読めるが、今日はいくつかポジティブなことを記しておきたい。

僕は本を読み始めた。とても自分が誇らしい。ごく幼い頃から僕は本を読むのが大好きだった。読書中毒と言えるほどに。児童向けの本を片っ端から読みあさり、小説に移った。最初に夢中になったのはＳＦで、その次は推理小説、それから古典、名作へ。ガルシア・マルケス、アーネスト・ヘミングウェイ、イザベル・アジェンデなど。

それが最近になって、本を読んでいる時間がなくなっていた。あるいは、自分でそうと思っていた。本を読むには注意力が必要だが、新たに本に集中しようと思えなくなっていたのだろう。

今、読みふけっているのは、『モンテクリスト伯』。昨夜は途中で止められず、眠らずに4時間で200ページを読み進んだ。この調子でいけば、今週中には読み終わるだろう。

読書の楽しみを再び満喫しながら、別のことに気が付いた。これまで自分の気持ちを表すことのなかった人にとって、外出禁止は自分を見返すきっかけになっているのではないか。引き出しにしまったままになっていた歌を録音し、皆に聴いてもらう人。頭の中で考えていたことを書いて発表する人。料理のブログを書いてみたいと以前から思っていて、レシピを書き料理手順を動画に撮って配信する人。

皆が、これまでより自由に自分自身を表現できるようになっている、と感じる。物理的に離れていて、じかに会えない上、画面というフィルターでワンクッション置かれているため、他の人から非難されるかも、と気にせずに試せるからではないか。人からどう思われるのか、気に入られなかったらどうしよう、と気にするあまり、さまざまなアイデアや計画が言わずじまいになっていたのではないだろうか。

この外出禁止の経験のおかげで、自己評価を高めて自己実現や改善へとつなげられる人がたくさんいるのではないか。もしそうなら、予測もしなかったポジティブな展開がやってくる。そのうち僕にも何かを披露する順番が回ってくるかもしれない。それが何なのか、ラップなのか自転車についてのブログなのか、他のことなのかはわからない。でもこうしてここに書いていることが、すでに僕の未来への展開なのだ。僕はこれまで何も発表したことがなかった。でもここに、僕はいる。

公告 5

2020/3/30(02:50)
在ミラノ日本国総領事館

●3月28日、インフラ・運輸省は新たな命令を発出し、イタリアに入国するすべての人に対する水際対策を強化しました。概要については、在イタリア日本国大使館のホームページに掲載しています（下記URL）ので、ご確認ください。
・28日インフラ・運輸省令（概要）
https://www.it.emb-japan.go.jp/itpr_ja/covid_19_20200328ordinanza.html

●同命令の重要な点は以下の通りです。
—イタリアに入国するすべての人は、公共交通機関に乗る際、旅行の目的・入国後に自己隔離を行うイタリア国内の住居あるいは居所の住所、そこへたどり着くための私的な又は自己の交通手段・健康観察及び自己隔離中の連絡先となる電話番号・携帯電話番号を明確かつ詳細に記した宣誓書を運行者に提出することが求められる。

—入国する人は、何ら症状がなくても、地域を管轄する保健公社の予防局に対し、入国したことを通報する義務を負うとともに、健康観察下に置かれ、14日間の自己隔離に付される。

—公共交通機関の運行者は、乗客を乗せる前に宣誓書を確認するとともに、個々の乗客の体温を測り、37.5度以上の発熱がある場合、また、宣誓書に不備がある場合には乗り込みを禁止する。

●現在、日本外務省は、全世界に対して危険情報レベル2（不要不急の渡航を止めてください）、イタリアに対して感染症危険情報レベル3（渡航中止勧告）を発出していますし、EU諸国はＥＵ域外からの渡航を制限している状況にあります。また、イタリア外務省のFAQsについてお知らせしました通り、イタリアに居住されている方で現在イタリア国外にいらっしゃる方でイタリアへの帰国を希望される方についても、現下の新型コロナウイルス感染状況下では、真に必要な場合を除き、渡航を控えるようアドバイスがなされています。

●つきましては、イタリアへの渡航は避けて頂くとともに、真にやむを得ない事情でイタリアへの再入国が必要な方は、28日インフラ・運輸省令の内容を十分認識した上で、イタリアへの渡航をご検討頂くことが必要です。

（原文ママ）

アレッシア・アントニオッティ
モンテレッジォ

家族全員もれなく退屈している。
今日は、皆で雨戸を修理して暇を潰すことになった。父と母は雨戸にヤスリをかけ、私と弟はペンキを塗った。作業中、この間の納屋掃除で出てきたラジオを点けた。もはやラジオは、外出禁止をいっしょに過ごすよい相棒だ。
こうして今日も1日、また過ぎた。
長いこと家族揃って何かをすることなどなかった。ただの1日ではなかった。意義があった。とにかく、とても楽しかった。

アニェーゼ・セッティ
カリアリ

昨日、友達のシルヴィアとベアトリーチェとテレビ電話で長話をした。数時間しゃべった。どう思っているのか、何をして過ごしているのか、終わったら何をしようか、延々と話した。
外出禁止のおかげで、周囲の人達との接点や関係がどれほど重要なのかがわかる。電話を終えて、改めてそう思う。
技術は私達を助けてくれる。命も救ってくれる。しかし、いつもそばにいてくれる人の代わりはできない。携帯電話でのメッセージのやりとりで済ませずに、実際に会うことがどれほど大切なのか、わかる必要があったのだと思う。
昔のことばかりを思い返している（寂しいだけではなく、少しロマンチックな気分でもある）。テラスから見たいくつもの夕焼けとの時間、など。
将来、この外出禁止の期間について、何を思い出すのだろう？ 名前も人の顔にもつながらない。何もない。でも厳然としてある、この事実。
自分が22歳のときに、＜不在＞や＜消失＞が常に張り付いている、という状況を体験したことを忘れないだろう。そして、よもや独りきりになるようなことが起きても、取り残される気持ちにけっしてならないということも、忘れない。

シモーネ・モリナーリ
ヴェネツィア

外出禁止になってから、かなりの時間が経った。

嵐はいまだ治まる気配はなく、先は長そうだ。この先に、これまでと異なる世界が待っている。どのように<普通>に戻るのだろう？ 僕達の、空間や身体、社会に対する意識はどう変わるのだろう？

大勢が論じているが、誰にも答えは予測できない。

とりわけヴェネツィアにとっては、深刻な問題だ。世界中から訪れる観光客で成り立つ町で、それぞれ気の向くままに移動して楽しむ場所である（場所だった、少し前までは）。今後、移動する人が減り、境界での警備が強まり、国際社会からの隔離が進むと、ヴェネツィアをはじめイタリア全土は強烈に経済的に困窮するだろう。

昨日、買い物に行った。何日も外に出ていなかった。路地には紙くずや枯葉、砂埃があちこちに溜まり荒れているのに、驚く。近くの橋には、雑草まで生えている。

かなりの時間が経ったのだ。悠々と水は流れる。緑はゆっくりと岸壁に生え伝わっていく。

アレッシア・トロンビン
サヴィリアーノ

今日は、わが家の買い出しの日。

5日前からこの日が来るのを心待ちにしていた。だって、私が行く番だから。

準備はすべて整っている。リストに袋。あとは出かけるだけだった。でも行けなかった。家用の、大好きなジャージを脱げなかった（白でサイドにショッキングピンクのライン）。靴がはけなかった。家の中では靴下かスリッパだ。あるいは、紫色の地にピンク色の星模様のふかふかのルームシューズをはいている。

私の代わりに父が出かけるのを見ながら、<すべてが終わった後でも、家から出たくなくなっているのだろうか？ 普通の靴をはけるだろうか？>と考える。

大好きなコンバースのレオパード、ハイカットをはく準備ができていない。

次の買い物には、私が行く。

ヴァレンティーナ・スルブリエヴィチ
ヴェネツィア

2日前の土曜日には食料品の買い出しに行き、今日は薬局へ行った。2度の外出、2度の“散歩”だ。

檻の中の動物のような気分だ。いや、私は動物園の檻の中の動物と同じだ。自分ひとりで、同類とはほとんど接触がなく、危険なので動き回れる空間はごく限られている。そう考えながら出かける。また強風。もはや風が唯一の道連れだ。外出禁止よりましだろう。

早足で歩き薬局へ着くと、店の外で2名待っている。店内に入れるのは、1度に2名まで。待ちながら、店内での動線を考える。待っている若い客達も、どう動いていいのかわからず混乱している。

店に入ると、各商品の棚を記した矢印が黒いゴムテープで床に貼ってある。そこで私は野球グラウンドを空想する。ファーストからセカンド、とベースを思い浮かべる。支払う段になる。まず私がキャッシュカードをレジのそばに置く。その間、店員は後ろに下がって待っている。置いたら今度は私がレジから離れる。店員がキャッシュカードの読み取り機に金額を打ち込む。次に私は暗証番号を打ち込まなければならない。店員が離れる。私が近づく。

やっとホームベースにたどり着く。棚に貼ってあるボディローションの宣伝カードが目に入った。

“TI AMA（あなたを愛している）”。BIO（オーガニック）商品だ。

“BIO TI AMA(ビオはあなたを愛している）”。

そのものズバリで心に刺さるキャッチは、宗教っぽいメッセージにも読める。パンフレットと商品を取り、買い足そうと振り返ったら、店員はもう次の接客にかかっていた。

＜BIOが私のことを愛してくれて、よかった＞と、思う。

帰宅してジュリに話して、また笑う。

何時になったのか私が尋ねると、「遅れちゃった！」と、ジュリがあわてて用意に立ち上がる。

私達の1日は、3個のカップとともに過ぎていく。

エスプレッソコーヒー。紅茶。スプリッツ。

3.3

キアラ・ランツァ
トレカスターニ

買い物に行く日を今か今かと待ち構えていた。今日、やっとその日がきた！

母から繰り返し説明を受けて、追加訂正した長いリストを手に車に乗る。うちの近くの大型店へ向けて出発だ。

ウキウキ気分は、すぐにしぼんでしまった。いつもなら車がびっしりと詰まっている巨大な駐車場が、空っぽだ。細かな雨が降っている。湿って重く、灰色の霧が立ち込めている。世の中の不安をそのまま映し出した光景だ。

マスクをしっかり着用し、使い捨てのゴム手袋を着けて、用意はできた。

長い行列。それぞれのショッピングカートといっしょに、入り口に立つ警備員から入店の合図が出るのを待っている。

幸い、待ち時間は10分程度で済んだ。店に入るとすぐそこに、とてもカラフルな包装のされた、復活祭用の卵型のチョコレートが山積みしてあった。毎年この時期になると、その売り場は大混雑した。祖父母に子連れの家族で身動きも取れないほどになった。だからこれまでは、チョコ卵の売り場は避けてきた。ところが今日は、私しかいない。カラフルな包装紙の森の中をゆっくり歩いていると店員から、外で待っている客のためにも必要な買い物を早く済ませるように、と促される。

私は謝り、買い物を続ける。

やっと選び終える。いくつかは売り切れだったが、それでもカートはいっぱいだった。

車に乗り、マスクと手袋を外す。バックミラーを見ると、頬骨に赤く痕が残っている。＜いやだなあ＞。独り言ち、マスクを何時間も着けていなければならない人達を思う。自分が恥ずかしい。

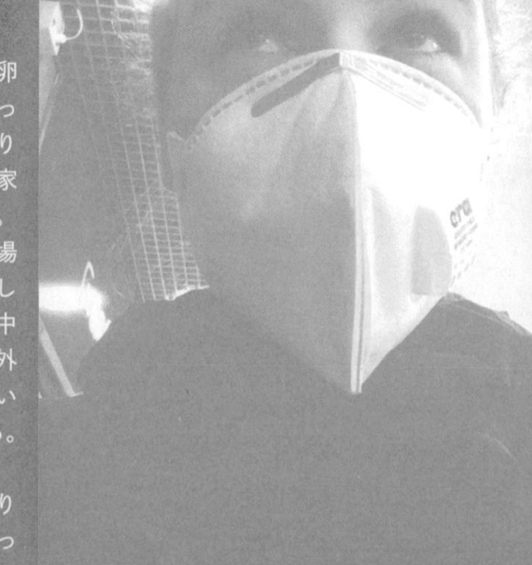

エンジンをかけ、家に帰る。

ミケーレ・ロッシ・カイロ
ミラノ

昨日、時計の針を1時間先に進めた。サマータイムが始まった。

僕の頭の中では、これはつまり春の始まりだ。1日の時間が延びて、やっと暖かくなり、夏のバカンスがすぐそこ、ということだ。ところが、今年は春が来てもいつものようにうれしくない。こんな気分は初めてだ。日差しが明るくなり日照時間が長くなっても、何も変わらない。どうせ外には出られない。何カ月も放りっぱなしになっている諸事を片付けなければならないから、夏休みどころではないだろう。

アメリカでの6年間の大学生活を終え、イタリアに帰国して初めて迎える春だ。何もできないイタリアの春。アメリカで暮らしている間、毎年、春はホームシックの季節だった。イタリアに帰る日を待ち焦がれたものだった。

母国に戻り、自宅で春を迎える。たとえどれほど特異な春でも、ほっとしている。大変な状況だが、僕には悪くない春なのかもしれない。

ジュリ・G・ピズ
ヴェネツィア

＜試験は5月に延期されました＞

よかった。これで数カ月かけて勉強できる！

＜5月に延期になった試験は、4月4日に再び変更されました＞

パニック。準備にあと数日しかない。

ヴェネツィア大学は、試験の実施に四苦八苦している。私のケースのように、特に筆記試験が大混乱だ。

当初は外出禁止の規制が解けた後、遅れた分を挽回する予定だった。教授陣もどのように対応してよいのかわからない。どのように遠隔試験を行うのか？

いっぽう口頭試験は、それほど問題がないように思える。学生がインターネットで教授からのテレビ電話を受け、質問に答えればよい。ところが、中には学生を信用しない教授もいる。＜コンピューター画面に映り込まないアングルに参考文献を貼ったり、最悪の場合、インターネットで同時に検索したりする学生も出るのではないか？＞

口頭試問の際に自力で解答しているのを明らかにするために、目隠しで試験に臨むように指示された、と友人から聞いた。

そこで、私も試してみた。目隠しするのに適当な布切れがなく、キツネの耳付きのヘアバンドで締めてみる。

筆記試験はどうなる？

どうやら、学生が試験用紙から視線を動かしていないかを監視するテレビカメラ機能を、各自がコンピューターに設定しなければならないらしい。

試験前からすでに緊張している。

アンジェラ・ボナディマーニ
ミラノ

21：34。夕食後、外の空気を吸うためにバルコニーに出る。

最初に目に入ったのは、満月。そこからは、半分だけ見える。煌々とした光に、惹き付けられる。見とれる。空全体を見回して、星を数えてみる。20個ほどか。馬鹿げているように思われるかもしれない。でも、ふだんミラノで星は見えないのだ。ひとつかふたつ。5つほどの小さな点が見えたら、ツイている。

今晩のように見えたことなど、なかった。外出禁止になってから世の中が変わった、と私が思いたいからなのかもしれない。閉じ込められているここから救ってもらいたいからかもしれない。

星を見て、身体の中で何か変わる感じがした。

フランチェスコ・グッチーニの歌が口をついて出る。イタリアのシンガーソングライターだ（『ねえ見てごらん』1970から抄訳）

捉えられない不思議な気配
夜に探そうとしても、君に見えない
顔を動かさずに僕が笑うとき、
声無く僕が泣くとき、僕が叫びたいとき、
夢を見て、
本を読み、凧に、そして無いものに
僕が歌を作りたいと思うとき、
そうなんだよ、説明するのは難しい、
もし君がまだわかっていないのなら、
この先もわかるのは難しいだろう

私が見ている星を写真に撮って、皆に見せてあげたい。でもうまく写せない。

私がどれほど昂ぶった気持ちで星を見ているか、皆に伝えたい。

今晩、あたりには不思議な気配が漂っている。

マルティーナ・ライネーリ
インペリア

外出禁止で、考えたり反省したりする時間がたっぷりとある。自分自身のことだけではなく、いっしょに暮らす人達の、これまで知らなかったことを知ることもできる。

フランチェスコは在宅勤務をしているので、日中は彼の仕事ぶりを見たり聞いたりできる。ふだんなら考えもしなかったことだし、できなかったことだ。

知り合って12年になるが、知らなかった彼の一面や性格を発見する。毎日の仕事の段取りや、顧客や他都市の仕事仲間との接し方、問題への対処などを見ている。プロとしての自信に裏付けされた話し方はていねいで、安心して任せられる、と感じる。

今までにも彼から仕事の話は聞いていたが、こうして業務中の様子を間近に見聞きするのはまったく別ものだ。これまではストレスが溜まったり疲れたりしても、家に帰る道すがら少しは気晴らしができていただろう。ところが今は、部屋から部屋への移動しかできない。

少しでもリラックスして仕事をしてもらおうと、観葉植物を置いてみた。私の部屋に置いてあったスパティフィラムが、彼の周りからネガティブなエネルギーを清めてくれますように。私にもそうしてくれたように。

「アルバニアは忘れない」

「私たちは裕福ではないかもしれませんが、過去の恩をけっして忘れません。アルバニア国民とアルバニアは、困っている友人を見捨てたりしないことをイタリアに表したいのです」
　アルバニア首相エディ・ラマはそう述べ、医師と看護師総勢30名をイタリアに向けて派遣した。北イタリアのロンバルディア州に送られる予定。
　古代ローマ帝国は、アドリア海に面するアルバニアを地中海支配のために重要な拠点として捉えていた。以来、時を経てもイタリアとアルバニアは、オーストリアやハンガリー帝国、英国やギリシャとの間の複雑な政治的に囲まれながら、援助と占領、支配、従属、依存、独立、支援を繰り返してきた。イタリアのファシスト政権下ではアルバニアからの抵抗運動もあったものの、イタリアからの援助により、水道や道路、新しい産業へのインフラ整備が成され、アルバニアの近代化が大きく進んだ。
　アルバニア人の多くがイタリアに対して好意を持つ、とされる。
　1991年にアルバニアで共産党が政権を失うと、国民がいっせいに国外に脱出を図った。同年8月9日。アルバニアから南イタリアのプーリア州バーリの港に、大型船で2万人の難民が上陸。
「彼らは皆、人間です。絶望した人間です。送り返すわけにはいきません。私たちイタリアは、彼らにとってただひとつの希望なのです」
　当時のバーリ市長エンリコ・ダルフィーノはそう述べ、難民全員を受け入れた。

SAI COSA TI DICO
?
SONO INCAZZATA
SONO OFFESA
TRATTAMI BENE
O
TI SFILO SULLA
TESTA
LA NAUSEA MI DAI LA N
REGALO COME UOVO DI PAS
AL PLURALE L'PERSONA
ESTREMI TU NON MI CONT
CONOSCI ANCHE TROPPO SI TRA
PER SCONTATE TANTE COSE SI TRA
SI TRATTA DI PENSARMI PENSARTO TROPPO E
LA BASE NON ESISTE PIU' OFFESA PERCHÉ PRE
GERA NON TI RENDI CONTO PERCHÉ ORA HAI UN
NON TI RENDI CONTO PERCHE ORA STAI BENE IO SONO
GO SONO LA RISERVA IL SACCHETTO DI PLASTICA
CHE DIMI COSA VORRE
DATE*
(DI NUOVO*)
POTREBBE FINIRE BENE
POTREBBE FINIRE MALE
OVVERO BENISSIMO
ITALIE MANIE DI PERSECUZIONE
BELLA
PREFERIREI
AVERLO FATTO
ALMENO AVREI
UN MOTIVO PER
UN MOTIVO PER
UN MOTIVO PER
PER PER
PER
PER
I MIEI SENTIMENTI
NEI TUOI CONFRONTI
SONO VISCERALI

キアラ・ランツァ
トレカスターニ

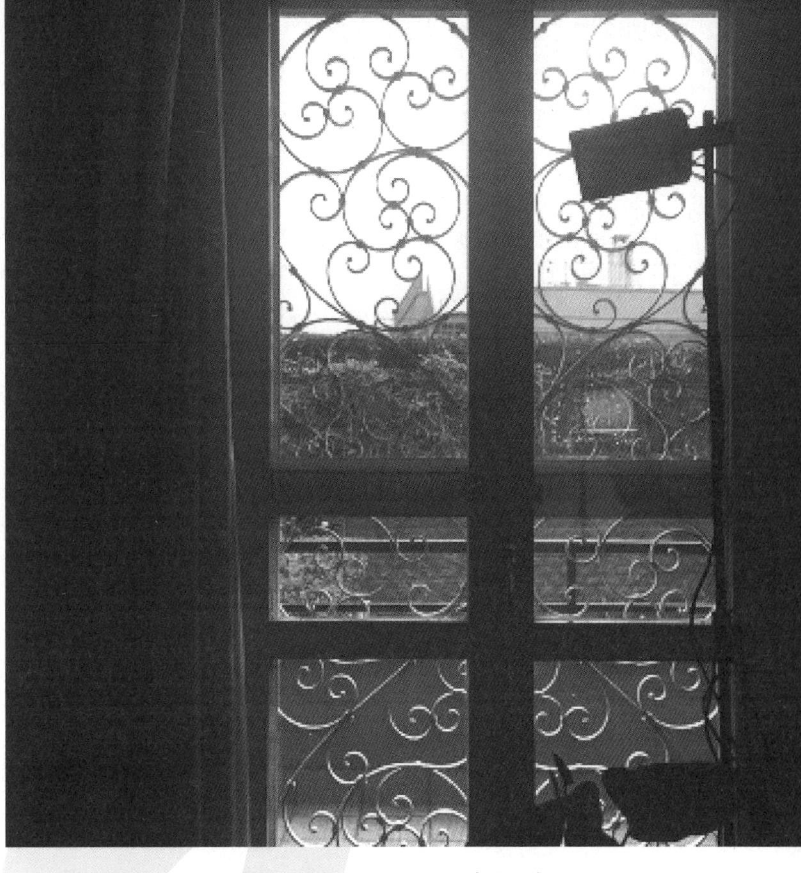

家族といっしょに外出禁止の期間を過ごす事態となっている。計画してそうなったのではなかった。1カ月余り前、北イタリアより郷里のほうが安全なように思い、私はシチリアに戻ってきた。そのあと外出禁止令が出たため、結果的に私は実家に留まったままになっている。それはとてもうれしいことなので、誤解しないでもらいたい！

ただ、家を出て5年間の独り暮らしを経験した今、たとえ家族とはいえ人に対して寛容でなくなり、辛抱強くなくなっているのに気が付いた。外出禁止のせいで、同じ屋根の下で暮らすことが強制され、各自ができる限りうまくやっていけるように努力しなければならない。

最も同居がやっかいな相手は、この自分自身だ。私は予定がいっぱいに詰まっているのが好き。1日じゅう外で過ごすのが好き。何か生産的なことをするのが好き。今日1日あったことと明日することを考えながら、眠るのが好き。

もしいったん動きを止めると、明確に答えがわかっていることを自問自答し始める。何度も同じことを考えすぎて、そのうちそれでいいのか不安になってくる。不安はどんどん強くなり、深い底へと落ちていく。そして、自信がなくなってしまう。

確固とした決意はガラガラと崩れて粉となり、決意に至った論理は消えてしまう。

起点を見失う。

そして今、現状を見ながら、自分の存在する意味も感じられない。

いったいいつ普通が戻ってくるのだろう？ いつこれは終わるのだろうか？

外を見る。春は活き活きしていない。深いため息といっしょに、悩みが外へ出ていく。

エリーザ・サンティ
ヴェネツィア

今日はまあまあ調子がいい。昨夜はあまり眠れなかった。昼寝をして、よい夢を見た。正直に言うと、最初のほうはあまりよくなかったのだけど。今になってそれがわかった。

大学の友達の家にいる。全然知らない子だ。週末をその子の家で過ごしている。どこにでもある家だ。白い壁に額装された写真。青いシーツ。寝辛い枕。台所は黄色だった。その子と何をしていたのかはよく覚えていない。何か話したのかどうかも覚えていない。私はすごくイラついていて、突然、私はその子に挨拶もしないで電車に乗ってある町へ行ってしまう。その町のことを私は知っている。私の思い出の半分はその町のものだ。だいぶん前から会っていないある人を待っている。フェラーリ広場の階段にカバンを脇に置いて座っている。ものすごくイラついている。いきなり待っていたその人が現れる。気まずい空気。私はすごくイラついている。私達はチャオチャオと手を振って、トントンと背中を叩き合うようにハグする。歯をかみ締めて、口を開け、笑い合う。すごくイラついている。しゃべる。平らな感じ。いつも文句の付けどころがないように注意している。でも、いつもそうはいかない。慣れた雰囲気と異なるといいのに、と思っている。私はすごくイラついている。私達はチャオチャオと手を振る。トントンと背中を叩き合うようにハグする。歯をかみ締めて、口を開け、笑い合う。

目を覚ましたとき、事態が変わっていたらな、と思った。目を覚まして、どうしたら事態を変えられるのだろう、と思った。

そして、本当に目が覚めた。自分には何もできないのだとわかった。

現在がそこにある。つまり近過去だ、すでに。つまり10分前に、電話が鳴った。私はすごくイラついている。電話に出る。もしもし？ もしもし？ 私達はすごくイラついていた。気まずい状況。今回はでも、甘い気まずさだ。これまで慣れてきた状況とは異なる。小さな声でチャオチャオと挨拶する。互いに、それはよかったね、と言い合う。私達はすごくイラついていた。

SPECIALE
GRIGLIA
40

4.1

シルヴィア・クレアンツァ
コンヴェルサーノ

しばらく前から書いていない。これといって何もしないまま、毎日どんどん過ぎていく。用事や授業、近々の予定がないのはやりきれない。机に向かおうとしても、やる気が起きない。世の中すべての時間が降りかかってくる気がする。外出禁止になってから、もう3週間になる。ときどき前の日とは違う計画を立て、気持ちを集中させようと試みる。例えば、朝起きたらすぐにメディテーションをし、体操をする。1日を45分単位で区切ってみる。2、3日しか続かない。午後にぼんやりし、そのまま1日が終わってしまう。義務と規範に忠実でいようとする気持ちと、この状況で強制されている停滞と静止のあいだを行ったり来たりしている。ソファの上で、発酵した生地みたいな気分だ。置いたままなのに、どんどんふくらんでいく。そのうち部屋いっぱいになるまでふくらんでしまうのかも。身動きが取れない状態から抜け出そうとしてみるが、失敗する毎日だ。袋小路に追い詰められた感じ。

起き上がって、朝食をとる。コンピューターを開き、書こうと決める。自分の中の小さな葛藤に穴を開けたい。そうしたら、少しは身軽になるかもしれない。

落ち着きを取り戻し、また笑顔で1日を始めたい。

4

シモーネ・モリナーリ
ヴェネツィア

ほとんど1日じゅう、これまでに撮った何千枚もの写真を見て過ごした。1枚ずつ見ながら、この数年間の特別なあの時やありきたりの毎日、悲しい思い出へと飛んだ。日本を旅したときの写真、大学の仲間達、家族。どれも今は遠く離れてしまっている。この家の壁の外へ出て、陽を受けながら思い出の中をずっと散歩したようだった。

たくさんの思い出の場所のうち1番恋しくなったのは、十数年前から家族で行く田舎の家だ。自然に囲まれて、野原があり、緑の中を歩く。すべてが恋しく、さみしい。一刻も早く、揺るがぬ大地を踏みしめたい。

（注：ヴェネツィアの人々は、＜大陸＞のことを＜揺るがぬ大地＞と呼ぶ）

クラウディア・ダモンティ
デルフト（オランダ）

うっとうしい日だ。寒い。天候次第で気分が浮き沈みする私にとっては、あまりいい日ではない。というか、まったくひどい日だ。家の中にずっといても、あれこれ考えるのをなんとかして止めなければならない。今この瞬間に焦点を当て、しなければならないことを考えればいいのだ。課題や試験勉強、家事、食事、スイーツ……。もう何でもいい。

でも、いつもうまくはいかない。思い付くのは、自由になったらできることばかり。しなければならないことだけを集中的に考えるなど、無理だ。

下宿仲間がいて、本当に助かる。イタリアでは、そろそろアペリティフの時間だ。食卓の用意をしよう。たっぷりの赤ワインも！ 赤ワインは私のパッションだ……。

友達がいてよかった。というより、人間がいてよかった。まだ知り合って日が浅くても、自分とは縁遠い場所からやってきた人達であっても、そんなことは問題ではない。誰かといれば、くじけない。ありがたいという気持ちは、秘めておいてはダメでしょう。

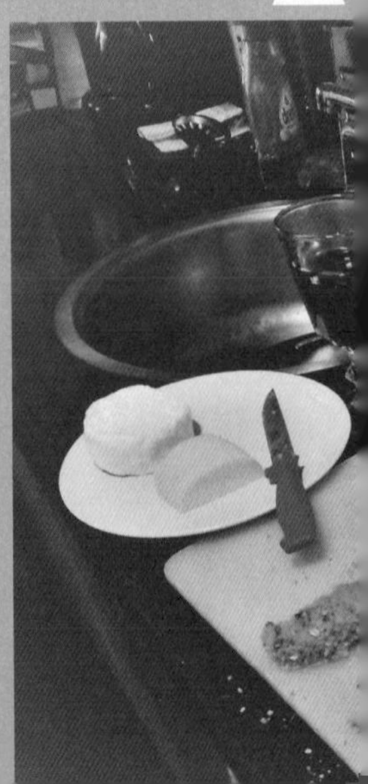

ジュリ・G・ピズ
ヴェネツィア

静かな夜になる予定だった。共有スペースの居間で、チナール割りのスプリッツに低く流す音楽をお伴に、ヴァレはコンピューターに向かって勉強し私は本を読む。

しばらくすると、そこへサーシャが入ってきた。ロシア人。40歳前後というところ。仕事は休業で、自宅で待機中だ。クマのような人で、姿を見せるのは台所で食事の支度をするときだけ。そそくさと食べ、また自室に戻って音楽や映画に埋もれているらしい。下宿の同居人なのだが、外出禁止になってからはほとんど姿を見ることがなかった。心配し始めていたところだった。

彼は居間に入ってくると、冷蔵庫を開けて白ワインの瓶を取り出した。私達を見て、

「どう、飲む？」

「いいの、どうもありがとう。もうチナールを飲んでるから。よかったらスプリッツにする？」

サーシャはいらない、と礼を言い、ワインをグラスに注いでまた部屋へ戻った。

しばらくして、ヴァレの叔母さんから電話があった。

「あのね、暇潰しに見てみて。くだらないのだけど、何も考えずに笑って頭の休憩になるわよ。もうすぐ始まるから」

ヴァレと私はテレビを点ける。バカバカしい番組だ。音量を下げて、点けたままにしておく。再びそれぞれの用事に戻った。そこへサーシャが、空のグラスを手にまた入ってきた。冷蔵庫からワインの瓶を取り出しながら、点けっぱなしのテレビを見て私の隣に座る。これまでいっしょにテレビを見たことなどなかったのに。

「これ、何？」

「叔母から勧められた番組なんだけど、見てないからよくわからない」

サーシャはワインを注ぐ。

「見たことないな」「私も！」

ぼんやりと3人で番組を眺めている。

夜10時半になるとヴァレはコンピューターを閉じ、

「勉強するために明日は早く起きなければならないから、もう寝るわ。おやすみ！」「おやすみ！」

私はサーシャと居間に残る。サーシャはまたワインを注ぐ。

「何カ国語、話せるの？」

突然、彼が尋ねる。

「4カ国語。イタリア語に日本語、英語とフランス語。あなたは？」

「3カ国語。ロシア語とイタリア語と英語。でも英語はもう忘れたな。一時はすごく上手だったんだよ。祖母が英語を教えていてね。ロシアで大学に入学して、スペイン語を勉強し始めた。耳に心地よくて、バカンスでスペインに行って夢中になったからだった。僕はスペインで暮らしたかったんだよ」

「へえ、そうなの。それならどうして今、ヴェネツィアにいるの？」

サーシャは再びワインを注ぐ。ワインのおかげで、饒舌になっている。サーシャとこんなに長く話すのは初めてだ。

「スペインが初恋なら、ヴェネツィアは大恋愛かな。スペインからロシアに帰る前に、ヴェネツィアで一泊しに寄ったんだ。ひと目惚れだった。<お前、ロシアに帰ってはダメだ。ここで暮らすんだ。魔法のような町じゃないか。他にはないぞ。絶対にここに住めるようになんとかしろ>と、自分に言った。ロシアに戻ってから、エラスムス留学の申請を出した。ヴェネツィアに発ったのは、9月9日だった。父の誕生日だったから、忘れない。イタリア語はまったくできなかったけれど、少しずつ覚えていった。偶然だったけれど、ラッキーなことに下宿がいっしょだったイタリア人がロシア語を勉強していてね。とても親切だった。僕を本当によく助けてくれた。でも4カ月の留学期間が終わり、ロシアに帰らなければならなかった。飛行機の中で、<ヴェネツィアに帰らなければダメだ。イタリア語を忘れてはならない>と、何度も自分に言い聞かせていたっけ」

ワインの瓶は半分、空いている。

「それで、またエラスムス留学の申請をした。それ以上はもう申請できない、最後のエラスムスだった。それも終わってしまうと、ロシアに戻った僕は絶望した。イタリアのルッカに恋人がいる、というロシア人の女の子を見つけてね、彼女にイタリア語で僕と話をしてくれないか、と頼んだりもした。なんとかヴェネツィアに帰ろうと、必死で方法を調べた。一番可能性があったのは、国立ヴェネツイア大学の大学院に入ることだった。簡単ではなかった。まずヴィザ。下宿代。講義。試験はすべてイタリア語で受けなければならなかったしね。滞在許可のための書類は複雑で、審査は厳しかった。3カ月の間に、ロシアとヴェネツィアを6、7回は往復したよ。でも、やった。以来ずっと、ここに僕はいる」

ワインを注ぐ。

「たやすくはなかったね。アメリカ文学ではなくて、英文学のコースに編入を決められて。いろいろあったなあ。話せばきりがない」

「それでサーシャは、何について学士論文を書いたの？」

「ロシア文学におけるシェイクスピアの影響について」

グラスを飲み干し、

「さあもう寝るかな。おやすみ！」

4.1

シルヴィア・パリアルーロ
ローマ

数学の勉強中。まったく集中できない。脳が拒否している。つい携帯電話の写真アルバムを見てしまったからだ。見てはならなかった。思い出をさかのぼり、空想の旅に出てしまった。友達とのランチ、散歩。高校の写真。ノスタルジーで胸がいっぱいになる。

今日ほど、どこかへ旅立ちたいと思ったことなどなかった。普通の毎日がどれほど貴重なことか、今日ほど思ったことはない。失ってみて初めてその価値がわかる、とは悲しい真実だ。

解こうと何度もがんばるけれど、正解通りに問題が解けない。

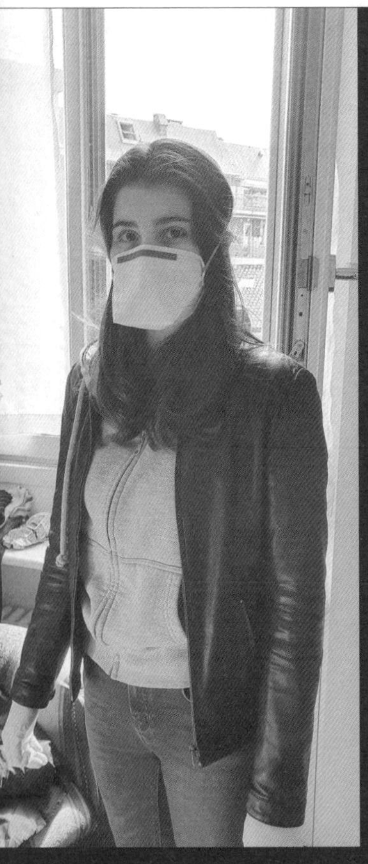

マルタ・ヴォアリーノ
ミラノ

今朝、食料品の買い出しに行った。春らしいお天気で、軽いジャケットを羽織る。外出禁止になる前には冬のオーバーコートを着ていたのだから、たいした季節の移りようだ。スキップしながら玄関を出ようとすると、後ろから母が、「マスクゥゥゥゥゥとゴム手袋ぉぉぉぉぉ！」。

そうだった。忘れるところだった。

このマスクは、病棟で使っているマスクと全然違う（外科手術用で、もっと薄くて両サイドが開いている）。窒息しそうな閉じ込められるような感じがして、イライラする。それにアヒルになったみたいで、滑稽だ。

さっきまでの弾む気持ちは完全に縮み、ブツブツ言いながら階段を下りていく。まったくひどいマスクだ。息が内側にこもり、さらに息苦しくなる。

太陽など、どうでもよくなった。できるだけ早く用を済ませて家へ帰り、このマスク地獄から抜け出すことばかりを考える。

ソーダ・マレム・ロ
モドゥーニョ

家にいるように、と、小型トラックがマイクで流しながら通りすぎていく。大ボリュームで割れた声を壁越しに聞き、あまり調子のよくない鼓膜に響く。イラつく。

誰かに常に監視されているようで、疲れている。自分は門からすら出ず、ベランダから出歩いている人はいるだろうか、と眺めている。あの小型トラックがここを何度も通る意味を考える。何人乗っているのだろう。

そういう私は、母を車で買い物に連れていくこともできない。

3、40分もそこに立っていただろうか。風は少し治まったようだ。

考え込まないようにしなければ、と思う。こんなこと、普通じゃない。ただでさえ難しい状況なのだ。自分でさらにそれをややこしくして、どうなる。

それでもやはり、自分がミラノからここへ帰ってきたわけを、そしてここで何をしたのかを、外出しなくなってから何があったのかを、いまの自分はどうなのかを考え続けてしまう。

母は私より調子が悪い。いつも悲しそうだ。それでも毎日、気を紛らわそうと、何かしている。自然の安定剤よ、と言いながら酵母菌を仕込んだり、パスタの生地を練ったり、5,000ピースのパズルをし、携帯電話で遊び、タバコをスパスパのんだりしている。それなのに、今日もまた昨日と同じだ。

「バールで朝食が食べたいわ……」

ミケーレ・ロッシ・カイロ
ミラノ

外出禁止になってから、20日くらいになる（もっとかもしれない）。解除されるまで、まだこの先、少なくともあと2週間はある。だいたい中間地点なので（だといいけど）、外出禁止でどういう影響があったのか、考えてみるにはいいのかもしれない。

会いたい人やなくてさみしい物はありすぎるから、僕がこの期間に何を学んだかを考えてみる。

まず、第2週目でコンピューターで遊ぶのは止めた。コンピューターの前に長時間、張り付けになってしまうからだ。

室内でトレーニングを始めた。これまではしたことがなかった。

プログラミングを勉強し始めた。この後、また世の中が回り出すときに、魅力的な履歴書を作れるようになりたい。

ウイルスのせいで宙に浮いたままになっている試験に向けて、勉強を再開した。

ネガティブなこともある。

あまりにすることが少ないために、常にエネルギーが停滞している。朝から晩まで家の中にいるということは、まったく健康的ではない。春が来た今、外に出たくてうずうずしている。読書はほとんどしない。でも注文してみた。本が届くと、読む気が起こるといいが。

まあ、こんなところだろうか。

おおむね、外出禁止になっても悪いことばかりではない。

重要なのは、退屈に飲み込まれずに毎日何かしようと思うことだ。何より大切な資源は、でも時間だ。自分に負けて無駄に時間を費やすことは、罪だ。

4.2

キアラ・ランツァ
トレカスターニ

本日の発見：学生の毎日の暮らしは、外出禁止であろうがなかろうが変わらない、ということ。まったく、変わらない。

アレッシア・トロンビン
サヴィリアーノ

退屈している。

今週土曜日に、芸術経済学の評価方法についての試験がある。数学の定理に基づき、問題を解決していくための学問だ。

この間からずっと、＜準備ができていない。勉強不足＞というフレーズが頭の中でグルグル回っている。

落ち着かない。でも、自分が焦っていることになぜかほっとしている。小学校以来、試験の前になると必ずこうだった。焦りに対して、これまでと同じでよかったと感じるなんて、おかしなことだ。だって、期末が、試験が、何もかもが、自室へとやってくる、まったく異なる状況なのだから。

公告 6

2020/4/3 (09:00GMT)
移動制限措置に関するロンバルディア州HP記載内容抄訳
在ミラノ日本国総領事館

●4月1日、コンテ首相が発表した首相令が、官報に掲載されました。
その概要と、期限が延長された関連首相令等のそれぞれの概要は、在イタリア日本大使館のホームページに掲載していますので、ご参照ください。
同首相令は、4日から有効になります。

同首相令によって、4月3日時点で有効な、以下に列挙する首相令および保健省命令、及び保健省・インフラ運輸省命令の規定の効力が4月13日まで延長されます。

—3月8日首相令：ロンバルディア州及び北部14県における人の移動を禁止
—3月9日首相令：8日首相令の移動禁止規定を伊全土に拡大
—3月11日首相令：必要最低限の生産活動を除く生産活動禁止
—3月22日首相令：一部例外を除く全面的な生産活動禁止
—3月20日保健省命令：公園等へのアクセス禁止、運動は自宅周辺で単独で行い、他人との対人距離を保つ場合のみ可能、駅やガソリンスタンドの売店閉店等
—3月28日保健省・インフラ運輸省命令：外国から伊に入国する者は地方保健当局へ通報し、14日間自己隔離を行う

4月1日首相令（抄訳）：
https://www.it.emb-japan.go.jp/itpr_ja/covd_19_20200401dpcm.html
4月1日付首相令（イタリア語）：
http://www.governo.it/sites/new.governo.it/files/DPCM_20200401.pdf

●なお、4月1日付領事メールでお知らせしました、3月31日内務省通達に関して、内務省に対する照会や反響があったことを踏まえて、1日、内務省は、同通達について説明するプレスリリースを発出しました。その内容は以下の通りです。

—未成年の子供との外出については、自宅付近であること、及び、必要な状況あるいは健康上の理由での移動であることを条件に歩くことが親1名のみに認められる。
—運動（attivita'motoria）については、これまでの制限はそのままであり、自宅付近のみ歩くことが認められる。

プレスリリース追記済み3月31日内務省通達（概要）
https://www.it.emb-japan.go.jp/itpr_ja/covid_19_0331circolazione.html

●ロンバルディア州においては、3月21日付同州知事令及び同知事令を補完する22日及び23日付知事令により、首相令等により定められた措置よりも更に厳格な制限措置が講じられています。これらの措置は、当初規定された4月15日ではなく、4月5日まで有効となっています。ロンバルディア州HPから最新の情報を入手するよう努めてください。

移動制限措置に関するロンバルディア州HP記載内容抄訳
https://www.milano.it.emb-japan.go.jp/itpr_ja/11_000001_00040.html

●また、北イタリア地域のその他の州における制限措置についても、お住まいの地域のHPから最新の情報を入手するように努めてください。

（原文ママ）

4

アレッシア・アントニオッティ
モンテレッジォ

今日は皆で畑作業を始めた。朝早くから父は地を耕し始め、私達もしばらくして後に続いた。種を蒔く。
地面に向かって作業をしながら、種から芽が出てくるときのことを想像する。新しい芽吹き。それは、私達のこれからにも起きることなのだ。この期間を乗り越えれば、外出禁止の前にすでに蒔いてあった種から芽が出て、実を成す日がやってくる。
私達が今、対面しているさまざまなことも意味があったのだ、ときっとわかる日がやってくる。

アンジェラ・ボナディマーニ
ミラノ

今、読んでいるのは、レオナルド・シャーシャ著『モーロ事件』。好きで選んだのではなく、大学の課題の締め切りが迫っているから。何日か前に、この本に関して短いレポートを書かなければならなかった。私の書いたものを読んで朱を入れてもらえないか、と両親に頼んだ。退屈していて何にも興味がわかず、私は放心している。

<好奇心と何かしたいという気持ちを失ってはいけません。70歳になっても。何かをするときは、楽しんでかかるように！>

親からよく言われる言葉を反芻し、今朝はいつもより1時間早く起きた。やる気を取り戻して、きちんとまとめたかったからだ。

外出禁止は、牢屋ではない。何かのきっかけになるのかもしれない。

少なくともそう思うことにしよう。カップチーノを飲みながら考える。

キアラ・ランツァ
トレカスターニ

居間のテーブルを使うことはあまりない。これまでは。シンボル的な役割のほうが大きい。クリスマスになると、中央に置いてある大皿にはチョコレートやひと口トッローネ（練り菓子）が山と盛られる。来客に勧めるためだ。大好き。

私の部屋ではうまくWi-Fiがつながらないため、居間に移動して、今後そのテーブルを勉強机として使うことに決めた。

居間は、家の真ん中にある。中2階と2階を繋ぐ中間地点で、居間からどの部屋にも行けるようになっている。

1日目は、家族全員に文句を言った。

「勉強する場所は、うるさいと困るのよね！」

私がそう言うと、誰も言い返せない。

居間に慣れてきた。テーブルの上にはメモやノート、ペン、鉛筆が散乱し、もはやテーブルには以前の威風堂々の面影はない。

私の新しい書斎は、台所のそばにある。目に鼻に、そこで起こっているすべてを感じる。嗅ぐ。

今、母はソラマメの下ごしらえをしている。ちょっと水を1杯、飲みに行ってくるか。

母は座って、豆の皮をむいている。中から出てくるぷくぷくと丸いソラマメは、まるでカエルのように鮮やかな緑色だ。

「手伝ってくれる？」

頼まれる。私の返事を待たずに、「でも、勉強しないとね。明日は試験なんだから。リモート試験よね！」。

ふふふ、と笑っている。

何がおかしいの。

勉強するかわりに、私もここで豆の皮をむいていたい。

クラウディア・ダモンティ
デルフト(オランダ)

さて、新しい1日。空しいが、昨日と同じ繰り返しが待っている。

早く目が覚める。まだ皆、寝ている。パンにバターを塗り砂糖をまぶし、コーヒーを淹れて朝食。外の空気を吸うために、窓から頭だけ出す。朝の空気は冷たく、空は白い。あちこちに散らばっている考えを集めて自分に尋ねてみる。<今、どういう気分?>。どう応えていいのかわからない。ただ重く、たださみしい。

朝7時半のテレビニュースを見る。それから、何か勉強でもしよう。試験で合格点を取りたいのなら。

今日1日の間に、少しはましな気分になるといいのだけれど。

オット・スカッチーニ
ミラノ

久しぶりに台所でリラックスしている。陽が差し込んで、明るい。

試験勉強に追われる数日だった。他の試験と同様、今回もテレビ電話での実施だった。その準備のおかげで、僕はぶれずに毎日を過ごすことができた。

試験を終えた今でも、大学との距離感は戻らない。大学に限らず、すべてが遠ざかってしまったように感じる。新聞を読んでも、ラジオを聴いているときも、トランプをしていても、テレビを点けているときも、疫病は容赦なく襲い続けてくる。あまりに衝撃が強すぎて、どんなことをしていても気が紛れず息苦しくなる。

静かな家の中にいると、周りからの反応がわからない。外に出られないと、他の人達といっしょの輪の中にいる、という意識も薄らいでいってしまう。

犠牲になった医療関係者達が出たことを知る。連日、彼らに覆いかぶさる責任と任務の過激さを思う。ニュースにひどくショックを受ける。彼らの過酷な状況を訴えたい。そう強く思うのに、あまりに遠くで、僕の理解のはるか向こうで、彼らが困難に立ち向かい戦っているところへ、僕は到底たどり着けないように感じる。

自分の立ち位置を見つけたい。他の人達と、環境と、大切な人達と遠くに離れてしまい、僕は自分を見失っている。

シモーネ・モリナーリ
ヴェネツィア

2年前、僕は日本へ2週間の独り旅をした。8月で、ひどい暑さだった。最初に京都を訪れ、それから奈良に日帰りで行った。そして、東京へ。日本滞在中の大半を東京で過ごした。

日本は、移動が信じられないほど簡単だった。言葉が通じない外国人でも楽に動ける。人は親切で、交通機関は正確で時間通りだ。親切な人達のおかげで、日本の核心も垣間見ることができた。その人達は僕を家に招き入れてくれ、思いもよらなかった面を見聞きすることができた。そのときに得た人との関係が、将来もずっと残るように祈っている。

独りで時間を過ごしている今、昔の旅と出会った人達、出来事を思い出している。会えたおかげで、僕の人生は大きく変わった。自分のことを知り成長するためには他の人の力が必要なのだ、と今わかる。最初のうちはおそるおそるだったり、互いにわかり合えなかったりするが、ちょっとした拍子に気持ちが通い合い、相手の中に今まで気が付かなかった自分がいるのを発見する。

この外出禁止が終わったら、新しい発見をしに再び旅に出たい。

ジュリ・G・ピズ
ヴェネツィア

薄い日差しが暖かい。

午前中いっぱい集中して勉強したので、午後はテラスで読書することにした。すでにヴァレはソファのクッションを持ち出して、指定席の<日光浴スポット>でくつろいでいる。交代して、彼女は部屋に戻って勉強にかかり、私は外でゆっくりする。

隣家の子供達が、中庭で遊んでいる。子供達の笑い声は、中庭を取り囲む建物の1軒1軒に、開け放した窓から入っていく。

数日来の風はようやく静まり、そよりと軽く涼しい。ページの間をすり抜けていく。洗濯物が揺れている。本から目を上げ、ゆっくりとした揺れを見る。ああ、私もゆらゆらしたいな。ハンモックを想像する。

インターネットで検索してみる。あった。でも吊るして支えるフレームも必要だ。ここには引っ掛けるところがない。母に意見を訊いてみることにする。

「どう思う？ セットで買おうかな？」

「誕生日プレゼントにしてあげる！」

「ええ、そんな。気にしないで。ちょっと興奮して、その気になっただけだから！」

「この手の買い物は、衝動買いに限るでしょ?! レッツゴー！」

というわけで、4月10日、スプリッツ片手にハンモックに揺られて幸せになる予定だ。

グラツィエ、マンマ！

マルタ・ヴォアリーノ
ミラノ

私の1日はいったいどこへ行くの？

よくわからないけれど、何もしないうちにいつも夜が来る。私が何も生産的なことをしないうちに、あり余る時間はブラックホールへと吸い込まれていってしまう。これぞまさに、外出禁止の矛盾する現象だ。

私達は家に閉じこもっていることに次第に慣れてくると、抜け出して活動的に何かするのが面倒になってしまう。贈られた時間なのだと思って、もっとうまく活用しなければ。例えば予習を進めたり、ベッドサイドの積ん読本を読んだり。

それなのにやはり不思議なことに、いつも時間は見つからないしエネルギーもない。強制自宅待機の毎日の時間は、もしかしたら普通の1日より短めなのだろうか。それとも、しなければしないほどますますしなくなる、なのか？

追伸：せめて11時までに起きれば少しは役に立つのかもしれないが、変身したコアラから元に戻るのはひと苦労なのだ。

オット・スカッチーニ
ミラノ

大理石の天板のテーブルに、卵黄が2個入ったボウルが置いてある。横には、焼きたてのメレンゲの入ったオーブン皿がある。開け放った窓からはそよ風が入ってきて、居間を通り反対側のテラスへ抜けていく。テラスには暖かな陽が射している。テラスからは父が漕ぐペダルの音が聞こえてくる。自転車でトレーニングをしているのだ。テラスの床に車輪を固定し、空で漕ぐ。テラスに留まったまま、何キロメートルも走っている。僕はベッドに腰かけて、ブラディオレンジ（果肉が真っ赤なオレンジ）を食べながら、今学期の講義がどうなるのか考えている。教授達の大半が、感染治療で病院に詰めている。講義があるだけでも幸運だと思わなければ。

今日も目新しいニュースはない。コンピューターを閉じ、窓際の椅子の上に立てかけてあったギターを取る。弦がうっすら変色している。最後に取り替えたのはいつだっただろう。

"Groud control to Major Tom, your circuit's dead,
there's something wrong,
"Can you hear me Major Tom?.."

「こちら管制塔よりトム少佐へ、
回線に異常がみられます。何が起きているのですか」
「トム少佐、聞こえますか？」

David Bowie 『Space Oddity』1969 より

宇宙を漂っているわけではないが、バルコニーに出ると静まり返った空中に浮遊する気持ちになる。ミラノの空気がきれいになっている。

ギターを元の場所に戻し、境界を失ってしまった無限の時間を考える。

外からはまだ、父が漕ぐ音が聞こえてくる。

外出禁止が終われば、大学に戻れるのだ。きっと戻って、今しなければならなかったたくさんのことを見つけてやる。

4.

キアラ・ランツァ
トレカスターニ

今日、生まれて初めてのリモート試験を ― 今後たくさんの試験がこうなるのだろうが ― 受けた。筆記試験なので、結果はすぐにはわからない。筆記試験が大嫌いだ。結果を受け取るまで、生きた心地がしない。たいてい自分が予測するような結果にはならない。いっぽう口頭試験は大好き。教授と向き合って30分座り、頭をふり絞って、知恵を総動員する。これでよし、と納得したら席を立つ。結果を1週間待つ、という拷問はない。

母は、私のリモート試験を心配してそわそわしている。

「あなたの最後の＜試験前夜＞って、いつだったかしら？ この家にいたのだっけ？」

就寝の挨拶をする前に、母が尋ねた。この家で試験前夜を迎えたのは、確かにずいぶん前のことだ。

「たぶん高校の卒業試験以来かもね」

母は自分で答えながら、寝室へ行ってしまった。愛しいマンマ。

試験を終えたあとに、儀式的に質問される
＜どうだった？＞＜できたと思う？＞＜結果はいつわかるの？＞＜あなたの友達はどうだったの？＞。

そのあと、私は自問自答する。
＜それで、これから何をしようか？＞

いつもなら、試験が終わると何かすることになっている。外にスイーツを食べに行ったり、ちょっとショッピングしたり。夜は当然、出かけて乾杯、に決まっていた。

外に出て何もしてはならない、という障壁を前に、お風呂に入ることにした。

お風呂といっても、ただのバスタイムではない。やるときはやる。バスタブに"スプマンテ"を空けてやった。お湯に香りと色を付ける液体だ。 ピンク色の泡の中に身を沈めて、シナモンの濃い香りが立つ。

試験が終わった祝いとしてはしょぼくれているが、まあないよりはマシかもね。

サーラ・パリアルーロ
ローマ

外出禁止になってすでに1カ月。この数日、精神状態がぐらついている。コンテ首相は規制をさらに強め、さらに10日の延長を発表した。それも落ち込みに影響しているだろう。首相令の延長は、予想はしていたことだった。でもこうしてはっきり決まると、あまり気分のよいことではない。あるのが当たり前、と気にもかけていなかったことがなんと多いことか！　凡庸な言い方だが、日が経つにつれてどれほど真実なのかをかみ締めている。友人達と出かけられない。祖父母の家に昼食に集まれない。彼ともう4週間も会っていない。

なんと疲れることか！　すべてが宙ぶらりんになっている中、大学は減速しないで進んでいる。聴講するために、朝早く起きる。勉強が終わったら、昼食。その後は夕食まで、再び勉強する。夕食後は、就寝。翌日は、また同じことの繰り返しである。

4日後に、外出禁止になってからふたつめの試験がある。教授達は、リモート筆記試験の様式をうまく準備できなかった。だから、私の試験は口頭に変更になる。他の学生達がオンライン上で聞いている中、コンピューター画面の向こうから教授に質問をされ私が答えるのを想像すると、泣きたくなってくる。

気を落ち着かせリラックスするために、夜はインターネットの映画配信のNetflixで、自然関連のドキュメンタリーを観ている。なかなかよく効く。昨夜は、太平洋の動物についての番組だった。2話目で寝落ちして、次に目を開けるとそこにサイがいた。眠っている間に太平洋のシリーズは終わってしまっていて、目が覚めたときにはサバナ砂漠シリーズが始まっていたのだ。＜いったいあとどのくらいこういう日が続くのか？＞。寝呆けた頭で考える。

クラウディア・パリアルーロ
ボローニャ

バスルームが、洗濯石鹼の匂いでいっぱいだ。向かいの建物との間にあるパティオに、住人が干した洗濯物の香りが漂っているのだ。

甘い香りに包まれながら、胸の中にはほろ苦い気持ちが広がっていく。大切に思う人達へのさまざまな思いが浮かんでは消える。

コーヒーを飲み、毎日眺めている道をまた今日も窓から見る。今日も誰も通らない。窓の桟に置いた植木に水をやる。午前中の半ばまでは、陽が当たる。幸運を呼ぶお守りだと思っている。

いつも自分の部屋の外に置いてある物の絵を描いてみる。

ジュリ・G・ピズ
ヴェネツィア

たった今、試験が終わった。突然、どっと疲れが出る。とても緊張していた。

立ち上がり、屈伸して背中を伸ばす。窓からジュデッカ運河が見える。陽が照り、波もない。窓を開けて、胸いっぱいに景色を味わう。聞こえるのは、岸壁に打ち寄せる波の音だけだ。階下の岸壁沿いの道を見る。右の一角を除いて、岸壁は影になっている。その一角にはベンチがあるのだが、そのベンチだけが運河に背を向けて置いてある。なぜ1個だけ反対側を向いているのだろう、といつも不思議に思っていた。今、その理由がわかった。男の人が独りで座り、煙草を吸っている。ジュデッカでその1カ所だけに射す陽を全身に受けている。彼の家は日陰なのだろうか？ 独り暮らしなのだろうか？ 彼の孤独がこちらにも伝わってくる。

ベンチの男性の人生を勝手に想像しながら、テラスに出た。いつも太陽がいっぱいだ。

ヴァレとサーシャがいる。ヴァレはスプリッツを、サーシャはジャガイモとモッツァレッラチーズとスペック（肉の塩漬けくん製の薄切り）を合わせてオーブンで焼いたひと品をくれる。

私は独りではない。天の恵みだ。

シルヴィア・パリアルーロ
ローマ

今日は、私が買い出しに行く番だった。なかなか気持ちのよい用事だ。少し歩いて、人に会い、列に並んで待ちながら電話をかける。総合的には、そんなに悪くはない。

待っていると、中年の女性がズルをして横入りしようとした人と口論を始めた。まあ、いい。見物すれば、いい暇潰しになる。それに、彼女もそれほど本気ではないだろう。あれもまた、他人と言葉を交わすひとつの方法なのかもしれないし。

親切なレジ係に当たることもある。目を見たらわかる。マスクで鼻から下は全部、顔が隠れていても、目は笑っている。

今日は、復活祭のスイーツ、卵型のチョコレートが割引だった。隔離されて閉じこもり、親族が集まって祝卓を囲めない復活祭だなんて。高カロリーの卵型のチョコレートを食べれば、少しは慰められるのかもしれない。

室内で体操ができるからよかった。＜夏までにベストのボディラインになるために、くじけず跳ねて飛んでね！＞と、励ます声がセットになって聞こえてくる。

誰も、ベストのボディラインなんて欲しくない。私は卵型のチョコレートが食べたいだけだ。夏についての話題を耳にすると、ワクワクする。と同時に、不安に押し潰されそうになる。夏は訪れるのだろうか。

最後の敬礼（おわかれ）

4月2日17時、フィレンツェ市郊外のトレスピアーノ霊園に、軍警察の装甲車9台が連なって到着した。ベルガモ市で新型コロナウイルスに倒れた50人の遺体を載せての弔い行列である。北イタリアであまりに多くの犠牲者が出たため、各都市で埋葬できる範囲を超えてしまい、他都市で葬られることになった。

どの人も誰に見舞われず、病と闘い、苦しみ、最期を看取られることもなく、隔離病棟で亡くなった。

疫病感染での死亡者はすべて、本人の遺志にかかわらず火葬される。荼毘に付される際も、親族は立ち会えない。担当の警官が独り、敬礼で見送る。

霊園にパトカーの鎮魂のクラクションが響く。

イタリアが喪に服す。

マルティーナ・ライネーリ
インペリア

春は来たけれども、それに気が付かない。例年より肌寒い。数日前までは曇天続きで湿気もあり、暗い気分に下線を引いて強調する感じだ。まだイタリアが疫病から抜け出ておらず、むしろ出口にはほど遠いということが正式に発表されたのを聞いて、ひどく暗い気持ちでいる。復活祭が終わる4月13日まで、規制をさらに厳しくして延長されることになった。もしかしたらそれも叶わず、5月半ばまで延長されるのかも、という声もある。無感情になっている。急ぎ以外は、もう何もしたくない。文字通り、日々が頭上を通り過ぎていくままにしていた。

でも、今朝は違う気分だ。外気は少しピリッとするけれど、1点の雲もなく晴れ渡っている。

春が来たけれどもそれに気が付かないのは、父が言いそうなことだけれど、＜自分の中に冬があるから＞だ。

すべて灰色な状態は、もうたくさん。光を取り込みたい。太陽が入ってくるように、居間の窓を開ける。もうおずおずとした日差しではない。＜Radio Freccia(ラジオ・光線）＞局にチューニングする。いつもいい曲がかかるから。しばらく聞いていると、ああ、かかった！　ダイアー・ストレイツ（Dire Straits）の＜Tunnel of love＞だ。大好きな歌。小さかった頃、母の車でミュージックカセットテープをかけて何度も繰り返して聴いていたっけ。

遠くの懐かしい思い出の場所まで飛んでいく。

窓を開け、ボリュームを上げ、踊って、踊って、踊った。

ミケーレ・ロッシ・カイロ
ミラノ

今日、薬局へ行った帰り（品質に大いに疑問あり、のマスク14枚で10ユーロを買いに行った)、ちょっと立ち止まってうちの前の広場を眺めてみた。カドルナ（Cadorna)広場には、鉄道の駅がある。地下鉄の2路線が乗り入れていて、地上には路面電車やバスの複数の路線の停留所がある。ミラノ市内でも最も混雑する、公共交通の交差点だ。ラッシュアワーには、乗り換えや昇降する大勢の人でひしめくが、今は誰もいない。残念なことに、他都市ではこういう無人の光景ばかりではないらしい。イタリアの大手日刊紙のひとつ＜コリエーレ・デッラ・セーラ＞に、買い物客で混雑する青空市場の写真が掲載されている。これほどの緊急事態だというのに、社会の規範を守らない人がいる。この疫病で、僕達はこれまでの生活習慣を根本から見直す場面にいる。それを認めて、自分達で変えていかない限り、元の生き方には戻れないのだ。

アレッシア・アントニオッティ
モンテレッジォ

今日は、カトリック教徒にとってとても大切な日だ。エルサレム入城の日（イタリア語で、Domenica delle palme)。祖父母といっしょにミサへ行き皆で揃って祝えない、生まれて初めての祝典となった。テレビでミサを拝領する。教皇がヤシとオリーブを祝福する。離れて受けても有効なのだそうだ。

今朝、父は祝福を受けるためにオリーブの枝を切りに行った。マスクとゴム手袋をして、祝福を受けたオリーブの枝を村の入り口に供えてきた。祝福を受けたオリーブの枝は、信者には平和の象徴だ。

（注：＜エルサレム入城の日＞。イエス・キリストは、十字架にかけられ息絶えてから3日後に復活した、とされるが（復活祭)、その1週間前に彼がエルサレムへ入城した日を記念する祝典日）

公告 7

2020年4月6日（07:30GMT)

4月4日付制限措置に関するロンバルディア州HP記載内容抄訳
在ミラノ日本国総領事館

●ロンバルディア州知事は、4月4日州知事令第521号に署名し、3月21日、22日及び23日付州知事令で導入された制限措置を13日まで延長しました。

新しい州知事令により、複数の新たな措置が導入されました。特に、

○自宅から外出する者に対して、マスク又はスカーフ、マフラーで鼻と口を覆うことより、自己と他者を保護することを義務付ける。
○営業中の商店に対して、使い捨て手袋と手消毒アルコール液を顧客に提供することを義務付ける。
○食料品又は生活必需品を販売する商店内において、文房具類を購入することを可能にする。
○宅配限定により花・植物を販売することを可能にする。

規定内容を遵守しない場合、緊急政令第19・2020号第4条に基づく罰則が適用されます。

【参考】4月1日付ロンバルディア州HP記載内容の抄訳
　ロンバルディア州知事は、3月21日付知事令及び同知事令を補完する22日、23日付知事令に基づき、さらなる厳格な制限措置を規定しました。

（中略）
以下が、主要な措置となります。なお、これらの措置は、伊全土に有効な規定により補完されています。

・公共の場所でのふたりを上回る人数の集会の禁止。いずれにせよ、1メートル以上の対人距離を確保する。
・販売業の停止。食料品及び必要性が最も高い消費物資販売業を除く。(中略)
・屋外における市場の停止。
・接客業（例：理髪師、美容師、エステティシャン）の停止。
・非常事態もしくは必要不可欠な生産に関連しない手工業活動の停止。

アンドレア・コンケット
ヴェネツィア

高校を出てすぐ、母方の叔母ふたりから頼まれて青果店を手伝い始めてもう7、8年経った。祖母の代からの店で、今年で40年近くになる。ずっと女系で営んできたが、長らく働いてきた母が引退することになり、代わりに僕が入った。少し試してみて無理なら辞めればいい、と、軽い気持ちで働き始めた。今では、僕が店を任されている。

僕の店は、ヴェネツィア本島の南側の干潟、ジュデッカにある。ヴェネツィアで最も幅広の運河を前に見る。東西に細長く延びた離島で、本島側の岸壁沿いの道に人々の暮らしを支える店が並んでいる。

真冬は零下で、頻繁に冠水にも襲われる。北からの強い季節風はジュデッカをめがけて吹き下ろし、全速で抜けていく。寒さと湿気で全身が凍てつくような日も、未明3時に起きて船を出し、本島の最西端にある卸売市場まで仕入れにいく。一度も辛いと思ったことがない。仕入れは僕の誇りだ。

僕の小さな店の自慢は、ヴェネツィアで採れた野菜や果物だ。干潟の中に、農地が拡がる島がある。そこで育つ野菜や果物は、潮風と塩を含んだ水を吸い上げ、風にも湿気にも耐えて育つツワモノだ。味にも香りにも海が染み込んでいる。

外出禁止になっても、僕達は皆においしくて栄養のある食料を届ける責務がある。手押し車に注文の品を積んで、1軒ずつ配達に歩く。

老いたお客に声をかけ、無事を知り、明日の元気を届けるこの職業が、僕は大好きだ。

・専門職事業活動の停止。延期不可で緊急のサービスもしくは期限が定められたサービスに関するものを除く。
・全ての受入施設（ホテル、B &B等）の閉鎖。ただし、非常事態対応に関わる施設を除く。既に宿泊している客は、22日付知事令の発効から72時間以内に施設を退去しなければならない。(中略)
・建設工事の停止。道路、高速道路、鉄道、医療、病院、非常事態用施設の工事を除く。
・飲料及び包装食品を販売する、「h 24」と呼ばれる自動販売機の閉鎖。
・屋外におけるスポーツ及び運動の禁止。自宅付近で行う場合を除き、独りで行う場合を含む。
・犬を連れて外出する場合、自宅より200メートル内にとどまることを義務付け。
・公園、ヴィッラ（邸宅を中心とした庭園公園)、遊技場、公共庭園の閉鎖。
（以下略）

出典：　ロンバルディア州HP該当ページ（州知事令原文を含む）（イタリア語）

（原文ママ）

キアラ・ランツァ
トレカスターニ

朝食後すぐ、犬を連れて外に出た。家の中にいるのは惜しい、晴れ上がったすばらしい朝だから。やっと春もその気になったのかも。

最近、取り締まりがますます厳しくなっている。パトカーが常に巡回している。犬の散歩も限られたコースの繰り返しだ。今日もいつもと同じように、古い水車小屋へと続く道を歩く。

道すがら、やはり犬連れの女性と会った。遠目にもわかる、長い爪にマニキュアのふくよかなその女性は、白いマルチーズを連れている。犬はずっと吠え続けているが、その人はまったく意に介さない。ルーフォと私を見ると、彼女は大急ぎでリードを思いきり引っぱり、胸元へ犬を引き上げた。まるでヨーヨー扱いだ。

外科用のマスクを着けているがそんなことはおかまいなし、という様子で、私に向かって大声で叫んだ。
「なんて・おりこうな・いぬ・なんでしょう！」

笑ってしまう。礼を述べ、それぞれ散歩を続ける。

帰路、その婦人とマルチーズに再び会った。女性は大喜びで、また私達に挨拶をした。

ここまで読んで、＜24時間のうちにあった出来事として延々と書くほど、その女性には何か特別な意味があるのか？＞と、思われるかもしれない。でも、この外出禁止の1カ月間で、道で会って怖がらずに話しかけてくれたのはこの女性が初めてだったのだ。コーヒーでもいかがですか、と誘ったなら、きっと喜んでうちへ来てくれただろう。

家では、日曜日の昼食の支度が始まっている。母は、手打ちのパスタを用意することにしたらしい。パスタの形状はパッパルデッレ（注：幅広の平麺）に決まり、花が開くように、マシンからパスタが出てくる。受け皿に広げ載せていく。

まるで、いつもの日曜日みたい。

クラウディア・ダモンティ
デルフト(オランダ)

この数週間ほど運動熱心だったことは、生まれてからなかったことだ。1日じゅう家にいて、自分の部屋の中から1歩も動かないと、ひどく罪の意識に苛まれてしまう。なんの罪かな？

外出禁止令が出る前は、疲れないように（なぜかわからないけれど、いつも疲れている)、なるべく動かずに済むように注意を払ってきた。例えば、夜、皆で食事などをしているときに喉が渇いていても、誰かがトイレに立つのを辛抱強く待ち続けて、「あ、立ったついでに。悪いんだけどコップに水1杯、持ってきてもらえるかしら？」と、頼んだりしていたほどだった。ずるいけれど、けっこう使える手だった。ところがどうだ。今、私はぐだぐだして崩れ落ちそうになっている。動かなければならない。

そういうわけで、画面の前にいる。向こう側からは元気いっぱいの女性が、＜40秒が経つ前に止めてはダメよ！＞と、スクワットをしながら大声で励ます。彼女は楽々とこなしている。この手の番組はもう20年前くらいからあるだろうに、いまだに母は＜こんなものに頼ったりして、だらしないわ＞と、文句を言っている。

エクササイズを終えて、すっかり息が上がっている。肺は地面に転がり落ちてしまった。ふう。なんと疲れることか。でも、かなりいい気分だ。こんな日が来るなんて、誰が想像しただろう。

わずかな運動で、しゃんとする。身体だけではない！精神面にも、道徳観にも効き目抜群だ。生まれ変わった気分。まだだらけているけれど、少し幸せになってきた。

ジュリ・G・ピズ
ヴェネツィア

レオンの脚に催促されて、目を覚ます。たいてい8時半から9時の間に散歩に出るのだが、今朝は1時間ほど長く寝た。

今日は晴天の予報。窓からの空は、青だ。澄みきった青。<ブルーに塗ったブルー>のような青。

歌いながら起き上がり、着替えて、レオンを連れて階下へ下りていく。外にいるのは、リードにつないで犬の散歩に出ている人達だけだ。

今日は岸壁沿いではなく、角を曲がろうか。家の玄関から200メートル圏内なら許される。

長い路地を犬と歩く。狭い。両側の高い壁の向こうには、きっとすばらしい庭があるのだろう、と想像する。レンガの壁の中の小さなオアシス。私達の今の生活のようだ。手にすることができていたときは気が付かなかった毎日の小さな幸せを、今はもう楽しめない。壁は首相令だ。庭に咲く花は、以前の皆の日常生活である。

路地の前方に運河が見える。小さく切り取られた景色は、光に満ちたトンネルの出口のようだ。遠いが、一歩ずつ進めば必ず着く。

路地沿いに歩きながら、道端の雑草を見る。晴れて、タンポポがいっせいに咲いている。犬が鼻を寄せる。

「さあ、吹き飛ばしてごらん！」

レオン、舞う綿毛に願いを。

（注：綿毛を吹き飛ばしながら願を掛けると叶う、とされる）

4.5

ジョヴァンニ・ピントゥス
ミラノ

ジーンズをはかなくなってからもう1カ月経ったな、と昨夜考えた。ジーンズというよりも、ジャージ以外を着なくなって1カ月になる。他のボトムスだって、今はいているジャージと同じコットンだ。もちろん、<人は見かけによらぬもの>だろう。でも誰が僕を見る？ 外出禁止のいいところは、そこだ。誰も君のことを見ない。誰に気に入ってもらわなくてもいい。僕は服装に関しては、楽であることを優先することにした。ジャージよりも柔らかくて伸び縮み自在で温かなものなど、他にあるだろうか？ 第2の皮膚だ。ベッドやソファに寝転がって、眠ったり映画を観たりするのにぴったりである。それだけではない。家の中で運動するのにも便利だ。机に向かって勉強するときも楽だ。多様な使い道を考えると、ジャージはこの時節に最適な衣類である。外出禁止の制服だ。最初のうちは気が付かなかったが、犬の散歩に外に出るときでさえ、今では意識的にジャージのままだ。スーパーマーケットに買い物に行く、外出できる唯一のチャンスにも、ジャージで行った。楽なことの勝利だ。

僕も含めて誰もが、仕事から帰宅してまず最初に通勤着や通学の服、デート用のお洒落着を脱ぎ、ジャージやパジャマ、ガウンに着替えていたはずだ。何かほっとする服に、それを着るとわが家に帰ったのだなあ、と落ち着く服に着替えていたと思う。居心地がよくて、自分の巣にいる感覚にしてくれる。

その快適さを、今では毎日、朝から晩まで味わえる。ジーンズはワードローブの中、という時代になった。エレガントで身体にフィットして不便な洋服は、吊るされたまましばらく出番なしである。やがてまたそのときがやってくるだろう。ばっちりの体型と体調で身繕いして姿見に向かうときが戻ってくれば、うれしいに違いない。磨き上げた革靴やピンハイヒールに、ジャストフィットのシャツ、仕立てのよい、でも腕を自由に上げ下げできないエレガントなジャケットを着て、そのうち皆で町を歩こうじゃないか。きっとやってくる。イタリアの美しさと芸術を、色を心ゆくまで楽しむときが、必ず戻ってくる。でも、今ではない。今は、家にいる。家にいなければならない。楽な格好のほうがいいでしょう？ ようこそジャージの毎日へ。

© Benedetta Pintus

4.6

椅子の背に貼ってある紙:<必要な人をご存じなら、持っていってあげてください>
向かって左の紙:<もしできたら、入れて>
向かって右の紙:<もし欲しかったら、取って>

アンジェラ・ボナディマーニ ミラノ

アンジェラ・ボナディマーニ
ミラノ

日が長くなってきた。窓からの眺めは、春。まだ歩き方を覚えているかどうか確かめるために、ほんの少しだけ外に出てみた。

いつものように道には人気がないが、最高の天気だ。暑すぎず、気持ちがいい。もうすぐ日が暮れる。近くに住んでいるエンメに会いに行こう。電話をして、窓から顔を出すように、と言う。最上階近くに住んでいるので、しゃべるのは気がひける。大きな声で上に向かって話していると、男の人が顔をしかめて通っていく。別に悪いことをしているわけではないのだし、いいじゃない。

いろいろ考えながら、家へ向かう。少しさみしい。家を出ても、普通には戻らない。歩きながらも、携帯電話から目を離せない。外界と私をつなぐ唯一の接点だ。画面を見るのも、いい加減、うんざりだ。

周囲には何がある？ エンメの家のすぐ近くに、椅子がある。いろいろな食品が入った箱が椅子の上に置いてある。思わずにっこりする。泣きそうになる。なんて気持ちのこもった行いだろう。困っている人は食品を持っていける。できる人は、そこへ食品を置く。次に外出するときに、私もここへ何かを置きにこよう。

フジが枝垂れ咲いている。甘い香りで、とてもきれいだ。フジの花が咲く時季が好きだ。ミラノを特別に美しく飾る。もう家に着いた。深呼吸の時間はおしまいだ。

4.

アレッシア・トロンビン
サヴィリアーノ

こうなって以来、うちでは全員が本を読んでいる。

母は、することが多すぎて読みかけのままになっていた大好きな本を読んでいる。

父はもともと、本を読むために誰よりも早く起きる習慣がある。今も変わらない。

読書が苦手な弟まで読んでいる。

私だけが読めない。固まってしまっている。小説を読めない。詩集もダメ。美術関連の本（常に読んでいるカテゴリー）も無理だ。その代わり、多数の新聞や週刊誌をどんどん読んでいる。読んでも読んでも、まだ足りない気がする。

記事を読むと、外界の現実とつながっていられる気がする。

私の本達は、辛抱強くこちらを見つめて手に取ってもらうのを待っている。そのうちきっとあのアレッシアに戻るだろう、とわかっているのだ。

キアラ・ランツァ
トレカスターニ

この家に引っ越してきたとき、私は8歳だった。妹と部屋をいっしょに使っていた。青い部屋だったと思う。2段ベッドがあり、ふたりでよく遊んだっけ。

1年経って両親は改築を決め、ふたりで使っていた部屋は私だけの部屋へと生まれ変わった。うれしかった。でも妹に振り分けられた部屋のほうがずっと広く、大きな備え付けの洋服ダンスもあり、ドアには鏡まで付いていた。ふたりのおもちゃはすべて、当然その広い部屋に片付けられた。私を怒らせまいと、両親は子供部屋用の家具を一式揃えた。シクラメンの花の色の側板に、天然色の白木の棚板の本棚。全部私に選ばせてくれた。本棚を壁に備え付ける前に、両親は壁を暖かなピンク色で塗ることを決めた。私はとても幸せだった！

時が経ち、私も成長した。思春期に、壁に落書きをし始めた。母からたしなめられたが、もちろん言うことをきかなかった。印象に残る文章、言葉、一節に出会うとすぐ、細い筆とインクで壁に書いた。友人達も書いた。

そのうち消したくなった。上から違うことを書こうとしたのだが、うまくいかなかった。

壁を塗り替えよう。全部。

そう決めた。どうせ何もすることがないのだ。白いペンキ、ローラー、刷毛に細い刷毛を用意すると、さっそくペンキ塗り替えに取りかかった。

それは、治療だった。とても気持ちが落ち着いた。

しばらくすると、ローラーを往復させるのに腕が疲れてしまった。母は、こうなると思っていたわ、と、へとへとの私を笑っている。

私は黙っている。でも、母の言う通りだった。

エリーザ・サンティ
ヴェネツィア

＜からっぽ＞

夜、うちの裏へ散歩しに行く。

誰もいない。年間降水量200ミリ以下の地域のような風景。普通は、高緯度のドライな地域に使う表現だ。つまり、南極と北極の超低温の一帯のこと。

孤独。荒涼。放り置かれた悲しさ。破滅の寂しさ。悲惨なものを見た、心のもがき。そして絶望。

ソーダ・マレム・ロ
モドゥーニョ

＜孤独＞

この外出禁止で、自分の奥深くにある孤独と向き合っている。たぶん皆もそうだろう。今までそんなことを感じたことのなかった人達も、表に浮かび上がってくる孤独と対面しているかもしれない。

今感じている孤独が特別なもの、というわけではない。感じるのは、これが私の孤独であり、私は他人の孤独の中には入れないということだ。

これまでいろいろな局面で、いくつもの孤独を経験してきたと思う。でも今回の孤独には、形がある。友達のようだ。

いつも誰かといっしょにいる、という感覚が好きだ。そこへ孤独が現れる。遠くを見据え、長い吐息を吐き、思いが乱れて散っていくように。真夏、水から出たところに風が吹いてきて、日差しの下でぞくっと震えるように。

ミケーレ・ロッシ・カイロ
ミラノ

　ジムに行かなくても、体型は保てる。室内をぐるぐるジョギングしたり、家で自分の体重を利用しながらエクササイズしたり、ストレッチしたりできる。唯一問題になるのは、背筋のトレーニングだ。何かを＜引っ張る＞運動をしないとならない。この＜何か＞のために、何でも使ってみよう。テーブルだってオーケーだ！ まずテーブルの下に仰向けになるように入り、両手でテーブルの縁をつかむ。そしてテーブルの天板に向かって身体を引き上げる。もちろん、がっしりとして重量のあるテーブルで行うこと。そうしないと怪我のもとだ。

　トレーニングにテーブルを使う際に、問題がふたつある。第1に、身体を引き上げたまま宙で堪えるのは、かなり難しい。第2に、独りで行うこと。

　古い鉄棒を見つけた。それに空きペットボトルに水を入れて重りにして付ける。

　よし。これで背筋のトレーニングをする。

　今日は小さな問題を解決できた。明日もまた何か解決してみよう。

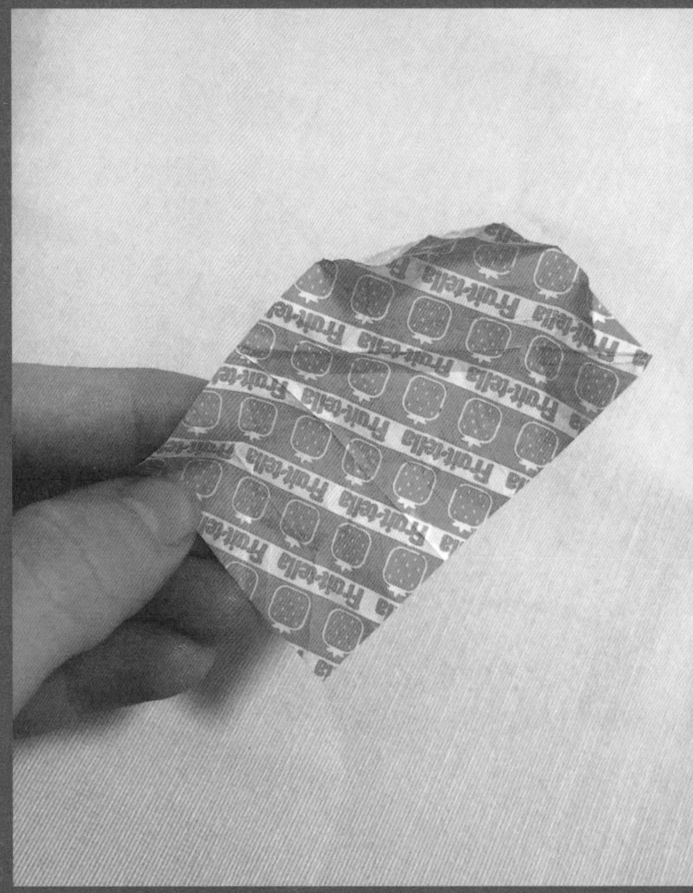

4.6

マルティーナ・ライネーリ
インペリア

　家で過ごすので、ジャージとパジャマだけを着て1カ月になる。今日から外出禁止が解けるまで、毎日、＜普通の＞服を着ることに決めた。ごく簡単に、黒いセーターとジーンズを着る。

　ポケットをさぐると、飴の包み紙が出てきた。イチゴ味のキャラメル。フランチェスコと最後に映画に行ったときのだ。いつもポップコーンを買うのだけれど、必ず映画が始まる前に全部食べてしまう。フランチェスコは、たいてい甘いものを買う。そのときは、イチゴ味のキャラメルだった。

　ひと昔前のことのように感じる。まだ自由に映画に行けたあの頃は、どれを観るかぎりぎりになってから決めていた。土曜日の夕方、ゆっくりアペリティフを楽しんでから行ったのだった。

アレッシア・アントニオッティ
モンテレッジォ

今日、私が住んでいる村の近くの橋が陥落した。アルビアーノ村にあり、周囲を結ぶ重要な橋である。

この地域のトップニュースだった。皆、天に感謝した。通常この橋の交通量は非常に多いのだが、外出禁止のおかげで陥落したときに橋を通過していたのは小型トラック2台にとどまり、消防隊により運転手2名も即刻、救助され軽傷で助かったからだ。

奇跡だと皆が思った。

全土封鎖令のおかげで、大勢の命が助かったのだ。この橋の入り口には<一時停止>があるので、常に渋滞していた。最初の速報が流れた時点では、ガス漏れによる爆発が原因か、と報道された。周囲に強いガス臭があったからだ。現時点（4月8日12時）では、原因不明。今後の調査結果を待つ。

（注：建材の劣化が原因と判明）

4.8

アニェーゼ・セッティ
カリアリ

この数日、父に手伝ってもらい私の部屋を少し手直しした。2段ベッドを分解し、部屋の壁を塗り替えた。作業が終わって、部屋が3倍くらい広くなったように感じる。ただ真っ白の2面の壁を見ると、落ち着かない。これまで壁は、写真や思い出のあれこれでいっぱいだった。今は何もない。ベッドに入ると、白い壁はすっきりして気に入っているものの、空洞に放り込まれたようで怖くなる。

2面の壁のうちひとつには棚があるので、本を少し置いてみた。もう1面をどうするか、絵や絵葉書を貼る前に、少し時間をおいて考えてみることにした。画家が白いキャンバスを前に構想を練るように。

ついに今日、壁の中央に残っていた釘を利用して、小さな絵を掛けた。祖母が描いたもので、かなり昔の絵だ。

私は、父方の祖母を知らない。幼い頃から、遠い昔話のように祖母のことを聞いて育った。とても美しい女性で、骨の髄まで共産主義者だった。心臓肥大を患い、診療ミスも重なり治療はどれもうまく効かず、絶対安静で一生を家から出ずに暮らしたという。ほとんど何もできなかったけれど、読書に没頭し豊かな教養を身に付けた。そして、絵を描き始めた。何枚も描いた。特に屋外の風景をたくさん描いた。きっとそうすることで、自分を閉じ込めている壁の向こうへ飛び出していこうとしたのだろう。

家族の世話に身を尽くし、村で困っている子供達のために食事を作って奉仕した。口さがないことを言う村人もいたけれど、祖母はいっさい気にせず、皆が幸せな社会を、と信念を曲げなかった。

結婚して夫の姓を選んだ。アニェーゼ・セッティ。そう。私は彼女の名前を授かっている。

祖母のことを考える。寛大な心の持ち主だった女性。きっと後光が差していたのではないか。けっして家から出ることもなく、何もできない生活。

今、やっと少しだけ祖母に近づけたような気がする。前代未聞の体験をしているおかげで。

キアラ・ランツァ
トレカスターニ

昨日、リモート授業が始まった。始まるに至った諸事情は別にして、この授業、まったく悪くない。2時間半の授業の後、ウェブカメラの視界が届かない遠いどこかを —家の中のことだが— 歩き回りたくなったけれど。

授業の最後に悲しいことが起きた。理由は説明するまでもないが、教授(女性)が壊れてしまったのだ。

「精一杯、私もがんばりますから」

そう言いながら、泣き崩れてしまった。涙を拭う教授を画面に見ながら、でも私達学生はお互いに顔を見合わせられない。そんな教授を見るのが本当に辛かった。

「ごめんなさい。気にしないで。ちょっと疲れているだけですから」

そう言って、リモート授業を閉じた。

ひどく疲れているのだろう。でも、学生もとても疲れている。この状況で、全員がそれぞれ独りぼっちで疲れていてはダメだ。互いにもたれかかり、疲れを分かち合い、少しでも明るい気持ちにならなければ。他に抜け出す方法はない。

今日で外出禁止になってから、1カ月が経った。

(写真は昨日4月7日撮影。皆、自由自在に気持ちが飛んでいた、リモート授業の最中。私は、他の学生達から見えないように、ピスタチオのペーストで和えたパスタを味わいながら参加した)

オット・スカッチーニ
ミラノ

今日は、先送りにしていたことに取りかかった。ベッドの上に脱ぎ捨てた服が散乱して、座る隙間もなくなってしまった。ワードローブを整理して、冬のセーターを片付けた。ベッド下の引き出しから春夏用のシャツやパンツを出し、机の横のタンスに入れ替えた。作業を終え、整頓された部屋（わずかだが）に満足している。これで、出かける時に、いちいちベッド下の引き出しから探し出すことなく簡単にシャツを選べる。出かけるとき……。でもそれはいつ？ 片付けた意味はあるのだろうか？

来年度まで大学には戻らない。2日前に大学から通知があった。このまま状況が大きく好転しなければ、最も充実した学期を失う。毎朝の研修先の大学病院までの自転車通学も失う。学舎前の庭で同級生達と弁当を広げる楽しみも失う。春、屋外でのパーティーも失う。

洋服ダンスに吊るした、アイロン仕立てのシャツをぼんやり見る。着る機会は当面ない。行く先がない。着る楽しみもない。

悲しさより、帰着点のない不安が大きい。何にも取りかかれない。あることに集中しても、それが難しいことであっても、終えたときに達成感がない。強い日差しや涼風、季節ごとの美しい色に会いたい。

少しも休養できない。何からの休養なのか、理由がない。

あきらめて、周りを眺める。ベッドの上に運動用のショートパンツがある。自転車でも漕ぐか。倒れるまで思いきりペダルを漕ぎ、日陰で冷たい水を飲もう。そうしたら、3限目の授業に遅れる、と心配しなくて済むかもしれない。

アレッシア・トロンビン
サヴィリアーノ

今日は自分のことを美人と感じ、すごく明るい気分だ。このタイミングを逃さずに、祖父母のために買い出しに行くことにした。

外に出ることができた。この間はどうしても外に行けなかったが、今日は怖さに勝てた。

春、あちこちに咲く花を楽しめない代わりに、クリーム色の地に花模様の春夏用のパンツをはいた。緑色の靴に黒のTシャツ、上には黒の革ジャケットを羽織る。外出ファッションのまとめに、黒の小さめリュック。そしてチークブラッシュを薄く載せて、マスカラ、ヌードカラーの口紅を塗る。そこで、思い出した。＜口紅は要らないな＞。で、マスク。あまりうまくコンビネーションしていないけれど、まあいいか。

サーラ・パリアルーロ
ローマ

外出禁止になってからX日目（もう数を追えていないが、たぶん1カ月目くらいのはず）。

私の自宅待機の生活で、結果報告に最も満足した日。

07：45　起床（早すぎた。自分の名前を思い出すのに10分くらいかかる）
08：10　試験前の最後のチェック
09：25　試験（インターネット電話を使った、リモート口頭試験）
09：36　試験がうまくいって祝う
10：10　エクササイズ（机の前に座りっぱなしで眠ってしまった筋肉を起こす）
11：30　家じゅうに掃除機をかける
13：40　昼食
14：30　昼食後の昼寝（というより、脱力状態に近かった）
17：30　人生についての考察

まとめると以下の通り：
a）試験は毎回、出産と同じ。何日間も勉強し、試験で脳みそを占領していた＜もの＞から解放され、空っぽの気持ちになる。
b）掃除は、実に気分爽快。他に比べられない。だらしない私が言うくらいだから本当。
c）昼食後のひと眠りは、私が世の中で1番好きなこと。
d）家から外に出たい。

アンジェラ・ボナディマーニ
ミラノ

今朝、泣きながら起きた。苦しい1夜だった。ほとんど眠れず、朝が来て、泣いた。

こんな1日の始まりにしてしまい、家族にも迷惑をかけた。しかたない1日の残りは、家のあちこちに移動しながら、ジェーン・オースティンの『マンスフィールド・パーク』を読んで過ごした。貴族の男性達から愛された、18世紀の良家の女性に私もなりたい、と思いながら読んだ。

突然、玄関門のブザーが鳴った。＜いったい誰が？＞家族全員が廊下に集まり、顔を見合わせる。荷物が届いたという。姉が玄関門まで受け取りに下りていく。

戻ってきた姉は、部屋でリモート講義を受けていた私に、目をまん丸にして、

「あなたにですって!!」

花束を差し出した。差出人名はない。

信じられない。すばらしいブーケ。全部、私のために。ありえないサプライズ。姉と顔を見合わせて、＜いったい誰から？＞。

彼、ピエトロにインターネット電話をかけて、贈ってくれたのかを尋ねてみる。彼は驚いた顔をしたあと、

「他に君の隠れファンがいるのでなければ、それは僕からの花だと思うけど」

大笑いした。

何度も花束を抱きしめる。うれしい。こんなに不安定でいつ会えるのかわからないときでも、自分は愛されて望まれている、と急に感じる。

今朝泣いたのが、何億年も昔のことのようだ。ずっと笑いっぱなしで、ピエトロとしゃべり続ける。ジェーン・オースティンよりすごい。これは、私の本物の人生なのだから。

リモート講義は、どんどん先へ進んでいる。講義なんて聴いていられない。

マルティーナ・ライネーリ
インペリア

2週間ごとの定例買い出しの日がやってきた。外に出るのが少し怖い。昼食時に行くことにする。それなら少しは人も少なく、列に並んで待つ時間も短くて済むかもしれない。

これまではジャージとスポーツシューズで買い物に行っていたが、今日はお洒落して行くと決めた。洋服、靴、イヤリングを念入りに選ぶ。そして、この1カ月で初めて、化粧品を手に取った。以前の生活では、メイクアップは毎朝の日課だった。たとえナチュラルメイクであっても、自分のケアに手を抜かずにいつも身ぎれいにするように心がけてきた。

＜まだ覚えているかな？＞。少し不安だったが、手は勝手に動き始めて、いつもの順番通りにメイクアップが進む。目の下の隈隠しにコーンシーラーを載せ（自宅待機でも、隈は消えていない。まったくもう！）、ファウンデーション、アイシャドウ、ペンシルタイプのアイライナーに、マスカラをたっぷり付ける。

外は暑いくらいの日差しだ。心が弾む。

さっきとは気分が変わった。どうか長い行列でありますように。待ち時間が長い分、太陽に存分に当たっていられるから。

キアラ・ランツァ
トレカスターニ

この数週間、鏡に映る自分に日増しに納得がいかなくなってきている。これまでの私の大学生活はスポーツと縁遠かったが、それでも何かしら忙しく毎日を過ごしてきた。そこへ思いがけず、外出禁止の毎日である。身体を使うのは、せいぜい犬の散歩だけだ。運動量など、しれている。さらに、連日、料理の探訪が続いている。特にスイーツ関係。

それで今日、ぼうっと日光浴をしながら考えた。トレーニングでもするかしらね。

どこかからでも、とにかく始めるのが重要だ。

まずすぐに、ランニングマシンは対象外とする。私を除く家族全員から、今、ランニングマシンはひっぱりだこだ。私はスポーツとしての走りを憎んでいる。私が好きなのは、熱い砂の上を全速力で走って海へ飛び込むときの、走りだ。丘の上から駆け下りて、最後に思いきりひっくり返るときの、遊びであちこち走り回ってはしゃぐときの、走りだ。

携帯電話でエクササイズの動画を探す。もうかなり昔だが、一生懸命にトレーニングをしていた時期があったのを思い返す。洋服ダンスの奥から、ロッククライミングの古いトレーニングウエアを引っ張り出す。さあ、始めるわよ。

トレーニングをひと通り終えて、ヘトヘトになる。でもいい気分だ。思わず笑う。あちこちの筋肉が痛いのも、快感だ。私が庭にいるので、犬もうれしいらしい。毎日、猫を相手にじゃれるのにも、犬は飽きただろう。

目を上げると、ガレージの中で妹がランニングマシンで走っているのが見えた。ある意味、私達はいっしょにトレーニングをしたことになる。家に入ると、母がインスタグラムの動画配信を見ながらピラティスをしている。反テクノロジーのあの母が、動画配信を見ながらピラティスをしているなんて。

笑いすぎて息ができない。

外出禁止のおかげで、これまで自分でも想像すらしなかった内なるものが、表に出てきている。

ミケーレ・ロッシ・カイロ
ミラノ

3日前、ロンバルディア州では、自宅から外に出る際のマスク着用を義務とする知事令が発動された。現状に即した規制だと思うが、マスクは品薄で入手が難しく、もし見つかっても天文学的な高値である。このあいだ僕がやっと見つけた店でも、あまりに高くて驚いた。値段もさることながらとにかく腹立たしいのは、マスクの品質の悪さだ。ホコリ掃除用の使い捨ての不織布のような素材で、着用すると口の周りに細かい繊維屑がたくさん付く。

今日もマスクの買い足しに行った。外科手術用のマスク1枚、2ユーロ（約240円）。感染騒動前は、20セント（約24円）だった。州には、僕達が規則に従えるように十分に準備をしてもらいたい。潤沢に流通させて、価格の管理もすること。さもないと、買えない人々が増える。

そういう局面であるにもかかわらず、市民保護局のトップが「自分はマスクは着用しない」と、公言する。緊急事態にあって、政府はすべてのレベルで指令をひとつにまとめるべきだ。断固とした態度で好き勝手な解釈の隙を与えず、国民の安全を絶対に保障するのが、非常時の政府の責務だろう。

アレッシア・トロンビン
サヴィリアーノ

屋上に出る。<岩の王＊>に落ちる夕日を前に、いかに自分の存在がちっぽけでつまらないものなのか、と思う。しみじみと胸打たれる。

目の前の光景に言葉を失っている。

この境遇でなおさら、ひと言も出ない。

＊コティアン・アルプス山脈で最も高いモンヴィーゾ山のことを、ピエモンテ州ではこう呼ぶ。

4.10

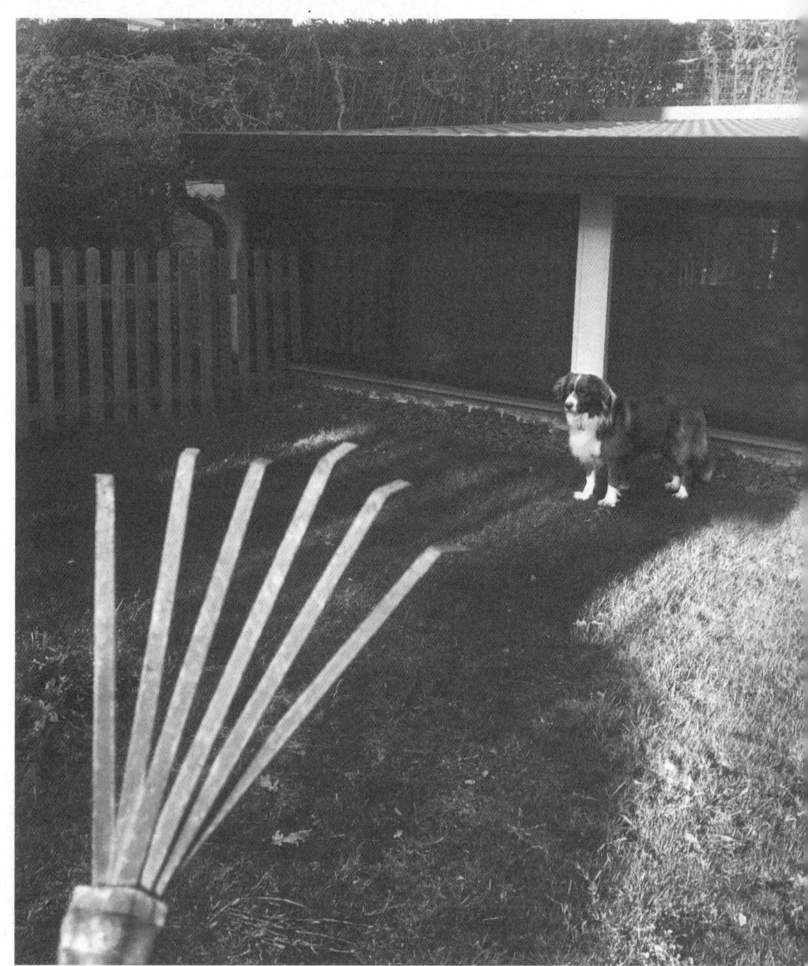

キアラ・ランツァ
トレカスターニ

待ちかねていた心地よい季節がついにやってきて、家の中でできることも増えてきた。

いずれにせよ、私が1番気に入っているのは日光浴だけれど。すでに儀式化している。昼食を終えると、水着に着替える。庭の真ん中にサンチェアをセットする。そこで2、3時間、陽を浴びる。

日差しはまだそれほど強くなく、真夏のようにしょっちゅう水をかぶる必要もない。春の陽よりもほんの少し強いくらいで、涼しい風も吹いている。水着だけでは、肌寒いこともときどきある。

午後は、庭の手入れをした。くま手で落ち葉を集めるが、あまり前と差がない。

父は、少しよくなってきている。完治するまでは、在宅勤務を命じられている。父から言われた通りに、庭掃除をする。渡された小さなブルーのくま手は、私が12歳のときに使っていたものだ。庭掃除で1番楽しいのは芝刈り機を使うことだが、触らせてもらえない。

くま手でひと掻きするごとに犬がじゃれつき、集めた落ち葉や湿った雑草の匂いを嗅ぎ回る。ときどき突然に犬のほうに振り返って、くま手を振り回して犬を追い払おうとする。犬は追い払われても、またすぐにくま手にまとわりついてくる。

外出禁止の毎日にも、あまり重苦しくない日もある。今日は、夏のバカンスの1日のような日だった。

安らかなる場所

長い間、イタリアでは墓は町の中に設置されていた。多くの墓地は、教会が管理する敷地に建立されていた。

そのしきたりを抜本的に変えたのは、ナポレオン・ボナパルト(ナポレオン1世)である。1804年に『フランス民法典』、いわゆる『ナポレオン法典』を公布。それ以前に、領土内の各地に存在していた慣習法や封建法を統一した、民法典である。すべて法の前に人々は平等であることを唱え、自由経済を認めた近代的な考え方を基軸にした斬新な法となった。

1804年にナポレオン1世は元老院によりフランス皇帝と宣言され、イタリア王も兼任する。ナポレオン法典はイタリア王国でも施行され、それまで町の中にあった墓地を郊外へ移転するように決められた。公衆衛生学の観点からだった。

墓地は、見晴らしと風通し、日当たりのよい場所に設置すること、とされた。墓を確保するための予約を禁じ、墓石も墓碑もすべて同一にすること、とした。

それは、すべての死者は平等に扱われるべき、とするナポレオン法典の理念に沿うものだった。

TAVERNA
San TROVASO
ESEGUIAMO
ASPORTO
TEL. 3472324019
(Whatsup)
(Email) INFO@TAVERNASANTROVASO.IT
SI AVVISA LA
ENTILE CLIENTELA
HE IL RISTORANTE
FFETTUA SERVIZIO
ASPORTO NEI
IORNI DAL 8/05
ENERDI e SABATO
PER PRENOTAZIONI
hatsup → 3472324019
MAIL: → TAVERNASANTROVASO.IT
MENU' E' VISIBILE
IL NOSTRO SITO
FACEBOOK
STAGRAM
OPERA
ESEGUIAMO AS
PER OPERAI E D
EVENTUALI INFORM
E PRENOTAZION
TELEFONO 347
Whatsup 347
EMAIL:
INFO@TAVERNASAN
PRANZO DAL L

アレッシア・アントニオッティ
モンテレッジォ

今朝、母といっしょにテレビを見ていると、こういう状況ではいつもに増して近所の人達を助けなければならない、と勧めていた。うちの隣は高齢者だ。きっと不便な思いをしているだろう。買い物や薬の受け取り、各種支払いのために遠くまで出かけるのを怖がっている。母は仕事で出かけなければならないので（高速道路のサービスエリアにある薬局で働いている）、今後はその代行を申し出た。

今日はひらめいて、昼食を多めに作ることにした。包みパスタのでき上がり！

料理を届けると、お隣は涙ぐんで何度も礼を言ってくれた。大皿を渡したときの隣人の温かな眼差しを見て、胸がいっぱいになった。他の人を助けると、皆が幸せになる。本当にその通りだ。

ジュリ・G・ピズ
ヴェネツィア

学期末試験が終わり、新しい学期とその講義が始まる。社会的距離を取っての、リモート講義。

教授陣も各人各様のツールを使って講義を進めようと試行錯誤しているが、やはりヴァーチャル講義を選ぶ人が多いようだ。

先週までに、希望する講義に関するニュースレター購読を申し込んでおいた。

昨日、政府の文化機関の教授からメールが送られてきた。

<明日8時45分に、ヴァーチャルの大教室で会いましょう。アクセス方法は、以下の通り>

リンクが貼ってある。聴講希望者数は、とスクロールして見てみると、約180名登録。かなりの数だ。

そういうわけで、今朝は早起きした。レオンを散歩に連れて出て、パン屋でブリオッシュを買い、コーヒーを淹れて、コンピューターを開く。指示されたサイトにアクセスする。

<ミーティングに参加する人は認証ボタンを押してください>

と、画面に出る。もちろん、クリックする。待つ。画面は、私のリクエストの認証作業中だ。待つ間、マイクとテレビカメラを消して、ヴァレとしゃべる。

「何してるの？」

「これから講義なのだけれど、教授がまだ参加アクセスを認証してくれないの」時間は過ぎていく。

もう8時50分だ。

そのとき突然、画面に教授の顔がアップで現れた。すごく真剣で熱心に話している。

ブリン！

ブリン！

教授のコンピューターに、学生の参加リクエスト通知の音が鳴り続く。

ブリン！

「おはようございます、プロフェッソーレ！」

「ああ、おはよう！ まことに申し訳ないが、参加希望の学生全員に私がひとりずつ認証を送り返さなければならないとは、知らなかったのでね」

画面の端に、受講仲間達の顔が見える。髪を引っ詰めにした人、寝呆け顔の人、パジャマ姿もいる。朝食の最中の学生も見える。各自の家から参加する講義は、緊張感に欠けている。

ブリン！

「受講希望の学生達が、大教室へ入ろうとして押し合うのが私には見える。社会的距離はどこいった？ ウェブではぎゅうぎゅう詰めの大渋滞じゃないか」

教授は自分でジョークを言って自分で笑う。講義への参加認証が終わるまで、それから数分かかった。

「さあ、揃いましたか？ マイクは消音にセットしてください。テレビカメラは点けて。皆さんの顔を見ながら話せますからね。おはようございます。皆さんはどうぞ、ゆっくりコーヒーでも飲んでください。それではさっそく、講義を始めますよ。ここまでですでに15分も過ぎてしまっていますからね」

教授は無駄口なしに、課目について、そして今後どのように授業をしていくのか簡単に説明し、すぐに講義に入った。

1ページ。2ページ。3ページ分の受講メモを取る。

「はい。ここまでで、何か質問はありますか？ 質問がある人は、共有のチャット欄に書いてください。それを私が読み上げて説明しますから」

ある学生が、非常に込み入った質問をする。ここに簡単に再現しきれないくらい、ややこしい。

「ケッ、チックシ××！ やるねえ、いい質問じゃないか！ おっと、すみません。つい雑な言葉遣いをしてしまって！ でも、だいじょうぶです。録音していませんから。おっと、新しい大学の規則で、講義はすべて録音しなければいけないのだった。やっちまったー、クッソーww」

他の学生達の顔を見られないけれど、絶対にみんな笑っているだろう。

教授も家からの講義で、つい解放された気分なのかもしれない。

4.11

アレッシア・トロンビン
サヴィリアーノ

今日は準備の1日だった。特に台所。明日は復活祭だから。

数日に及ぶ討論の結果、やっとメニューが決まった。

ツナソースの子牛肉の薄切り（ヴィテッロ・トンナート Vitello tonnato)。ラグーソースのタリエリーニ(Tajarin al ragù タヤリン・アル・ラグー)。ボネ（Bonèt)。

どれもピエモンテ州名物で、家族全員が賛成した。

ヴィテッロ・トンナートは、いろいろな材料を合わせて作る。ゆでた子牛肉をごく薄切りにし、自家製マヨネーズとツナで作ったソースをかける。食材の組み合わせはかなり大胆だが、1700～1800年代から親しまれてきた銘品だ。

タヤリンは、卵入りの生地で作るパスタで、“スパゲッティ”の一種だがかなり細麺である（祖母はこういう説明を許さないだろう)。ミートソースととても相性がいい。そして最後に、スイーツ。ボネ。チョコレートプリンにアマレットリキュール（アーモンドを主材料に作る酒）を加えて、オーブンで焼く。

どれにも赤ワインがぴったり。

私も準備を手伝い、よい練習になった。

治療よりも予防が肝心、と言うではないか。

ヴァレンティーナ・スルブリエヴィチ
ヴェネツィア

明日は復活祭。

私には祝祭ではない。ギリシャ正教にとっての祭典ではないから。カトリック教のための復活祭だ。

両親は、信仰に沿っては私を育ててこなかった。ギリシャ正教が人々の暮らしの底辺にある共産主義社会で、両親は生きてきた。私は、ふたつの宗教の暦の間を往来しながら生きてきた。どちらに対しても特に信仰心はないが、それぞれの季節の儀式を生活の中で楽しんでいる。

「悪いことはないのだから」と、両親も言い、教会には行かないが年中行事としての宗教カレンダーに倣って暮らしている。

復活祭は、大切な人達を思う日だ。元気な人へも亡くなった人へも、気持ちを寄せる。

復活祭の食卓は、家族と、元気に暮らす人達と亡くなった人達のために3つに分けて用意される。

これまでとは違う、今年の復活祭を迎えるために準備をしよう。買い出しに行く。幸い、スーパーマーケットで買いたかったものはすべて見つかった。レジに向かう。列で私の前に並んでいる女性は冗談を言うわけではないのに、何とも言えず落ち着いていて感じのよい人で、周囲にいる私達までが穏やかな気持ちになる。

その女性がレジ係に、来週に植木鉢用の培養土の入荷があるかどうかを尋ねた。社会的距離を保ったままだったし彼女の声も低かったので、レジ係は聞こえなかったらしい。返事がなかったので、女性はマスクを少し下へずらし（規制がさらに厳しくなり、外出の際は全員にマスクとゴム手袋の着用が義務付けられている)、再びレジ係に尋ね直した。女性がマスクをずらすと同時に、反射的にレジ係は数歩うしろに飛び退いた。驚きと<信じられない>という目で女性を見ている。

感染ウイルスの居場所を暴いて表に突き出す、という無言で冷ややかな追跡シーンを目の当たりにするようで、レジ係がどれほどの恐怖心を抱いて毎日を送っているのかを思い、暗澹とした。人と人との距離感がもっとも親密だった国イタリアが、疑心暗鬼になっている。

支払いを済ませ、店を出る。限られた外出の、いつもの道。もう目をつぶっていても帰れる。運河は静まり返っている。空はパステルカラーだ。

水上バスの停留所の前を通る。停留所前には、冠水のときに並べる足台がまだ積み置いてある。そこに2冊、本があった。数カ月前、誰かが停留所の待合所のベンチに10冊余りの本が入った箱を置いた。

もしかしたら、読み終えた本に再び命を、と思った人が停留所に置いていったのかもしれない。

かつて、ヴェネツィアのサン・バセージォ岸壁（Fondamenta de San Basegio)沿いのサン・バジリオ(San Basilio)で、「文化を広めるために」と、フランチェスコ・テアルド氏が手すりの上に本を並べ置いていた。自分が読んだ本か、いくらかの心付けを置けば、誰でも自由にそこから本を持ち帰れた。<フランコの本>と呼ばれ、大勢に親しまれた。テアルド氏は、20年前から静かに本を並べ続けた。埃をかぶったまま消えていく本を、文化を次の読み手に送ろうとしたのだ。

家に戻ってもずっと、あの2冊の本の運命を考えている。誰かが興味を持って手にするだろうか。それとも、感染ウイルスを怖れて放り置かれたままになるのだろうか。

キアラ・ランツァ
トレカスターニ

春がゆっくりと広がっていく。

ルーフォとのいつもの散歩の途中、 ―この外出禁止の救いの神だ― すべてが変わっていることに気が付く。この間まで、近所の塀に黒々とした節ばかりが目立ち絡み合っていた枝から、フジの花がこぼれ落ちるように咲いている。草むらにはタンポポが咲き、ケシの花が美しく、はかなげに揺れている。サボテンにも堂々と、花がひとつ開いている。果樹の枝に、無数の小さな白い花が咲く。

今エトナ火山を歩けたら、エニシダの花を見れただろう。火山帯のような厳しい環境でも、根を張って生きるエニシダだ。春になると、真っ黒の火山の岩肌がまぶしい黄色で覆われる。とても幻想的な眺めだ。誰も愛でることができないスペクタクル。今年、エニシダは自分のために咲く。

昨日、首相令解禁が5月4日まで延期されることになった。もうどんな知らせを聞いても、何も感じない。この状況では、以前の普通の暮らしにはすぐには戻れないだろう。

もし精神科医エリザベス・キューブラー＝ロスが説いた＜死の受容のプロセス＞に沿って考えるなら、私は最後のフェーズにいる。

受容、だ。

オット・スカッチーニ
ミラノ

あまり外に出たくない。おかしい。もう数週間も家に閉じこもっているのに。特に今朝はそういう気分になれない。何もする気がしない。犬を散歩に連れていかなければならず、足の屈伸と思って出る。『犬の心臓』（ミハイル・ブルガーコフ）をベッドサイドテーブルに置く。

暑い。夏のようだ。屋外には、これまでと違う気配がする。数日続けて感染関連の数字が下がってきた報道を受けて、大勢が外出し始めている。船着場前の公共市場は、集会に近い人出だ。狭い通行路では、安全な距離を保って歩けない。それ自体をとやかく非難する気はあまりないが、その情景を普通とは思えず異様なものとして自分が感じたことに驚いている。

マスコミや政治家、医療関係者達が事態の深刻さを繰り返し警告している。一方で、大勢の人達の仕事の今後が見えない。すべてが止まったままのあと、国の経済がどうなるのか、不安は募る。

それなのに、散歩をしながら、不思議な落ち着きも感じている。暑いが心地よい日差しのもと、これまで人のそばに近寄って息をするのさえ怖がっているような人も、状況が少しはよくなったのを見て外に出ているのだろう。

マスクに覆われて、そばを通る人達の眼差しや表情をうかがえない。他人の孤独や苦しみが、僕には見えていないのかもしれない。

石の手すり沿いに歩きながら、考える。

暑い。着る洋服を間違えたようだ。ウインドーブレイカーを羽織っている。湿った空気の中を歩く。もう考え込むのはよそう。

橋から運河を覗き込むと、無数に小さな魚が泳いでいる。孤独のはかなさが胸に迫る。首筋に涼しい風が欲しい。

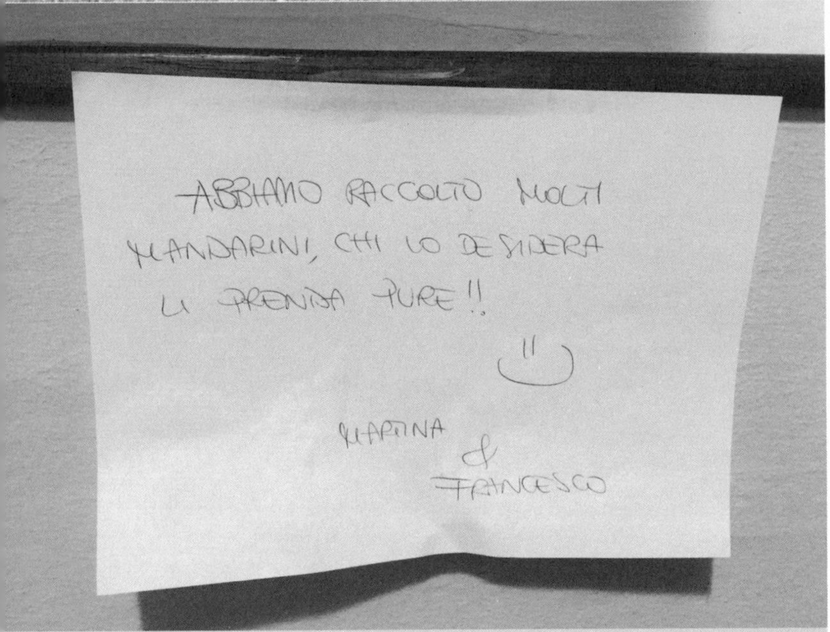

マルティーナ・ライネーリ
インペリア

この2、3日、フランチェスコは仕事で忙しくしていた。ことさら昨日は週の締めで、少し気分転換したほうがいいのでは、と見ていて感じた。

日が長くなり、ふたりでうちのミカンを摘み取りに行くことにした。最初は単なる作業だったが、太陽の果実を収穫しているうちにふたりとも爽快な気分になり、ずっと笑いっぱなしだった。一生懸命に摘み取り、箱いっぱいになった！ こんなにたくさん、どうしようか？ ジャムにする？ もう2回も作った。絞って飲む？ 朝食にいつも飲んでいる。おやつ代わりに食べる？ これ以上食べたら、私達、ミカンに変身するかも。

同じ建物に住む人達へ、おすそ分けすることにした。＜ミカンがたくさん生りました。よろしければどうぞ！＞と書いて、ミカンを入れた箱を入り口の郵便受けの下に置く。

今朝、日光浴をしようと庭へ行くことにした。正直に言うと、誰もミカンを取っていなかったらどうしよう、とドキドキしていた。ここに住み始めて、まだ1年足らず。6世帯が住んでいるが、住人の平均年齢は75歳くらいだろう。どの家ともあまり付き合いはなかった。世代が違うせいもあった。

箱は、おおかた空っぽになっていた。ああよかった！

私達のものをご近所と共有できた。リグリア人の硬い殻を破ることができたのかもしれない。この土地特有の気質で、ていねいだが人見知りが強い。

2階の老夫妻が、大きく笑って何度も礼を言う。彼らの庭から、離れたままで。

ミカンになって、隣人達の家を訪れたような気持ちだ。小さなことかもしれないけれど、もう私は独りではない、と思う。

クラウディア・ダモンティ
デルフト(オランダ)

1列になって毎日が過ぎていく。あっという間に通り過ぎていくが、終わりのない列だ。時空の感覚を失ってしまった。

現実につかまっているために、ここから引っ越しする男子学生から時計を買った。昨日だったか、いやあるいは先週のことだったか？ チェックしよう。2週間と3日前に買ったのだった。ああそうか、たいした時間の感覚だわね。

今日、その時計用にオンラインで注文したバッテリーが届いたので、私の部屋の壁に掛けた。四六時中、ひどいチクタク音が部屋中に響き始めた。時間が経つのを意識するのが時計を買った目的だったのだが、トケイ・ハラスメントをぶち壊し、日時計で暮らしたくなってくる。堪える。

＜クラウディア、神経集中して！ 試験勉強をしなければならないでしょ。今学期が終わってから、時計の始末を考えればいいじゃない。というか、もう少し自分の頭の中の整理をしたほうがいいのかもよ……＞

ミケーレ・ロッシ・カイロ
ミラノ

保たなければならない友情がある。毎週、毎月、連絡を取らないと、関係が薄れていく人達がいる。一方、永遠の友達というのもいる。＜道の兄弟＞だ。幼い頃に知り合った友もいれば、大きくなって出会った友もいる。どちらにせよ、一生の友なる人達がいる。マルコとヴィーコとは古くからの付き合いだ。10歳まで、僕達はいっしょに大きくなった。ふたりともトリエステに引っ越し、僕はミラノに残った。年に何度も会わないが、連絡は取り合い続けてきた。外出禁止になってからは、スカイプで話している。疫病のおかげで、距離感がなくなった。対面で人に会えなくなったため、東京にいようがミラノだろうが、ニューヨークでも居場所はもう関係ない。すべてが、クリックで手の内にあるようになった。おかげで、わかったことがある。単に地理的に近いからの付き合いなのか、あるいは、もっと奥深い意味を持つ間柄なのか、人との関係がよく見えるようになったことだ。

外出禁止は、家の中の整理整頓だけでなく、対人関係の見直しもする機会だ。どう向き合えるかは、自分にかかっている。

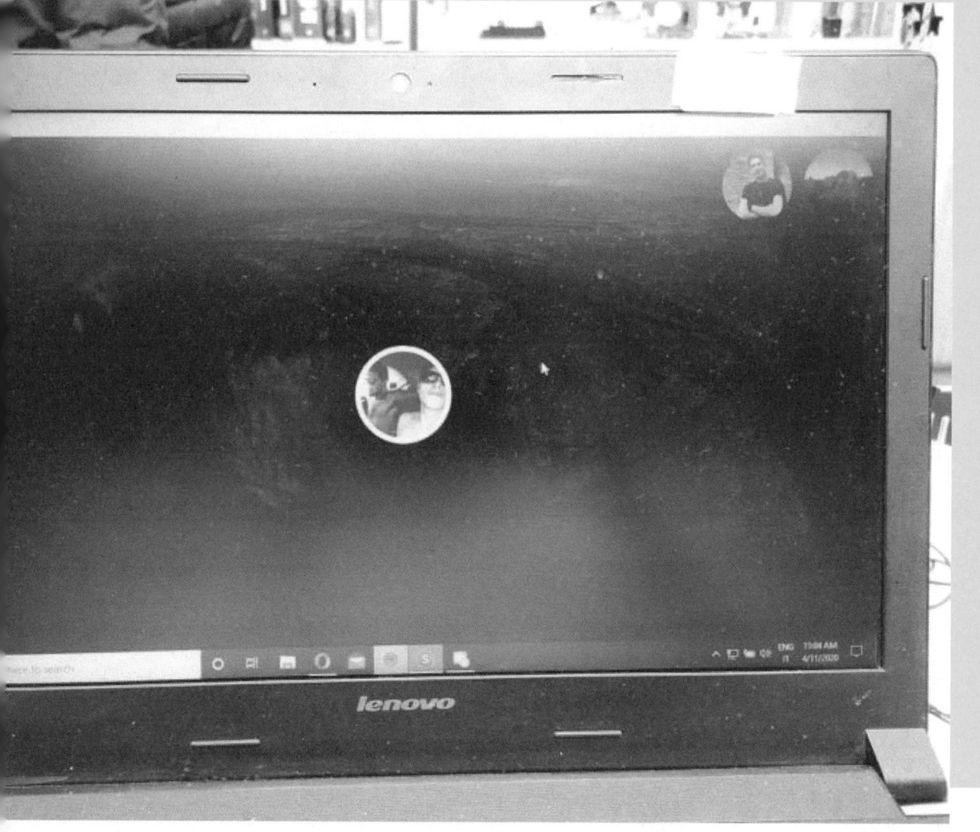

公告 8

2020/4/12（03:54 JST）

新型コロナウイルス感染拡大防止のためのイタリア政府対策：4月10日首相令による措置の延長（5月3日まで）
在ミラノ日本国総領事館

●本11日、4月10日首相令が官報に掲載されました。本首相令は14日から5月3日まで有効です。
主な内容としては、これまでに発出されていた以下のような移動制限や生産活動の制限などの措置が5月3日まで延長されることです。

・4月1日首相令で4月13日まで延長していた首相令や省令等で定められている各種措置
　― イタリア全土における移動の禁止
　― 一部例外を除く全面的な生産活動の禁止
　― イタリアに入国する者に適用される規定（保健当局への通報や14日間の自己隔離等）
　― イタリアに一時入国・短期滞在する者に適用される規定
　― 公園等へのアクセス禁止、駅やガソリンスタンドの売店の閉鎖

［御参考］
4月10日首相令（イタリア語）：
https://www.gazzettaufficiale.it/eli/gu/2020/04/11/97/sg/pdf

●その一方で、ロンバルディア州においては、4月11日付及び4月4日付同州知事令等により、首相令等により定められた措置よりも更に厳格な制限措置が講じられています。これらの措置も5月3日まで延長されています。ロンバルディア州HPから最新の情報を入手するよう努めてください。

出所：4月11日付ロンバルディア州HP該当ページ（イタリア語）

4月4日付制限措置に関するロンバルディア州HP記載内容抄訳
https://www.milano.it.emb-japan.go.jp/itpr_ja/11_000001_00040.html

●また、北イタリア地域のその他の州における制限措置についても、お住まいの自治体のHPから最新の情報を入手するように努めてください。

（原文ママ）

4.12

シルヴィア・クレアンツァ
コンヴェルサーノ

今日は復活祭だ。私は信心深くないが、多くのイタリア人と同じように、キリスト教の祭典を祝いながら育った。つまり、祖母の家にありとあらゆる親戚が集まって昼食と夕食をともにする（親戚とは、叔父叔母、いとこ、大叔父、大叔母、甥に姪、恋人、恋人候補などである）。

今年は、この壮大な親族の集まりはすべて取り消しとなり、各家でそれぞれこぢんまりと復活祭を祝った。うちは、トマトソースベースのラザーニャとジャガイモを添えて子羊のロースト、地元バーリ特有の前菜を用意した。<祝福>と呼ばれる名物料理で、ちょっと変わった食材の組み合わせだ。オレンジにサラミ、リコッタチーズにゆで卵である。

役割分担して、朝から料理に取りかかった。昼食の時間になり、食卓には1番上等の食器を並べる。グラスにはワインをなみなみと注ぎ、私達は皆、できるだけお洒落をした（つまり、やっとジャージから着替えた）。

昼食は、デザートにコーヒー、コーヒー抑え*で締めくくりとなった。

そして、大きな卵型のチョコレートを割った。料理に満足しながらチョコの欠片をつまみ、あれこれとしゃべった。食事の時間よりもしゃべっていた時間のほうが長かった。近しい人達だけで過ごした、いつもと違う復活祭だった。料理は例年通りの豪華さだったが。

驚いたのは、午後、窓を開けたときのことだった。明るい日差しに包まれて、町はいつもよりも生き生きして見えた。子供の泣き声、笑い声、音楽、話し声が、四方から聞こえてくる。開けた窓から、肉のローストやオーブンで焼いたパスタ料理、ティンバッロの匂いが流れ出る。突然、世の中とつながったように感じた。

隣り合う屋根の下で、同時に皆が似たような昼食を取り、美しい食器を並べお洒落をしていた。いつもの復活祭よりも、ずっと強い思いでともに祭典を祝ったように感じた。皆がいっそうひとつにまとまった復活祭だった。

*(wikipediaによれば)　<コーヒー抑え>とは、食後に飲んだコーヒーの後、口に残ったコーヒーの味を消すために合わせ飲むリキュールのことを言う。

ジュリ・G・ピズ
ヴェネツィア

カモメの帰還。

甲高い音で目が覚めた。耳障りな音は鳴り止まない。何だろう。寝呆けた頭で考える。今日は日曜日だ。講義はないので、早起きしなくてもいい。間違えて目覚まし時計をかけたのか？

音は外らしい。レオンも目を覚まし、煩わしそうに頭を持ち上げている。

9時半。空気の入れ替えに窓を開ける。けたたましい音で遠くから順々に波が寄せてくるように、ヴェネツィアじゅうの教会の鐘が高らかに鳴り始める。それで、今日がただの日曜日でないことを思い出した。復活祭！ 外出禁止のもとでの、祝日だ。

イタリアじゅうの各家庭の台所を想像する。立ち上る湯気。おいしそうな匂い。おばあさん達が腕をふるって、オーブンから熱々の料理を出す。待ちきれない家族。

今日、家族揃って過ごせるのは幸運だ。

私は、いつもと同じ日課の通り。特にこの伝統行事を祝ったことはない。ヴァレンティーナとサーシャは、ギリシャ正教暦なので、来週がふたりにとっての復活祭だ。

レオンを連れて外に出る。ロックダウンの解除を祝えると思っていたが、だいぶん先へと延長されてしまった。悲しくがっかりして、岸壁に出る。

人っ子ひとりいない。首相令の延期に落ち込んでいるのか、昼食の準備だろうか？

レオンはノロノロ歩いている。毎日きまった繰り返しが好きだが、来る日も来る日も同じコースでは、犬も単調さにうんざりだろう。水上バスの停留所まで行き、家へと引き返す。私とレオンは、それぞれの考えごとにふけりながら歩く。

気付いたら、うちの玄関前だった。散歩の終わりに、浮かない顔を見合わせる。

そのときだった。またあの音がした。レオンはしっぽをピンと立てて、あたりを見回している。けたたましい音は、ベンチの下からだ。カモメが2羽いる。真っ白の胴体に黄色のくちばしを構えて、刺すような目で私達を見ている。少しもひるまない。

＜オレラはヴェネツィアの住人だ。ここから出ていくものか。腹が減ってる。何とかしろ＞

私をにらみつけながら、そう言っているかのようだ。

ああ、戻ってきたのか！

低く旋回しながら突然に急降下し、人の手から食べ物を奪い去っていくカモメが帰ってきたのだ！

オリーブの枝をくわえてやってくるハトと同じ、白い鳥。

凪に漂う船乗りに風を知らせるアホウドリと同じ、白い鳥。

海にも、復活祭。

クラウディア・ダモンティ
デルフト(オランダ)

早く目を覚ました。でも、親戚に先を越された。すでにWhatsAppのグループ＜親戚＞に、おめでとうメッセージや復活祭の食卓の写真がたくさん送られてきている。ゆで卵やサラミソーセージ、ワインにその他おいしそうなものがたくさん。おめでとう、親戚。

今あのサラミ1片とワイン1杯が飲めるのなら、魂を売ってもいい。いや、今だけではなくていつでもそう思っているが、今日は特に食べたい。幸い、家から遠く離れているのは私だけではない。下宿仲間達といっしょに、できるだけ楽しく過ごそうじゃないの！

下宿仲間を起こし、近所のスーパーマーケットで手に入れた卵型の小さなチョコレートを2個皿に載せ、卵2個でフリッタータを焼く。ブランチのでき上がり！

皆に披露するために、記念の自撮りは絶対必要。さあ食べましょう。ブオン・アッペティート！（いただきます）

チョコレートの包み紙をむいて、少しずつかじる。おいしい。箱買いしなくてよかった。これでいい。生まれて初めて家族と離れて過ごす復活祭だ。どうなるか、わからなかった。もっと悲惨な復活祭になっていたかもしれない。例えば、雨に降られるとか。

シルヴィア・パリアルーロ
ローマ

今日は、家族全員がお洒落をした。“いつもの”復活祭のように。

毎朝、同じモチベーションで早起きしている。いろいろな予定をこなし、活気よい自分を保持したいからだ。無駄に時間を過ごすのが苦手で、むしろ時間はいくらあっても足りない気がする。一刻も早く<普通の>生活に戻り、何事も起きなかったように暮らしたい。皆、そうなるようにと願っている。それぞれ新しい予定を立てて、それがたとえ面倒な用件でも、取り組みたいと思っている。やっかいな用事ですら、懐かしい。

とても強い希望もある。気持ちの隅で、この先きっと何かが変わるように、と願っている。外出禁止を経て自省が深まり、時間の浪費で終わらないことを祈る。

私自身で言えば、外出禁止のおかげで、協力する大切さや物理的にそばにいなくても寄り添えるのだということ、互いに助け合うということがわかり始めている。

外出禁止が解けたら、早く目を覚まし、祝い事にはお洒落をして、世の中の諸事についてこれまでよりは意識して暮らせるようになると思う。

ソーダ・マレム・ロ
モドゥーニョ

今日は復活祭で、やっと勉強に集中できた。このところ本を読んだり、書いたり、叔父の庭仕事を手伝ったり、母とジグソーパズルをしたりと、あれこれ手を付けては、結局何も最後まで終えないままにしていた。

今年も復活祭は祝わなかった。でもこの特別な日に、しばらく前から忘れていた集中力を取り戻すことができたのだった。

1日を終えテラスで最後の日を浴びながら、文化人類学者の調査の旅について読む。やっとバランスがとれた気持ちになる。

マルティーナ・ライネーリ
インペリア

今日は復活祭。忘れたりしない大切な日だ。親族や友達、大切な人達から離れている。今年は、伝統通りの祝いは忘れて、この状況に合わせて祝うように頭を切り替えなければ。

今日を、悲しく絶望した思い出の日にしたくない。この特別な経験のネガティブなことも、そして特にポジティブなことも記憶に残したい。

朝あまり遅すぎない時間に起きて、家の片付けをすませた後、料理にとりかかった。魚介類料理。庭で摘んだ花を食卓に飾る。自分が嫁ぐときに贈られた食器を、母は私が実家を出るときに持たせてくれた。食卓に並べる。“女性らしい”テーブルになる。

約束通り10時になると、両親とオーストラリアにいる弟とテレビ電話でつながった。2時間にわたり、画面越しに復活祭をともに祝った。

遠く離れて暮らす弟と話した後はとてもさみしくなるのだが、今日は違った。弟は元気で、幸せにしている。ガールフレンドといっしょに、復活祭の夕食の準備をしていた（時差で、イタリアよりも8時間先）。両親も穏やかに見えた。

遠く離れて誰とも会えない復活祭だったけれど、孤立してさみしい気持ちにはならなかった。

エリーザ・サンティ
ヴェネツィア

復活祭だ。

もうけっこう遅い時間なのだが、いつもの私からすれば早めに目を覚ます。妹のイレーネと母ヴァニアが、ケーキを作っている。私は朝食をとる。外は、明るい日差しがあふれている。家の白い壁が光っている。イレーネが大笑いしながら母としゃべっている。ヨーコから教わったレシピで、私は鶏肉料理を準備する。鶏肉に下味を付けしばらく寝かせてから、唐揚げにする。じっくり揚げる。ゆっくりおいしそうな匂いが広がっていく。

昼食には、隣に住んでいる親戚がやってくる。食べて、大声で話し、言い合いになり、笑う。全部、強烈な方言で、思わず笑ってしまう。イレーネはケーキにはさんだクリームに砂糖を入れ忘れた。だいじょうぶ。もう食べちゃったから。

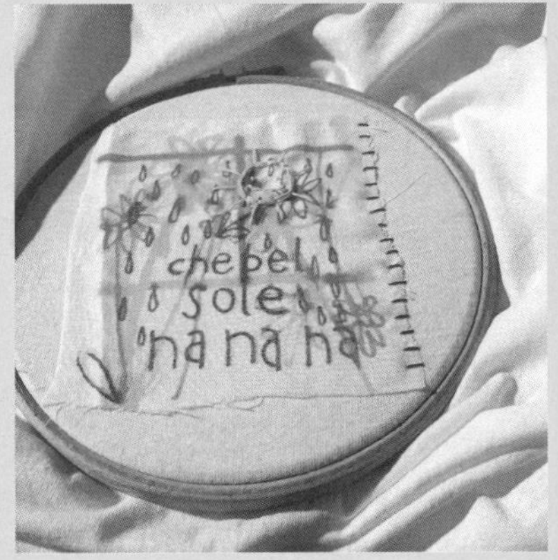

皆で中庭に出て、日光浴をする。しゃべる。静かで、穏やかな空気。すべてがうまくいっている、という感じ。

玄関前の石段に座って、ワインを飲む。イチゴを太陽の下で食べる。

ときどき、外出禁止の最中なのを思い出す。私は肩をすくめて、<今日のところは、いったん解除よ>と、つぶやく。

マルタ・ヴォアリーノ
ミラノ

ミラノの小さな集合住宅に住んでいる。大都市の中の、小さな村に暮らしているような感じがある。住人同士、顔見知りだ。大都会では珍しいことだろう。コロナ禍によらず、連帯し、お互いに助け合う空気が強くある。住人達の出会う場所は、＜ポンキー・バール＞という店だ。うちの建物の1階にある。朝食に行くと、店員も常連も全員が私の名前を呼んで挨拶し、「グロリアさんの娘さんね」と声をかけてくれた。

この小さな、お洒落でもない店に入ると、家族に温かく迎え入れられる気がする。ひとりでも独りきりではない。うまく言い表せない安心感に満たされる。店をとても大切に思うのは、たぶん自分が何年も前からこの店で誕生日を祝い、ひとりで昼食に行っても必ず顔見知りの客がいていっしょに食べることができ、毎朝店員がこの集合住宅に住む身体の不自由な人達へコーヒーを届けているのを知っているし、毎年ヴァレンタインデーには地区の独り暮らしのお年寄りを夕食に招待しているのを見てきたからだ。

春が来たので、窓を開けて勉強していた。すると突然、階下から「皆さ～ん、大丈夫ですか？」と大声がした。バリスタのパオロだった。

ひとつ開き、またもうひとつ、周りの家の窓が次々と開いていく。住人達が顔を出し、窓から窓へ笑って、しゃべって。足りないのはコーヒーカップが触れ合う音だけだ。すっかりバールにいる気持ちになる。このバールは、ちょっと家のような店だ。

写真:向かいに住む友人達に挨拶する母

T 12 *Decameron, VI, 4*

Chichibio e la gru

È questa una delle più conosciute tra le novelle del *Decameron*, basata sul vivace contrasto verbale tra due contendenti non alla pari: nella sua casa un nobile fiorentino subisce – prima con una certa stizza ma alla fine con allegra superiorità – la presa in giro intelligente del proprio cuoco Chichibio. Veneziano e bugiardo (secondo lo stereotipo che Boccaccio qui segue), costui si trova a far fronte a una situazione di pericolo in cui si caccia con le proprie mani e dalla quale riesce a uscire vincente, in virtù della prontezza di una risposta di cui nemmeno lui si sarebbe ritenuto capace. Non meno importante è, però, la capacità del suo padrone di apprezzare la forza dell'intelligenza e della comicità come ingrediente della vita.

Chichibio, cuoco di Currado Gianfigliazzi, con una presta parola a sua salute[1] l'ira di Currado volge in riso e sé campa dalla mala ventura[2] minacciatagli da Currado.

Tacevasi già la Lauretta, e da tutti era stata sommamente commendata[3] la Nonna[4], quando la reina[5] a Neifile impose che seguitasse; la qual disse:
– Quantunque il pronto ingegno, amorose donne, spesso parole presti e utili e belle, secondo gli accidenti[6], a' dicitori[7], la fortuna ancora[8], alcuna volta aiutatrice de' paurosi, sopra la lor lingua subitamente[9] di quelle[10] pone, che mai a animo riposato per lo dicitor si sareber sapute trovare[11]: il che io per la mia novella[12] intendo di dimostrarvi.

Parole di... fortuna
Già in queste poche righe ricorrono alcuni termini chiave che sottolineano l'intervento della fortuna, molto presente nell'intera sesta giornata.

***presta ... salute*:** battuta pronta ronunciata per salvarsi.
***campa ... ventura*:** scampa alla utta fine.
commendata: lodata.
la Nonna: monna Nonna de' Pulci, tagonista della novella precedente.
a reina: la regina della sesta giorna- Elissa.
6. secondo gli accidenti: a seconda delle occasioni.
7. a' dicitori: a coloro che si trovano a dover parlare.
8. ancora: anche.
9. subitamente: improvvisamente. L'avverbio indica un intervento imprevedibile e improvviso: è il modo di agire della fortuna, secondo Boccaccio.
10. di quelle: si riferisce a «parole utili e belle» (r. 6).
11. che mai ... trovare: che m animo sereno, si sarebbero potu vare da parte di (*per*) chi le pron
12. per la mia novella: con la n vella.

◄ Due incisioni della novella
A sinistra: dal *Deca* di Giovanni e Grego De Gregori, Venezi
A destra: dal *Deca* di Anton Sorg.

4.13

アレッシア・アントニオッティ
モンテレッジオ

この数日は、本当に普通とは違っていた。家族や友人達と過ごしていた毎日が、まったく変わってしまった。例えば今日は、復活祭翌日を祝わなかった。他の平日と同じように過ごした。友人達とバーベキューをしなかった。昼食後の森林浴をしなかった。踊らなかった。歌わなかった。1日じゅう、古い写真を見て過ごし、少しだけ国語の勉強をした。別に嫌だったわけではないが、復活祭翌日に定番になっている習慣をしなかったのは、とても居心地の悪い感じだった。

どこにも行けない中、自分で撮った写真や誰かが撮ってくれた写真での空想の旅と、ボッカッチョ『デカメロン』の勉強をしながらその物語の中への旅をした。

オット・スカッチーニ
ミラノ

窓の外、景色はミルク色を帯びている。どちら付かずの空模様で、崩れるかどうか読めない。窓を開けると冷気が流れ込み、素足が縮みあがる。かなり温度が下がっている。昨日は最高の天気で、朝食をバルコニーで取れたほどだった。低く曇った空は退屈で眠気を誘う。いつにも増して脱力感が強い。怠惰で、生産的なことをしなかったこの2、3日を打破したい。ベッドに寝転び真っ白な天井を見ながら、がら空きの道のことを考える。何もせず、何にも興味を持てず、ぼうっとした頭で毎日を過ごしている。達成感をまったく感じられず、身体の奥から叫び声が湧き上がってくる。誰に対して嘆くのか、わからない。きっと自分自身への叫びなのかもしれない。

窓の外を眺め続ける。そのうち、この曇天の中のほうが数日前の晴天のときよりも楽天的で穏やかな気配があるように感じてくる。もう静けさや誰もいない道には慣れた。

外出禁止の中、否応なしに向き合っている孤独感や空虚さの他に、今、突然に、僕の前には好きに使える余白が広がり、のびのびと深呼吸できるチャンスを得たように感じた。今まで自分を取り囲んでいた物や馴れた場所、考えをすべて退け、代わりに新しい考えや想像、人がいない環境だからこそ思い付くことを置いてみたい。

今日は、この気持ちをうまく受け入れられる。白くて何もない天井から、会話や表現、場所、出来事、人物が降り落ちてくる。

枕元のメモを取り、急いで書き留めてみる。

キアラ・ランツァ
トレカスターニ

今日は、天使の月曜日。俗称は、＜小さな復活祭（パスクエッタ）＞。イタリアでは、復活祭翌日（パスクエッタ）は、野に出てバーベキューを楽しむ、と同義である。

私の幼い頃の思い出は、家族付き合いの友人の田舎の家で、家の周りに放し飼いになっている犬や鶏と走り回って過ごし、靴下の中まで泥だらけになって帰宅したことだ。大きくなってからの復活祭翌日は、友人達とお金を出し合って山ほど肉を買い、陶製の瓦の上で焼いて食べ、大瓶入りのワインを好き放題に飲んだ。家に帰ると、鼻頭は日に灼けて真っ赤で、Tシャツには焼いたソーセージの匂いが沁み込み、両手には皆で分けた食べ残しの入った皿があったっけ。

今日のは、静かなパスクエッタだった。静かすぎたかもしれない。どうがんばろうが、他に過ごしようがなかったのだからしかたない。伝統に従って、バーベキューに火を入れた。パスクエッタの女王は、誰が何と言おうと、粗挽きソーセージである。チポッラータ（Cipollata）も焼いた。よく知られた肉の料理法で、タマネギの葉を薄切りベーコンで包んで焼くのだ。私の大好物である。

庭で過ごした1日は、シュールな静けさに包まれていた。隣との境のレイランドヒノキの垣根越しに、声が聞こえてきた。木を間にはさんで、私達は少しだけしゃべった。両親は隣家ととても親しい。やっと電話ではなく話ができるチャンスなのに、垣根越しなのだった。「木とコンクリートがある以上は、人と集まってることにはなっていないわよね」（注：外に出るときは、2名以上で群れるのは禁止）。冗談で笑い合う。

「ケーキはいかがです？」

隣の家の夫人が誘う。私達の間に戸惑いが走る。顔を見合わせて、＜そんなことをしてもだいじょうぶなの？＞

結局、私達はまるで空き巣狙いのようにあたりを注意深く見回してから、垣根の上から手渡されたケーキを受け取った。母はお返しに、うちの料理を少しずつ大皿によそって、垣根の向こうに差し出した。

「これで夕食はもう大丈夫でしょう！」

そのあと食後のコーヒーを雑談しながら飲んだ。こちらとあちら、垣根越しで顔を見ずに声だけで。

4.14

アニェーゼ・セッティ
カリアリ

ラテン・アメリカ。

外出禁止になってからずっと、この2語が頭の中に響いている。

南米に行きたい、と思い始めて何年にもなる。ティーンエイジャーの頃から、この遠い見知らぬ大陸に強く惹かれている。

エラスムスの留学先セビリアで得た、1番の宝物は2人のラテンアメリカと友達になったことだ。ふたりとも歴史学を専攻している。非常に優秀だ。母国の政治経済や世の中の問題にも強い関心を持っている。彼女達のおかげで、南米の現状を味見することができた。スペイン語の表現を学び、何リットルもアルゼンチンやウルグアイ、パラグアイで愛飲されるハーブティー、マテ茶を飲んだ。カボチャか木でできた器に入れて飲む。

エラスムスでいっしょだった北イタリア、ヴェネト州の男子学生と私は、このとてもおいしい飲み物をイタリアに帰っても楽しむために、道具一式を揃えた。

とてもシンプルな毎日の習慣なのに、熱いお湯を器に注ぎ優しい香りが立ちのぼると、これほどの距離があるのに皆の気持ちがひとつになる。毎日、マテ茶を飲む。毎日、写真を1枚送り合う。いっしょにマテ茶を飲んで過ごしたあのときのように。

空想で、憧れの長い旅に出る。大学を卒業したら、リュックを背負って旅に出たい。音楽と騒音にあふれるキューバの夢を見る。息を呑む壮大なアルゼンチンの景色を夢に見る。色鮮やかな布をまとうペルーの老女を夢見る。マチュピチュの山道を夢見る。サンタ・フェとモンテビデオへ友達に会いにいき、町や家族と会う夢を見る。まだ見る前からすでに、長年の知己と感じている。寝る時間も惜しんで、どこまでも歩いて旅する夢を見る。疲れて足が棒になる夢を見る。飛行機に電車、安くておんぼろのバスに何時間も揺られて旅する夢を見る。

もちろん、誰といっしょにこの旅に出るのかも夢に見る。でも、それはまた別の夢なのだけれども。

poivorrei.it

poivorrei, tornare a guardare Roma dal Gianicolo, mentre tu mi abbracci dai fianchi. Chiara, 20

poivorrei mettere i piedi nella sabbia. Alessia, 19

© 2020 by Caricasole

サーラ・パリアルーロ
ローマ

今日は、雨。ローマの空が、私の気持ちを映している。

いつもと違う数日だった。家で過ごす復活祭の昼食。ビデオチャットで親戚達とつながり、画面越しに卵型のチョコレートを割る。生まれてから20年、初めてソファで過ごした復活祭翌日。沈んだ気持ちをチョコレートに埋もれて癒した。

でも今朝、インターネットで見つけた動画にとても和んだ。ヴェローナ（注：北イタリア）に住む3人姉妹が立ち上げた＜poivorrei.it（そして、私が欲しいのは）＞というサイトだ。

HPには、

＜この『そして、私が欲しいのは』は、これまで気にかけることのなかったことで、今ないのがさみしいことについて考える場所です。これまでたいした意味もないと思っていたことが、実はとても大切なことだったと今、気付く。『そして、私が欲しいのは』は明日が来るのを待ちながら、今日、自分に問いかけてみる場所です＞

とある。

アクセスした人が、それぞれの＜そして、私が欲しいのは＞を書き込む。この状況を抜けたとき、自分がしたいことを1文にまとめる。氏名と年齢も記入するようになっている。

他の人の投稿を読みながら、少し泣きそうになる。

私も、祖父母の家で昼食をいっしょに食べたい。

私も、大学の自動販売機でコーヒーを飲みたい。

私も、遅刻したい。

でも今1番望むことは、この状況が早く終わることだ。

いっぽう、私が欲しくないことは何だろう？

簿記の授業だ。もう勉強はうんざりだ。

ミケーレ・ロッシ・カイロ
ミラノ

ウイルスに教えられるように、僕達の生活様式や思考は劇的に変わってきている。

今日、専門学校で教えているソフィアと話したのだが、彼女は教職に就いて2年目でこの状況となった。授業はすべてオンラインへと移行している。身体の不自由な生徒がいて、養護専門の教師と会えないことが喪失感となっている、という。

ソフィアが教えている生徒達の大半は、経済的な事情を抱える家庭の子供達だ。家から遠隔で授業を受けるために、コンピューターなどを買えない。だからスマホで受講するのだが、授業の最初のほうで利用できる容量を超えてしまい、残りに参加できない。あるいは、インターネットで検索したり作業をするためのアプリが使えない。結果、子供達は基本的な権利である学校教育との接点を次第に失い始めている。

平常時でも多忙だった教師達は、家からの授業のための準備も増えて大わらわである。黒板と教科書を使って説明できていたことが、今ではパワーポイントを使ってスライドを作り、生徒達が家からでも授業についてこれるようにしなければならない。多くの生徒達が授業内容を理解できないようになり、宿題も提出しなくなっている。今年度の内容をよく学ばないまま、進むことになる。落第や追試験の子が増えるだろう。

まるで重要ではないかのように、世間ではこの問題がほとんど取り上げられていない。現在の、あるいはこれまでの当たり前を基準と考えて、未来の設計を立てるようなことがあってはならない。ソフィアの教え子達だけの話ではなく、その他大勢の生徒も同様の状況にいる。彼らはイタリアの未来だ。今ここで生徒達の面倒をきちんとみないのは、遺憾なことではなくひどく愚かなことだ。

4.15

キアラ・ランツァ
トレカスターニ

「第2段階に入ります。安全な再出発になるでしょうか？」

テレビが言う。テレビ局のスタジオは空っぽだ。女性司会者の両側には大きなテレビ画面がセットされていて、それぞれの画面から意見を聞き出し討論を進行している。

このところ＜第2段階＞について、話題に上るようになってきた。イタリアの経済、その他の再起についてである。

長引けば長引くほど、COVID19のもたらす被害は深刻さを増し、甚大になっていく。

それで、普通に戻る予行訓練のような、シミュレーションをするようなことが始まった。例えば、書店と文房具店の営業が再開した。適用されない自治体もあるが、再開に向けて慎重に準備をしている。どのような営業方法を取ったらよいのか、念入りな検討が必要だ。現状ではバラ色の将来を望むのは尚早であり、営業を再開できるとは誰も予測しておらず、不意を突かれた形だ。

終わりの見えない待機状況に押し潰されそうな日があると思えば、また、軽く早く時間が過ぎて外出禁止になってから40日も経つことをつい忘れてしまいそうになる日もある。

今日は、1秒が100秒に感じられて、悲惨で泣きたくなる日だ。突然、天候が変わって、春がどこかに行ってしまった。代わりに秋がいる。寒くて、風の日。

町の上は、灰色の重苦しい雲におおわれている。遠くに見える海の上には、寒い季節に特有の白い空が広がっている。曇天ではなくどこまでもただ白い、太陽のない空だ。

アレッシア・トロンビン
サヴィリアーノ

冴えない1日の始まりだった。

昨晩、携帯電話も自宅待機をすることに決めたらしい。あちこち、あれこれ、あらゆる＜秘伝＞で試してみたが、テクノロジーに降参した。やむなくサービスセンターに電話をした。＜イタリアからクラウディアがお返事します＞と、若い女性の声で応答があった。けっこうアクセントが強い。中央北部イタリアのどこかだと思うが、正確にはどのあたりなのかまでは聞き分けられない。とてもていねいに、でも専門家として的確に何をしたらよいのか助言してくれた。聞きながら、どんな女性だろうかと想像する。ショートヘアだが、前髪にはかなりボリュームと長さがあるヘアスタイルのはずだ。受話器に髪の毛がバサバサと当たる音が聞こえる。電話しながら、変な感じがした。顔を見ないで電話で話すのは久しぶりだったからだ。

携帯電話を宅配でピックアップしてもらうための手続き説明が始まったので、私の妄想もそこでおしまい。明日には携帯電話を回収にきて、サービスセンターに届けられ、修理のあと1週間ほどで再び私の手元に戻ってくるという。そうだといいけれど。お互いに＜よい1日を！＞と言いながら、電話を終えた。

クラウディア、グラツィエ(ありがとう)！ あなたが懇切ていねいに対応してくれたおかげで、冴えないはずだった1日がすばらしい日に変わったのだから。

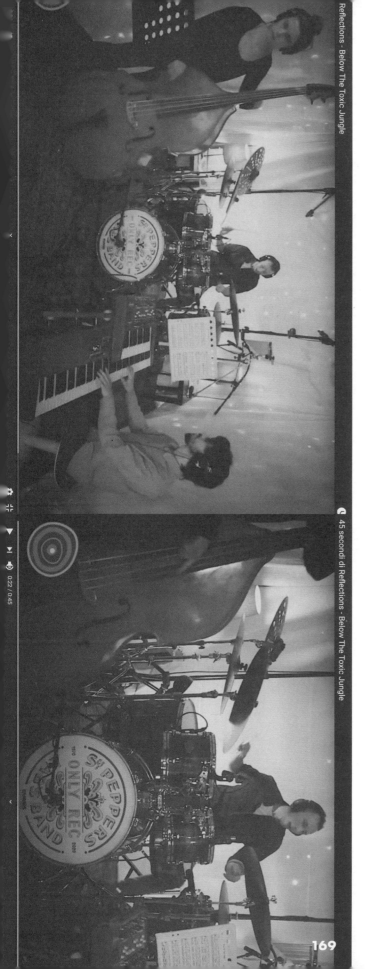

ダヴィデ・ボルゴノーヴォ
アルビアーテ

『毒されたジャングルの下で（Below The Toxic Jungle)』は、僕が卒業試験のために作った未発表の楽曲だ。宮崎駿さんのアニメ作品『風の谷のナウシカ』への、僕からのオマージュでもある。人と自然との関係を描いた名作だ。

ここに貼る1節は、ルトガー・ハウアー（Rutger Hauer）が映画『ブレード・ランナー』（リドリー・スコット　Ridley Scott 監督)の中で演じた『タンホイザーゲート』というシーンが基になっている。あえて公にされていない現代社会の深刻な問題を暴いていくアンドロイドのモノローグ・シーンだ。

この楽曲は、SFの物語を介して見えてくる現代社会について、受けたインスピレーションのもとに創作した7作品で構成されている。

大勢を破壊する武器のせいで、地球は見知らぬ病に冒されてしまう。そして毒を持つ胞子と変容し、際限なく拡散していく。毒されたジャングルとなって拡大していく。そこでは、恐ろしい化け物が跋扈（ばっこ）する。憎しみ、怒り、死が支配する世界だ。

人間達はこの疫病を炎と武器で鎮めようとするが、太刀打ちできない。ただ犠牲者が増えていくばかりだ。人間達は、地球が自らの均衡を保つために自浄しているからだ、と認めようとしない（地球を不均衡にするのは、まさに人間達だ)。

毒されたジャングルにも、新しい生命の種が見つかる。

地球の奥深くには澄みきった水と空気の流れるところがあり、そこではすべての生物が健康で、平穏に暮らしている。

優しい心で、敬意を表し、愛情を込め、他の人への思いやりを持てば、自然と共存していく暮らしと生命の種を手にすることができる。それに気付く人は、残念ながら少ないのだが。

BorgonovoAboutLove

"Below The Toxic Jungle"

パーカッション演奏:Davide Borgonovo 2019

BorgonovoSuite1

BorgonovoSuite2

4.15

ソーダ・マレム・ロ
モドゥーニョ

兄はロンドンに住んでいる。4月3日に里帰りする航空券を買っていた。1月のことだ。もう昨年の9月からずっと、イタリアには戻っていない。もちろん、この事態でモドゥーニョには帰ってこれなかった。

でも、外出禁止になってからは毎日連絡を取り合っている。コンピューター・ゲーム＜アニマル・クロッシング（どうぶつの森シリーズ）＞をいっしょに楽しんでいる。長電話して、こちらの島からあちらの島へと渡って会い、家の手入れをしたり他の用事を見つけてはせっせと取り組んでいる。私のヴァーチャルな暮らしは、現在のこのリアル生活よりもずっと不測の事態でいっぱいだ。リアル生活では、少なくとも家族といっしょにいる。こんなこと、書くのも考えるのもおかしなことなのだけれど。

長電話しても、互いの様子うかがいはほんの数秒の＜どう？＞＜元気＞だけ。すぐにまた、私達のヴァーチャルな人生に没頭する。

ときどき母や叔父がそばを通り、兄に挨拶し、暮らしぶりはどうかとか、自分達の毎日を話したりする。ヴァーチャル人生の合間にはさまれるリアルな話は、とても変な感じだ。

兄オマールとゲームをしたり、邪魔にならないか気にせずに電話をかけたりすることは、将来、この外出禁止のことを考えるとき、きっととても懐かしく思い出すだろう。

幼い頃から、兄と遊びたくてならなかった。でもずっと年上だったし、何をしても上手で優秀だった。私はソファに座ってそんな兄に感心し、見とれていた。兄に食べ物や飲み物を持っていき、ときどきおずおずと自分ともいっしょに遊んでくれないか、と尋ねてみた。でも、1度も、願いが叶ったことはなかった。

クラウディア・ダモンティ
デルフト(オランダ)

下宿仲間と買い物に行ってきます！

COLUMN 11

復活祭

イエス・キリストは、ゴルゴタの丘で十字架にかけられて処刑された。3日後に予言した通り復活した。これを記念した祝日である。
＜春分の日の後の、最初の満月の次の日曜日＞に祝われるため、毎年、日付が変わる。

土地ごとの習慣や行事がある。
イタリアでは、平和の象徴であるハトを形どった＜コロンバ（ハト）＞菓子を食べる。
動かない卵から新しく生命が誕生することから、卵は死と再生の象徴とされる。殻をいろいろな色で塗ったゆで卵を飾ったり、贈ったりする。
高さ数1m近くもあるような、大きな卵型のチョコレートが､彩りも美しく包装されて売られる。特に子供たちに贈る。中が空洞になっているチョコレートを割ると、オモチャが出てくる。

木々は新芽を付け、花が咲き、鳥がさえずる。
心にも、春は息吹く。
死して、また生きる。
2020年の復活祭は、4月12日である。

4.16

オット・スカッチーニ
ミラノ

本当に僕達は今、いつもよりも劇的な時期を通り過ぎようとしているのだろうか？

本当に社会や人々が日々直面している状況は、さらに劇的なのだろうか？

そう問いかけようとして、命を失いかけている人、危険にさらされながら働き続けている人、仕事を失う危機に追い詰められている人を思い、深い罪悪感にかられる。

この人達は、まったく予期していなかった、そして劇的な運命を負わされている。少しでも現状について疑問や不服を感じることは、この人達に対して失礼なことだ。

でも、どうしてもこのコロナ禍のおかげでこれからの人や社会がよくなる、ということもあるのだと考え、励みにしたい。

外出禁止以前のほうが世の中はよかった、と言えるのだろうか？　自分達の生きている意義が、以前とは変わった。大きくなったり、深まったりしたわけではない。人は以前と同じように死ぬ。人は以前と同じように苦しむ。私達は他の人から遠ざかり、1人ひとりが個別の苦しみを抱えている。苦しみは今、公のものに変わった。共有するものになった。苦しんでいる多くの人達が、皆いっしょに共通の苦しみのために辛い思いをしている。自分の苦しみを、そのまま他の人の苦しみに見る。そのおかげで、励まされ他の人を思いやることができる。

世の中がいっしょに苦しみを共有できること。それは、今後、僕達をもっと強くしてくれるのではないだろうか？

そう考えると、力が湧いてくる。

クラウディア・ダモンティ
デルフト(オランダ)

ひと通り試験を終えたら、数日は休めるかと思っていた。甘かった。来週月曜日までに提出しなければならない課題がすでにある。週末をコンピューターの前に張り付いて過ごすのかと思うとホントうれしくて、教授さまへの感謝の思いでいっぱいだ、よ。

そんなことを言っていても始まらない。大学院を出ておくことは、きっと私の未来に役に立つことなのだから、がんばらなければ！

気持ちを奮い立たせ、課題についての資料を読み始める。外は、快晴。まるで地中海のような暖かで明るい太陽に見える。小鳥が声高にさえずる。自然が呼んでいる。私が必要なのかも！

庭に出てみる。太陽はうちの庭のテーブルまで届かない。隣家が邪魔している。でもよく見ると、庭の隅ぎりぎりに薄く陽が差し込んでいる。よし、行こう！

椅子と延長コードでつないだコンピューター、コーヒー、タバコといっしょに、移動完了。これで落ち着いて勉強に取りかかれる。ひょっとしたら、日灼けもするかも……。

（追伸。草ぼうぼうでジャングルみたいな庭、と思っているでしょう？ 週末に草抜きする予定なので、ご心配なく）

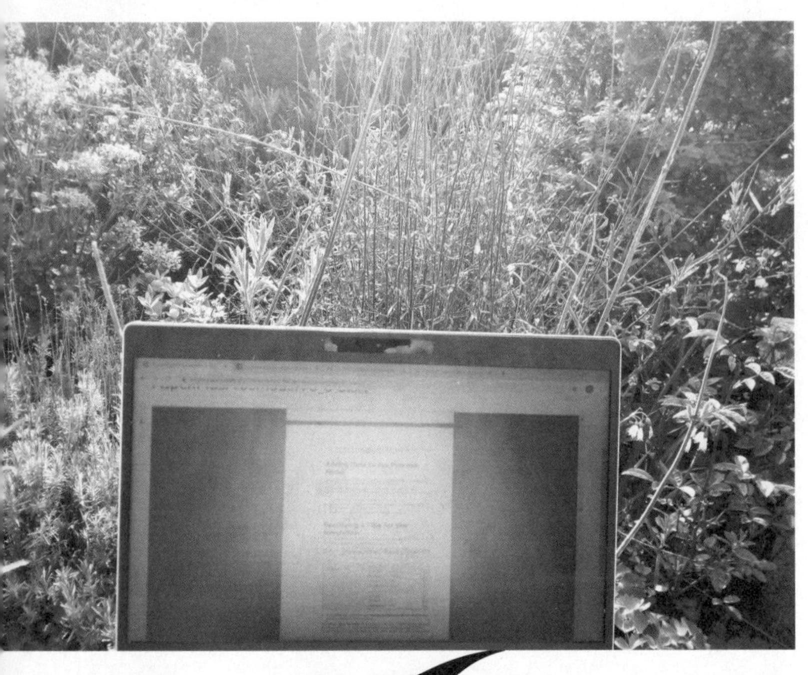

4.16

ジュリ・G・ピズ
ヴェネツィア

ハンモックが届いて、数日経つ。春らしい好天気で、すぐに日向に向かって組み立てた。昼過ぎに揺られて午睡をするのが、日課になっている。

午前中、リモート講義を受けたあと、ヴァレと軽く昼食を済ませ、ハンモックで横になった。日差しはもう暑いくらいだが、涼しい風がハンモックを揺らす。あっという間に寝入ってしまったらしい。

夢を見た。

どこにいるのだろう？ ビーチタオルの下に、熱い砂が広がる。遠くで子供達がはしゃぐ声が聞こえる。髪には乾いた塩。なんとなく胸苦しい。周囲を見回す。視界が曇っている。寝呆け眼をこすり、天を見る。真っ青に澄みきった空だ。ところが周りの景色はかすんだままである。

海へ入ろうと立ち上がり、数歩踏み出して見えない壁にぶつかった！

ああ、そうだった。新しい規則で、ビーチでも透明のアクリル樹脂の衝立でビーチパラソルとチェアの周りを囲まなければならないのだ。息苦しい。

そこで目が覚めた。頭を強く打ったような気分だ。

キアラ・ランツァ
トレカスターニ

午後4時に外に出る。犬の散歩だ。犬は元気いっぱいで歩いている。私は、午後1番のリモート講義が長引いたせいで、昼食が胃にもたれている。

幸い、今日の散歩はいつもと違う。4時半にグルーミングに行くからだ。愛犬ルーフォはすでにわかっているのだろう。明らかに興奮している。これからどれだけたくさんの未知の柱や木にオシッコできるのか、柵の向こうからどんな犬に吠えられるのか、想像しているのかもしれない。

町の中央に向かって歩く。途中、いつもの水車のそばの見晴し台を通り、自由を深呼吸する。とても暖かで、フジの香りに満ちている。遠くから肉を焼く匂いが流れてくる。水を張り始めたプールから、塩素の臭いがする。庭にプールがあるなんて、幸運な人達だ。

高台から町へ向かって、下り坂を歩く。軍警察が常時監視している中央広場を避けるために、脇道を選ぶ。何も隠すことはないのだけれど、尋問はされたくない。

どんどん歩く。中庭の門のペンキを塗り替えている男の人がいる。運動のためなのだろう。安全な距離を保ちながら、女性2人がかなりの早足で歩いている。上の階のバルコニーから、老女が退屈そうに外を見ている。彼女の足元には空の植木鉢が並んでいる。

もうすぐ着く。閉館中の映画館を通り過ぎる。＜2020年3月4日時点：館内では少なくとも1メートルの安全距離を守りましょう＞と、書かれた黄色い紙が貼られたままになっている。

賑やかな声が聞こえる。外国語だ。映画館の真向かいの中国人の店かららしい。店の横には猫の額ほどの庭があり、お義理程度の柵で囲んである。その庭で子供がふたりで遊んでいる。母親が家の中から子供達に向かって、私にはわからない言葉で声をかけている。

あまりに当たり前の平穏な情景に、私は思わず涙ぐんでしまう。店のシャッターは下ろされていて、軒下には雨風ですっかり古びた赤い中華提灯がぶら下がっている。ごく小さな庭の陽だまりで遊ぶ子供達の様子とのコントラストに心を打たれる。

ぼうっと立ち尽くしている私を、ルーフォが＜1日ここにいるつもり？＞と、見上げる。

そうだね。行こうか。

私達の行き先は、そこからほんの数メートル先なのだ。

ミケーレ・ロッシ・カイロ
ミラノ

前回は、この状況下の教師の様子を話したが、今回はある女子高校生のコロナ禍の毎日を話そうと思う。

ヴィオラは、僕の異母妹だ。高校最後の学年で（注：イタリアの高校は5年制）、高校修了試験を控えている。高校生にとっての悪夢だ。今年はコロナの影響で、大きく簡略化されての実施となる予定だ。筆記試験は省略され、口頭試験だけになる。ヴィオラは修了試験の重荷から解放されて、興味のある課目を主に勉強できる。コロナに関係なく、勉強はそうでなければならないと思うが。高校修了試験は結果の点数ばかりが非常に重要視されているが、実際に評価されるのは在学5年間、どのように勉強してきたかの総体だ。よりよい点数を取れば認められることに重点が置かれているせいで、自分で考えどう判断するかという思考能力は二の次になっている。

コロナ禍は、これからを担う若者達が何をどのように学んだらよいのか、あらためてよく考えてみる機会だ。勉強は義務だからするのか、それとも本当に学びたいからするのかを再考するチャンスだ。

4.18

クラウディア・ダモンティ
デルフト（オランダ）

明日は、復活祭を祝う。またかって？ 今回は、ギリシャ正教の復活祭ですから。下宿仲間の大半がギリシャ正教の国の出身だから合わせるわけだけれど、こういう状況なのだ。祝えるものなら、どんな理由でも祝おうじゃないの！

決まりは、すごく簡単だ。お洒落して、それぞれの国の料理を作り、きっちり正午に持ち寄って庭に集まること。

台所を順番に使うように決めた。皆、明日当日の朝に料理を作りたがるはずだ。混雑は避けたい。私は、今晩から準備することにした。前夜から準備にかかるなんて、いったいどういうものを作るのかって？ とてもシンプルなレシピだ。トルタ・パスクワリーナ！（復活祭のタルト、Torta Pasqualina）。パイ生地をベースに、リコッタチーズとホウレンソウ、卵をほどほどの数（写真には撮らない。いくつ入れたのか知らないほうがいいから）を混ぜ合わせた具を入れて焼くだけ。

代々継がれてきたおいしさ。

でき上がりからはあまり食指がそそられないかもしれないけれど、肝心なのは、味だ。明日が楽しみ！

今日は幸せな気分。食べ物は、心に偉大な効き目を持つ。特に、家の味は。

キアラ・ランツァ
トレカスターニ

19:30。淡いブルー色をした空の裾が、遠くで暮れの紫色に染まり始めている。北東の空は、数日前に噴火し始めたエトナ火山の煤煙で曇っている。エトナのブツブツ声を聞きながら暮らしている。外気は、寒くもなく暑くもなく。半袖がちょうどいい。

過ぎゆく春に、目前の夏を感じる夜のことを懐かしく思う。気持ちが高ぶり、夏物のショートパンツにサンダル、大好きなのに薄地すぎて冬は着られないブラウスを合わせて、出かけたものだった。

家にいる格好は、あまり変わらない。服を着るあの喜びを味わえない。

できるだけ、切なさを明るさに変えよう。

外出禁止の今、励ましになるのは私の場合、＜食べること＞だ。

そういうわけでわが家では、非日常の昼食をときどき楽しむことになった。今朝、母は魚屋へ行き、バーベキュー用の魚介類を買ってきた。イカにタイ、エビだ。

プロセッコ（発泡白ワイン）の栓を抜く。何かを祝っているように見えるでしょう。

Black Hole : uno sguardo sull'underground italiano,
Turi Mesineo, Eris Edizioni, Torino 2015

ヴァレンティーナ・スルブリエヴィチ
ヴェネツィア

夜が明けて、濃い霧が町を覆っている。ヴェネツィアが見えない。

再び、檻に閉じ込められた気分だ。今回は動物ではなく、囚人の気持ちだ。外に出なければ。マスクと手袋を着ける。外出の際に厳守しなければならない規則だが、今朝は心底、煩わしく感じる。建物の外に出ると、歩いている人達は揃ってマスク顔になっている。表情が消えている。

私は今、自分のことすら持て余して顔も見たくないのに、他人までは到底気が回らない。囚人になった私が、大勢の囚人達の中にいる気分だ。

憂鬱と重くかぶさる霧とマスク姿の人達の中、何年か前に読んだ『Eudemonia(ユーダイモニア。人類の繁栄)』を思い出す。物語の中のその社会は、そこに暮らす人達が全員、完璧に幸福であるように規制し、運営されている。規則に従わなければ、部外者として人の人生を傍観することになる。外界から隔絶されていくが、収監されるわけではない。世の中とのあらゆる接点を止められてしまう。話すことも肉体的にも、許されない。精神が隔離され、その状態が各人の独房となる。

歩いている人達は、目だけになっている。疑惑、警戒、心配、好奇。

道にマスクが落ちている。使い古しだろう。何日か前には、ゴム手袋が落ちていた。

気持ちが沈む。

外出禁止で皆は家にこもっているとき、理由があって出かけられる人が、拾ってゴミ箱へ捨てるまでの10歩を惜しむ。

寝起きから、今日は踏み出す足を間違えた感じ。ふだんより私は批判的だ。

家に戻り、これからするべきことを挙げてひとつずつ考える。

『ブラック・ホール：イタリアの地下を見つめる』を読む。読みふける。

ソーダ・マレム・ロ
モドゥーニョ

3月初旬から、3人以上いる空間に行っていないということを考えていた。

外出禁止になってから、1度も買い物に行っていない。母についていったが、いつも車の中で待っていた。本当は、先週、薬局へ行ったのだが、客は私ひとり。店内に店員とふたりになった。すごく変な気分だった。どのように振る舞っていいのかわからない。疫病の流行る中での初めての買い物はシュールで、オンラインで読んださまざまな情報をいっぺんに思い浮かべた。店員達にとっては、この事態が残念ながらもう当たり前のことになっている。それが彼らの仕事なのだ。

このあとどうなるのだろう。人混みに行くのが少し怖い。身体が触れ合うというのが、好きではない。これまでも誰かと何かの拍子で少しでも触れ合うだけで、生理的な嫌悪感が全身を走り、なかなか振り払えなかった。自分の欠点のひとつだとずっと思ってきた。でも今は、問題はもっと奥深い。

1カ月半前から私の周りには3人以上人との接点がない。車で出た数回以外は、玄関から200メートル以上、離れたことがない。家を出るときは、いつも罰せられるのではないかとビクビクしている。このあと、外との隔たりが、境界線が、私の身体に貼り付いたままにならないことを祈る。

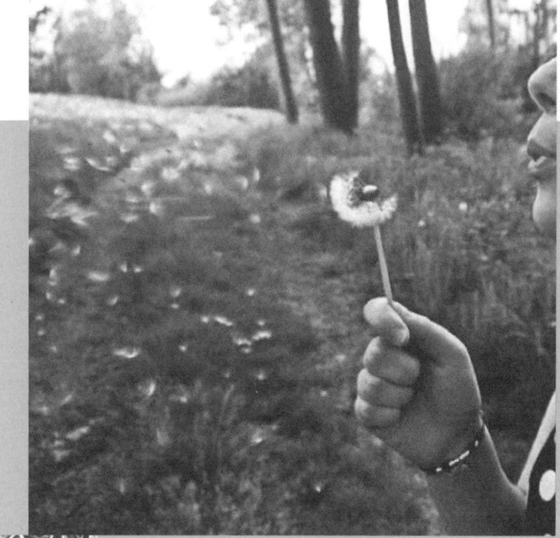

アレッシア・トロンビン
サヴィリアーノ

うっとうしく寂しい今日、昔の写真を見た。ショートヘアだった頃。いろいろな恋の思い出。

素足で柔らかな草の上で、フローレンス・アンド・ザ・マシーン（Florence + The Machine）の『Dog days are over』で踊りながら、タンポポの白いポンポンを吹き飛ばしたい。

タンポポの綿毛のように、軽やかに自由に、空を舞いたい。

ジュリ・G・ピズ
ヴェネツィア

今日は、とても日曜日の空気だ。

玄関口から200メートル以内、という外出制限が解けたものの、遠くまで出歩かないこと、という厳しい警告が引き続き出ている。レオンを連れて、昨日までの見えないバリアーを越え、散歩に行く。

犬はうれしそうにしている。これまでと違うコースに繰り返し立ち止まっては、<いいの?>と、こちらを見上げる。信じられない、という様子で尻尾をふりふり歩いていく。

犬を目で追う。私が笑っているのが、マスク越しでも犬に伝わっているだろうか。

突然、レオンがしかと1点を目がけてぐいぐいとリードを引いて小走りになった。何を見つけたのだろう? 何か気になる気配を感じたのだろうか?

路地の奥の奥に、レオンの親友がいた。カップチーノ! 飼い主のアタランタさんといっしょだ。外出禁止前は毎朝の散歩でいっしょになったし、私が長時間留守にしなければならないときはいつも、彼女に犬を預かってもらっていた。

リードを緩めてやる。2匹は久しぶりの再会に大喜びで、じゃれ合っている。

犬のそばまで追いついて、アタランタさんに挨拶しかけて心臓が止まりそうになった!

彼女はマスクを着けている。でも衛生用のマスクではない。薄いシリコンかゴム製の仮面マスクですっぽりと顔を覆っていたからだ。真っ白のドーランを塗ったような顔にはブルーで目が描き込まれている。

「これだと、人に笑顔がわかるでしょ?!」

真っ赤に描かれた口が笑っている。

マルティーナ・ライネーリ
インペリア

「つまらないわ、まったく退屈よ、つまらない」

サンドラ・モンダイーニ(イタリア人女優)は、テレビ番組『ヴィアネッロ家』で事あるごとにこのセリフを言っていた。

今日は外出禁止になってから41日目だ。今週、私には一番きつい週だった。家の中ではもう何もすることがない。早々に衣替えも済ませた。せっかくビニールカバーを外しても、外出できないのなら着るかどうかわからない服もある。料理するのも、もうつまらなくなってきた。ピッツァを作り、タルトを作り、いつもと違うレシピで野菜を調理し、パスタをゆで……。その繰り返し。

さまざまな規則は必要不可欠で、厳守しなければならないのは当然だとわかっている。ただ、いつどのようにほぼ以前の暮らしに戻れるのかがはっきりしないことが、本当に辛い。すべて見通しが立っていれば、生活をどう立て直すかも考えられるのに。指をひと振りすれば元の生活が戻るなど、ありえない。わかっている。しばらくの間は、元の通りには戻らないだろう。いつ、どのように仕事を再開できるのだろうか。場所や時間の割り振りや、2カ月以上も治療から離れている患者達とのアポ入れは、どのようにすればいいのだろうか。

こうして書いている間にも、不安に駆られて胸苦しくなってくる。外出禁止になってからの1、2週間は、なんとかやり過ごせた。むしろ新しい生活に挑戦するようで、昂揚したくらいだった。でも今は、違う。同じ毎日の繰り返しだ。なんとか耐えて、少なくともあと2週間は乗りきらなければならない。

気分を紛らわせることを見つけた。酵母菌の世話である。昨日、父が持っている酵母菌の<子供>をもらった。自分の酵母菌に名前を付けるのだと教わった。私の子はもちろん<女性>で、名前は<クロティルデ>という。

アレッシア・アントニオッティ
モンテレッジォ

　インフルエンザで寝込んで1週間。やっと少しよくなった。今朝はベッドから起き上がれた。熱いシャワーを浴びて、リモート授業の準備をする。
　先生の説明を聞いていると、何とも言えないよい匂いがしてきた。誰かが料理を作っている。
　授業が終わるとすぐ、台所へ走る。私の具合がよくなった祝いに、と母が私の好物を作ってくれたのだ。
　どれほどうれしかったか。

バルボットラ　Barbottla：
水、小麦粉、塩、オリーブオイル、ズッキーネ、カボチャの花が材料。

28 APRILE A.M.
29 APRILE A.M.
SPESA (controlla lista
30 APRILE
1 MAGGIO ASTE

キアラ・ランツァ
トレカスターニ

　超、ハンバーガーが食べたい。まったくもう。
　母は菜食主義者だ。つまり、うちでは肉を食べたいと思うと、軽く壁に突き当たる。
　主義は誰にも押し付けてはならない、と母もわかっているので、最終的には折れてくれる。私も母の方針は正しいと思うので、何度か倣おうとした（これまで1度もうまくいかなかった）。前置きが長くなったが、うちではあまり頻繁に肉は食べない。
　いったん自分の中に湧き出た、動物的な食欲と人間としての理性をよく鑑みて、私達の世代にはよく知られている友達に、頼むことにした。友達の名は、＜フード・デリバリー＞という。
　ほぼオートマチックに何も考えずに、手慣れたアプリケーションを開ける。
＜残念ながら、あなたのお住まいの地区ではこのサービスは受けられません＞
　画面にメッセージが出た。
　衝撃。
　そうだ、私は今トレカスターニにいるんだった。スーパーマーケットが3軒、郵便局と10あまりの教会のある、クレーター跡に囲まれた小さな町に私はいるのだった。
　最寄りの都市カターニャは車で20分ほどだが、険しい上り坂が続く道を通らなければならない。
　ハンバーガー。鼻とお腹が待ち構えていたあの匂いと味が、彼方へと遠ざかっていく。すぐ手元に見えていたハンバーガー。オレンジ色をした異国情緒あふれるチーズに、歯ごたえ抜群のピクルス、ツーフィンガー厚のハンバーグにゴマ付きの真っ白のパン。レタスとトマトは抜きでお願いします。それが好みなもので……。

　都会の喧騒から離れて暮らすことを選んだ両親に、私は何の文句もない。食べたいのなら、自分で夢のハンバーガーを作ればいい。まずは食材を揃えよう。予定表を確認する。昨日、今日、明日とメモを分けて付けてまとめ、次回のスーパーマーケット当番の日付を書いてある。
　え、1週間後？
　今日2度目の衝撃。

4.20

シルヴィア・パリアルーロ
ローマ

たった今、友人達とのテレビ通話を終わったところ。深夜零時を回っている。これまでとは異なる人との付き合いについて、考える。他人とだけではなく、自分との付き合い方も新しくなるのだろう。

この事態前は、自分の顔を見るのは1日数回程度だった。ところが今はコンピューターのウェブカムの前で何時間も過ごしているので、否が応でも自分の顔と向き合うことになっている。それほどよく知らない顔と。

これまでなら、自分の顔よりも高校の隣の席の級友の顔を見ている時間のほうが長かっただろう。家に閉じ込められている中、自分自身のイメージについて考えることになっていると思う。それは、ルイジ・ピランデッロ著『1人は誰でもなく、また十万人（Uno, nessuno e centomila)』の登場人物ヴィタンジェロのように、自分の鼻が曲がっているのに気が付く、というようなことではない。

コンピューターの画面で、通話中の他の人達の顔と並ぶ自分の顔を見る。それぞれの顔から、実質的なことが薄れていく。この先、実際にリアルに対面するとき、皆の特徴や振る舞いや癖を平べったいアイコンと替えて会えるとき、どう感じるのだろう。

ミケーレ・ロッシ・カイロ
ミラノ

今日、スカイプで未来の雇い主と話をした。入社したらどういう仕事をするのかなど、会社の方針についての質問に応えてくれた。

でも、いつから僕が働き始めるのかについては、わからない、と返された。イタリアでは、新しい職場での研修期間には指導担当が付くことが法律で決められている。スマート・ワーキングだと、当然、難しくなるだろう。どのように対処するか、検討中ということだ。僕は運がいい。ウイルスで世の中が激変する前に、この就職先を決めていたからだ。新型コロナウイルスの影響で、多くの企業が閉業に追い込まれたり、新卒の採用を中止したりしている。

もう少しでこれを乗り越えられたら、徐々に<普通>への復帰が始まるだろう。ただ、ウイルス前の就業率へと戻るのに、いったいどのくらいの時間がかかるのか。

僕達がこれをすべて乗り越えられるなら、という話だが。

ヤコポ・ディ・ナポリ
ミラノ

さて。

長い間、書かなかった。最後に書いてから、ひと月も経ったのに気付く。何があったか、って？ 胸ときめく、手に汗握る冒険の数々を披露したいところだが、実際には学期末の試験続きだったからである。

この間、自分に課していたことは、興味のあることと勉強にだけ関わって生きる、ということだった。過剰のように思えるかもしれないが、僕がこう決めたのはよく考えた末のことだ。例えば、もしXについて興味があり面白いと思えば、Xに関連することだけで1日を過ごして何が悪いのか？ 関心があれば退屈しない。そういうことがあるのなら、行動を変える必要性を感じない。つまり、ジェラートが好きで冷凍庫に入っているのなら、美味しくてもビスケットを食べる必要はないのと同じだ。ジェラートを食事代わりに食べることはできない、という人がいるかもしれない。そういうことは、ジェラートが好きではない人が言うのだ。

過食症的な態度だと自分でもわかっている。母がそっと付け加えて言うように、強迫観念症のように聞こえるかもしれない。でも、うちの家族に共通した特徴なのである。父と兄もまったく同じような態度で生きている。精神疾患は遺伝性の傾向が強い、とされている。母の言い分に反論できない。

どのように僕が毎日を過ごしていたか、って？ まずは、ゆったり起床。だいたい朝10～11時始まり（外出禁止なのだし）。昼食まで勉強。そして大学の友人達とビデオ電話で、夕食まで復習を繰り返す。夕食後、就寝までの2、3時間は、その日勉強したことをさらに復習しながら、頭に叩き込む。

で、最後はどうなったか、って？ ビスケット、もね。まあね。

4.21

キアラ・ランツァ
トレカスターニ

ブルーの時間。

台所のすぐ外にあるゴミ箱へ空き瓶を捨てに行き、空を見る。ブルーの時間は、日が落ちたすぐあと、太陽の残した明るい色が薄れ、夜の帳が下りる前に寒色が広がっていく時間帯だ。

景色の色が変わる。木の輪郭が黒々とはっきりと浮かび、遠く火山のオレンジ色の火が裾の町の上を走る。家々に明かりが灯り始める。見ていて気持ちが落ち着く。精神安定剤のような。

空に見とれて立ち尽くす。自然からの治療をありがたく受ける。

「ジャガイモは、放っておいても自分で勝手に味は付きませんからね！」

台所から母が叫ぶ。和えなければ。

母の声の後ろから、テレビニュースが聞こえてくる。毎日、毎日同じことの繰り返し。

さっきからテレビは点いていたのだろうか？ それとも、ブルーの時間が私を雑音から遠ざけてくれていたのだろうか？

© Mamma di Claudia

クラウディア・ダモンティ
デルフト(オランダ)

今日、母からこの写真が送られてきた。心が決壊した。

ミラノで暮らしていた頃、毎晩8時になると弟の隣に座り、家族揃って食事をしていたのを思い出す。今日はおとうちゃん、次はマンマ、と両親は当番で食事を作ってくれていた。そのときは毎日変わらない日課に過ぎなかったけれど、今思い出して涙が出る。何にも代えがたい、宝物のような時間だったことに気付く。もう2カ月も会っていない。私の“小さな”弟。“　”付きなのは、もう弟は私よりも20センチは背が高くなっているからだ。

弟は、私の岩盤のような相棒だ。ふたりでいろいろな探検をした。いつも仲がよく、両親が離婚してからいっそう強く結束している。近年はお互いの関心事や生活がまったく異なるためともに過ごす機会は少なくなっていたけれど、弟と私はお互いのことがよくわかっていて、言葉にして確かめる必要はない。同じ屋根の下に暮らせば、それで十分に相手の気持ちがわかり力を貸し合えた。

弟は、無口で影のようだ。大勢の中にいるのが好きではない。たいていソファに座り、プレイステーションで遊ぶか、サッカーやスポーツ番組を飽きずに見ている(最近はビリヤードに凝っている。ちょっと想像してみて)。外出禁止になっても、弟の日常にはあまり支障がなかったようだ。むしろソファに座り続ける正当な理由になっただろう。ゲームやテレビを見ないときは、オンラインで授業を受けている。ミラノ工科大学で建築工学を勉強している(「子供ふたりともが技術系だなんて」と、父は今でも嘆いている)。もともとそれほど勉強好きでもない弟にとって、現状はかなり厳しい試練だろう。外出禁止になってから、まだ試験が行われていない。勉強に集中できないから別にいい、と弟は言う。その気持ち、よくわかる。大学生なら皆、彼の気持ちがわかるだろう。

最近の様子を弟に尋ねたけれど、たいした返事はなかった(期待した私が間違っていた)。かなりイライラしているようで、今にも母をやり込めないかという様子だった。それも、わかりすぎるほどわかる。

でもちょっとくらいは、明るい話もあるんじゃないの?

静かに過ぎていく待ち時間を経て、「オレ、6キロ太ったんだ」それだけちょっとうれしそうにポツリと言った。胸がキュンとする。小さなキスを贈る。

もしそんなことが私に起こったら、ちょっと明るい話どころではない。ここに体重計がなくてよかった。

チャオ、マルコリーノ。

ジュリ・G・ピズ
ヴェネツィア

7:30　目覚ましが鳴る。

起き上がって、寝呆けたまま、ヴァレが起きて待っている居間へ行く。今日は病院へ検査に行くのだ。問題がなければ、献血をする。ジュデッカ島から本島の南端に渡り、突っきって北側にあるサンティ・ジョヴァンニ・エ・パオロ病院まで行かなければならない。

不安だ。着替えて、マスクにゴム手袋を着ける。外出目的の自己証明書は?　下宿にはプリンターがないので、自己証明書はなし。

水上バスに乗る。何週間もジュデッカ島に閉じ込められた後、やっと運河を渡る。うれしいのと、軍警察の検閲への緊張で、心臓が喉元まで上がっている。ヴェネツィアを歩くのは久しぶりだ。まだ道を覚えているだろうか?

水上バスがザッテレ(Zattere)停留所に着く。墓場のような静けさ。雑踏の賑わいの代わりに聞こえるのは、岸壁を打つ運河の水音と鳥のさえずりだけだ。曇った空のせいか、さみしく思う私の気分のせいか、誰もいない岸壁から露地に流れる風音のせいか、不思議な気配が漂っている。

病院へは何通りかの道順があるが、せっかくこうして外出したのだ。できるだけ遠回りして、たくさん歩いて回ることにきめた。サンマルコ広場を経由していく。

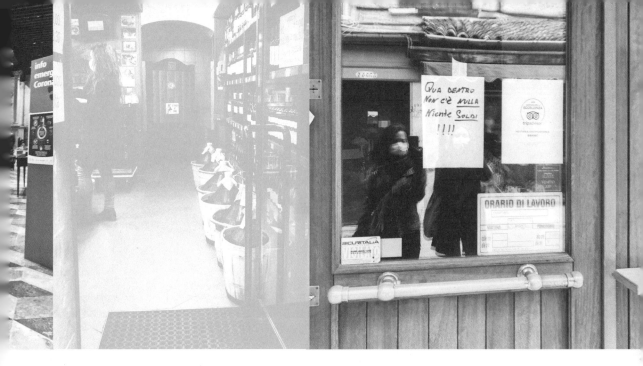

どれだけ大勢で混雑していても、その壮大さが知れる広場だった。ところが今日は、誰もいない。私達の他には、黄色の蛍光色の上着を着た警官が2名、行ったり来たりしているだけだ。広場の真ん中でカモメが悠々と羽を伸ばしている。私達がすぐ横を通るのに、人間のことなどまったく意に介さない、という様子だ。

サン・マルコの大聖堂は、威風堂々とそびえ立つ。金と大理石のモザイクが恐ろしいほどの美しさで輝いている。観客のいないヴェネツィアの主人公だ。鐘塔は、5階分ほどより天に近くなったように見える。

大聖堂を正面にしてひれ伏す思いで、警官に呼び止められないうちに、と脇の露地へ入る。

病院に着いた。少し怖気付く。玄関口に立つ警備員がちらりと私達を見て、列に並ぶように短く指示する。2メートルの間隔を空けて並ぶ。

「おはようございます。次の方。こちらへ近づいていただいてかまいませんよ。検温しましょう」

ヴァレは検温に合格して、院内へ進む。

「さあ、次の方どうぞ。近くへ」

心臓がバクバクする。もし熱があったらどうしよう?

「どうぞ、院内へお入りください」

看護師が親切に言う。安堵の深呼吸。

病院の入り口からの廊下は荘厳だ。2本の柱の間に赤い絨毯が敷かれている。ヴァレと私は、間を置きながら、小走りで受付へ向かう。そこで個人情報を申告し、ひとりずつ医師から質問を受ける。その後、アンプル4本分の血液を採取される。

血液がアンプルに取られていくのを見ながらふと、私は新型コロナウイルスに感染したかどうかの検査をこれまで受けていなかったが、感染に気が付いていなかったケースで、抗体を持っているかどうかもこれで検査するのではないか、と考える。

「終わりました。待合所の奥におやつとフルーツジュースを用意しましたので、よかったらどうぞ」

うれしい! 検査のために朝食抜きだったので、お腹がペコペコだった。おやつコーナーへ行く。チョコレートタルトをもらう。でも、どうすればいいの? ゴム手袋にマスクだ。どうやって触って、どう食べるの?

廊下から中庭に出て、ヴァレと離れたまま、マスクとゴム手袋を外して、注意深くタルトにかぶりつく。すぐにアルコール消毒をして、再びマスクとゴム手袋を着けて病院を後にする。

「来た道を戻る? それともリアルト橋の道にする?」

ヴァレが尋ねる。

「リアルト橋を回って帰ろうか。ここから近いし」

露地を歩く。ミニ・スーパーマーケット、薬局、精肉店、小さな食料品店が並び、どの店の前にも長い列ができている。長く見えるのは、2メートルおきに人が立っているからだ。

少し行くと、湿った独特の匂いが流れてくる。エノテカからだった。赤ワインの大瓶や無数のワインボトルが棚に並び、ワイン蔵特有の強い香りがする。私達は目と目で合図する。ヴァレが店に入り、赤1本を手に出てくる。満足。

リアルト橋に向かう途中で、警官や軍警官、財務警察隊と会う。誰からも呼び止められない。彼らの後ろを歩く。警官達はのんびりと歩き、リアルト橋まで私達に付き添ってくれているような錯覚を覚える。

閉まった店のショーウインドーには、過ぎ去った季節の服を着たマネキンが立っている。マネキンの時間も2カ月前で止まったままなのだ。店が再開するとき、マネキンも棚揃えも衣替えで大変だろう。

この間までよく通っていたバールや店の前を通る。シャッターが下り、暗く、埃をかぶっている。私達の心にも埃が舞う。

突然、店頭の手書きの貼り紙が目に入る。

＜この中には何もありません。金はない!!!!＞

少し笑う。苦い味が残る。家に帰る。

(銘品の赤ワイン:1本14ユーロ=約1,600円)

4.21

アレッシア・アントニオッティ
モンテレッジォ

こんな風に誕生日を過ごすなんて、まったく想像もしていなかった。17歳の誕生日は一生に1度だけで、それを外出禁止の中で迎えることになったのだから。

出口の見えない状況で、今日もこれまでと似たような1日になるはずだった。でも親しい人達が、私がなるだけ楽しく過ごせるように気を配ってくれた。友人達からのメッセージに感激する。うれしくて、泣いた。死ぬほど会いたい。少しでも近くにいられるように、と皆でビデオ電話をかけてきてくれた。両親は今朝、ベッドまで花束と朝食を持って私を起こしにきてくれ、優しい時間を過ごした。遠くに住む叔父や叔母達からも、次々とお祝いの電話があった。叔母のひとりがケーキを作り、母の仕事先へ送ってくれた。胸がいっぱいになった。近くに住む母方の祖母や叔母にも切り分けたケーキが順々に渡り、離れていても皆で同じケーキを味わうことができて幸せだった。

村中からお祝いのメッセージを受け取った。学校の先生達まで祝ってくれた。

でも悲しかったのは、同じ村にいる父方の祖父母と対面で祝えなかったことだ。いくら電話で話せたといっても、やはり会うのとは違う。祖父母と祝える、私の最後の誕生日だったかもしれないのに、抱きついてお祝いしてもらえなかった。

ケーキのロウソクの火を吹き消すときに、ひとつだけ願いごとをした。ふだんはこういうことはあまり信じないが、どうか私の小さな願いが叶いますように。

アレッシア・トロンビン
サヴィリアーノ

以下、幼い従姉妹への電話インタビューである。金髪のとても美しい子で、のびのび元気いっぱいで、でもとても恥ずかしがり屋だ。

— 質問したら、答えてくれる？
M「オーケー(あまり乗り気ではない声。でも受けてくれる)」
— 名前は？
「マルティーナ」
— 呼び名は？
「マルティッラかマルティンカ」
— いくつですか？
「5」
— 調子はどう？
「いい」
— 何がしたい？
「ともだちとかくれんぼしたい」
— ともだちに会えなくてさみしい？
「うん。とくにロレンツォとアリアンナに会いたい。それからフェデリコにも。私の恋人だから」
— 幼稚園に行きたい？
「うん。何かしたいから。絵を描いたり、切り抜きしたり」
— どうして家にいるのか、知ってる？
「危険なバイキン、新型コロナウイルスのせい」
— このバイキン、怖い？
「全然」
— 家の中でどこが好き？
「お人形の家がおいてある私の部屋のじゅうたんの上」
— 私のこと、好き？
「うん」
— ときどき悲しい？
「うん。でもどうして悲しいかわからない。おばあちゃんとおじいちゃんに会いたい」
— この質問に答えるのは楽しかったですか？
「まあまあ」
— マルティーナ、ありがとう。特に正直に答えてくれて。挨拶は？
「チャオ。あのね、大好き」

(早く会って、キスで埋め尽くしたい)

オット・スカッチーニ
ミラノ

暑いほどの今晩、家族でテーブルを囲んで、世の中の今の動きについてあれこれ話し合った。

医療関係者が人命救助のために捨て身で奮闘している一方で、著名な専門家の一部に、ひたすら現状の非難や仲間への批判を繰り返す人達がいる。なんと幼稚なことか。それぞれが豊かな専門知識と研究成果を持ち、さらなる科学の発展のために助け合ってきた彼らが、相手を侮辱し傷つける言葉で言い争うのを見て、僕は大きなショックを受けている。

専門研究機関は人の倫理までは守ってくれないのだ、という証しなのだろう。

科学者達の組織が、今後、世の中の隅々まで確かな意見や決定を提供する機関となれるようには、僕には思えなくなってきた。

あまり考えすぎないようにしよう。

EGF（上皮成長因子）と抗がん剤についての文献を閉じる。

ピックがギターの弦を滑る。

“…and watching for pigs on the wing”

© Pink Floyd <Pigs on the Wing>, album <Animals>1977>

追伸：

ついこの間の2月末に遊びにいったジェノヴァで撮影。もう春のような日差しだった。

これを見ると、気持ちが穏やかになる。

イタリアの農業と季節労働者

2020年1月に発生した新型コロナウイルス感染拡大の影響で、イタリアの農業の危機は、追っては食糧難へと、国民の食生活を脅かす深刻な事態となっている。

農作業従事者の激減により、種や苗植え、収穫作業に手が回らないからだ。

農協の発表によると、現状のままでは40パーセントの果実と野菜が収穫されずに廃棄処分となる見通しだ。

事態が深刻化しているのは、全土の農業従事者総数110万人のうち37万人を外国人労働者が占めているのが、大きな要因だ。春夏の収穫に必要な作業者数は25万人とされ、通常から特に北部イタリアで多くの人材が必要とされる。今回の感染被害の最も深刻な地帯である。

イタリア農業総連盟によると、37万人の外国人労働者の内訳は：

最多がルーマニアからの季節労働者で107,000人、

次いでモロッコ35,000人、

インド34,000人、

アルバニア32,000人

となっている。これはあくまでも、移民局に申請、登録された合法移民の数である。記録されていない不法労働者数は、農業部門だけでも全土で20万人を超える、と推算される。「イタリア国民だけで農業が成り立っていたのは、1970年代まで」（農業総連盟）。

外国人労働者の大半は季節労働者で、疫病の感染拡大防止のためにそれぞれの国へ帰還している（したことになっている）。

農業労働力の不足は、イタリアだけではなく欧州に共通する問題だ。ヨーロッパ委員会は2020年4月5日までに、いわゆる＜緑の通路＞と呼ばれる条例を発動し、欧州内を外国人季節労働者が自由に移動するのを許可した。

イタリアの農業食料水産資源省テレーザ・ベッラノヴァー大臣は、東欧諸国の関係各省責任者と討議を重ね、特にルーマニアからの季節労働者が即時、イタリアへ戻れるように滞在許可証の期限付き延長などを決めるよう、対処を急いでいる。

それに対し、コロナ禍以前から「イタリアはイタリア国民のもの」を政治理念に掲げてきた北部同盟が激しく反対。「疫病感染対策に、政治への意見、人種や貧富、職業、国境などの差はない。人命が最優先」と、首相が強く警告した。

そもそもコロナ禍以前に、外国人移民の受け入れの抑制と難民排除の目的で北部同盟が中心となって通過させた改正移民法が、現在、外国人労働者の緊急呼び出しの足かせになっている。

農業省大臣は、「外食産業、観光業、土木建築業などの＜就労待機者＞にも、業種を越えて農産業を就労の場として検討してもらいたい。この非常事態を、農業従事者の労働環境を合法化し正規契約へと整えていく好機としたい」と、している。

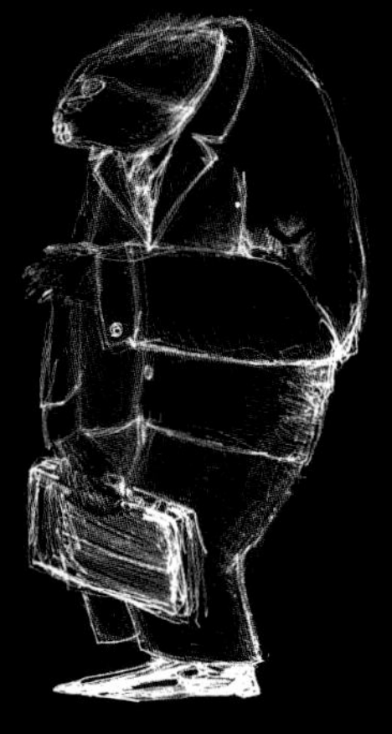

アンジェラ・ボナディマーニ
ミラノ

私は9月生まれ、星座は乙女座だ。乙女座生まれは、整理マニアで知られる。確かに、整理整頓され清潔で完璧なのが好きだ。勉強計画から本棚、携帯電話の中、と自分なりの片付けの決まりがある。きちんとしていないと、イライラする。

こういう性格である一方、とても怠け者でもある。朝ベッドから起き上がるのにも、3度目の目覚ましからたっぷり30分はかかるし、物事をぎりぎりまで先延ばしにしがちで、今日するべきことを明日にする。そして明日がその次の日になったりする。

外出禁止になってからやる気が湧かなくなり、自分の部屋を掃除するのも億劫になっていた。でも、いつも過ごす場所を片付けてきれいにすれば、そこで過ごす時間も快適になり空間に対してももっと愛着が湧くだろう、と気付く。

掃除に取りかかることにした。

時間はたっぷりある。ゆっくりと片付けていこう。<時間があるときに>と後回しにしていたことを、今する。時間があるとき、など永遠にありえないのだ。ひとつずつ片付ける。自分の部屋だけでなく、家じゅうを片付ける。楽しい。

溜め込んできた物や忘れていた物を発見する。楽しかったことや思い出したくないこと、自分が混乱していた頃との再会だ。

自分の机回りから始める。

片付けないと勉強の計画も立てられないというのに、これまで後回しにしてきたのが信じられない。クリスマスにもらった卓上スタンドを置いてみる。けっこう好きかも。

やっとすっきりした机を前に、自分の中に自由な空間が広がる。

これからも怠け癖は治らないだろうし、同時に整理整頓とチェックマニアであるのも変わらないと思う。これまでずっと、このふたつの特徴は自己矛盾のようなものだと思ってきた。片付けをしおえた今、正反対の特徴のどちらも気に入っている。ふたつあっての私なのだ。のんびりするのが好きで、掃除も楽しむ。

両極端をない混ぜにしたままにせず、平衡を保って暮らすことを覚えなければ。

たぶん、できるようになり始めている。

マルタ・ヴォアリーノ
ミラノ

外出禁止中だが、独りぼっちの気分になったことがない。とてもいい感じの友達がいるのがわかったからだ。彼と住んでいる。21年前から。3月以前は、私に何か言うときに彼はモゴモゴつぶやくか頭を少し動かす程度だった。ところが、この外出禁止のおかげで、彼＝弟ピエトロにも歯が全部あることを知り、驚いている。これまで弟が笑ったところを見たことがなかった。

この5年、ピエトロも私もあまり家にいることがなかった。夕食で同席はしても、ふたりともひと言も話さなかった。仲が悪いからではなく、それぞれの1日を終えて疲れきっていて、話す気分にならなかったからだった。

外出禁止は、弟を、そして私達の関係を見直す機会をくれた。無駄だと知りつつ、私にエクササイズをさせようと試みてくれたり、料理をいっしょに作ったり、ふたりで両親をからかったりしている。もう遠すぎてよく覚えてはいないが、幼かった頃に戻ったような気持ちだ。家へ帰る気持ち。うまく言えないが。

これまでは、いずれ家を離れて暮らすようになれば弟とはもう話すこともなくなるのだろう、と思ってきた。ところが今は、私と弟は一生どんなことがあってもやはり姉弟であり、弟は何かあれば必ず私という姉を頼りにしてくれるだろう、と確信している。

4月13日。外出禁止の最中に弟は誕生日を迎えた。

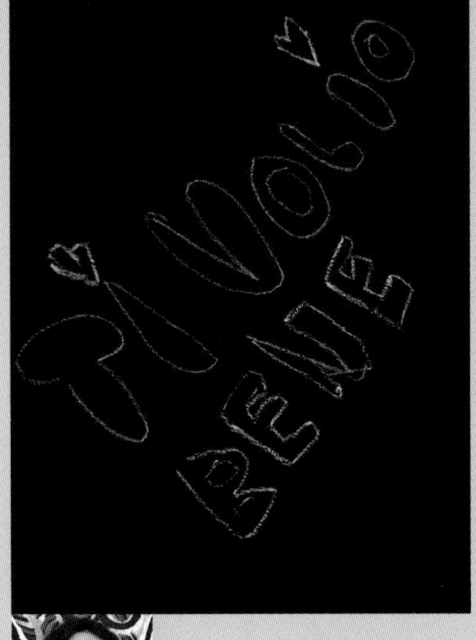

アレッシア・トロンビン
サヴィリアーノ

幼い従兄弟（8歳）へのインタビュー。奔放で、いつも髪の毛がボサボサな男の子だ。

— 日本へのプロジェクトのために、質問してもいい？
「もーーーちろん、いいよ。うれしい！」
— ありがとう。よかった。では、名前は？
「フランチェスコ」
— 呼び名はある？
「チェッコ」
— 調子はどう？
「いいよ。ぼくは幸せ」
— 何がしたい？
「友達に会いたい。いっしょにサッカーをしたい」
— 友達に会えなくてさみしい？
「うん」
— 学校に行けなくてさみしい？
「ちょっとそうで、ちょっとそうじゃない」（と返事しながら、自分でウケて笑う）
— どうして家にいるのか、知ってる？
「新型コロナウイルスのせいで、皆、家にいないとダメなんだ」
— このウイルスのこと、怖い？
「怖くない。だって家の中にいたら、ウイルスには遭わないもん」
— 家の中で一番好きな場所はどこ？
「コンピューターで遊べる書斎」
— ときどき悲しい？
「うん。友達とおばあちゃん、おじいちゃんに会えないから」
— ねえ、私のこと好き？
「うん、ものすごく！」
— 質問されて、楽しかった？
「もーーちろん！ ぼく、日本で有名になるの？」
— たぶんね、チェッコ。最後のご挨拶をしてくれる？
彼が言ったことに笑いながら、質問をする。
「チャオ、ねえね。キス！」

（この子にも早く会って、キスで覆い尽くしたい）

アレッシア・アントニオッティ
モンテレッジォ

今日も昨日と同じ、いつもの繰り返しだった。

庭に出て、種を蒔いた。そして新緑の匂いを思いきり吸い込んだ。すばらしい香りだ。種蒔きを終えて、ホースで水をやる。ゴムホースからほとばしる水。濡れる草木。匂いが私を夏へと連れていく。夏の水やりは、毎年私の役目だ。

4

エリーザ・サンティ
ヴェネツィア

外出禁止になって初めの数日は、それまでの日課を繰り返すなどありえない、と思っていた。気ままにその日を生き、時間の決まりもなく、夜は昼で、昼は夜だった。ところが、日が経つうち毎日に意味が付いてきた。目を覚まし、朝食を取り、授業を受け、昼食、中庭に出て、太陽を浴び、音楽を聴き、家に入り、授業を受けて、1時間ほど運動をし、夕食、そして1日のハイライトだ。

22:25に外に出る。家の裏に出て、運河を見る。誰もいない。圧倒的な静けさに包まれる。最初はそう思っていたが、間違えていた。耳を澄ますと、全部聞こえる。岸壁に寄せる水の音。風。近所から漏れるテレビ。カモメ。跳ねる魚が立てる飛沫。喋る声。音楽。耳慣れたはずの音が、どれも真実味を持って聞こえる。

アフリカへの旅を思い出す。サヴァンナに張ったテントで、周囲の音を耳に眠ったときと同じだ。不穏なまでに静まり返り、不穏なまでに静まり返り……。

初めて聴く美しい音楽のようで、陶然とする。魂を抜かれたような、でも心地よい。

聴いて、聴いて、聴いて、聴いて。

マルタ・ヴォアリーノ
ミラノ

外出禁止が解けたらしたいこと：
— ヨガ・レッスンに入会する
— 友人全員と抱き合う
— 母を説得して犬を飼う
— 買ったばかりの赤い服を着る
— 1杯のジントニック
（あるいは2杯でも）
— 大学での教科書を綴じ直す
— 公園の陽だまりに寝転ぶ
— ステファノの店のジェラート
— 新しい知り合い
— 卒業論文のテーマを見つける
— 屋外パーティーに行く

ミケーレ・ロッシ・カイロ
ガーヴィ

住む場所を変えた。これまではミラノの母の家にいたが、今は郊外の父の家に移っている。やむをえない変更だった。父はワイン製造工場を経営している。ところが首相令が発動されて以来、商売は停止中。レストランが閉まっているため、需要が激減しているからだ。結果、従業員の大半は労働組合の給与補償の給付を受け、自宅待機となっている。僕は従業員がいなくなった工場に着き、できる限りの手伝いをすることになったのだ（無報酬）。

住む家の変更のおかげで、非常にいい思いをしている。郊外（田舎）なので、散策し放題で、自然に囲まれて春を満喫できるからだ。手に入れた自由に慣れるのはあっという間だ。これまで気が付きもしなかった。

今日は、ワイン蔵での仕事の第1日目だ。ワイン貯蔵タンクを手で丹念に洗う。梱包用の段ボール箱に送付ラベルを貼る。

することがあって、いい気分だ。このところ心身が腐りかけていた。身体を動かし、新しいことを覚える気を失い始めていたところだった。

明日はボトリングを始める。テイスティングが楽しみだ。

キアラ・ランツァ
トレカスターニ

＜疲れた＞
送信。

つい、友達Gに愚痴メッセージを送ってしまう。彼女からは、いつも絶対にブレない明るい返事が戻ってくる。返事はたいてい間髪を入れずに送られてくる。

＜わかる。でもあと少しでまた会えるのだから！＞

え、あと少し、って？ この事態で、どういう意味なの、あと少し？ 私にしてみれば、何の意味もない。予測が付くことなど、現況からはない。

Gの天然ぶりを鼻で笑う。すぐに返信。

＜何言ってんのよ。まだコトの真っ只中じゃないの。5月4日から外出解禁だなんて、到底無理。あんた、何を考えてるの?!＞

そう、5月4日に現行の首相令が解除されることになっている。外出禁止も解かれるが、居住の市町村から外に出るのはまだ禁止だし、その他にも多くの禁止事項を続行する、という条件のもとでの話だ。でも私は、解除を信じていない。おそらくこのままで、さらに延長されるのではないかと思っている。

Gは、音声メッセージで返信してきた。言いたいことがたくさんあるときは、これだ。彼女が延々と話す口調は、法学部の学生らしく、全方位に対してもれがない。

＜規制緩和は徐々に進んでいるでしょう＞と、始まる。＜例えば、玄関から最長で200メートルという規制はすでに排除されているし、ジョギングも許可された……商業活動の再開も当然のこと。そういう現状を踏まえて、5月4日が新しい展開の始まりになる、と望むのは自然なことでしょ！＞。知り合って以来ずっと、私に対して言い続けている指摘もきっちり忘れずに付け加える。＜その悲観的な考え方は、あなたのためにはならないわよ＞。

＜でも今の今、はっきりしていることは何もないでしょう＞と、私。そう返信を書きながら、今までとは気の持ちようが少し変わっている。

“もし何か悪いことが起きたら”と、いつも不安でいる私にとって、性格が正反対の友達は今、いつもに増してありがたい存在だ。1日に何度かメッセージを送り合い、Gは辛抱強く返事をしてくれる。楽天的なメッセージでないときでも、彼女からの返事のおかげでぐらつく私の足元は地にしっかりと着く。

前代未聞の事態の中、楽天的でも悲観的でも、心持ちに大きく影響を与える友達の存在は大切だ。

NARDI
NARDI

4.23

ジュリ・G・ピズ
ヴェネツィア

6歳からカポエイラ（注：ブラジルに伝わる、舞踊と音楽を伴う武術）をしている。週2回の練習をずっと続けてきた。何度か小休止して、他のスポーツも試したことがある。ジャズダンスやバレーボール、ジムやプールにも通ってみた。でも、やはりカポエイラだ。

ミラノで習っていたときのメドゥーサ先生から（Medusa クラゲ）、<ペキニーニャ Pequieninha >という呼び名を付けてもらった。<小さな>という意味だ。私がクラスで最年少だったからだろう。練習のとき、生徒はポルトガル名で呼ばれる。

ヴェネツィアに引っ越しても、カポエイラは止めなかった。メドゥーサに紹介してもらったマルクイーニョ先生(Marquinho)のところで、トレーニングを続けている。

外出禁止で、当然このカポエイラのレッスンも休止になってしまった。最初のうちはあまり気にならなかった。独りでトレーニングを続けて、ストレスや緊張を発散できているつもりだった。ところがこの数日、朝起きると寝違えたように首筋や背中が痛い。全身の神経がピリピリしている感じがする。どうしても気持ちがブルーになりがちだ。よし、カポエイラ。

チャット・グループ<カポエイラしよう>を作る。

マルクイーニョ先生「カポエリストのみんな、どうしてる？ 元気？ ビデオレッスンを始めないか？」
マッティア「おお、マエストロ！ ぜひ始めましょう！ 木曜日はどうです？」
レーナ「元気です。みんなはどう？ 私、参加する！」
エウジェニオ「僕もいるーーーー！」
マッティア「<ズーム>で相談しよう！ いいね、ペキニーニャ?!」
私、「オブリガーダ（Obrigada ありがとう）！」

その夜、私は笑いながら眠った。

いよいよその木曜日がやってきた。午後6時、コンピューターを持ってテラスに出る。ズームにつながると、カポエイラ仲間が画面に勢揃いしている。全員、トレーニング開始を待ち構えている。ビリンバウ(berimbau 注：カポエイラで鳴らす民族打弦楽器。弓矢を棒で叩く、原始的な構造。中身をくり抜き乾燥させたヒョウタンを使用）が鳴り始める。パンデイロ(pandeiro 注：ブラジル風のタンバリン）やさまざまな打楽器の音が後に続く。私達はそれぞれの家からマエストロの動きを追う。

1時間余りのトレーニングを終えて汗びっしょり。最高にすっきりしている。来週もまたね、と皆と約束して別れる。

神経は緩み、首は痛くないし、ピンとした背中に戻った。夢のような夢を見る。

クラウディア・ダモンティ
デルフト(オランダ)

今日は脱走したい気分だった。自転車に乗って、出発。行き先は、ヘット・セントラム（Het Centrum)。空は晴れ渡り、暖かで、オランダ特有の風までもが心地よい。耳には、ジョン・メイヤー（John Mayer）のバラード。こんなに快適に自転車で走ったのは初めてだ。

1カ月以上ぶりにデルフトの中心へ行ってみて、驚いた。もちろん店は全部閉まっている。スーパーマーケットの前には、人々が安全距離を空け整然と列をなしている。静かで平穏な雰囲気は、このところずっと私が感じていたものとはまったく逆だ。住民達は建物の玄関前階段に思い思いに座り、ビールを片手に満足そうに日光浴をしている。

うれしくなって、私も水路の縁に座る。ジージャンを脱ぎ、太陽に顔を向けて微笑む。

キアラ・ランツァ
トレカスターニ

遅く起きた。天気はどんよりして、自分を見るみたい。
ルーフォが前脚をベッドにかけて、私をじっと見ている。散歩に行くのに気乗りしない空模様だが、雨が降らないうちに犬を連れて出ておこう、と気を奮い立たせる。
そのうち遠くで鳴り始めた雷に、教会から11時の鐘の音が重なる。霧が下りて町を覆い、エトナ火山や家屋、木々は隠れてしまっている。今日は、すべてがのっぺりとして凡庸だ。
家に着くと、母が玄関ドアの前に立っていた。イヤホン姿ということは、オンライン授業の最中なのだろう。
母は、高校の障害生徒の養護教員をしている。直接に授業の受け持ちではなくても、全授業に参加し、彼女が担当する生徒向けに再構成することになっている。
＜もうすぐ宅配がデッキチェアを持ってくるのよ＞
声を出さずに口をパクパクさせて、私にそう告げる。言い終えるかどうかというそのときに玄関のブザーが鳴り、私は家の門へと引き返した。
門の前に停まっている黄色のトラックから配達人が降りてくる。プラスチックの顔面マスクに、額には'80年代にテニス選手が使っていた、タオル生地の幅広のヘアバンドを着けている。虹色。
「どうぞそこに置いていってください」
「とんでもありません、シニョリーナ」
強いシチリア訛りで彼が言う。
「お宅の中まで荷物を持って入るのが禁じられているのは知っていますが、こんなに重たいデッキチェアを4脚もお嬢さんに運ばせるわけにはいきません。そんな失礼なことはできません。玄関口まで運びましょう。ご心配なく！それでお家はどちらです？ この奥ですよね？」
私は引き止めようとしたが、両手にデッキチェアを抱えて大股で歩き出してしまった。中庭を挟んで、配達人が自分のほうにやってくるのを見た母は、恐怖で目を見開いている。
「ここまででけっこうですので。どうもありがとうございました」
建物の玄関門からうちの敷地の入り口まで来たその人に、私はあわてて言う。
「もちろんです。お宅の中までは入りませんよ！」。苦笑いしながら言い、「お嬢さん、もちろん規則を守らないといけないのはわかりますが、こんなに重たい届け物を門の外に置いて帰るなんて、私にはできません。こういうときだからこそ、よいクリスチャンでなければね！」
大きな身振り手振りで話し、母は彼が腕を振り回すたびに後ろへ飛び退いている。火の点いた爆弾のように恐れている。
黄色のトラックが走り去っていくのを見ながら、普通が何より大切、と信じる人達と今後どのように距離を保てばいいのか考え込んでしまう。

4.24

シルヴィア・パリアルーロ
ローマ

学校がある期間、週に一度、リッカルドを学校に迎えにいく。リッカルドは、知的障害児だ。まだ彼のことをよく知らなかった頃は、うまく接することができなかった。でも次第に彼を知り、いまではとても仲よくなっている。ロックダウンになって以来、リッキーと私は会ってない。ところが2、3日前に、メッセージが送られてきた。
＜シルヴィア、ビデオ通話をしない？＞
彼は家の中に閉じ込められて、どのように過ごしているのだろう。友達と会えないことをどう思っているのだろう。
ビデオ通話をかけると、友達の顔を見ながら話せるのをとても喜んでなかなか電話を切ろうとしなかった。
「朝ゆっくり寝ていられるからうれしいよ」
リッキーはポジティブだ。
「ねえ、また電話してもいい？」
ダメ、なんて言える？

マルティーナ・ライネーリ
インペリア

今日はよく働いた。昨夜のうちに酵母菌でパン生地を用意しておき、今朝、小さな塊に分けて2次発酵をさせた。発酵を待つあいだに、外出することに決めた。植木屋は開いているので、花と家庭菜園用の野菜の苗を買うつもりだ。行列にはもう慣れているが、植木屋はスーパーマーケットほど混んでいないだろうと思っていた。ところが、考えることは皆同じだったらしい。よい天気だから、庭や畑の手入れをしたくなるのはもっともだ。

<牛の心臓>という種類のトマトにトロンボーン・ズッキーネ（リグリア州だけで売っている種類で、アルベンガの特産品）、オレガノ、テラス用にゼラニウム2鉢を買った。畑仕事を終えて、急いで家に入る。私が初めて挑戦するパンをオーブンに入れるのだ。

家じゅうに心温まる匂いが広がる。昔ながらの焼きたてのパンの匂いだ。オーブンからパンを出し、表面をつついてみる。なんとカリッとして、なんと柔らかそうなこと。粗熱が取れたところで、でき上がりを見てみる……パンが焼けた！

少しの種類の材料で、食卓に欠かせない大切な食べ物が作れるなんて信じられない。魔法だ。

初めてのパンを大好きなレシピで祝うことにする。ブルスケッタ。

薄切りにしたパンの表面にニンニクをこすり付け、トマトをサイコロ状に切ってオリーブオイルで和えて載せ、バジリコの葉を飾る。

ひと口頬ばると、たちまち夏へと気持ちが飛ぶ。よく冷やしたビール。仲のよい友人達。ブルスケッタは、私の小さな<マドレーヌ>だ。

きっと楽しい時間は戻ってくる。絶対に戻ってくる。

キアラ・ランツァ
トレカスターニ

4月25日、ポルトガルではカーネーションの花で解放を祝う。1974年、独裁政権からの解放のために決起したクーデター記念日だ。

ちょうど1年前の今日、ポルトガル人の友人Sが、一般に開放されたリスボン市役所へ連れていってくれた。ポルトガル人も観光客も、家族連れも個人も、それぞれに赤いカーネーションを手にして、出たり入ったりしていた。

あの春の日、異国で初めての祝祭を目にしたのだったが、自由と希望の歴史に自分も生きている、という実感を強く持った。

イタリアも、1945年4月25日にファシズムとナチから解放され、自由を勝ち取ったレジスタンス運動を記念して祝う。

偶然の一致を考えながら、庭で寝転ぶ。

カシの木を見上げる。このところの悪天候で、庭には出ていなかった。その間に、枝には鮮やかな緑色の葉が無数に出ている。古い葉を落とし、木は高々と枝を伸ばしている。

1945年、この木はどのくらいの大きさだったのだろう。

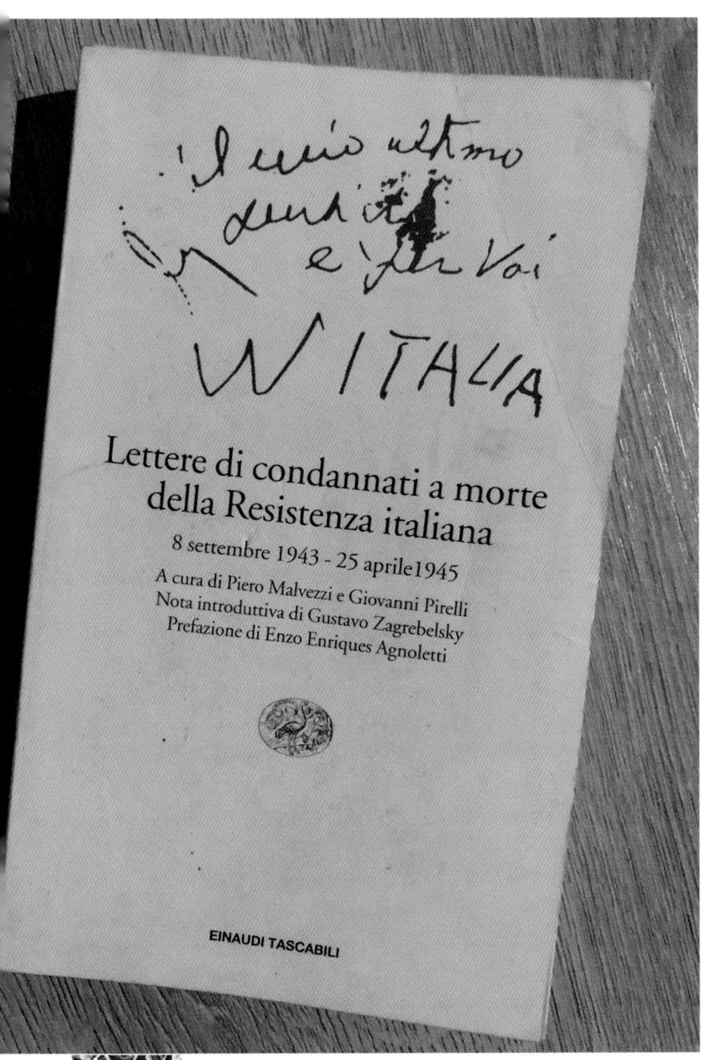

W ITALIA
Lettere di condannati a morte
della Resistenza italiana
8 settembre 1943 - 25 aprile1945
A cura di Piero Malvezzi e Giovanni Pirelli
Nota introduttiva di Gustavo Zagrebelsky
Prefazione di Enzo Enriques Agnoletti
EINAUDI TASCABILI

アレッシア・トロンビン
サヴィリアーノ

今日は4月25日。イタリアが第2次世界大戦時にファシズムとナチ独裁から解放された記念日だ。

自由への敬意と誇りを祝う日で、現状にもとても即している。

イタリア解放に際して死刑に処された人達の手紙を読み、自由の意義を再度考える。

＜パヴッロの刑務所にて。1944年11月26日。親愛なるパッリー。僕に残された最後の時間だ。愛するパッリー、僕のことを思い出してくれる人達に、僕に代わって君から、よろしくとキスを伝えてほしい。信じてほしい。僕は自分の名に恥じるようなことは何ひとつ、していない。祖国のために戦い、今、ここにいる。……もうすぐ僕はいなくなる。自由の勝利のために、自分ができる限りのことをした、と確信して死ぬ。キスを、そしてキスを。君の、あなた達のパッジェットより＞*

ありがとう、パッジェット。あなた達が与えてくれた自由を手にするために、私達は戦い続けます。

*Lettere di Condannati a morte della Resistenza italiana, Pietro Malvezzi e Giovanni Pirelli, Einaudi, Torino, 2006

オット・スカッチーニ
ミラノ

4月25日。カナダ、マニトバ州産の強力小麦粉100グラムと水100ミリリットルを混ぜる。寝かせて3時間、発酵を待つ。台所のテーブルに朝日が差し込む。酵母菌の記録を付ける。ラジオから、今朝これで4度目の『ベッラ・チャオ』が流れてくる。

今日は大学の勉強はしない。祝日なのだ。代わりに、パンと酵母菌についてグルテンに焦点を当てて調べる。ときどき（というか、いつも）台所は、薬理研究所より興味深い。

晴天で暑く、外からは歩行者ののんびりした話し声が聞こえてくる。規制が緩み、家から離れたところまで出かける人も増えているようだ。罰金を科される人も減ってきているらしい。自分の中にいる＜口うるさい奴＞は、そんなに気を緩めてはいけない、と思っている。でも、今日は非難めいたことはすべて窓の外に放り出して、祝いのマットレスの上に身体を投げ出し、ラジオから流れてくるレジスタンスの歴史についての話を聞く。できることなら、奇跡のようにおいしいナポリ風のピッツァやふかふかのパネットーネを想像しながら、1日じゅう熱い赤い屋根瓦の上に寝転がって今日という日を喜びたい。

微かな音がした。酵母菌を入れた瓶の蓋が、膨張した空気で飛ばされたのだ。

バルコニーに出て、植木に水をやる。大学の友人達のことを考える。過ぎていった時間と失った授業のことを思う。自転車で走ることを想像する。

でも、今日は軽々とした気分だ。楽天的で、くよくよしていない。さみしがっている時間などない感じだ。

マットを持って、テラスへ出る。少し運動をする。すると下の階のバルコニーから突然、大音量で『ベッラ・チャオ』が鳴り響く。アラビア語バージョンだ。これはまだ聴いたことがなかったな。

クラウディア・パリアルーロ
ボローニャ

今日は重要な日。それなのに、広場に友達や同じ町に住む人々が集まって祝えないのは、おかしな感じ。

私が住むボローニャでは、今日という日を事情に合わせて、いろいろな工夫で祝った。安全距離を保って歌い、屋外を行進できないので自分の写真を町に貼り妄想行進し、垂れ幕を窓から掛けたりして祝った。

1枚目の写真は私の窓で、もう1枚はボローニャ市内のプラテッロ（Pratello)地区に住む友達から送られてきた写真だ。町のレジスタンスの中核だった地区である。

かつて皆で自由を勝ち取った記念日は、未来の自由へのエールだ。

ジュリ・G・ピズ
ヴェネツィア

今日はイタリアの祝祭日だ。4月25日。ファシズムとナチからの解放記念日である。

「ウイルスからの解放ではないよね」と、言う人もいるだろう。

そうかもしれないが、少しずつよい方向へ向かっている。昨日からヴェネト州は、他の州に先駆けて規制を緩和し始めている。たとえば、レストランは＜持ち帰り＞に限って、営業再開できるようになり、書店や文房具店はこれまでの週2日だった規制が解けて、何日開けてもよいようになった。生花店は鉢植えや切り花を売ってもいい。もちろん、公衆衛生の管理が最重要であることは変わらない。マスクにゴム手袋、あるいは消毒用ジェルは必ず着用、携帯し、安全距離を保つのもこれまで通りだ。

とはいえ、やはり何か気分が違う。

半信半疑で、あまり大きな期待をせずに、レオンと表へ出る。

いつもの道を歩いていると、うれしい驚きが！ 水上バスの停留所前のバールのシャッターが半分開いていて、量り注ぎのワインの大瓶も見えている！　店主が紙に何か書いている。

「チャオ!! お元気ですか?!」

「ああ、チャオ！ だいじょうぶですよ！」

「お店のワインが飲めなくて、さみしかったです！」

「月曜日（4月27日）から店を開けますよ！ 今のところ、持ち帰りのワイン販売に限られるのだけど。まだカウンター飲みは受けられないのでね」

「すばらしい！ じゃあ月曜日に来ますね！」

少し先には、通りの上に大きなイタリアの国旗が翻っている。店のショーウインドーには、赤い地に金色のライオンの旗が飾ってある。ああ、そうだ。今日はヴェネツィアの守護聖人、サン・マルコの祝祭日でもあったのだ。

Duri i banchi, fioi! ＊

（これで合ってますか、ヴェネツィアの皆さん?!)

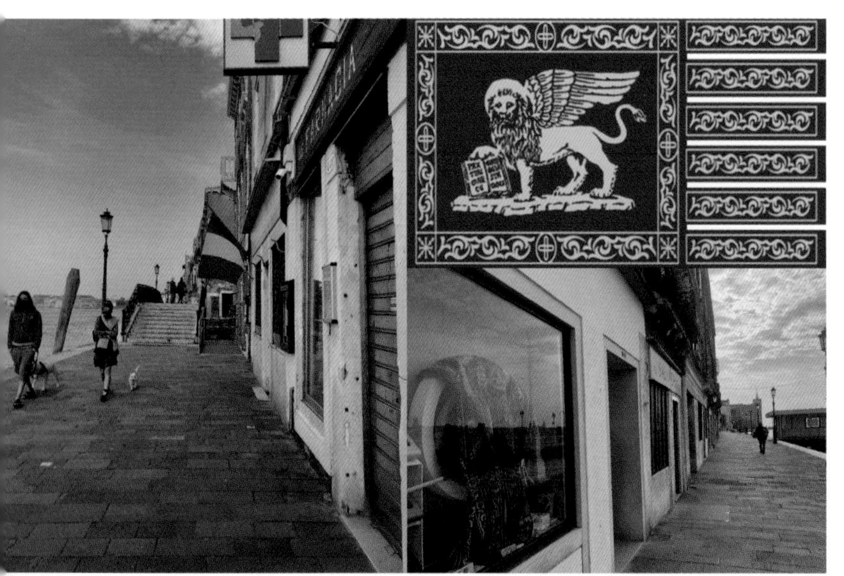

＊中世からヴェネツィア共和国の船乗り達の間で、難航時の励まし合いに使われた言葉。現在でもよく使われる。
邦訳：気合いを入れてがんばろう、前進あるのみ！

25

ミケーレ・ロッシ・カイロ
ガーヴィ

この郊外の家には、僕の弟もいる。8歳から見た外出禁止について書いてみる。

弟アレッサンドロは、毎朝10時半くらいに起きて朝食をとる。その後は、一応宿題をすることになっているが、何かしら理由を見つけて後回しにすることも多い。

昼食後、宿題。終えると18時まで何かすることを探さなければならない。先生といっしょに勉強することになっているのだ。総勢20名の子供達をリモート授業で教えるのは大変なので、先生はクラスを5人ずつのグループに分けて、それぞれ毎日1時間ずつリモート授業をすることにした。授業では、前日に出されていた宿題について、ひとりずつ質問をしていく。よくわかっていない生徒がいると、先生は根気よく説明を繰り返す。

授業が終わると、夕食。アレッサンドロはその後少しだけテレビを見て、就寝。

なくてさみしいことはあるか、と僕が尋ねたら、「マンマと弟（ふたりともミラノにいる）」「スシ外食」「僕のミラノの家」と答えた。「1番さみしいのは、学校に行けないこと」だそうだ。友達と会えないことだけではなくて、皆と教室にいないと勉強するのが難しいということらしい。

小さな子供達は、うまくひとりで勉強できない。先生に

会えないと、軸を失ったような気持ちになる。

どう、楽しい？

「ううん。感染してしまった人達がかわいそうで、友達に会えなくて楽しくない」

でもアレッサンドロは幸運だ。田舎にいるので、いつでも好きなだけ歩いたり走ったりできる。他の子供達は都会の家に閉じ込められたままなのだ。

5月4日を機に、首相令は段階的に解除されていく予定だ。

このままうまく事態が収束することを祈っている。

マルティーナ・ライネーリ
インペリア

今日は、イタリアがファシズムとナチから解放された記念日だ。私の町インペリアでは、とてもその意義が強く感じられる。というのも、パルチザンで『風を鳴らせ』の作詞家でもあった、フェリーチェ・カショーネが生まれた町だからだ。残念ながら高齢化して、パルチザンの生き証人達の多くが他界してしまったが、私の親族にもパルチザンがいた。誇らしい。父方の叔父は、町の広場の名前になり残っている。18歳になったばかりで、狙撃されて亡くなった。いろいろ話すことがある……。

昨晩から、近所の住人はテラスに国旗を掲げている。

解放運動で書かれたもので、私が1番好きなのは、ジュゼッペ・ウンガレッティの言葉だ。

＜ここに、
目を閉じたまま光を見ることのなかった人々も、
皆が目を開き永遠に光を見て、
永遠に生きる＞

私達は、自由を当たり前のことだと思ってしまう。75年前に自由の種が蒔かれ、大きな犠牲を払って芽吹いた。私達にできるのは、花を永遠に咲かせ続けることだ。

キアラ・ランツァ
トレカスターニ

ニキビは、多くのティーンエイジャーにとって悩みの種だ。そんなことない、という人がいたら嘘つきだ。成長するにつれて、幸いなことに、顔の赤いブツブツよりもっと気になることが出てくる。

14歳をとうに超えた今、おでこに吹き出物を見つけても、気にしないことにきめた。＜ごく自然のことだから＞と、自分に言い聞かせる。ストレスだらけの状況。生理前。これまでと変わってしまった食生活。ずっと屋内での生活。原因はいくらでもある。

「新鮮な空気を吸いながら、屋外のテーブルで勉強するといいかもしれないわよ」

嘆く私に母が言う。「それから、ちょっとチョコレートの量を減らしてもいいのかも……」。小さい声で付け加える。

図星の意見に、私は母をにらみ返す。

このところの私の砂糖消費量は止まるところをしらない。

母の助言のうち、一応ひとつだけありがたく聞き入れて、屋外に勉強場所を移動することにした。

決めた日を間違えたのに気付く。日差しは弱々しく、ジャージの上を着たり脱いだりしなければならず、風にコピー用紙のメモやノートが飛ばされないように押さえたり、庭のあちこちに飛んでいった紙を拾い集めなければならないのだった。

突然、過ぎた夏にデジャヴする。もう9年も前のことだ。同じテーブルで、9月の再試のために古代ギリシャ語を勉強していた。過ぎてみると、懐かしい。

あっという間に昼食の時間になる。テレビはニュース番組を流している。アナウンサーの乾いた声を聞きながら、レタスをナイフで淡々と切る。

しばらくするとアナウンサーが、今晩、首相の記者会見が生放送される、と知らせる。5月4日にロックダウンを解除する、という発表らしい。

どうかそうなりますように。

サーラ・パリアルーロ
ローマ

この2カ月間繰り返してきたように、今日もまた家族といっしょにテレビを見た。ジュゼッペ・コンテ首相が、新しく出る首相令の内容について説明をした（すべて終わって外に出て皆で祝おう、という発表をひそかに期待しながら聞く）。

今日もまた、これまでと同じようにがっかりした。5月4日から待ちに待った＜第2段階＞に入るはずだったが、＜第1段階その2＞と呼んだほうがいいようだ。移動は制限されたままで、スポーツは許されるが2メートルの安全距離を保たなければならず、大学は9月まで休講、店舗は閉めたままである。今日はまだ4月26日だ。がっくりして、力が入らない。劇的な変化を期待するのは、楽観的すぎるとはわかっている。軽率な行動や油断が許されないと知りつつ、2カ月は長い。今晩、その重さに打ちのめされている。

ずっとよく眠れない夜が続く。毎晩、おかしな夢を見る（不吉な夢も多い）。寝苦しかったひと晩を経て、今朝、インターネットを検索した。多くの脳神経学の研究所の調査によれば、疫病禍で以前より人々は夢を見るようになっていて、その大半が悪夢だという。『ナショナル・ジオグラフィック』のサイトによると、＜さまざまな象徴が満載の夢は、各人が無意識のうちに持つ安全が脅かされることに対する、毎日のストレスや強烈な体験を乗り越えるために有効である。ところが、悪夢は起きているときに自覚していない不安を表している。[…] 新型コロナウイルスの感染下では、あらゆるレベルでの隔離とストレスが原因となって、夢の内容にも影響が出る。不安や規制された行動のせいで、不眠に陥る人も出る。夜中に頻繁に目が覚めるのは、夢によるところが多い＊＞

とある。読んで、気がふれそうになっているわけではなく、私だけが感じているのでもないことを知って、ちょっと安堵する。

とにかく、愚痴るのはやめる。私はとても恵まれている。健康で、大切に思う人達も同様に健康であり、家族といられる家があり、両親には仕事があり、私はコンピューターもWi-Fiも持っているので大学の講義も受けられる。あと少し、がんばればいい。

*引用、抄訳:<Coronavirus: come l'isolamento e la paura stanno influenzando i nostri sogni> Rebecca Renner, National Geographic https://www.nationalgeographic.it/scienza/2020/04/coronavirus-come-lisolamento-e-la-paura-stanno-influenzando-i-nostri-sogni

マルタ・ヴォアリーノ
ミラノ

今晩8時、コンテ首相は外出禁止を5月18日まで延長することを発表した。この延長は何より辛い。解禁まであと何日、と数えて楽しみにしていたのに、張り詰めていた気持ちが崩れる。新しい生活が始まり、元の暮らしに戻れる、と心構えをしていたのに。家族もがっかりした面持ちだ。電話越しの友人達も声が重い。

「いつ会えるかしらね？」

誰にもわからない。楽観的に、あるいは強気で「もうすぐ」とは、もう誰も言わない。

ゼロカルカーレという人気漫画家がいるが、外出禁止の事態について毎週動画をアップしている。

そのうちのひとつにとても衝撃を受けた。＜それぞれの理由で、割れた瀬戸物の欠片のような気分だ。でも、喉につかえている塊があって、なかなか取れない。なぜ取れないのか、わからない。事態が収束した後、鏡に映る自分と対面し不安で孤独を感じるようなことが起きたら、もうウイルスのせいにはできない。どうすればいいのだろう？＞

長い休止の時間で、私が感じていることはまさにこれだ。毎日、細心の注意を払いながらの再出発に怖気付く。より幸せな毎日を築こう、とか、試す機会、とか、今日の私には思えない。3週間延びたくらいでは、長い目で見ればたいした障害ではないのかもしれない（20代のうちのさらなる3週間は、かなりの重みがあるが）。

でも、今晩はそういう気分にはなれない。

アレッシア・アントニオッティ
モンテレッジォ

　3日間、教科書に埋もれて過ごし、各教科の先生達へも課題を提出したので、やっとリラックスしている。弟が遊べるように、家の横にミニ・ピッチを造った。ゴールに押し潰されていた花の手入れをし終えて、ベッドに寝転び、テレビドラマを見た。

　勉強と違うことをしたかった。

　夕食後、国語の先生からメールがあり、提出した課題がよくまとまっている、とほめてあった。

　いっしょうけんめい働き、それが評価されるのはすばらしい気分だ。

4.27

キアラ・ランツァ
トレカスターニ

「コンテ！　コンテが話すわよ！」

　台所に駆け込む。4月26日夜8時20分。全国に生放送でジュゼッペ・コンテ首相の会見が中継される。

　ガスコンロの上には、熱々のピッツァが大きなまな板に載っている。オーブンから出したばかり。でも、誰も夕食のことなど気にかけていない。私達のこれからについて、コンテの話を聞くまではそれどころではないのだ。

　ルーフォは、私達とは違って、優先順位がはっきりしている。皆が他に気を取られているうちに、なんとかピッツァをひと切れ失敬しようと、チャンスをうかがっている。

　世の中が静まり返っている。W杯のPKと同じ空気だ。PK戦の1シュートに、この場合はひと言に、歓喜が炸裂するか果てしない失望が広がるかがかかっている。

　ドキドキしながら全身を耳にして、首相の話を聞く。

　工場が再開する。自転車やジョガーは、ほぼ自由だ。父はここですでに大満足だ。

　親戚に会ってもよい。母を見る。頭を振っている。

「会いに行こうなんてまだ考えちゃダメよ。行くにしてもおばあちゃんはさておき、まずはおじさん、おばさんくらいからにしておかないと」私に釘を刺す。

　祖母と叔父叔母はカターニャに住んでいる。同じ建物内の、同じ階に。祖母は85歳だが、おおよそ身の回りのことは自分でできるし、必要に応じて叔母が手伝ってきた。ところが、この外出禁止が始まってからというもの、＜高齢者には高いリスクがある＞と繰り返し警告され、まったく家から出ない生活を続けている。私達も外出は控えているものの、外との接触はどうしても避けられない。この状況でも、父はずっと働いているからだ。だから母が、祖母や叔父叔母に会いにいくのをやめたのである。

　コンテ首相は話し続けている。もうだいたい内容はわかってしまった。待ちかねていた＜第2段階＞は、細心の警戒の下に開始される。規制を段階的に緩めていくが、途中、絶対に感染拡大のぶり返しがあってはならない。実質的な解除は、5月18日に先送りされた。がっくり落ち込んで、夕食。

　今朝、母の声で目が覚めた。大声で電話をしている。

「……それでは、もう予約できるのですね？　もちろんです、予約します！　6月末に生徒達の卒業試験がありますので。まるで死んだ猫が頭の上に載っている感じなんです。予約、予約。6月にお願いしますね。ありがとうございます。それでは近いうちにまた！　本当に会えますように！」

　電話をかけ終わったところで、母の部屋へ行く。

「何？」母が構えて言う。「そろそろ自由に美容院の予約をし始めたっていいわけでしょ」

公告 9

2020/4/28

新型コロナウイルス感染防止のためのイタリア政府対策

4月26日首相令
在ミラノ日本国総領事館 抄訳

●4月26日首相令が、27日官報に掲載されました。本首相令は、5月4日から17日まで有効です。
主な内容としては、これまでに発出されていた移動制限や生産活動の制限を少しだけ緩和するものとなっています。
同首相令の概要をまとめたものを、在イタリア日本国大使館のHPに掲載致しましたので、参考にしてください。
https://www.it.emb-japan.go.jp/itpr_ja/covd_19_20200401dpcm_00001.html
［御参考］
4月26日首相令（イタリア語）：
http://www.governo.it/sites/new.governo.it/files/Dpcm_img_20200426.pdf

●在留邦人の方々の日常生活に関連する主な規定は以下の通りです。
— 人の密集を避け、対人距離1メートルを確保しマスクを利用することを条件に、証明される業務上の必要性、健康上の理由のみによる移動が許可される。
— 公共または私的交通機関を利用して、現在自分か居住する州から別の州へ移動することは、証明される業務上の必要性、極めて緊急性の高い事態、健康上の理由を除き、禁じられる。
— 公共の場及び私的空間における人の密集を禁止する。
— 屋外での娯楽・レクリエーション活動は認められていない。個人か、未成年や介護が必要な人は付き添いを伴い、スポーツには最低2メートル、運動には最低1メートルの対人距離を確保する場合、スポーツや運動をすることが認められる。
— 飲食業は営業休止（カフェ（バール）、パブ、レストラン、ジェラート屋、菓子店が含まれる）
— 食堂及びケータリングサービスは、最低1メートルの対人距離を確保する条件で、営業休止対象から除外される。
— 調理及び宅配の時の保健衛生規定遵守のもと、飲食業の宅配サービス及び店舗からの持ち帰りサービスは認められる。
— 製造業、建設業、卸売業等の活動再開が認められる。（首相令別添3に例示）
— 交通機関内を含む公共の屋内の場や継続的に対人距離を維持できない場合には、マスクの使用を全国で義務化する。6歳以下の子供、障害者、これらの人々のケアにあたる人々は義務の対象外。
— マスクは、然るべき防護に適した多層構造の素材で快適さと呼吸可能性も保障するものであれば、コミュニティで作ったマスク、使い捨てマスク、洗浄して繰り返し利用可能なマスク（自家製マスクも含む）であっても差し支えない。

●なお、同首相令では、「各州知事が保健相との合意のもと決定する、州内の特定地域に対する（本首相令より）厳格な感染拡大防止措置は、引き続き適用される」とされており、州によって、更に厳格な措置が取られることもあります。居住されている州の州令等を確認されることをお勧めします。

（原文ママ）

クラウディア・ダモンティ
デルフト（オランダ）

雨が帰ってきた。窓ガラスに当たる雨音が、部屋いっぱいに響く。私の部屋には1日じゅう、陽が差し込まず、寒くて暗い。うっとうしい空模様に、じめつく私の気持ち。

もう1週間近くも何も書いていないことに気が付く。この間、私は何をしていたのだろう？　振り返ってみるが、思い出せない。代わり映えしない毎日がぼんやり過ぎていっただけだ。オランダの空が贈ってくれた、わずかな太陽を浴びるために、寸暇を惜しんでバルコニーや庭に出て過ごしていたはずだ。肌に受ける太陽が大好きだ。何時間も、何もせずに、次に起こることを静かに待ちながら、じっとしていた。

誕生日や記念日やさまざまな祝い事だったのに、抱きしめて祝えなかった人達のことを思う。私の国、イタリアの解放記念日だったのに、遠くに離れていて悲しかった。昨日27日の月曜日はオランダの国王誕生日だったが、伝統のオレンジ色の町の飾り付けや祝典も今年は行われなかった。

それでも時は、何事もなかったかのように過ぎていく。暦は動じない。でも、まさにこうした大切な行事を前にして、今起こっていることの深刻さを強く実感している。すべてが不吉な気配に覆われ、不安だ。

少しずつ頭がおかしくなっていくような気がする。

ジュリ・G・ピズ
ヴェネツィア

空は灰色で重く、ヴェネツィアの運河を覆っている。
勉強と読書で何時間も過ごす。
時が経ち、夜が来るのを待って、眠る。
時々差し込む陽に、春だったことを思い出す。
午後に雨が降り始める。たいした降りではないのに、じっと動かず待っている町に、雨音は強く聞こえる。
窓の外を見る。運河はモノクロに沈んでいる。
ソファで本を読みふける。
お茶を、そして2時間後にワインを1杯。
20時だ。
色が帰ってきた。

マルティーナ・ライネーリ
インペリア

私の今日がどういう1日だったか、2語で言い表せる。不確かさとフラストレーション。

不確かさは、私の仕事が今後どうなるのか、この状況では予測が付かないことによる。

フラストレーションは、政府をはじめとする組織が、これから先の商業活動についてさまざまな言葉が飛び交い、それに真っ向から反対して収拾がつかないからだ。私が仕事を再開するためには、防御キットが必要になる。数週間前に注文し、支払いも済ませている。それなのに、まだ着かない。しかもかなりの額だ（緊急事態前に同じ業者へ払っていたのは、外科用マスク50枚入りが1箱1.20ユーロ＝約140円だったのに、まったく同商品に今回は1箱69.90ユーロ＝8,180円に上がっている）。

この状況での紛失について詮索し始めると、喉元まで胃が上がってくる。

このあとまた感染のピークがやってくるのだろうか？

少しずつ状況はよい方向へ向かっていくのだろうか、それとも？

これから少しずつ規制が緩和されていく段階を迎えて、今後のありうる危険に対して、不安は拭いきれない。仕事に早く戻りたい。患者さん達と会い、高齢者達の話を聞き、彼らのために何か役に立つことをしたい。でも、正直、少し怖い。

こうして書きながら、自分が息を止めているのに気が付く。

ゆっくり深呼吸をして、落ち着かなければ。

キアラ・ランツァ
トレカスターニ

この一両日、大臣に副大臣、弁護士や裁判官達が、5月4日に発動となる新しい首相令の解釈に侃々諤々（かんかんがくがく）である。首相は新しく発令される規制の中で、<親類縁者>と会うことを許可する、としている。この<親類縁者>とは何なのだろうか？

近しい親族、のことだろう。首相の説明を聞きながら、そう思っていた。

次の日になり、使った単語の意味があいまいなことに対しての不満が広まったため、大臣が<親類縁者>には恋人やパートナーも含まれる、と解釈を明らかにした。さらに副大臣が、カテゴリーには友達も含まれる、とした。つまり、たった2日ほどの間に<親類縁者>の意味は、<すべてであり、皆無である>ということがわかった。いずれにせよ政府からの強い警告は、<責任感を持つこと>に変わりない。

現在、世の中は速度を落とし始めている。試験前のように胃がキリキリする。本当にこの方向のまま行くのだろうか？ もちろん、以前のようなほのぼのとした集まりがすぐには実現しないことはわかっている。抱きついたり、タバコの回し飲みをしたり、これまでごく普通にしていたことは不可能なままだ。

1日、考えている。本当に外出してもいいのか？ ちゃんと理解できているのだろうか？ 首相令の言葉をどう解釈したらいいのか、皆が話題にしている。でも、私にはすべてがシュールに思える……。

言いしれない不安と恐怖に襲われる。緩和されるというのが本当ではないかも、という恐怖。元のもくあみになるのではないかという恐怖。収束しない恐怖。たぶん外出してはいけないのではないか。期待してはならないのではないか。すべて終わるまで家にい続けたほうがいいのではないか……。

考えているうちに、呼吸が短くなってくる。恐怖で頭が真っ白になり、次第に胸苦しくなってくる。空気が欲しい。部屋の窓を開け放つ。薄いピンク色の夕空が広がる。見ているうちに少し落ち着いてくる。心の中に平衡感覚が戻る。静かに息を吸い込む。

これほど長い時間、空を見ていたことなど、これまでになかった。

アレッシア・アントニオッティ
モンテレッジォ

今日は悪天候だ。気分は天候に左右される。私は気象病ではないと思うけれど、今日の空模様と同じ気分だ。四方を壁に囲まれて過ごすことには、もう疲れた。家族以外の人達にも会いたい。大切な人達を抱きしめたい。学校へ戻り友達に会いたい。親戚といっしょに過ごしたい。

私の低調に気付いた弟が、Wiiでいっしょに遊ぼうと誘ってくれる。ずいぶん前からいっしょに遊んでなかった。ふたりで思いきり踊って、楽しかった。さっきまで塞いでいたのを忘れる。

誘って気晴らしさせてくれて、どうもありがとう。弟。

音楽とダンスは何よりの薬だ。

ミケーレ・ロッシ・カイロ
ガーヴィ

今日は、兄ピエロにいくつか質問してみることにした。兄は、家業の農園事業を経営している。イタリアの中小企業が、どのようにこの危機に対面しているのかを話してもらうためだ。

— チャオ、ピエロ。まず事業について説明をお願いします。

「<ラ・ライア>は、180ヘクタールの農地でワイン製造をしています。ワインだけではなく、自然の持つさまざまな生産力を紹介することを事業の核としています。どういうことかというと、敷地のうち48ヘクタールをブドウ農園にあて、残りの敷地で家畜を飼育しています（ピエモンテ種のファッソーネという食肉用牛を30頭）。養蜂からのハチミツ製造やヒトツブコムギとスペルトコムギを栽培しています」

— 事業にどのような疫病感染の影響がありますか？

「大半の企業は、売上が激減したりゼロになったりしています（地域によりますが）。うちのような農園は、純粋な商業活動とは違って、停止できません。その上、今季は欧州連合からの投資を受けることがすでに決まっていて、計画を先延ばしに変更できませんでした。だから、仕事はむしろ増えています。売れずに作業が増えて、利益率は激減しています。なんとかネットなどで売上を出そうと試みましたが、ワインは実際に体験して売れるものですので、ネットで宣伝してもあまり効果は期待できないでしょう。<ラ・ライア>は、受け入れの新事業（ホテル業）も3月に開業の予定で準備してきましたが、今年はおそらく無理でしょうけれどね」

COLUMN 13

疫病と物流と安全と

1348年の大流行以降、繰り返してペストや疫病に侵されたヴェネツィア共和国では、感染を拡大させないためには防御と封鎖あるのみ、と隔離島を作った（コラム1参照　P17)。隔離は船員だけではなく、当然、積荷も対象となった。感染を防ぐには、＜絶対の安全＞が必要だからである。

ヴェネツィアに残存する建物では、造船所跡に次ぐ最大の床面積の建築物が、隔離島ラッザレット・ヌオヴォにある＜テゾン・グランド(大倉庫)＞である。1500年代に建立された。本島に入港する前に40日間、防御のための隔離待機をする船団と乗組員とともに、異国から運ばれてきたさまざまな荷をこの大倉庫に一時保管した。

主に東方の異国の積荷からの強い臭いが混じり合い、消臭と殺菌のために日に数度、ビャクシン（ヒノキ科の針葉樹の一種）とローズマリーが燃やされた。

この全長102メートル、幅22メートルの巨大な長方形の大倉庫には、荷主と出荷予定先で貨物は仕分けて収蔵されていた。詳細な預かり証明の記録が現存する。

倉庫の壁には、荷物が運ばれてきた日付けや荷主名、出荷予定先、荷の内容、直前の寄港地（コンスタンチノープルかキプロス島）などが書かれた当時のまま、赤い文字で残っている。船の鉄製の部品の錆を利用し、色止めに卵の白身を混ぜ合わせて使われた。当時、消毒には石灰が利用されていた。

壁に残る貨物についての記載には、四方を額縁のように三角形▲を並べて囲ったものがある。この三角形は＜オオカミの歯＞と呼ばれ、古くから海の男たちの魔除けとして使われてきた。貨物の記録をオオカミの歯で囲んで、＜無事に隔離を終えて、出荷できるように＞との神からの加護を祈ったのである。

現在、試験や手術、問題に立ち向かう人を励ます際に、＜オオカミの口に飛び込め！＞と言うが、これも魔を遠ざける＜オオカミの歯＞からの転用なのかもしれない。

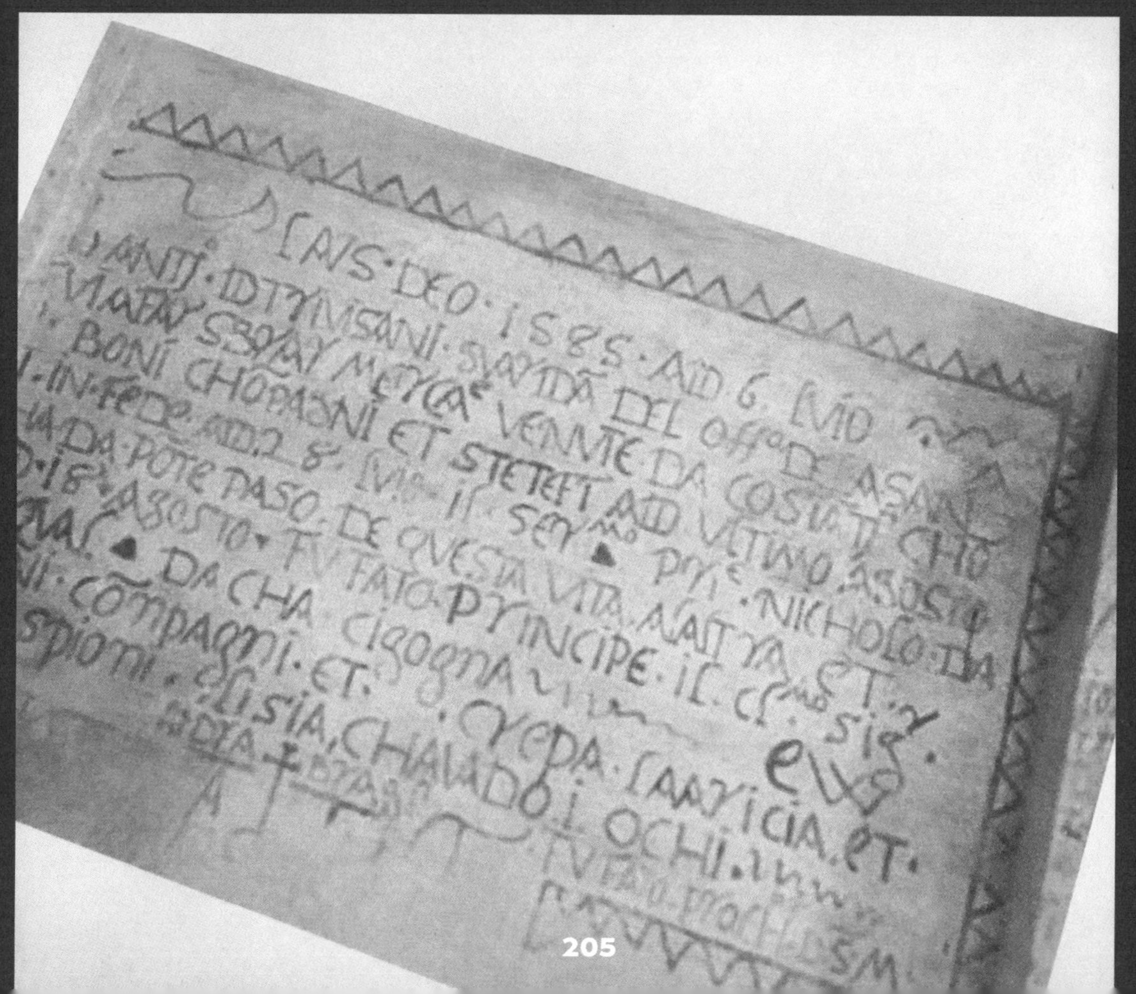

4.30

サーラ・パリアルーロ
ローマ

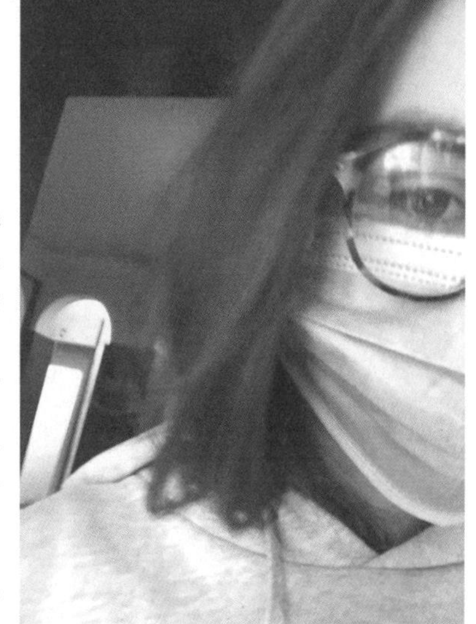

今日は外に出た。2カ月間で初めて、うちのマンションの中庭の向こう側まで行った。

他の4人と暮らしているので（私の家族のこと）、買い物や用事には誰かしら行く人がいて、私に当番が回ってこなかったからだった。

それに、私が怖がっているせいでもあった。ウイルスが怖いのではない。きちんと防護のための規則を守っていれば、100メートルかそこらを歩くだけでは感染しないだろう。それより私が尻込みするのは、変わってしまった今の世界に向き合わなければならないことだ。広場にある文房具店より先には行けないことや、歩道で人とすれ違うときに1メートルの距離を取るために避けられてしまうかもしれないこと、ボールペンを買いに行くのにマスクとゴム手袋を着けたくなくて、外に出るのをためらっていた。でも、今日は出かけたのだ。

最初に気が付いたのは、春の到来だった。心地よい気温とそよ風は、思いがけなかった。分厚いトレーナーを脱ぎながら、どうして今まで気が付かなかったのだろう、と思った。家に閉じこもっている間に、私は新しい季節の始まりも逃してしまった。

歩きながら、私のようなメガネ族は外出禁止の後やっかいだな、と感じた。しょっちゅうメガネがマスクでずり落ち、息でメガネが曇って視界が5センチメートルになるからだ。この先毎日マスクをするようになるのか。コンタクトレンズを引っ張り出してこなければ。

アンジェラ・ボナディマーニ
ミラノ

4、5日前に、24時間配信し続けている動画があるのを知った。ケニアの池に合わせてカメラが設置されていて、そこへ水を飲みに集まってくる動物を映している。1日目の朝は、象を見たくてアクセスしてみたがダメだった。ところが今日は、ちょうどよいタイミングでアクセスし、象が池で水を飲んでいるところを見ることができた。偶然に生中継で、ごくシンプルだけれど特別なことを見られて感激する。

私は几帳面な性格だ。到達目標を定め、＜これを達成したら満足するだろう＞と思い込んでしまうことがしばしばある。象のこともそうだった。象を必ず見る、とあらかじめ決めてかかった。ところが偶然にそれが叶ってみると、魂を奪われたようになった。幸せを感じたり、満足や充実した気持ちになるときというのは、正確に定まっているわけではない。思いもかけず、突然に起こるもの。自分にとっての象がいつ現れてもよいように、その瞬間に遭遇したら一瞬を堪能できればいい。

クラウディア・ダモンティ
デルフト(オランダ)

4.30

いったいいつ家に帰れるのだろう。イタリアの私の家族のもとに。5月4日以降は、首相令の厳しい規制は緩和される予定になっている。段階を経て緩めていきやがて普通に戻る、という計画だ。移行には、かなりの時間をかけていくことになるようだ。全面的に自由にしてしまうと、感染拡大がぶり返すリスクがある。つまり未来は不確かなままで、私は遠くにい続けるのだ。

母は、まだあと数カ月は離れ離れのままらしい、と知ると、あわて始めた。洋服や薬、食料品に私が不便をする、と心配している。まるでオランダには店がないかのように。いずれにせよ今の世の中、どんなものでもオンラインで注文できるというのに。イタリアの郵便局は、ウイルス騒ぎ前から停滞気味なのだ。何も送ってくれなくてもだいじょうぶ、と母を納得させるのに数日かかった。

ノー、マンマ。バリラ社のスパゲッティはここでも売ってるのよ。心配しないで。ノー、マンマ。あのワンピースは要らないから。パジャマを着替えて出かけるとしても、1週間に1度くらいだし。

ノー、誕生日プレゼント……。まあ、そうね。それは欲しいかもね、やっぱり。

となると、送りついでに何冊か本を入れてくれる? え、そうねえ。ミラノの私の本棚の写真を送ってくれたら、どれにするか選ぶから。

それで、この通りです。ずらりと送られてきて、携帯画面がぎゅうぎゅうだ。

でもすごいでしょう、私の本棚。

ヤコポ・ディ・ナポリ
ミラノ

外出禁止下で、僕達の社会的な組織はリサイズされた。人と会えなくなったが、<見る>という文字通りの意味ではビデオ電話で、まだ会うことはできるのだが。

ちょうど今、ビデオ電話を終えたあとに、これを書いている。

この2カ月、少なくとも週に1度、大学の仲間と画面を通してビールを飲みながら雑談する習慣になっている。5年間、ずっといっしょに飲んだり勉強してきたように。

以前は、僕達4人、それぞれの家からの中間地点にあるパブなどの店で、各家庭の習慣に合わせて都合のよい時間を決めて集まっていた。僕を含む二人は親が南部イタリアの出身で、8時半から9時までに夕食を済ませる習慣がない。他の北部出身の二人は、僕達ゆっくり組を辛抱強く待つことになる。2、3時間ほど雑談した後、深夜零時近くに別れていた。落ち合うのはたいてい週中の夜で、翌朝は大学か病院へ行くために早起きしなければならなかったからだった。それぞれがバスやバイク、自転車で家へ帰っていた。目を閉じたら瞬時に家に戻れるといいな、と思ったものだった。瞬きしたら、友人、夜の集まり、パブ、ビール、という社会的な空間から、ベッドやパジャマ、歯磨き粉という個人的な空間へとワープできればいいのに、と思っていた。

ビデオ電話だと、それが可能になっている。ビデオ電話を終え、右上の小さな×印の上をクリックすれば、すぐにそこは自分の寝室でパジャマを着ている状況に戻れるのだから。

でもそれが、少しも気分のいいものでないのを知った。帰路が簡単すぎると、個人的な空間へ帰ってくるのが似非で、帰着先が空っぽのように感じるからだった。未来のテレ移動を空想しながら、バスに揺られて家へ帰っていたあの30分が懐かしい。

シルヴィア・クレアンツァ
コンヴェルサーノ

今日、スペクタクルなことが起きた。

今朝、テラスに出て本を読むつもりだったが、窓の隙間から風の音が聞こえた。寒いのかも、と確かめるためにバルコニーに出てみた。窓を開けたとたん、低く唸る音が聞こえた。見上げて、驚いた。数千匹の虫が塊になって羽音を鳴らしながら飛んでくる。次第に近づいてきて、羽音が大きくなってくる。大群は竜巻のように大きく強くうねり寄せ、このままでは飲み込まれてしまう、と怖くなった。急いで窓を閉め、セルジォを大声で呼んだ。ふたりとも窓ガラスに顔を押し付けて見入ったまま、声も出ない。こんな光景は生まれて初めて見る。まるでこの世の終わりだ。地球の終焉の警告ではないか。世界中が疫病に侵され、温暖化のせいでますます温度は上がり、人間は家の中に閉じこもり、空には不吉な生き物が飛ぶ。

しばらく見ていると、ハチの大群だとわかった。繁殖期で巣が分封されるのか、集団移動の最中らしかった。次の女王バチへの世代交代が近づくと、女王バチは棲み慣れた巣を去る。そのときにいっせいにファミリーの働きバチ達が移動するのだそうだ。ハチの中には遠くまで新居を探しに飛び回り、見つけると古巣へ仲間を連れに戻り、集団で移動を始めるのだという。

驚きが好奇心に変わって、部屋から外を熱心に観る。

ハチ達の新居はどこなのだろう。新しい女王バチの下に、皆といっしょに平和な暮らしが永く続くように祈りながら、空を見続ける。

Cucina
leggera
COOKING

5.1

エリーザ・サンティ
ヴェネツィア

昨日、散歩に出かけた。ヴェネツィア本島へ渡り、空っぽの様子を見てみたかった。少し気持ちが明るくなればいい、と願った。違う空気を吸えればいい、と願った。ヴェネツィアの空気を味わえるといい、と願った。

着替えた。誰か待ち合わせているかのように、お洒落した。香水を付けて、化粧をした。マスクを着ける。マスクはすでに、世の中の人々全員の義顔のようなものだ。身体といっしょに生まれたものでない物は、身体に着けて使ってもしょせん装身具にすぎない、というのがわかった。装身具を着けると、私達はサイボーグのようになる。サイボーグは、人工頭脳と有機体の合体だ。今の状況で、私達は全員、ちょっといつもよりもサイボーグっぽい。

さて、出かける。

天気がいい。水上バスに乗る。装身具としてゴム手袋を加える。これなしでは、水上バスに乗せてもらえないのだ。外を眺める。サン・マルコで降りることにする。もう2カ月半も行っておらず、さみしかったから。

水上バスを降りる。歩く。歩く。歩く。ときどき息を吸う。吐く。吸う。吐く。外に。中に。何かおかしい。空気がうまく流れない。歩き続ける。やっとサン・マルコ広場に着く。空っぽだ。誰もいない。あたりを見回す。鐘楼塔。ドゥカーレ宮殿。柱。時計。郷愁感に打ちのめされる。

私が住むジュデッカ島を見る。黒い雲が低く垂れ込めている。遠雷が聞こえる。

歩き始める。前方に行く。ドゥカーレ庭園に向かって歩く。歩く。歩く。歩く。息を吸う。吸い込んだばかりの息を吐く。中へ。外へ。もう1回、中へ。温かな空気がぎゅっと集まって顔に当たる。息を吸う。吐く。吸う。吐く。

座る。マスクを下へ1分間だけ下ろす。周りを見る。うれしくない。以前、多すぎる観光客のせいで、馬の像から先へ橋を渡って岸壁を歩けないことが多く、私はしょっちゅう文句を言っていた。言ったことすべてを後悔する。空っぽのヴェネツィアなど、ヴェネツィアではない。

家に帰るために、立ち上がる。ゆっくりと息を吸う。空気の流れがよくない。人々は、好き勝手にぶらぶら歩けない。誰もいない空間にヴェネツィアはどう対面し、この先どうなっていくのだろう。

空っぽで、息をするのが難しい。皆、息を止めている。皆、装身具を通して息をしている。慣れないといけない。吸って、吐いて、吸って、吐いて、吸って、吐いて。

<Cantamaggio 2020>
©Proloco di Montereggio/UNO Associates Inc.

アレッシア・アントニオッティ
モンテレッジォ

外出禁止の期間を通して、最も変な日だった。私の17年の人生で、5月1日を家の中で過ごしたのは初めてだ。今日、村では＜5月は歌う＞が行われたはずだった。古くからの村祭りで、演奏しながら歌いながら、新しい季節の到来を祝して1軒ずつ訪ねて回る、伝統行事である。朝早くから皆といっしょに、私はアコーディオンを弾きながら家々を訪ね歩く。訪問先の家は、歌い演奏する人達に飲み物と料理をふるまい、1日を過ごす。夜になると、村の広場に全員が集まり、各自が持ち寄った料理や飲み物で祭りが続く。その間もずっと歌う。声がかれるまで歌い続ける。

今年は、何もできなかった。1日じゅうとてもさみしかった。友達や親戚から、去年の村祭りの写真が送られてきた。＜大きな穴＞は埋まらない。ただそばにいて、いっしょに歌い演奏したかった。さみしい。

マルティーナ・ライネーリ
インペリア

おかしな1日だった。毎年メーデーには、友人達と野原にピクニックに行き昼食を楽しんだり、バーベキューを始めてみたり、生ぬるくなったビールを片手に音楽を大音量で聞いたりするのが恒例だった。夕方帰宅すると、鼻の頭や肩が赤く日に灼けてヒリヒリしたものだった。

今年は当然、そういうことは何もしなかった。私が最も しっくりこなかったのは、5月1日には決まってローマのサン・ジョヴァンニ広場で行われていたコンサートの代わりに、イタリア各地で行われた聴衆なしのコンサートの中継を見たことだった。

私は毎年、ピクニックから帰宅すると必ずテレビを点けて、恒例の＜大コンサート＞を流していた。会場に実際に行っていなくても、年中行事に参加する気持ちになった。心が温まる思い出だ。

またコンサートに行けるようになるのに、いったいどのくらい時間がかかるのだろう？ ＜普通＞の暮らしに戻るのに、どのくらい時間がかかるのだろう？

マルタ・ヴォアリーノ
ミラノ

「こんにちは。＜ごく簡単な作業の課＞でしょうか？」

― そうです。ご用件をどうぞ。

「大変に込み入った作業のことでお電話をするのですが……」

― それは困りましたね。こちら、ご存知のように、＜ごく簡単な作業の課＞でして。

「そうおっしゃらずに、まずは私の話を聞いてくださいませんか。この番号に電話するように、と助言されましたので。申し上げたいのはですね、私は今とてもショックを受けているのです。右のこめかみのあたりに、白髪が1本見つかりまして。黒い髪が何億本も生えている、顔から遠い位置に隠れているならともかく、目に付くところに生えているんです。白髪は、私のことをからかっているに違いありません！」

― だいぶん前から外出なさっていないのですよね？

「え、なんですって？ 助けてくださらないと困るのです、おわかりでしょうか？ いったいどうすればいいのでしょう？ 外出禁止が解けると、皆がモヒートを飲みに行ったり、夜通し踊ったりするでしょう……。絶対にこの恥を知られたくないのです」

― 外出禁止は解除されませんよ。大勢が集まるようなことは、この先もしばらく禁止されます。

「それは、私が今問題にしていることではないのです！ こめかみに白髪だなんて、若い私には早すぎるし深刻な問題なんです！」

― お嬢さん、それはだんだん年をとっていっている、ということなのですよ……。誰もが年を取ります。

「まず第1に、＜お嬢さん＞などと呼ばないでいただきたいです」

― （ということは、この相談者は熟年女性なのだな……）

「それから、私がだんだん年をとっていっている、とはどういう意味なんですか？ 18歳は、まるで昨日のことのようなのですからね！ 人から年齢を問われると、まちがえないように数秒、考えないといけないくらいなのです。それに外出禁止のこの期間ずっと、時間が経たないように感じていました。私がここに閉じ込められている間に、世の中が先に進んでしまったとでもおっしゃるの？ どういうことでしょう？ 白髪になり、卒業まで残すところわずかな試験だけ。つまり来年には医者になるというのに、いったいどのように医者になれるのかわからない、というのはどういうことなのでしょうか？」

― ……もしかしたら、あなたの問題は白髪ではないのかもしれませんね……。

「……」

― ……。

「それでは、何色のヘアカラーで染めればいいのでしょうか？ 焦げ茶ですか？ 何色か混ぜ合わせると、自然な染め上がりになるのかしら……」

― 白髪は1本だけなのですから、もう少しお待ちになったほうが。

「わかりました。それでは25歳くらいになるまで、白髪染めは待つことにします。

― 余計なことですが、外出禁止の解除や夏を待たずに、ぜひモヒートを楽しんでください。

「そうですね。きっとそのほうがいいですね」

― これぞ、＜ごく簡単な作業の課の簡単な解決方法＞です！ 楽しい夕べをお過ごしください。引き続き、外出禁止もどうぞ楽しんでください。

おいしいモヒートで乾杯！

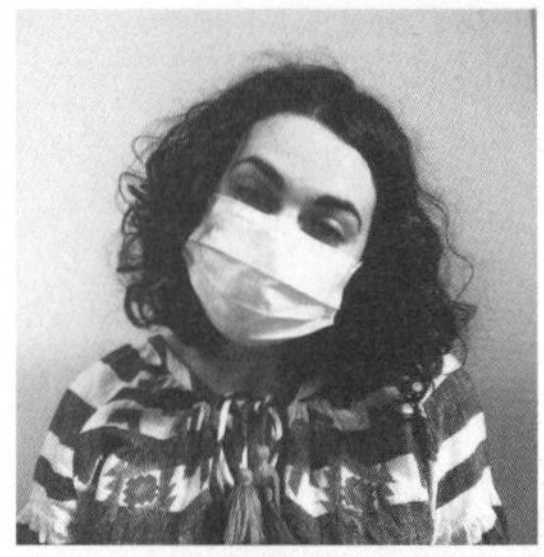
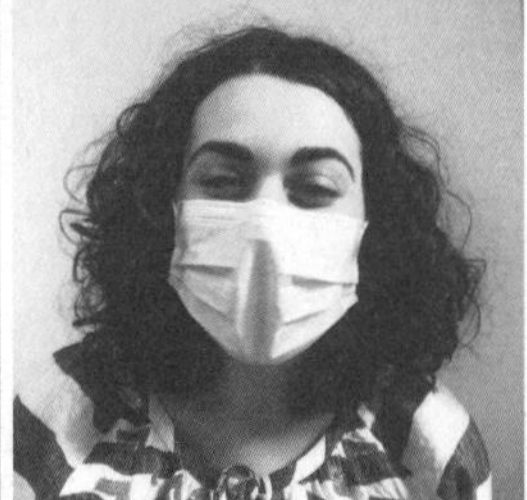
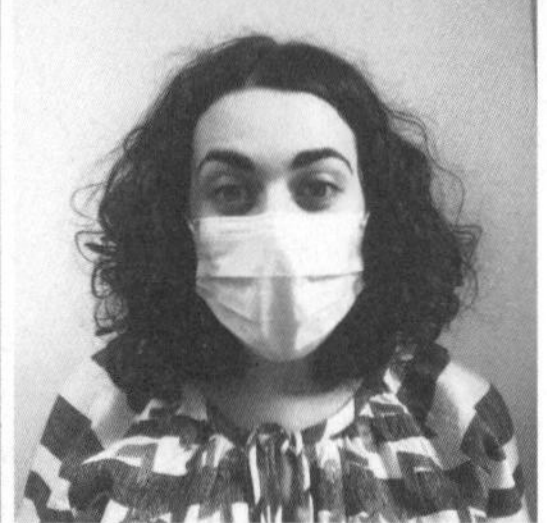
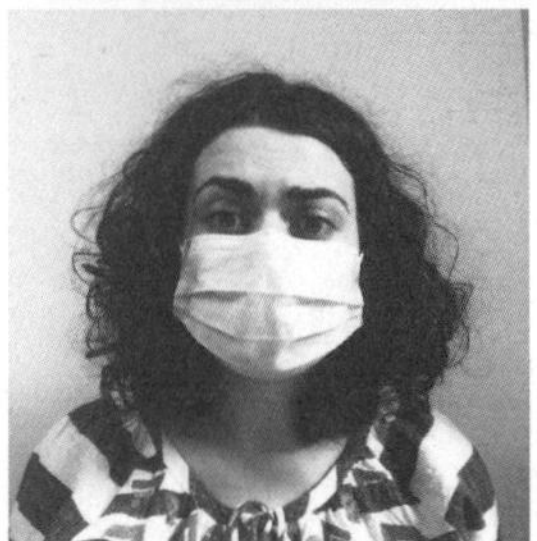
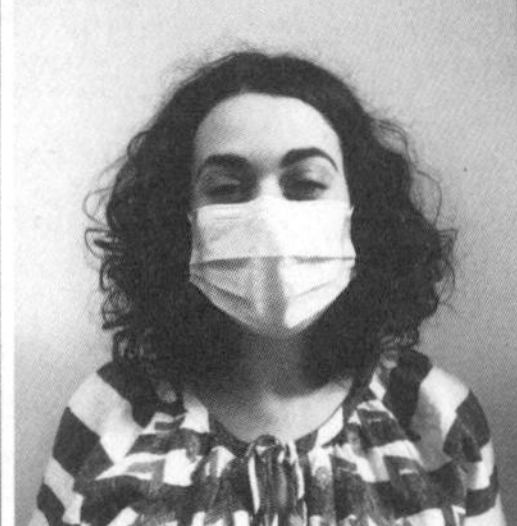
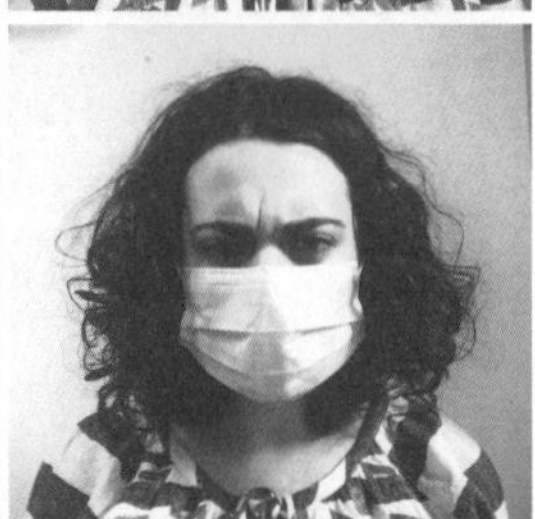
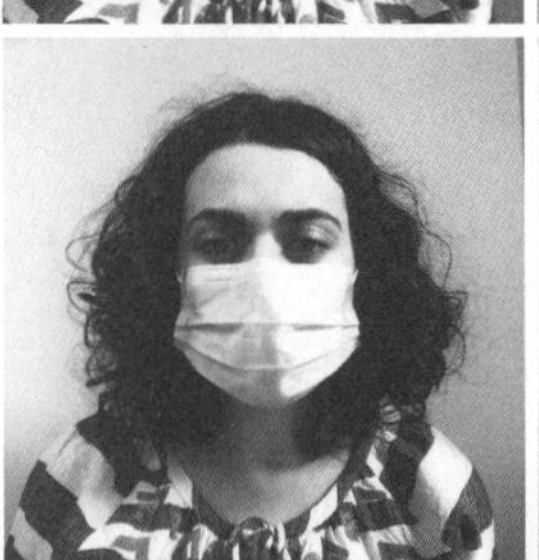
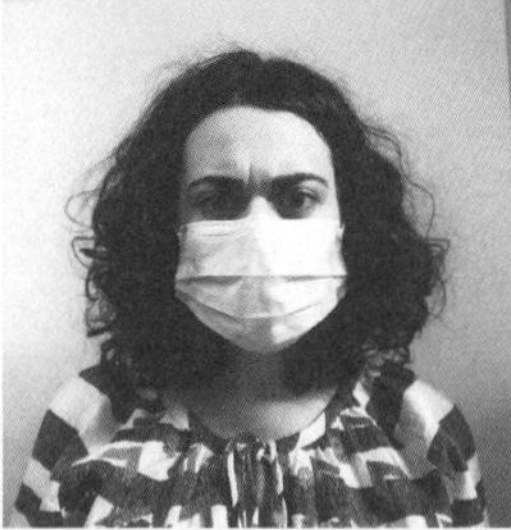
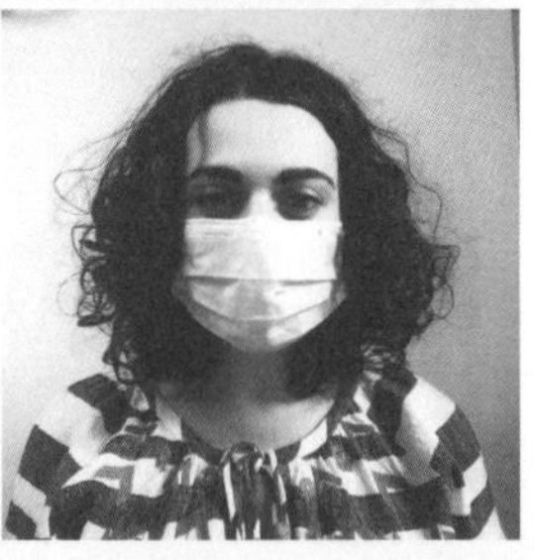

アレッシア・トロンビン
サヴィリアーノ

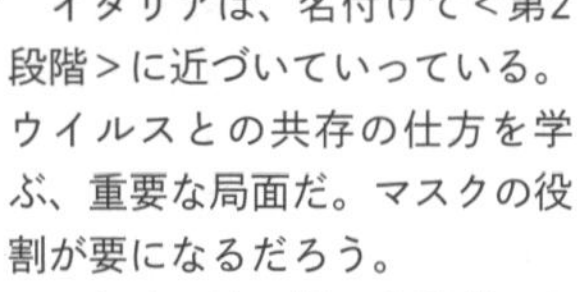

イタリアは、名付けて＜第2段階＞に近づいていっている。ウイルスとの共存の仕方を学ぶ、重要な局面だ。マスクの役割が要になるだろう。

これまでは、顔の表情がコミュニケーションに重要な役割を果たす、と考えてきた。

今日は朝からずっと、同じことを考えている。

＜マスクを着けていて、感情は伝わるものだろうか？＞

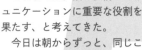

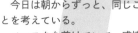

キアラ・ランツァ
トレカスターニ

シチリアは、イタリアの南端に位置する島である。濃い歴史の大地だ。フェニキア人、古代ギリシャ人、古代ローマ人、カルタゴ人、ビザンチン人、アラビア人、ノルマン人、アンジュー家、ブルボン家、ピエモンテ人、アメリカ人達が足跡を残してきた。

シチリア人は、さまざまな民族が混合して生まれた。

この1文にシチリアの運命が凝縮されている。この島の人々は闘い、そして愛し合ってきた。異なり、対極にいる敵と愛する人と。憎しみ合い、惹かれ合い、混ざり合ってきた。

シチリアは、地中海の真ん中にある。私達シチリア人は、すべての中心にいた。侵略者や略奪者、犯罪者や信者の地だった。

何世紀にもわたり、シチリアは世界各地の多様な人種の遺伝子と文化を受け入れて、継ぎ、この島の中に小さな世界を集結させてきた。

シチリア人にとって揺るぎない基軸は、海とエトナ火山である。火山はすべてを見ている。普通の山とは違うのだ。彼女は（そう、エトナ火山は女性！）、生きている。島民と話し、不平を漏らし、ときどき怒りを爆発させる。世の中に自らの存在を気付かせようとする。朝起きると、バルコニーが火山灰で真っ黒になっている。外から島へ戻ってくるとき、飛行機から真っ先に見えるのは、エトナ火山だ。

全世界が島の中で完結されているということで、シチリア人はどうしても自己中心的になる。故郷よりすばらしいところはないと信じている。だから島の外の世界すべても、自宅のベッド横か居間の小卓の引き出しにしまってある物差しで測ってしまうところがある。

シチリアには、大都会が存在しない。つまり、全員が全員のことを知っている。だからシチリア人は、自分より大きな何かと遭うと恐怖を抱く。外から島に入ってくるものは、自動的に脅威とみなされる。同時に、外から来るものはすべて過小評価され、蔑まれる。島から出ていくことを決意した人は恥知らずとされ、同郷人から非難される。島の人にとって裏切りと同じなのだ。

この異なることを嫌悪する、というシチリア人の特質は、島の歴史とは相反している！

島には、いつもふたつの顔があった。島の南部は常に悲劇に見舞われ、北部はローマ教皇や国王、侵入者達の闘いの舞台だった。南部の財は略奪され、大罪の源とされてきた。こうしたシチリアの事情は、イタリアの特性でも政府のせいでもない。島には、北と南と、すべての大陸的なことと、町と州と村と地域と家族が内包されているからだ。

こうした多様な文化性は、唯一無二のホスピタリティとして現れる。過剰な、と言ってもいいほどだ。熱く、気前がよく、惚れやすく、人情深い。広く外へとつながる必要もなく、限られた関係の中だけで、ブツブツとエトナ火山が噴火して溶岩を流すように文句を言い合うこともある。表立って言わない、ということもまた、シチリアの特性のひとつである。露出させないユーモアや、目だけで言いたいことを伝える、などだ。
<Genti ca dici ciao cu 'na taliata>（人は目でチャオと言う）と、カターニャ人のカルメン・コンソリが歌う。シチリア人なら、それがどういう目のことを指すのか、皆わかるだろう。

またシチリア人は、すぐに人を信用する。道のこちら側と向こう側で、工場の主達がそれぞれの事情を大声で話す。暗黙の証人として、道路を間に挟んでわざと周囲に聞こえるようにしゃ

ジュリ・G・ピズ
ヴェネツィア

ジュデッカ運河には、波も立たない。水上バスが通るだけだ。もう2カ月もこういう状態が続いている。最初のうちは、そういう変化に慣れることはないだろう、と思っていた。水面に映るヴェネツィアに、息を飲む。人間は慣れる生き物だと知る。運河の往来がなくなっても、さほど動じない自分がいる。

今日レオンといつものように散歩をしていると、パシャパシャという音が聞こえてきた。運河の向こうのほうに、ゴンドラが1艘見える。ひとりは船首に、もうひとりは船尾に立ち、心配無用で悠々と漕いでいる。これまでは大型客船が日に少なくとも3隻は通り、モーターボートやタクシー、水上バスやありとあらゆる船がひっきりなしに往来していた。昨年にも大型客船が舵さばきを誤って、対岸のサン・バジリオの岸壁に衝突する事故があった。

どれほどうれしい思いで船乗り達は、運河を滑り走っているだろう。ゴンドラが生まれたこの水の都で。

シルヴィア・パリアルーロ
ローマ

この2カ月、しょっちゅう、うちのマンションの屋上に行った。足を伸ばし、新鮮な空気を吸うために。それを近所の人達は歓迎しない。私が屋上を歩くとすぐ、文句が出た。私は足音を立てないように、そっと歩く。それでもいつ咎められないかとドキドキしている。このマンションを設計した建築家は、最上階の天井をよほど薄く設計したとみえる。そうでなければ、体重45キロの私がスリッパで歩く音が、＜耐えがたい騒音＞として響くはずがない。

外出禁止が続き、協力するという気持ちが人々の間には生まれている。皆いっしょに、同じ状況を耐えるためには、他人に対して寛容で、互いに助け合わなければならない。その一方、閉じ込められて苛立ち、怒鳴りつける声や80歳過ぎの母親を罵る声が近所でも聞こえてくる。足音に対する苦情も同類だろう。

今日は初めて私以外にも屋上に人がいて、ヨガをしたり孫とビデオ電話をかけたり、タバコを吸ったりしていた。ふだんなら、タバコの煙は髪の毛や洋服に染み込むので大嫌いなのだが、今日は違った。タバコの煙は、普通の生活へと私を連れ、級友達が喫煙所として使う学校のトイレを思い出させたからだった。自分の感覚にからかわれた気分だ。

べるのだ。

シチリア人にはシチリアの言葉がある。距離も出自も人種も意見もシチリアの言葉があれば、超越できる。でも＜nun t'affirari a nuddu＞、つまり＜誰も信じてはならない＞なのだ。私が祖母から教えられた、最初の人生訓である。これがシチリアの二面性だ。澄みきった地中海の水と火山のどす黒い岩のような。

シチリア人は、適応するのが早い。長い歴史を経て、そういう能力を習得した。火山岩の混じる荒々しい地に、ブドウの段々畑を作ってきた。たび重なる異民族や異国の侵撃と統治を被ってきた。シチリア人はその順応性のおかげで運命を受け入れ、やりすごしてきた。人生の哲学として悲しいかな、＜chistu c'è＞（これがあるときは、これしかないのだ。それで満足せよ）。

こうした＜見ない。受け入れる＞という特性が、マフィアの侵食を許してしまった。かつては犯罪組織ははっきりと存在を明かしていたが、今では公的な権力の後ろに隠れて見えない。マフィアのせいで、悲しいかな、世界じゅうにシチリアの名が広まってしまった。

よくシチリア人は自分を改善しようとしない、と言われる。自分の欠点を知らないまま、それでよしと信じている。シチリア人は、自分達がどれほど幸運なのかわかっていない。どんなにつまらない批評に対しても、批判されたら激しく歯向かっていくのに、自分達の特性をあえて明示しようとはしない。シチリア人によく使われる＜泥臭い奴＞という呼び方は、土に派生する。土は汚く、関わるのは下層の人々であり、あまり働く意欲もない。標準語がまともに話せず、シチリア訛りは人を笑わせ、嗤われる。

現在でも、南部イタリア人は優れていないと考えられ、誰かが命令して使うのに便利な対象である。受け身だが、同時に不実な政府を批判もする。

こうした土地柄と気質のせいで、島外へ出ていくシチリア人が多い。北イタリアの大きな町やヨーロッパや世界へと移住していく。島には何もないのだからしかたない、と自分に何度も言い聞かせながら郷里を後にする。文明化された現代的な大都会を経験し、人生の質が高まったと喜ぶ。そしてクリスマスや復活祭、夏休みに里帰りする。故郷の道の掃除が行き届いていないことや、公共機関の仕事ぶりがなっていない、と批判する。＜居る場所の法＞の犠牲者だ、と嘆いたりする。しかしそれは間違いだ。

シチリアの島民の権利は、マンリオ・スガランブロという哲人が詩作で述べている。

また、ピランデッロは、

＜私はシチリアで生まれた。広大で嫉妬深い海に囲まれた、辛辣なあの島からどんなに遠く離れて生きていこうが、島の中の島で人は生まれ、そのまま死ぬまで変わらない＞

と書いている。

どれだけ遠くへ行こうが、シチリア人であるという血は、けっして薄れない。絡み合う多様な文化とただひとつの言語、そして世界一の郷土料理、美しい風景、北アフリカの焦げるような太陽、膝がすりむける火山岩。

シチリア。

シチリアを知らない人に、どのように説明したらいいのだろう?!

（この文章は、私の友人達に助けてもらって書いた。全員シチリア人だが、島から離れて暮らして長い。距離を置くと、現実のよいところ悪いところがはっきりと見えてくる。グレゴリオ、ジョヴァンニ、ジュリア、ピエール、リッカルド。どうもありがとう）

5.2

オット・スカッチーニ
ミラノ

垂れ込める濃いグレーの雲は、金属でできたマントのようだ。湿って重い空気のせいで、気持ちもアイデアも押し潰される。道には茫然とした気配が漂い、この先の計画が周辺に沈んでいる。

人々の往来は増えたものの、静けさは変わらずあたりを支配している。木々までもが湿気にげんなりとうなだれ、注意を促しているように見える。

運河に沿って建つ公共市場のアーケードは、これまで大勢の人で賑わってきた。公園に向かう。

聖堂の裏の細い道を歩きながら、石畳を打つ雨の音を聞く。雨宿りする場所を探していると、屋根の上でツグミが鳴いている。過ぎ去っていったものを考える。家で過ごしてきた毎日を思う。どのくらい続いたのだ？ 数カ月？ 数年？ それとも一瞬のことだったのか？ 本当にもう5月なのか？

水溜りをまたぐ。天気のよかったこの数日、楽天的に考えていたあれこれが、雨に易々と流し去られていく。何が起き、どう過ごしたのかを、静けさを、空洞を思う。

未来について疑念でいっぱいだ。ショックを受けたが押し潰されてはいない、と僕は自覚している。絶望はしていない。

低く垂れ込めた濃い雲を背景に、鐘楼の赤茶色のレンガは延々と続く。壮大な建物は無言でそびえ立ち、石碑のようだ。真実は厳しい。しかし、非常に明確だ。

降りしきる雨の中を走る人がいれば、建物の軒下に自転車を寄せて雨宿りする人もいる。ティチネーゼ門の下には、以前のようにちょっと休憩する配達人達でいっぱいだ。

帰路、空には暗く、黒々とした雲がゆっくりと広がっていく。

ヤコポ・ディ・ナポリ
ミラノ

新しいシェリフが町にやってきた。人呼んで、フィットネスバイク。

ソファの横に陣取っている。テレビの前のリラックスゾーンとキッチンの食卓ゾーンのどちらにも近い、戦略的な位置だ。

役割はシンプルである。ソファに寝転んで、テレビドラマシリーズの第6話を見終わった後、次の回に進もうかどうか迷っている。そこに、フィットネスバイクがある。昼食を終えて、ティラミスが必要だ。ぜひ食べよう、と思っていると、そこにフィットネスバイクがいる。台所に来たついでに、空腹ではなく退屈して冷蔵庫を開けて残っているジェラートを食べようかと思うとき、フィットネスバイクがいる。

はっきりしておきたいのは、僕達を非難するためにそこにいるのではない。理由付けをくれるためにいるのだ。

第7話を見始めても、そばにフィットネスバイクがあるのだから、後で30分も漕ぎさえすれば筋肉に活を入れられるしな。ティラミスを腹一杯食べても、10キロほどフィットネスバイクを漕げばいい。ジェラートを食べきっても、夕食前までにはフィットネスバイクでひと汗かける。そこへ置いたのは、僕達なのだから。

誘惑しつつ、同罪の仲間でもあり、慰めてもくれる。重々しくないサイズで、ラフな印象だ。いつもそこにいて、目の中に入っている。

それでいつ乗るのか、って？

さあね。少なくとも、今すぐではない。

ソーダ・マレム・ロ
モドゥーニョ

新しい始まりは、
けっして書かないだろう
それよりも、
内で爆発して表に出てきた
私の新たな弱い一面について
書くだろう
もうなす術がなくなるとき、
神様、と叫ぶように。

春の
暖かな退屈の中、
迷った私は
書いて、学んだ。
幼かった頃のことを
自分の身体のことだけを
魂だけを
考えないようにして。

花を付けた木を
最初の実を、ビワの果汁が
私の服に付いたのを見た。

自然を口に含みながら
太陽を目に、
パステルカラーの花びらの上に蛍光色の物影を
見た。

たぶん何かが変わっている
でも、突然には
変わらないだろう

変化が起き始めている最中か
たぶん
無駄な、混乱の、夢にまで見る、
ような変化は、終わった
でもうごめいている。

感染とスポーツ <いつだって、どこだってできる>

＜フィナーレ・リグレ・テニスクラブ＞（イタリア、サヴォーナ市）がフェイスブックにアップしたテニスの練習風景が、瞬く間に世界じゅうに打電されて話題を呼んでいる。

ヴィットリア・オリヴェーリ（13）とカロラ・ペッシーナ（11）が、向き合って建つそれぞれの家のマンション屋上をコートと見立て、打ち合い練習をしている様子が映っている。

公告 10

2020/5/3 (JST6:55)

在ミラノ日本国総領事館
新型コロナウイルス感染防止対策：移動のための内務省「自己宣誓書フォーマット（5月3日版）」

●4月26日首相令を受けて、内務省の「自己宣誓フォーマット」が5月3日改訂されました。同フォームの和訳を在イタリア日本国大使館ホームページに掲載していますので、ご参照下さい。
［参考］5月3日版自己宣誓フォーマット（和訳）
https://www.it.emb-japan.go.jp/pdf/20200503_format_JP.pdf

●つきましては、今後の移動の際には、内務省ホームページ掲載の改訂版「自己宣誓書フォーマット」を事前に記入し、印刷したもの1部（予備1部）を準備し、携行して下さい。
・イタリア内務省ホームページ「自己宣誓フォーマット」（イタリア語）
http://www.governo.it/it/faq-fasedue

（原文ママ）

キアラ・ランツァ
トレカスターニ

明日、イタリアは<第2段階>へと入る。私はこれから先のイタリアを信じている。私達の頭の中で、何かが変わりつつあるからだ。

発令されてすぐから、外出禁止をかなり忠実に守った。さみしくなったりくじけたりすることもときどきあったけれど、普通のリアクションだったと思う。でも今、檻に閉じ込められた気分になりつつある。四方を壁に囲まれて過ごした60日間が長かったからだろうか？ よい季候のせいだろうか？ 学年度末の試験が切迫する時期だからだろうか？

どうなのかわからないが、圧迫感が日増しに強くなってくる。解決はすぐ目の前にあるのに、たどり着けない。ずっと探し続けてきた物が家具の後ろに落ちているとわかったのに、手が届かない。そういう感じ。

4月26日に発令され明日5月4日から発動となる首相令の用語について、この数日のうちに明瞭に追加説明され、まだ友人達とは会えない、ということがわかった。

ひどくがっかりしている私を母は励まそうとして、5月18日以降は規制がさらに緩和されるのだから、と言い、「たった2週間の延長なのだから」と締めくくった。

確かに、2カ月間の隔離の後で2週間など、なんということもないでしょう？

でも､それでも……｡そうなのかな。

クラウディア・ダモンティ
デルフト(オランダ)

この状況下、人の見る夢も変わったらしい。1日じゅう家の中にいて、刺激を受けることも少ないので、睡眠にも影響が出るのだろう。

私に関して言えば昨晩、パンを焼き、友達とけんかする夢を見た。どういうことか説明する。

ソーシャルメディアを見ていると、外出禁止で多くのイタリア人が必死に小麦粉で生地を練り始めた。私のインスタグラムの掲示板には、ピッツァにタルト、フォカッチャなど、小麦粉と酵母菌を混ぜ合わせてでき上がるものがひしめいている。私もパンを作りたいと思っていた。おいしい手作りの、カリッと焼けた表面にふかふかの中身のパン。なぜなら、オランダではそういうパンが売っていないからだ。下宿仲間に家でパンを焼こう、と誘い始めてからもう数週間になる。でも私がパンを提案するたびに、パンなど簡単すぎるから酵母菌でふくらしたケーキを焼くほうがいい、と同意されないままだった。それで、夢まで見ることになったのだ。夢の中で私は下宿仲間と激しく言い争った末、説得に成功して、香り高いすばらしいパンを焼いたのである。

目が覚めてすべて夢だったとわかり､大変に苦い思いだった。夢の話を友達にメッセージに書いて送ったところ、彼女は私をさんざんからかった後、いっしょにスーパーマーケットに行こうと誘った（今のところ禁止されていない、数少ない楽しい行動のひとつだ）。

いっしょにスーパーマーケットに行く道すがら、ふたりともが大好きなガラクタ市に出くわした。うれしくて電流が走るようにピリピリしながら、フェルト状になったセーターや縁が欠けた陶器のカップ、錆だらけの燭台、日に灼けた古本 ― 残念ながらすべてオランダ語 ― を嬉々として掘り出す……。

と、思いもかけずイタリア語の本を1冊見つけた。

『パンの本』。

信じられない。ありえない。うそでしょう。

でも、本当にそういうことが起きたのだ。宇宙が私に話しかけてきている！

キツネにつままれた思いで、眠そうな顔をした露天商に2ユーロを渡し宝物を手に入れた。

私は明日からすべてを放り置いて、パン焼き人になる。

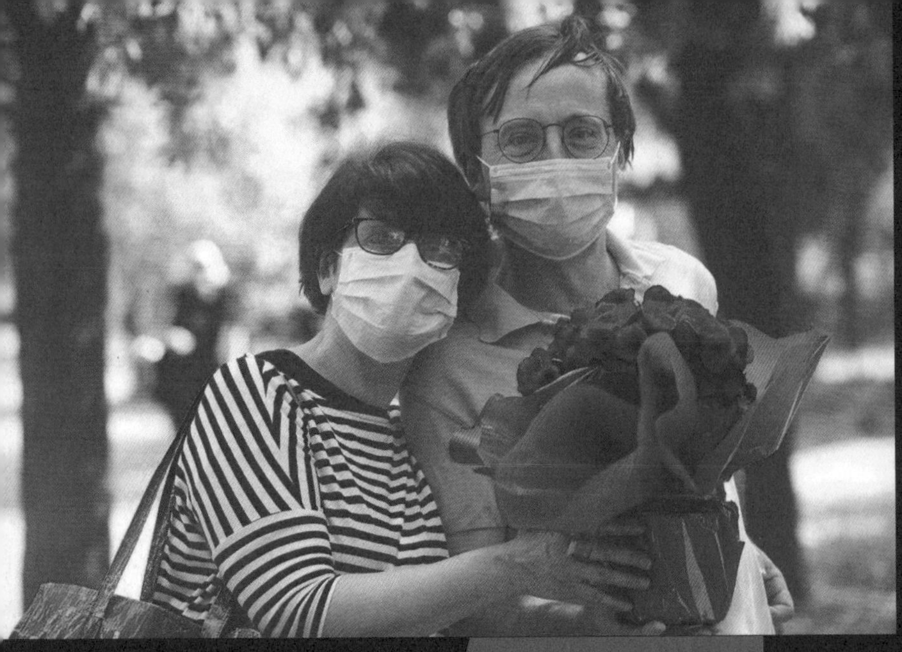

シルヴィア・パリアルーロ
ローマ

23年前の今日、私の両親は結婚した。今、私達がこうして家族となった、最初の根を張ったのだ。1人ひとりが異なり（多くの家族のように）、でも違いを乗り越えて固く結ばれている。外出禁止の期間、毎日の平凡な瞬間を家族で共有する大切さを改めて感じることができた。この状態が終わった後、それだけがきっと懐かしく感じるだろう。

ママとパパです。

特別となった記念日に。

5.4

サーラ・パリアルーロ
ローマ

今日は5月4日。第2段階の始まりだ。

約1週間前の会見で、コンテ首相は最新の首相令について＜第2段階＞と名付けて説明した。それまでの内容と目新しい違いはないように思った。この新しい段階で、似非でも普通に戻れるとは思えなかった。だから、引き続き家に閉じこもって過ごすために、心の準備をしていた。

ところが他の人達は、まったく異なる解釈をしたようだった。窓から、この2カ月で初めて車や人の行き来を目にした。多くの人達が、この首相令を友達や親族、恋人に会いに出かけてもよい、というふうに考えているらしい。私のインスタグラムのトップページには、＜よい5月4日を！＞とか＜よい第2段階を！＞と、たくさんの写真が並んでいる。ストーリーの大半は、恋人や友達とやっと再会できた様子が映っている。

これまで私は外出する勇気がなかったが、今は出かけるのが怖い。政府は、今後の規制については大まかにしか説明しておらず、どう行動するかは国民ひとりずつの倫理感にかかっている。悲観的かもしれないが、私は人々の民度を信じていない。この状況だと、必ず感染者が増え、これまでの努力が水の泡となるだろう。

＜spes ultima dea （最後に死ぬのは、希望だ）＞。

今日、私は家に残った。

アレッシア・アントニオッティ
モンテレッジォ

空の写真を撮ろうと思った。完璧で乱れたところがなく、申し分なかった。澄みわたり、どこを見てもすばらしく他に比べようもない。彼方で、手の届かないところに有無を言わせず広がっている。

もう少し近づけたなら、もっと胸を打たれるだろう。それほど美しいものなのに、つかみとることができない。携帯電話でも無理だ。

でもだからこそ、なのかもしれない。ひとシャッターで捉えることができるのなら、見上げる人はほとんどいなくなるだろうし、空が動き、ときどき星が死んでいくのに気が付く人もいなくなるだろう。

何十億年も前から空はそこにいる。唯一、人間が破壊しなかった。そこにいて、私達を見ている。どのくらい愚かさを見てきたことだろう。私達には、空が見えない。

空の写真を撮ろうとした。どれも真っ黒に写った。でも捨てない。黒々としていても、やはり空は変わらず完璧だからだ。

＜そして、私は何を見たらよいのかわからなかった。それで、空を見た＞

『むずかしい愛』（イタロ・カルヴィーノ著　1971から引用）

キアラ・ランツァ
トレカスターニ

昨夜、目覚ましをセットし忘れてしまったが、近所の人の激しい罵り合いで目が覚めた。口論は全然、収まらず、結局そのまま私も起き上がった。皆、気分はもう、つかみ合い寸前まで追い詰められている。

階段を下りていきながら、うちの気配に耳を傾ける。静まり返っている。台所に行き、朝食をとる。いつもと違って、しんとしている。ルーフォはソファの上で寝ている。テレビを点ける。すぐに、活気に満ちた2人のナビゲーターが現況を伝えているのが耳に入ってくる。

「今日、ミラノには渋滞が戻ってきました」

スタジオからひとりで放送しているキャスターがそう言う。おそらく自宅からなのだろう、動画にもうひとりのキャスターが映って、

「そうですね、ただ、これまで見慣れた状態とは比較になりませんが。遅刻を恐れて早めに家を出た人も、30分前に着いてしまうほどですからね！」

と、続ける。

道が思ったより空いている、と驚き、一刻も早く元通りになるように、と祈るようなトーンのアナウンサーのコメントを聞き、私は軽くショックを受ける。

Aからメッセージが着く。Aは、ヴェネツィアの下宿仲間だ。私達は大学院の同じコースに入学したので、ほとんどの時間をいっしょに過ごしてきた。知り合ってそれほど長くない。2018年11月に共通の知人を通じて紹介された。知人から、私と同じ大学院のコースに進学希望している人がいる、と聞いて会ったのだった。

ヴェネツィアで暮らすようになってから、彼女とはずっといっしょだ。いろいろなことに慣れるのに、彼女は私にとって非常に大切な仲間となった。とりわけ8：45からの講義に通うために、早く起きる習慣を身に付けられたのは彼女のおかげだった。朝、不機嫌な様子で起きてくる彼女を見ない毎日は、しっくりしない。

メッセージには、彼女の父親が出張で家族が住んでいるピエモンテ州からヴェネト州へ行くので、ついでに私達の下宿に寄って大学院の教科書やノート、洋服や必要なものを取り、私の分をまとめてシチリアに送ってくれる、とあった。

9月より前にヴェネツィアへ戻るのは難しい。現時点ではこの先どうなるのか予測が付かない。

下宿の様子を想像する。雨戸の閉まった部屋の中に彼が入るものの、出迎えるのは埃だらけの家具と静けさだけ。

まだコンセントに差し込んだままの、私が忘れてきたコンピューターのアダプター。ベッドサイドの読みかけの本。使うチャンスがないまま置いてきた、買ったばかりのリュック。

アンジェラ・ボナディマーニ
ミラノ

今日は、2カ月ぶりにピエトロに会った。私のボーイフレンド。

彼に会うことを考え、数日前からドキドキしていた。話すことがあるだろうか？ ずっと離れて過ごした後、会うとどんな感じなのだろう？ 現状で、会ってもいいのだろうか？ そしてすごく上っ面なことだけれど、おやつにジェラートばかり食べて過ごした2カ月で私は劣化したのではないか、とも悩んだ。

ピエトロは、彼が住んでいるヴァレーゼ（Varese）から、私に会うためにミラノまで車で来る、と提案した。彼から会おうと誘ってくれたので、安心した。ピエトロは私より慎重だからだ。私はいつも感情に押し流され、見境なく行動に出てしまう。一方、彼は沈着冷静だ。だから彼の提案を安心して受けた。

再会はおかしな感じだったが、それも最初のうちだけだった。すぐに以前の通りに打ち解けて、慣れたしぐさや息の合ったおしゃべりで、これまで通りに気持ちが通じ合った。5時間いっしょにいて、一瞬も途切れずに話した。話すことがあるだろうか、などまったくの杞憂だった！

ふたりの間には1メートル、もしくは2メートルの距離があり、マスクをしていても私は彼の瞳にずっと釘付けだった。キラキラ輝いていたから！

現在の私はロマンティックなだけであまり明るくないように見えるはずだが、彼はそういう私でも、会えたことを喜んでくれていたのがよくわかった。

いっしょにいて、自分がきれいで、本当にきれいだと感じさせてくれ、いつも憧れているハリウッド女優のような気持ちになった。ジョークではない！

難しい局面を離れ離れに過ごしたことで、私達の結び付きはより強まったと思う。

小柄で痩せ型のピエトロが、ふっくらしている！ よかった。これでもう肉感的なのは私だけではない。外出禁止にも喜ばしいことがある。

5.5

ミケーレ・ロッシ・カイロ
ガーヴィ

これで10日ほど、田舎で畑仕事をしている。朝7時半に起床し、急いで朝食を済ませて8時には工場でワインの瓶詰めにかかる。プロセッコの瓶詰め工程は機械化されている。現場では、ひとりの工員が空の瓶を機械にセットし、瓶詰めと栓閉めが終わると、ふたり目の工員が製造ラインから瓶を下ろし、3人目がパレット（注：運搬用の板状の台。サイズが定番化している）に移し載せて運搬車で運び出す。空の瓶を運搬車で製造ラインの頭に運び入れる。

製造ラインで働いた経験はなかった。多少の変動はあるが、1日8時間から10時間、機械がうまく作動できるように空の瓶をラインに載せるのを繰り返す。1日の終わりには、くたくただ。少し散歩して、夕食をとり、すぐに寝る。ミラノで徐々に無気力の状態へと沈みかけていたことを思うと、腰の痛さなどなんでもない。今まで毎日を無駄にしていたように感じていたが、ここで僕はやっと役に立っている。

作業をしながら、オーディオブックを聴いている。今日は『モービー・ディック』を聴き終えた。すばらしい。思いもかけなかった締めくくりだった。次は何を聴こうか、楽しみでならない。

アレッシア・トロンビン
サヴィリアーノ

サヴィリアーノの実家に戻ってから、69日目。

外出禁止になってから、57日目。

第2段階に入って、2日目。

散歩を始めて、1日目。今日、初めて町の中央にあるサンタ・ローザ広場(Piazza Santarosa)を味わいに行った。頭上には月、塔には国旗の3色のライトアップが見える。ルチオ・ダッラの歌う『奇跡の夜』がまさにぴったりだった。一瞬だけ、今日はごく当たり前に5月5日、2020年に入って126日目なのだ、と思った。

ジュリ・G・ピズ
ヴェネツィア

「おばあちゃん！ おばあああああちゃぁぁぁぁあん！ おおお・ばあああああ・ちゃあああああん！」

母親に連れられた小さな男の子が、口の前で、マスクの前で、メガホンのように両手を合わせ声を限りに叫んでいる。

「おばあちゃん！ バルコニーに出てきて！」

「待って、待って！」

老いた女性が、3階のバルコニーに出てくる。そのうしろから老いた夫も出てきた。

「ああ！ 私の大好きな孫！ ビデオ、見たわよ！ それで、算数のテストはどうだったの？」

「うまくいった！ 先生がとても満足、だって」

「ブラヴィッシモ（えらかったわね）、おりこうだわね、私のアモーレ（私の宝物）！ 外に出られてうれしい？」

「うん。でも、おばあちゃんの家へ行って挨拶したいんだけど！」

「おばあちゃんの宝物、あのね、まだできないのよ！ おじいちゃんは弱っているから、守ってあげないとね。わかるでしょう？ もう少ししたら、また会えるから！ マンションの玄関に入ってごらん。壁際の棚にポテトと肉のオーブン焼きを作って置いておいたから！ 外で走りなさいね！ でも汗をかき過ぎたらだめよ。日が暮れるとまだ寒くて、風邪を引くからね！」

ああ、新型コロナウイルス時代のおばあちゃん達！ 絶対に、断固としている。

5.6

アレッシア・アントニオッティ
モンテレッジォ

新しい首相令が出たおかげで、今日は叔父叔母やいとこ達に会いに行ってきた。どれほどうれしかったか、言うまでもない。胸がいっぱいになった。

これほど長い間、会わなかったことはなかった。顔を見た瞬間、何もなかったかのように感じたが、窓ガラスに映るマスクとゴム手袋、ずっと屋内にいた人の肌や表情の自分を見て現実に引き戻された。この経験が遺した痕は、けっして消えることがない。

信じられないほどうれしく、別れの挨拶をしながら、再び皆から離れてしまったら、という思いが頭をよぎった。

マルティーナ・ライネーリ
インペリア

数日前から、この疫病問題の<第2段階>へ入っている。

何がうれしいか？ 両親と、携帯電話の画面越しではなく対面で会えることだ。実家に帰り、自然を存分に味わえる。最後に実家に行ったのは、3月初旬だった。カシの木には1枚も葉がなかったのに、今は青々としている。新緑は活力と清々しい匂いに満ちている。郊外の空気を吸うのは久しぶりで、自然の活気に軽く目眩がする。老いた猫、そして飼い犬ミミと会えて、とてもうれしい。どういう犬かと訊かれたら、私と一心同体と答える。ミミにはたまたま尻尾が付いているだけだ。こちらに走り寄るのを見たとき、うれしくて泣いた。犬を飼っている人ならわかるだろう。私が1番ほっとするのは、ミミの首に鼻を押し付けて匂いを思いきり吸い込むときだ。甘いタルトのような匂い。

実家の庭の様子が変わった。新しい花を植えた他に、父が壁沿いに階段を造った。外出禁止になってから、父は定年退職した。今は菜園や庭仕事をしている。規制が緩和されたら、再び合気道を教えに行く。若い頃から、父は熱心に合気道を極めてきた。今は、母が選んできた野菜と花の世話に集中している。

今日はすべてがすばらしい。

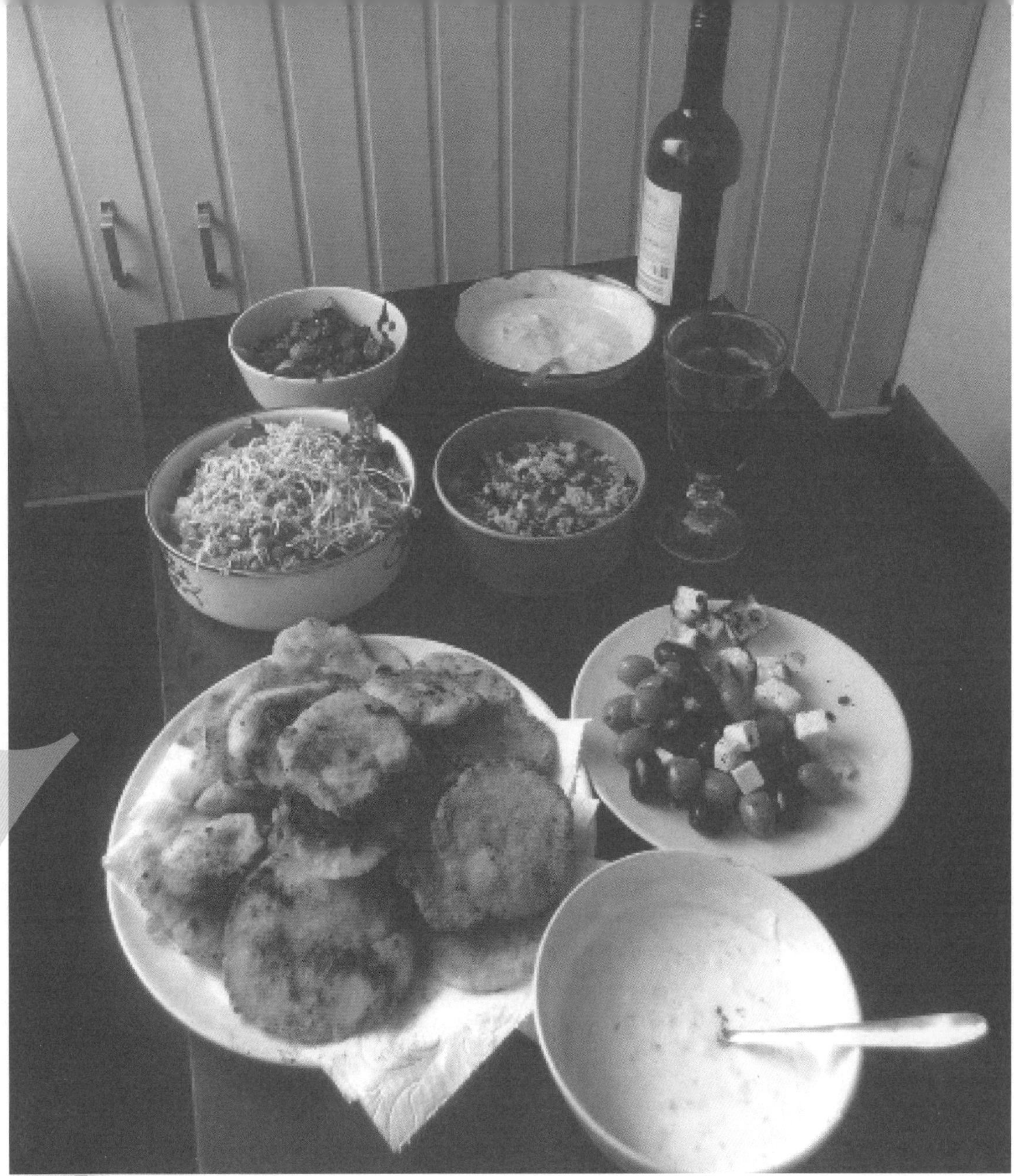

クラウディア・ダモンティ
デルフト(オランダ)

最近、どんな状況でも、1日のうちのどんな瞬間にも、よいことを見つける大切さを知った。ときどき難しいこともある。特に私のように、常に批判っぽくて悲観的な人間にとっては。

私は欠点やネガティブなところを見つけるのが大好きで、私の主な才能のひとつだ。そういう能力は、砕けた心やさまざまな失望を抱えているときに役立つこともあるのかもしれないが、物事がさらにひどい状況へ転がり落ちていくような状況では、危険な態度になりうる。現在のような事態では、明るい気持ちを保ち、美しいこと、よいところ、心地よいものを見つけて、それに頭から飛び込むのが大切だ。

外出禁止になって私が見つけたよいことは、例えば、下宿仲間だ。私達の関係はこの数週間でとても強まった。それまでは単なる知り合い程度だったのが、今では大切な、信頼できる友と変わった。彼らは私に、封鎖生活であってももっとよく生きたいという気持ちとエネルギーを与えてくれ、たぶん私も彼らに同じように返せたと思う。いっしょに話し、買い物に行き、散歩をし、ときに笑って、ふざけ合い、飲んで、食べた！ ほぼ毎晩、それぞれの勉強や仕事を終えると、疲れきって台所に集まる……。さあ、と皆が、自室や冷蔵庫のそれぞれのスペースから、少しずつ取り置きを出してくる。それまで書いたり勉強したり仕事をしたりしていた場所が、ちょっとした露店へと変わる瞬間だ。

幸せな気分になるのに、1杯のワインとわずかなツマミ、そして仲間がいれば十分だなんて、信じられないくらいすばらしいことだ。

5.7

オット・スカッチーニ
ミラノ

スフォルツェスコ城前の広場は、映画ロケのために空っぽにしたような状況だ。日差しは強いが、心地よい風が吹いている。地面がじりじりとして、夢の中のような朦朧とした雰囲気が漂う。広場前の噴水に手を浸ける。澄みきって、ひんやりと気持ちがいい。城を囲む通りを行く人は少ない。

外出禁止の期間、物思いにふけりながら歩いていたコースは避けている。

この先どうなるのだろう、とよく考える。うちのテラスから運河の岸沿いを散歩する人達を見る。晴天にのんびりと歩いているが、皆外に出るのが不安でならないという。店が営業を再開し、友人達と会い、遠くまで出かけてよい、と早々に決まったことに僕は少し驚いている。楽天的にすぎるかもしれないが、感染拡大の第2波はあまり心配していない。あまりに早々と人々が以前のように自由に戻っていることに、僕は戸惑っている。そのうち、これまでの厳しい体験をなかったことのようにしてしまうのだろうか。そうなるのではないか、と僕は感じている。次々と降りかかるさまざまな問題のうちのひとつとして、コロナ禍のこともやがては片付けてしまうのではないか。

地震、テロ、経済危機。絶望と将来への不安や苦しみ。問題の解決方法を考え、試み、政府を批判する。

再出発が始まる。時間が経つにつれ、悲惨な記憶は薄れていく。そして最後には、乗り越えなければならなかった岩場として、遠い記憶に残るだけだ。きっとそういうふうになる。海の広さを考えず、この大きな岩を越えれば危険の少ない航路へと舵を変えられる、と考えるのだろう。そう考えることで、苦しみを清算しよりよい未来を迎えようとする、自己防衛のようなものなのかもしれない。

城の門をくぐると、刈りたての草の匂いがする。誰もいない。公園へ向かって歩く。

アレッシア・アントニオッティ
モンテレッジォ

今日はすごいひらめきを得た。運転免許のための教科書を買ったのだ。取得できる18歳までまだ何カ月もあるけれど、今から勉強を始めても誰からも咎められない。

運転は簡単ではないし、道路標識や車のしくみも難しい。これといってすることもないので、将来に役立つ何かを始めよう、と思いついた。

運転免許証を取るのは、大きな夢だ。独立への第1歩だから。私は、公共交通機関のないところに住んでいる。免許があれば、自分が動きたいときも自由に決められる。だからこの本で、この時期、1番気を入れて勉強する。

5.8

ヴァレンティーナ・スルブリエヴィチ
ヴェネツィア

1カ月前に病院にアポを入れたときは、ロックダウンがこんなに長く続くとは思ってもいなかった。安心して町を好きなように散歩できる日がすぐに戻るだろう、と思っていた。

病院へまた行かなければならない。血液の再検査。昨日から、病院に行くのを利用して長めの散歩をしながらたっぷり太陽を浴びよう、と楽しみにしていた。病院までけっこうな距離があり、今日は曇天だ。サンマルコ広場経由の道順を選ぶ。聞こえるのは、自分の足音だけだ。“以前”は、同じ道をジムからバイト先まで歩くのに、人を押し退けるようにしなければ前へ行けなかった。町には誰もいない。おかげで、今まで急いで移動しなければならないために立ち止まって見ることもなかったディテイルを、じっくりと観ることができる。

到着。威風堂々として、でも空っぽの広場の前に立ち、その光景を記憶に刷り込もうと深呼吸する。まるで夢だ。見ているものが、現実の風景とは信じられない。

来たときと同じように、帰路も見るものすべてを記憶に留めておくために、一生懸命に観る。＜以前＞と＜以後＞でもない、＜最中＞の町の光景だ。

歩いているうちに朦朧として、町を知らないうちにフラフラと歩いているような気持ちになる。正気に戻って、リアルト橋へ向かう。近くに、もぐりの＜B&B＞らしきコバルトブルー色の看板が見える。看板が掲げられたのは最近なのか、あるいはずっと前からそこにあったのか。

不動産物件を持っている人達は、これまでは観光客だけを相手に貸してきたが、今後に向けて胸算用をし直したのだろう。万人向けに貸すように、ただし短期間限定、延長なしで貸すように変えた大家は多い。大勢の観光客が戻ってくるまでの待機手段だ。

シルヴィア・クレアンツァ
コンヴェルサーノ

ここへきて外出禁止の重みで、イライラし、不安で、集中できず、落ち着きを失ってきている。自分は恵まれていて、文句は言えない。両親とボーイフレンドといっしょに、生まれて育った家で過ごしている。イタリア南部の、日当たりがよく自然に恵まれた町で、穏やかで質の高い暮らしだ。

それでも、ミラノのあのすばらしい運河地区が頭から離れない。2020年3月6日から下宿には戻っていない。ロンバルディア州でCOVID19の感染者が出始め、ミラノでも外出を皆が自粛し始めていた。ほとんど突然に私はソフィアとフェデリカといっしょに、トスカーナ州キャンティに住む友人ヴェーラの家で待避させてもらうことに決めた。出発までにひと晩しかなかった。冷蔵庫の整理をして、できるものはすべて冷凍した。ブロッコリーは持っていくことにし、ペパロニひと袋は戻ってきたときに食べるつもりで、冷蔵庫に入れたままにした。洗濯機を2度回し、乾くように暖房ラジエーターの上に並べた。数日間のゴミをまとめて捨て、食器を洗い、寝室を片付けた。出かける前の数時間は、旅行用のリュックに荷物を詰めた。楽な室内着やスニーカー、大学の教科書とノートブックコンピューター、迷った挙句、ヘッドフォン3個を荷物に加えた。リュックのチャックを閉めたときはほとんど夜明けになっていて、出発までわずかな時間しか残っていなかった。植木鉢に水をやり、ベッドに横になって1時間ほど眠った。

午後、シエナに着いた。料理をしたり、ワインを飲んだり、暖炉の前でタブーゲームをしたりして、夢のような3日間を過ごした。

3月9日にロンバルディア州が封鎖され、10日にはイタリアは全土封鎖（ロックダウン）となった。私はちょうどバーリ直行のバスに乗ったところだった。

3月10日から、家族とコンヴェルサーノの実家にいる。これ以上のことは、望めない。幸運だ。でも、気持ちは揺れる。いつもミラノのことを思っている。2カ月前からペパロニは冷蔵庫に入れっぱなしだ。

キアラ・ランツァ
トレカスターニ

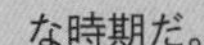

私にとって5月は両極端な月だ。多くの要素が集まっている。

夏は目の前に来ているのを、骨がうずくように感じている。でも同時に、学校の学年末の試験、提出、締め切りなどの重なる月でもある。

カウントダウンが始まる。この時季に、勉強の合間の休憩というのはなかなか辛いものだ。図書館から出て夏の日差しを受けると、あと5分、休憩時間を延ばしたくなる。<5分経ったら、また図書館に戻って閉館まで勉強するように！>。そう自分に言い聞かせて、外に出ながらすでに妄想でアペリティフを味わっている。もう少しでおしまいだが、勉強にどっぷり浸かって大変な時期だ。

今年、5月はそっとやってきた。変化のない毎日を送っている中、気付かないうちに5月になっていた。ある朝、目が覚めたとき、あとひと月もしないうちに今学期の最初の試験なのだ、と気付いた。全然、時が経った気がしなかったのに。外出禁止の期間に受けた最初の試験から、もうひと月以上になるのか。

庭を見ると、季節が変わっている。ビワの花が咲き、1枚の葉もなかったツタからは新芽が伸びている。父が引き抜こうとしていたツタだった。カシの木からはすでに花が散っている。

庭だけではなく、家の外の世界ですべてが変わっているのを見たい。

ヴェネツィアの下宿の前の木々に、新しい葉が繁っているのを見たい。

ジェラートを買って、岸壁のベンチに座ってジュデッカ運河を見ながら食べたい。

夜の海に行き岩の上に座り、座り心地が悪いと文句を言い、友人達から、いつも同じことを言っている、とからかわれたい。

夕食のときにかける音楽を選びたい。<2回ほど吸いたいから、その分を残しておいてくれる？>と、誰かといっしょにタバコを吸いたい。

あれこれ想像していると、サプリメントを服用し忘れないようにセットした携帯電話のアラームが鳴り、現実へ引き戻される。

薬を押し出しながら、時が経った跡を見る。

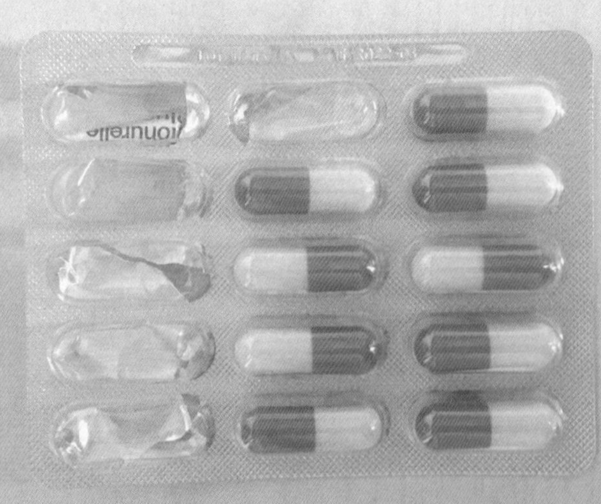

8

アニェーゼ・セッティ
カリアリ

毎週木曜日の朝、セビリアのフェリア通りに市場が立っていた。その名も、Mercadillo Historico del Juevesだ。

古くから町に残る市で、大勢の人がそれぞれ小さな台を用意したり地面に布を広げたりして、そこへ物を並べて売るのである。ありとあらゆる物が並ぶ。細々としたガラクタ、古本、フラメンコの着古した衣装、絵、町の古い写真、フィルム用の古いカメラなど。

初めて市場に行ったとき、隅から隅まで何時間もかけて熱心に見て回った。売り物よりも惹かれたのは、売っている人達の顔だった。顔を見るだけで、その人達の数だけの物語を読むようだった。ときどき私は立ち止まり、錆だらけのサッカーチームのロゴマークが入ったキーホルダーを見るふりをしながら、商人が誰かとしゃべるのを聞いたものだった。たいていが客との値段交渉だったが、それ以外は暇潰しの雑談だった。

なぜ今、あの人達のことを思い出したのだろう？

自分の日常の雑多についてあれこれ考えていると（シャワーを浴びなければ、大学を卒業しなければ、メールを送らなければ、ヘアカットしなければ）、フラッシュバックで記憶の底からさまざまなシーンが浮かび上がってきて、息をひそめることがある。

あの人達は今、どこにいるのだろう。かなり年のいった人も多かった。木曜日の朝市に合わせて、彼らの暮らしは回っていただろう。現在、彼らは何を基軸にして暮らしているのだろう。来週の木曜日こそフェリア通りに露店を張ろう、と期待しながら木曜日ごとに希望を翌週へと先送りしているのではないか。

写真の中から彼らの顔を切り取る。写真がなくても、あの表情はきっと深く記憶に刻まれただろう。

あの市場を思うとき、地上にいるのは私ひとりではなく、市場の人達やセビリアで毎日行き合った人達がいるのだ、と強く感じる。

Avenida de la Constituciónにいた人を思う。汚れて真っ黒の素足で、通行人に物乞いをしていた。彼は、恵み銭を入れるガラス瓶の横に＜フェラーリを買うためです＞と書いた紙切れを置いていたっけ。

サンタクロースのような人もいた。サクランボのような赤い鼻をして、毛布を山積みにしたリヤカーを引きながら2匹の犬といっしょに大学の門の前にいた。

1日じゅう彼が絵を描いていた頃もあった。図書館での勉強の休憩時間に、私は彼が描いたカードを買った。

アフリカ人のことを思う。アルカサル（Alcazar）の横の公園で、その人は同じ歌を歌っていた。『We Are The World』。学部からの帰りに、必ず彼を見かけた。2度会う日も多かった。そのうち、会うたびに私達はお互い大きく笑って挨拶し合うようになった。

彼らは私の名前を知らないし、私も彼らの名前を知らない。あの人達は今頃、どうしているだろう。心配だ。

自分に誓いたい。事態が収束したらセビリアへ行き、記憶の中にいる皆と会えますように。信者ではないが祈りたい。もし会えたら、「私はアニェーゼ」と恐れず手を差し出そう。

サーラ・パリアルーロ
ローマ

今日は外を歩き、寂しさとイライラを鎮めたかった。
午後、スポーツ用の格好に着替えて（マスク付き）、出かける。市場への下り坂を行き、私が通っていたジムの前を過ぎ、幼い頃から行っている公園まで。そこまで20分ほどだが、それが考えていたコースだ。
コロッセオが向こうに見える。壮大で、静まり返っている。家へ戻る前に30秒ほど立ち止まって、コロッセオが不動なのを確かめる。
自分の居場所を再確認できるのは、なんとうれしいことだろう。

アレッシア・アントニオッティ
モンテレッジォ

今日は祖父の墓参りをした。外出禁止になる前から行っていなかった。
母が18歳になる1カ月前に亡くなった。だから私は祖父に会ったことがないが、ずっと知っている気がする。祖母や母から話を聞き、写真を見ているから、そう感じるのだろう。祖父を思うとき、親切で家族思いで寛大だった人を思い浮かべる。あまりに早死にしてしまった。
祖父の写真を見るたびに、物心付いて初めて聞いた彼の人生についての話を思い出す。祖母と知り合ったときのことだ。祖父を知らないのに、彼のことを思うとき涙が流れる。墓に添えられた祖父の写真を見たときのように。写真の中の祖父は笑っていないが、悲しそうでもなかった。偽りのない顔だった。涙がほおを伝った。

クラウディア・ダモンティ
デルフト（オランダ）

2020年5月9日、今日私は24歳になる。信じられないが、雨ではない。普通じゃない。他にいつもと違うこと？　生まれて初めて、家族といっしょに祝わない誕生日。もちろん、家族は変わらず祝ってくれた。皆が食卓に着き、ビデオ電話をかけてきて画面越しに、サラミと栓を抜いたばかりの赤ワイン、焼きたてのラザーニャ、食後に用意された24本のロウソクを立てたケーキを味わった……。私のことを考えてくれたのは優しいけれど、今そばにいないこのさみしさを何世紀も何世紀も忘れないだろう。

ここオランダでも祝ってくれるだろう。
ああ、祝ってくれるだろう、だなんて！　庭でバーベキューの始まりだ！
私と下宿仲間といっしょに、使い捨てのバーベキューセット。太陽が照って暖かい中、ゆっくり肉が焼ける匂いが立ち上ってくる。皆の笑顔が、日灼けと進むワインで赤らんでいる。ここにいない友人達から携帯電話に送られてくる祝いのメッセージへ、順番に返事する。いなくてものすごくさみしい。でもきっと、もうすぐ会って抱き合える。今は、この瞬間に集中しよう。
今日は本当に幸せだ。

マルティーナ・ライネーリ
インペリア

2カ月の外出禁止。このような状況になることを誰が想像しただろう？いや、まだ終わってはいないのだ。これから新しい局面へと移る。厳守しなければならない規則が待っている。疫病前の生活は、はるか彼方に思える。元通りになるのだろうか。戻ることを期待しているが、すべて元通りというわけにはならないだろう。この経験で、私達は変わった。少なくとも、痕になって残るだろう。

ロックダウンが始まってからの10日間ほどは、それほど悪くはなかった。休養でき、目の隈が消え、よく眠れた。それまで時間がなく先送りにしていた諸々を片付けることができ、整理整頓や掃除、庭の手入れもできた。せいぜい数週間のことだろうと思っていた。

ところが、違った。いつ終わるかがわからない、ということに気付いてから、仕事やその他全般について不安になった。テレビやSNSは、常に死者のことを伝えた。悲しみの絶望が毎日、待ち受けていた。

そして、退屈だった。最初のうちは、すべて物珍しかった。でも3週間も経つと、毎日が同じになった。次第に規制に耐えられなくなっていった。すべてを消毒することやマスクやゴム手袋を着けなければならない不安、大切な人や友人に会えないさみしさが、次第に重くのしかかった。テクノロジーのおかげで距離は縮まるが、実際に会うのとはまた別だ。

私は新しいことを覚え、知っていたことの復習もできた。小麦粉をこねて、パンやタリアテッレ、トロフィエを作れるようになった。フランチェスコに、＜ピッツァの女王＞と名付けてもらえるほどになった。料理は大好きだ。

新しい日課ができた。怠け癖から抜け出し、規則正しく室内でエクササイズするようになった。

自然への、花への愛情がさらに強くなった。

交通渋滞の騒音で目覚めるのは懐かしくないけれど、ダンスのレッスンや屋外で自由に動けないのがさみしい。

マスクに隠れていない、知人の顔を見たい。

家は、安全な逃避所と牢獄に変わってしまった。

両親といっしょに夕食を囲みたい。ワインを全部飲んだな、と父がフランチェスコをからかい、母が笑うのを聞きたい。

ミミが歩くとき、床に爪が当たるカチャカチャという音や遠く離れたところから私達を観ている猫の目が懐かしい。

地球の反対側にいる弟に会えず、さみしい。

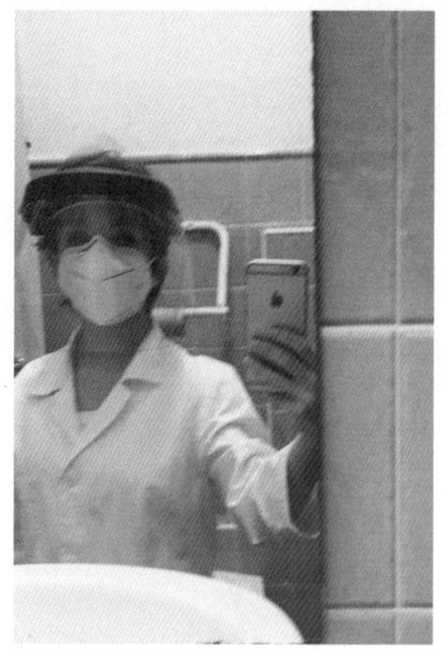

親友達と＜アルテ・カッフェ＞で過ごす金曜日と＜ザ＞でライブを聞きながらの日曜日の夜が恋しい。

ぎゅうっと抱きしめたい。強く、長く、好きなだけ。

普通の生活に戻れるのか、わからない。

夜の外食は宅配に取って代わり、エレガントな洋服やハイヒールは長期休暇の続行だ。出番があるのは、楽な洋服だけ。

皆、以前よりも電話で話すようになっている。患者達も、長話になっている。高齢者にとっては、独りの時間とさみしさを分かち合う手段なのだ。

ヘッドフォンとサンバイザーは、私の新しい＜同僚＞だ。仕事にかかるとき、時間も気配も間延びしてゆっくりと過ぎていく。これまでとは変わってしまった。

他との距離と疑心が、外出する際につきまとう。

今日は、初めてフランチェスコと散歩に出かけた。彼は外出禁止の期間、2、3度しか出かけなかった。フランチェスコは認めないけれど、これほど長く続いた缶詰状態の後の外出に、彼がとても緊張していたのを知っている。

海辺の空気を深呼吸できて、うれしい。

希望と前向きな心持ちで未来に向かいたい。この2カ月、何度も繰り返してきたように、きっとうまくいく。

シルヴィア・クレアンツァ
コンヴェルサーノ

2カ月前から、自室の赤いソファの上で1日を過ごしている。コンピューターを足に載せ、イヤホンを着け、テーブルには緑茶、ときどきスナック菓子付き、ときどきはその両方を用意して。

毎日同じことの繰り返し。変化があるのは、窓からの気配だけだ。雨が降ると部屋はブルーに染まり、晴れると黄色になり、開けた窓からはツバメのさえずりや階下を通る人達の話し声が聞こえ、閉めると風が遠くで舞う音がする。

私と外界との接点であり、過ぎていく時間を知らせてくれる画面を楽しんでいる。

なかなか時が経たない毎日に、しょっちゅう自分を見失ってしまう。細切れになった時間が入れ子のようになって、長い1日となる。

でもときどき外に目をやると、花の蕾が開きかけているのを見つける。毎日少しずつ大きくなり、枯れて、株を残す。季節が移ろう。雨の日が減り、気温が高くなっていく。

部屋に閉じこもったままでも、これまで以上に外の世界とつながっている。世の中は永遠に変わらず、それでも生き、変化し続けている。

ヴァレンティーナ・スルブリエヴィチ
ヴェネツィア

しばらく叔母や両親と会っていない。さみしいけれど、できるだけ考えないように努めてきた。会いたくなると、電話をかけた。

5月4日から規制が緩和され、親族には会ってよいことになった。州越えが許される、<必要と認められる理由>のひとつとなったからである。

昨日、叔母は電車に乗ってヴェネツィアへ来た。連れ立って、ヴェネツィアをぶらぶらと歩いた。混雑していないヴェネツィアを目にするのは、すばらしい経験ではあったけれど、劇的な気持ちにもなった。16時を過ぎると、すでにリアルト橋はゴーストタウンの橋のようだった。誰もいない中、厳粛な遺跡が浮かび上がる。振り返って、叔母を見る。目を見張り口をぽかんと開けたまま、立ち尽くしている。町の美しさに魂を奪われている。

駅まで叔母を送っていき、いっしょにいた間じゅう叔母のことを注意深く観続けていたのに気が付いた。

ずっと会いたかった。やっと会えてうれしそうな声を聞き、もっといっしょにいたいのに別れなければならない。いっしょに過ごして、どれほど自分が叔母を慕っているのかをあらためて知る。

明日、両親といっしょに散歩に出かける約束をしている。また会えるのだから。

キアラ・ランツァ
トレカスターニ

明日は、私の町の守護聖人、聖アルフィオの祝祭日だ。

イタリアでは、 ― シチリア島では特に ― 土地の守護聖人を祝うのは伝統的な習わしだ。町ごとに、決まりごとや伝統行事、儀式がある。前時代的な催しかもしれないが、特徴があり魅力に満ちている。

もう何年も町の祭を見ていないが、よく覚えている。

中学生の頃は、5月10日が来るのを心待ちにしていた。学校は3日間の休みとなり、その短い間に町は完全に姿を変える。各地からの観光客で道はあふれていた。ドイツ人は、分厚いソックスにトレッキング用のサンダルをはいていたので、すぐに見分けが付いた。農家の人達が露店の軒先きに吊るす大量の唐辛子の三つ編みにドイツ人達は大喜びし、特産の食べ物を抱えきれないほどに買って行った。

中国人観光客達は、菓子の露店ばかり写真に撮っていた。トッローネやリクイリツィア、アメ玉などの入った箱を前に、露天商人達を熱心に写していた。

町のサッカー場の周りには、種類は少なかったが皆が待ち焦がれていた乗り物遊具が設置された。11歳だった私や友達が1番、祭で楽しみにしていたことだった。持っているお金で何回、乗り物用コインが買えるのか必死で計算し、お金を使い尽くしてしまうと、がっかりしながら友達が乗り物から降りてくるのを待った。男の子用の乗り物と女の子用のがあり、女の子もがんばって男の子用のに乗った。乗り物に酔って気分が悪くなっても、けっしてそんなことを言ってはならなかった。勇気を試すための大切な挑戦だったからだ。

夜8時になると、大急ぎで夕食のために家へ帰った。食事は決まって打ち上げ花火で中断され、家族全員でバルコニーに出て夜空を見上げた。花火が終わると、空は暗くなり、皆がまた食卓に戻るのだった。

今年も聖アルフィオの祭は見られない。少なくとも、今までと同じように祝う気持ちになれないだろう。

でも、花火くらいは打ち上げるのだろうか……。

アンナ・ミオット
ヴェネツィア

2カ月、たった2カ月で私の人生が変わってしまったなんて、ありえない。

今日、やっと両親の元へ帰り昼食をともにした。＜普通＞に戻ったにもかかわらず、すべてがまったく異なっていた。私を見たとたん、母は駆け寄って抱きつこうとした。ごく普通の挨拶だったが、そばに寄りながら私達は目で合図し合って、すぐに距離を置いた。＜普通＞はもう存在しない。自分の家での一挙一動に、自問自答する。父のハンモックに寝てもいいのだろうか？いつも両親が使っているボールを投げて、犬と遊んでもいいのだろうか？いつもゴム手袋をしていなければならないのか？ いつもしていたように、食後にソファに寝転がってもいいのだろうか、それともしないほうがいい？両親を訪ねて、苦い後味が残った。久しぶりに両親と昼食をとるのはとてもうれしかったが、今日初めて、この疫病が生活のあらゆることを、 ― 母に抱きつくことに始まり私の考え方全般に及んで ― 、変えてしまったことを強く感じた。自分だけではなく、世の中が根本から変わってしまった。＜きっとうまくいく＞。何度このフレーズを耳にしただろう。その通り、なんとかしてこの状況から抜け出すことができ、おそらくうまくいくのだろうが、私達はもう以前と同じではなくなっている。

自分へ、そして皆へ、これからの＜普通＞に最善の方法で慣れていくように、とエールを送りたい。

アレッシア・アントニオッティ
モンテレッジォ

さて、すべてが始まってから2カ月が経った。永久の時間が過ぎた気がする。泣いて、笑い、新しいことを覚え、共有し、乗り越えてきた。これまで気にかけてこなかったことを大切に思うようになったことは、何よりの経験だ。私は成長し、将来を考え、周りにいる人達への理解が深まったと思う。

これまで日記を書いたことはなかった。今日、この2カ月に書いてきたことを読み返しながら、さまざまな瞬間のことを思い出し、うれしかったことや悲しかったとき、何も言わずにそれを受け止めたときを再び生きてみることができた。

この時期に私が学んだのは、その瞬間を逃さないということと、今日は昨日よりすばらしく、明日よりよくないと考えることだ。あまり長期にわたる計画は立てず、1日1日を精一杯に生きること、今日できることは明日に先送りしない、ということが大切だと知った。そうしなければ、何かがうまくいかないとすべての計画がダメになってしまう。生きていると、言わずにいたり実行しないままでいたりすることがたくさんある。これからは、私はもうそういうふうには生きないことに決めた。まっすぐに世の中と向き合い、することはすぐに行動に起こして後悔しないようにする。人生はあっという間に通り過ぎていくからだ。逃してはならない。

あとどのくらいこうした状況が続くのかわからないが、収束したら誰もこれまでとは同じではないだろう。精神的に成長する人もいれば、疲弊しきる人もいるだろう。残念ながら、いなくなってしまった人もいる。でも皆が力を合わせれば、きっとこれまでより強くなって生きていける。＜転ばない人が強いのではなく、転んでも立ち上がれる人が強いのだ＞（ジム・モリソン Jim Morrison の言葉から）。

アレッシア・トロンビン
サヴィリアーノ

泣いた。怖かった。笑った。微笑んだ。弟と けんかした。アーモンドの衣のチキンカツを覚えた。ユーチューブを見ながらエクササイズした。家族でトランプをした。食べた。部屋を何度も片付けた。勉強した。ビデオ電話をかけた。裁縫ができるようになった。逃げ出したいと思った。夢を見た。祖父母に会いたかった。リモート講義を受けた。ヴェネツィアにいるつもりで友達とスプリッツを飲んだ。退屈した。眠った。読んだ。歌った。鏡の前で踊った。祈った。すべて自分が考えた妄想なのだ、と信じたかった。自立が懐かしかった。毎日思ったことを書き留め、推敲した。怒った。携帯電話を壊した。美術館が恋しい。試験をひとつ受けた。たくさん自問した。ほとんど答えが見つからなかった。ジーンズがはきたかった。時間を無駄にした。自分のことが少しわかった。色を塗った。生地を練るのを覚えた。母の白髪染めをした。出かけたのは買い出しだけだった。独り置き去りにされたと感じた。映画にテレビドラマを観た。自分で髪の毛をカットした。周りに春が訪れるのを感じた。その日その日を生きることを覚えた。これらすべてを家で体験した。2カ月で。

それで、これからどうなるの？

どうなるのかわからない。この感覚を感じ続けるのか、同じ行動を繰り返し取り続けるのか。成長できたのか、ひたすら前を向いて進もうとするのかはわからないけれど、ひとつ確かなのは、自分の未来に対し好奇心をけっして失わない、ということだ。

ヴァレンティーナ・スルブリエヴィチ
ヴェネツィア

日の出前に起きた。8時にローマ広場で父と待ち合わせている。父は必ず遅刻する。余裕ですぐに全部間に合うように用意できる、と予測を誤るからだ。残念ながら、私は父に似た。

結局、9時半に会った。ふたりともマスクをしていたが、目で笑い合った。抱きつきたかったけれど、我慢。車に乗って話し始めたが、ごく普通だった。やっと母と弟に会う。弟はちょっとおどけてみせる。母はうれしそうだったが、混乱していた。母が想像していた再会と違っていたからだろう。すぐに、悲しい、と言いだした。数カ月ぶりにやっと会えたというのに、抱き合って挨拶できないなんて、と嘆く。なんとか母の気を紛らわせようとする。

すぐに叔母がやってきた。父と弟はテレビの配線をし直すことになった。母と叔母と私で、ベリチ丘陵（Colli Berici)へ散歩に行く。すばらしい眺めに、親しみ慣れた匂い。

子供に返る。小さかった頃、私は外に出るとなかなか戻らず、両親はあちこち探し回ったものだった。探検するのが好きだった。小道がどこまで続いているのかを知りたくて、そのうち時間が経つのをすっかり忘れてしまうのだった。

今、母は横にいて、叔母は少し前を行く。私は独りではなく、時を忘れることもない。

気持ちが弾む。野原。匂い。家族が揃って話すにぎやかさ。すべてが恋しかった。いっしょにいられず、さみしかった。1日を過ごし、いよいよ下宿に戻る時間になって、改めてそう思った。

5.10

エリーザ・サンティ
ヴェネツィア

やっと出かける。家から出る。2カ月後、初めて本当に出かける。出かけるがマスクを忘れかける。出かける。以前と同じように遅刻だ。出かける。水上バスに乗るために走る。出かける。水上バスから降りる。出かける。ザッテレへ行く。出かける。ここはずっと明るく感じる。出かける。友達と散歩する。出かける。ヴェネツィアの外の公園へ行く。出かける。2カ月後初めて車に乗る。出かける。ローラースケートをはく。出かける。友達とローラースケートで走る。出かける。走る。走る。走る。そして寝転がる。出かける。寝転がる。寝転がって、空を見る。寝転がって、髪を触る。寝転がって、身体の下の草を触る。寝転がって、微笑む。微笑んで、考える。考えて、つぶやく。ワオ、ワオ、ワオ、ワオ、ワオ、ワオーーー。

なんてラッキーなのだろう。

オット・スカッチーニ
ミラノ

バジリカ大聖堂の公園は、ふたつに分かれている。ひとつは、サンタ・クローチェ通り(Santa Croce)に面している。外周で、緑が多く普通はこちらの方が人が多い。

もうひとつは、モリーノ・デッレ・アルミ通り（Molino delle Armi)を渡ったところにある。通りはいつも車の往来が多く、おまけに現在、地下鉄の<青い路線>の工事中で横断歩道が消えたままになっている。渡った先には広い芝の空間が広がり、サン・ロレンツォ聖堂の近くにある。ふだんは静かで、あまり人もいない。

緑色のベンチに座り、黄色の工事現場用の柵の向こうを見る。地下鉄工事のための穴が開き、遠くで木々が風に揺れている。

犬がハトを追いかけて、誰もいない芝の上を駆け回る様子を空想する。こちらのほうがずっときれいでサン・ロレンツォ聖堂にもほど近いのに、なぜ人が少ないのか、いつも不思議に思ってきた。聖堂のうしろ側は、中世とネオクラッシックが入り混じっている。レンガと壁に埋め込まれた柱からなる建築は、そのまま公園に溶け込むように接近して建っている。堂々として、落ち着く佇まいだ。

僕の背後には、学生が輪になって座り熱心に討論している。何を話しているのか、聞こえない。低い声でほとんど内緒話のように、相手の耳元に近づくように身体を折っている。何を話しているのだろう。

家に戻りながら、いくつものグループのそばを通る。子供達が走り、学生達が草の上に寝転がる。どの光景にも違和感があり、皮肉のように感じる。

数年前の夏を思い出す。蒸し暑い夜だった。フィリッポと散歩していた。まだ人の往来があり、ふたつの公園の間を通る道路を車がひっきりなしに走り、そのライトがあちこちを照らしていた。ミラノの茶色の夜空。歩道にガラス瓶が転がる音。放水する清掃車が通ったばかりのびしょ濡れのアスファルト。

夜のミラノから離れて、どのくらい経つのか？

フィリッポと僕は探し物をしていた。何だったか。彼はカメラを提げていた。覚えているのは、世の中からまったく隔絶された気分だった、ということだけだ。僕と彼は、絶対に破裂しない大きな泡の中を真夜中に歩いていた。ひと晩あれば、町を渡りきれると思っていた。他に誰もおらず、歩いて、どの道も覚えていて、でもまだ見るべきところだらけだと感じていた。永遠に暗闇の中にある、ミラノがあるのだと思っていた。それはとてつもなくすばらしい感触だった。

今、朝日の中で大勢の見知らぬ人達がいて、その人達に何を尋ねたらいいのかわからない。でも、たとえ見知らぬ人でもその姿が見えずさみしかった、人達なのだ。今目の前にすると、どのくらい恋しかったのか気付く。

頭の中に小さな医師がいて、なんだかおかしいぞ、と言っている。小さな医師は、生活習慣や悪習、政府や科学者が選択したことを批判しようと待ち構えてる。小さな医師は、第2段階を早く始め過ぎてしまい、皆がすでに規則を忘れ警戒を緩めている、と叱っている。

でも、今日はその医師の言うことは聞かないことにする。医師が間違えているからではなく、僕が聞きたくないからだ。

外出禁止は自己改善の機会だった、と誰かが言っていた。僕がわかったことは、選べる、ということだ。何を聞くか自分で選べる。何が欲しいのか、何に属したいのか、僕が決められる。自分の頭で判断したことに従おうと決めたり、この体験から何を学んだのか、を選べる。

もし自分でそう思いたいのなら、外出禁止などなかったことにもできる。

ふりをしてはならない。似非やごまかしに幻想を抱かない。この目で周りをしっかりと見る。それが、選ぶということだ。

友人やガールフレンド、あるいは親しい人々がそばにいなくてさみしいと思うか？ 不在感や喪失感は、何かによって遠ざけられて感じるのではない。物理学の本によると、世の中の情景とは、僕達が立ち止まって観ようとするから現れるのだ、とある。つまり、確かなものは存在せず、向き合う対象があって初めて現れる。立ち止まって見つめる人がいるからこそ、形を成すのだ。

今回の経験から僕が得た最高の収穫は、視点だ。

本の危機

現時点（4月24日）ですでに、イタリアの出版業の70パーセントが従業員を仮解雇、自宅待機扱いの給与企業補償対象にせざるを得ない状況、とされる。2020年度の新刊出版数はすでに減らされていて、21,000タイトルと予定されている(2019年度のイタリアの出版業社数：1,564社、刊行タイトル数：75,000。2018年度より数値は伸びていた)。

具体的には、新刊予定だった12,500タイトルが刊行を見合わせ、総計4,450万部分の印刷が中止。翻訳では、2,900作品が出版見合わせとなっている。

データ：2020年4月15日
Osservatorio dell'Associazione Italiana Editori-AIE　の調査結果による。

été
Italie

キアラ・ランツァ
トレカスターニ

5.10

数えきれないほど通った道だが、今日はいつもに増して注意深く運転する。

いくつかの町を通り過ごし、牛にロバ、と見慣れた風景が順々に流れていく。静かだ。広場の広告の電気は消え、誰もいない。唯一、教会のファサードに照明が灯り、この不自然な世界を警備しているように見える。

Gの家まで、車で30分ほどだ。その町ジアッレ（Giarre）へのロータリーに差しかかる。いつも混み合っているのに、今日はがら空きだ。もうすぐ着く。

到着し、車を駐め、マスクを着けて玄関まで走っていく。インターフォン。「私！」

見慣れた玄関ホール。くたびれたエレベーターのボタンを押す。何度も怖い目にあった。6階へ上る。

Gは玄関で私を待っていた。ふたりともマスクを着けたまま、離れたところから抱き合うふりをして笑う。

少し怖気付きながら、家に入る。私を迎え入れるために、彼女は後ずさりして距離を空ける。入るとすぐ、廊下の奥に立っている彼女の両親と、離れたままで挨拶し合う。いつも温かく迎えてくれていたのを思い出し、悲しくなる。玄関ですぐに抱き合って挨拶するところを、控える。

これまでの通り、バルコニーに出て座る。

「マスクを外してもいい？」

「うん、離れていればだいじょうぶでしょ。これだと、1.5メートルはあいているよね？」

「そうね。もうちょっとこっちへ座るね」

最初のうちは、顔も見ないでしゃべった。雲が低く垂れこめる空の下に、遠くの海を見ながら話した。背中が固まっている。近くに寄り過ぎないように緊張しているからだ。雑談は、まるでこれまでの要約だった。外出禁止の2カ月間に起きたこと、現在と未来について思うこと、過ぎた時間と失った時間など。どの話題も悲観的ではなかったけれど、切なくて物寂しい気配に包まれていた。そのうち少しずつ話の内容は軽くなっていき、Gの家族への緊張も解けていった。

今の状況にどう向き合えばいいのか、を話さなければならないわけではなかった。でも、話す必要があった。私はどうしてもそうしたかった。

ビールの栓を抜き、麦色越しに以前と変わっていない景色が透けて見えた。

3時間ほどすると、以前と同じように笑っていた。それでも、どこかが違う。私達大人になったのだろうか？もしかしたら、変わったのだろうか？

深夜零時になると、母からのメッセージが着いた。<私はもう寝るから。おやすみ>。最後に1本タバコを吸ってから、家へ帰ることにする。

帰り支度をしながら、まだしゃべり続けている。エレベーターのボタンを押した後も、まだしゃべべっている。「特に話すことがなくても、時間はやはり足りないでしょ」。Gが言う。来たときと同じように、離れたまま抱き合って挨拶するふりをする。マスクしたままキスを送り合い、また近々に、と挨拶する。

これが、私の外出禁止のフィナーレだ。精神的隔離の締めくくりができたのは、私が心地よく、自由で、穏やかにいられる場所へ帰ることができたからである。いつもそこで私を待っていてくれる場所へ。

このあと規則に従って世の中は進み、私も慣れた生活を続けるだろうが、非常口があるのを知っている。それを今日、確かめたかった。

非常口の存在を確認して、再び心に落ち着きとバランスを取り戻す。自分自身といっしょに、出口へ向かって長い道のりをゆっくりと歩いていく。歩き終えるのを、残念に思うのかもしれない。これもまた、私の人生の一部なのだ。大きな軌跡なのか小さいのか、時が経つにつれわかるだろう。

「写真を撮るわね！」

「マスクをしないとダメ？」

「ううん、なくてもだいじょうぶ。私達の今日の記念のためだから」

クラウディア・ダモンティ
デルフト（オランダ）

もう2カ月も経った。2カ月ずっと家に閉じこもっていた。こう書くと永遠のように思えるが、飛ぶように時間は過ぎた。この2カ月、目を覚まし、朝食はベッドでとった。すごくゆっくりと食べた。以前はそんなことはできなかった。朝食が大好き。ベッドから起きて、まだ眠気が残るまま背伸びをし、この部屋に入る。冷蔵庫から食べ物を出し、窓から天気はどうかを見て、ゴミ箱の中の状態を確かめてから台所へ戻る。エスプレッソマシーンを用意して、果物を切り、私のおかゆを温める。シナモンとコーヒーの香りが、小さな一戸建ての1階に広がっていく。コーヒーカップと湯気の立つボウルを持って、ベッドに戻る。7：30のテレビニュースを見ながら、ゆっくり食べる。この数週間ででき上がった儀式で、私の新しい日課になった。

日が経ち、季節が変わり、朝はずっと暖かくて明るくなり、庭には花が次々と咲き始めている。

今朝、窓のそばの木に咲いた紫色の花を写真に撮って、母に送った。

ママ、シモーナ、母の日おめでとう。早く抱きつけますように。

ミラノが恋しい。でも、ここも私の家になり始めている。

ジュリ・G・ピズ
ヴェネツィア

＜もしよければ、来週ヴェネツィアまで会いに行くから＞

ニコからのメッセージを読む。何度も読む。外出禁止になる前に付き合っていたボーイフレンドだ。1月、2月と考え方の行き違いがあり、私達は始まる前にすでに終わってしまっていた。

＜どういう理由を付けて、ヴェネツィアに来ようと思っているの？＞

＜さあ。僕の『安定した愛情』だから、と言うつもり。携帯電話の追跡まではできないだろう？＞

安定した愛情。

先週から過熱気味に、皆がこの2語について話している。

言葉遣いの大切さについて考える。この60日間で、話し方まで変わってしまった。普通の会話には登場しなかった言葉を、今では使うようになっている。

例えば、＜縁者＞。以前、家族のことを表す言葉として使っていた人はいただろうか？

いくつかの言葉は、意味も少し変化してしまった。＜手袋＞と聞けば、これまでは冬に手を温めるための装身具を想像していた。ところが今はどうだろう。

買い物をするときや店に入るとき、乗り物に乗るときのための必需品であり、皆が煩わしく思っている。

＜ポジティブ＞（陽性の）という言葉については、もう言うまでもないだろう。これまでのように明るい、ポジティブな人のことではなく、＜病んだ＞（感染した）という意味になってしまった。

いずれこの時勢の寵児となったこれらの言葉は、ネガティブなニュアンスを抱えたまま辞書のページに眠ることになるのだろうが。

＜まだ、そこにいる？＞

＜ああ、ごめん。いる。リスクを侵してまで来る価値があるのか、よく考えて。会ってもまた言い合いになるのだし＞

それにしても、＜安定した愛情＞って、いったいどういう意味なのか？

シモーネ・モリナーリ
ヴェネツィア

ミラノへ、家族が待つ家へ帰る途中だ。この数カ月、メッセージや電話を通していつもいっしょにいてくれた。中央駅に着いて電車を降り、人のいない広場や道を歩き、うちのマンションへ着く。疲れて、汗だくになって。玄関門のブザーを鳴らし、階段を上がると家の玄関が見えてくる。入る。ただいま。帰ってきたよ。それで?

車窓から流れる景色を見る。この2カ月間、ヴェネツィアで自分の身に起きたいろいろなことを考える。よくないこと、うれしいこと、覚えておきたいこと、そうではないこと。この経験を終えたあと、僕は変わっているだろう。ある面では前より気弱で、自信を失ってしまっているかもしれない。これも人生だ。今ミラノに戻るのは終わりでも始まりでもなく、僕の進む道の1歩だ(前進か後退か、わからない)。未来に何を期待していいのだろう。僕も周りの人達もすでに気が付いている。ミラノでは、違う気分になるのかもしれない。新しい明日のことを考え、想像する力が湧いてくるかもしれない。

でも今はとにかく、考えないようにする。誰もいないイタリアの郊外の景色をぼんやり見る。

シルヴィア・パリアルーロ
ローマ

2カ月以上の外出禁止の期間を経て、他人との関係もさることながら、まずは自分自身と折り合いが付いていることの大切を知った。他の人に歩み寄り、寄り添い、力を出すのがどれほど大切なことかもわかった。時間は瞬く間に過ぎていき、大切にしなければならないことも学んだ。明日のことはわからず、<今日を最後の日と思って生き>なければならないこと、後戻りはできないことがわかった。

たぶんこれから先、<外出禁止が始まるかしれない、毎日を生きる>ようになるのだろう。いつどこにいても、何が起きるかわからないからだ。各自の義務を果たす、という意味がわかった。

医師や看護師、仕事を失った人や家にいても安心していられない人達が、毎日、犠牲にしてきたことと比べたら、私の苦労など、ないに等しい。私がしなければならなかったことと言えば、家に居て、本をいつもより多く読み、リモート授業を受け、家族と些細なことで言い争いをしないこと、だった。振り返ってみれば、それほど大変なことではなかった。

昨日、ベネデッタと会った。うちから5分のところに住んでいる友達だ。安全な距離を置き、その他の注意事項をすべて守って公園を散歩したのに、家に帰ると強い罪悪感に苛まれた。もしふたりのうちどちらかが発症していたとしても、互いに疫病をうつす危険はまったくなかった、と胸を張れる。それでも、私は落ち込んだ。今後いったいどのくらいの時間、こうした不安を抱えることになるのだろう。いつになったら<普通>の生活に戻れるのだろう。

私達の考える<普通>は、気が付かないうちに違う意味を持つようになるのではないか。

確かなことが何ひとつない。この夏に何をするかということだけがわからないのではなく、何ができるのかがわからないのだ。2カ月前まで、どれほど多くのことを気にかけずいたか。今になって、失ったものの大きさに気付くと。たいして重要だと思ってこなかった<普通>が、恋しい。まるでからかわれているようだ。

疫病周りの話題として、実にありとあらゆることを耳にしてきた。有名人が感染してさらに名が知れたこと、ケーキの焼き方や体型の保ち方、退屈しない方法など。

クラスは半分に分けられ学校は再開され、樹脂ガラスの衝立に囲まれたビーチで海を楽しみ、レストランには少人数で行く。

それなのに、以前に戻れる、と確信しているなんて。

5.10

ミケーレ・ロッシ・カイロ
ミラノ

とうとう第2段階に入った。ほぼ3週間、留守にした後、ミラノへ戻った。違っている。以前は誰も外に出ていなかったのに、生気が町に戻りつつある。公園が開かれ、人々の姿が見える。

終わって、僕は本当にうれしい（後戻りのリスクは消えないものの）。農園にワインの瓶詰めを手伝いに行く前は、やる気をなくしてぼうっとしていた。外出禁止が始まった頃は、家に居るのもいい機会だと思っていたが、時間が経つにつれて、自分で作ったよい生活習慣をこなすのが難しくなっていった。

後半からはだらけてしまったが、プログラミングを覚えた、本も読み、久しく連絡を取っていなかった友人達ともやりとりができ、落ち着いた精神状態を保てた。これからが肝心だ。どう再開するか、個人だけの問題ではなく国の問題だ。多くの企業がひざを突いた状態だ。ロックダウンの影響は、今後何カ月も何年もに及ぶだろう。

状況ははっきりしないが、僕も早く仕事を始めたい。きっとうまくいく、という。どうなるのか、見てみよう。

マルタ・ヴォアリーノ
ミラノ

2カ月にわたった外出禁止は、私達に何を残したのか？私は、自分の時間を認識し管理できるようになったと思う。今までは長い昼寝から起きると、勉強しなければ、と罪悪感に囚われていた。休養する必要があったのだと思う。

一昨日、長い散歩をしに公園へ行った。よく晴れた日で、そよ風が吹いていた。昼、ゆっくり公園を歩くのは2カ月ぶりではなく、数年ぶりのことだった。以前の生活では、そんな余裕がなかったからだ。

時間というのは、相対的なもので絶対ではない。退屈な日は時間が経つのが遅く、夜、友人達といっしょにいるときは速く過ぎる。この数カ月は、軽く滑るように過ぎていった。今後も、余裕を持って物事に取り組むように常に心がけたい。メールに返事を書かずに、本を読む。難しいことかもしれないが、そうするのは生きていくのに根本的なことだ。

5.15

ジュリ・G・ピズ
ヴェネツィア

一昨日、本を買いにいった。町を歩いた。12月に比べると、町はまだ空っぽだ。観光客の姿はなく、下宿の学生達の大半は実家に帰っている（私はここに残った数少ない下宿生の一人だと思う）。

でも、数週間前ともまた違う。空気がはち切れそうな感じ。レストランやバール、商店は、再開に向けて店内のテーブルの配置や出入り口からの動線を考えている。心配で不安も感じるが、ほぼ普通へと戻ろうとする興奮が町に満ちている。

以前のように戻らないことは、よくわかっている。マスクを着けて外出し（9月には顔半分が日灼けして、残り半分は色白のままだろうか？）、バールには賑やかな話し声は戻らないだろうし、映画も1座席か2座席おきでの鑑賞で、ひとりで観にいくようなものだろう。そして、常に<何ができて、何ができない>かを考えながらの生活になる。自由が少しもぎ取られてしまった。

まったくわがままな視点で言えば、美術館では、ガイドの説明を聴きながら展示室を占領する観光客の後ろから、頭越しに作品を観なくてもよくなるだろう。入り口で長い列に並んで待たないとならないかもしれないが、がまんできる。これまで何カ月もの間、家の中で緊急事態が収まるのを待っていたのだから。

ヴェネツィアを歩く。他の町を歩くように。自分の足音や家々からの音、働く人達の作業、楽器の練習を聞きながら歩く。

日常生活の些細なことを大切にしたい。少しずつまた戻ってくる、毎日の小さなこと。

毎瞬を大切にしたい。この先に何が起こるかより、今の瞬間を大切に思おう。計画を立てても、それだけに引きずられることなく生きていこう。

いつも近くにいてくれた、そしてこれからもずっと変わらない真の友人達（これが、安定した愛情か？）と過ごせなかった時間を取り戻そう。

そしてきっと、感極まって泣くということもあるだろう。

家へ帰る前に、パランカ（Palanca)のバールへ寄ってみた。今のところは、持ち帰りのサービスだけでの再開だ。窓から店主アンドレアが、マスクのまま笑いかける。たぶん、笑っていると思う。

「いつもの？ はい、オレンジママレード入りのブリオッシュとエスプレッソコーヒー、お待ちどうさま！」

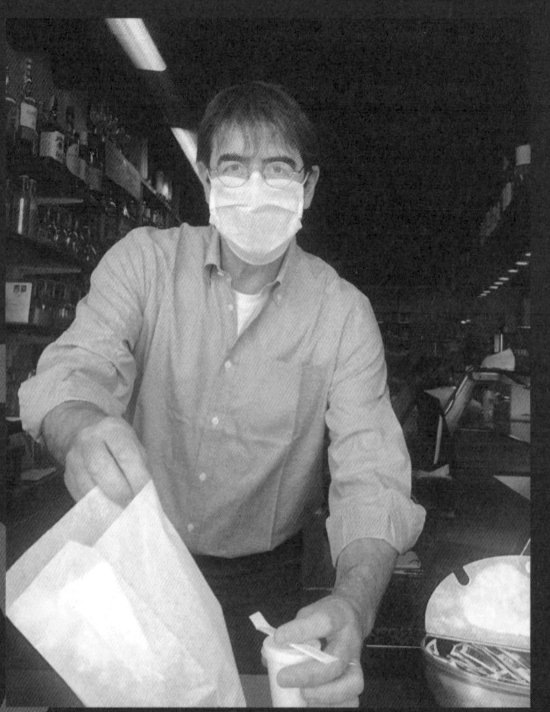

ジョヴァンニ・ピントゥス
ミラノ

やっとだ。外出禁止が終わろうとしている。最後の2週間のいくつかの例外を除いて、自宅での封鎖生活は2カ月半に及んだが、来週月曜からすべて緩和される。振り返って考える時がきた。僕は7月半ばまで卒業論文のための勉強と準備があるから、実質的にはまだ外出禁止が全面解除になるわけではないが、それでもいつでも自分の好きなように出かける自由が戻ってくる。

この2カ月で僕達に残ったことはなんだろう？ 説明するのは難しい。なぜなら、最初のうちはごく特異なことと思っていたことも、普通になってしまったからだ。人間というのは、信じられないほど短時間のうちに環境に順応できてしまうものだ。実際、再開が怖く、新たに作られた安全ゾーンにも出かけていくのが怖い、という人も少なくない。

それは、ある種の事情を持つ人達にはあてはまらない。DVの被害者やロックダウンに精神的に耐えられなかった人達などだ。

この2カ月間の外出禁止で、僕が何を学んだかを書き記しておきたい。

まず、両親と妹弟の人となりについて新たな発見があった。20年余いっしょに暮らしてきた人達について、まだ知らなかったことがあったというのは驚きだった。人としての陰影、というか。各人のよいところと悪いところを知った。たとえ同じ屋根の下に暮しても、全員が各人各様の生き方を隅々まで共有しなくてもいい、ということなのだと思う。疫病前は、それぞれにすることがあり、スケジュールがあり、皆が顔を合わせるのは夕食のときだった。ところが今回の状況では、1日じゅう全員が顔を突き合わせていたため、新たに意気投合する部分や相容れないところが明らかになった。それは、互いのことをより深く知るということでもあった。細かいことには触れないが、僕はそういうことを体験した。

友達は、根本的だ。なんと陳腐な、と言うかもしれない。確かに当たり前にすぎることで、ロックダウン以前も友達は根本的だった。あらためて確認するまでもなかったものの、今回、確証を得た。この間、明るく悩まず気分を紛らわして楽しむことができたのは、友人達とビデオ電話で話せたときだけだった。ウェブカムで友人達とアペリティフを飲んだ後は、リラックスして夕食をとることができた。何日か誰とも電話をしないで過ごし、それに慣れてしまい、かける必要も感じなくなってしまったりした。でも誰かがビデオ電話を計画したり、僕自身が率先して用意して友人達と話してみると、想像をはるかに超えて気分が盛り上がった。

だからどんなに陳腐だろうと、友達は根本的なのだ。

最後に、退屈することを覚えたと言えるかもしれない。日常生活で、退屈と向き合うのは大切なことだ。学んだ、と胸を張りたいところだが、言えない。外出禁止の期間には、次々と諸用に追われた。勉強（特に）にはじまり、家の用事、自分を改善すること、など。

勉強し、かなりたくさん勉強し、もっと勉強し、もっともっと勉強した。

そして、本を読んだ。

ギターを弾けるようになった。

母を手伝い、植木の手入れをした。もう、花に付く害虫退治のプロだ。

書いた。

つまり、<すること>に不足することがなかったからだ。

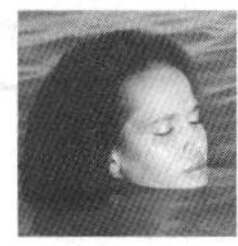

ソーダ・マレム・ロ
モドゥーニョ

外出禁止は終わった。自分が存在してきた短い時間の総括をするのに、最適な時期だったと思う。友人がほとんどいないこと、恋愛感情が薄いことがわかった。孤独は自分の大切な一部だということ。これまでもずっとそうだったのだが、おそらくそうわかっていても認めてこなかった。でも今はもうわかっている。孤独を感じ、あまり怖くなくなった。

ひどく退屈し、とてつもなく大きな不満、待機、希望、記憶。始めるが結末がない、始めたものの頓挫し、多くの失望、不在、欠如。

これらが、私の<外出禁止>の総まとめだ。

自分自身の再発見とはいかず、重大なことを習得したわけでもない。自分の時間をもう少しうまく使えたのかもしれないが、それもまた以前からの私の問題だ。多くの時間を低迷して過ごしてきた。というより、好調のときはなかった。

少しずつ時が過ぎ、馴染んでいくのだろう。1メートル以下の距離となっても、懐疑的なままの世の中へ私も戻っていくのだろう、そのうちに。でもそれは、けっして明日のことではない。

アニェーゼ・セッティ
カリアリ

いったい何日経ったのか、わからない。数えていなかった。不安だ。宙に吊るされたような生活が、あとどれくらい続くのか。考えるのが恐ろしい。

あの過ぎた日々を計算にいれるのだろうか？ 新しく数えるのは、普通の生活に戻ってからだろうか？

疫病以前の暮らしに戻った、と考えるようとするが、とんでもない。普通など、ほど遠い話だ。おそらく、<普通>ということそのものが変わってしまった。人との間を空けるのは、もはやおかしなことではないし、マスクやゴム手袋姿の人々が歩いているのが、当たり前の光景になってしまった。これが今の<普通>なのだ。

この数カ月のあいだ、来る日も来る日も考え、また考え込んでいた。自分の感覚を頼りに、ウイルスとの共存を試みる。終わりの見えない毎日は、どれも同じで変化がなく、静かだが退屈な時間の繰り返しだった。連日、恐ろしいニュースに打ちのめされ、緊張し、でも希望をつないできた。

この数週間は、私にとって1番辛かった。生まれて初めてのオンライン試験があり、精神的に追い詰められた。しかもあまり好きではない教科で、勉強するのも気が進まず、自分の中で<逃げろ！>という声がした。

檻の中のライオンのように、あちこちを行ったり来たりした。試験の数日前は、最悪だった。疫病とは関係なく、自分の学業の難関だったと思う。疲れて、悲しく、不安が押し寄せ続けた。

やっと、その日が来た。コンピューターの前で深呼吸をしてから、ウェブカムを点けた。画面には、自宅の居間にいる女性教授が現れて、その背後にはソファの上で遊ぶ猫が見えた。ありえない。

結果は、上出来。満点の30点だった。

自分に褒美を出そう。車に乗り、遠くへ逃げた。オリアストラ(Ogliastra)へ向かった。サルデーニャ島の東側のすばらしい一帯だ。そこで4日間を過ごした。海を見て、自由を胸いっぱいに吸い込んだ。私と友達、彼女の犬以外には誰もいない広大な砂浜に寝転がり、太陽を浴びた。

「これが生きるということだ」

目の前に生命が戻ってきた。

5.

27

ヴァレンティーナ・スルブリエヴィチ
ヴェネツィア

今、書いているものとは別に、2カ月に及んだ外出禁止の事態を経たあとの気持ちをまとめようとしていた。あれこれ考えたが、思うように書けなかった。あまりにたくさんの思いがあるうえ、総括することがもともと好きではないからかもしれない。

ありきたりの書き方で、この外出禁止の一連についてまとめるのは難しい。以下に書くことに対して誤解を招かないために、私はこの疫病禍での体験を肯定しているわけではない、ということをあらかじめ言っておきたい。むしろ、各人各様の辛さはもちろんのこと、さまざまな形でひき起こされたこと（大切な人を亡くす、家庭内で暴力を被る、カリタスへ食料を乞う、など）に対し、自分には何もできなかった絶望感を強く感じている。度合いには差はあっても、全員にとって苦しい体験だった。

私は、家での待機の居心地はよかった。勤め先の経営者が、私達従業員全員を経済的に守ってくれていたからだ。加えて、幼い頃から「問題の解決方法は、探そうと努めれば必ず見つかる」と、両親から教えられていたことが大変役に立った。

この期間に、それまでは時間ややる気が足りずできなかったことにとりかかり、表層的にしか知らなかったことを掘り下げ懸命に勉強し、家で過ごすことの大切さや快適さを味わい、下宿の同居人達とより強い結び付きを築くことができた。揺れる感情やあれこれと考えたことを元に、自分自身を振り返れた。

そのほかに、時間をかけて他の人を思いやり理解し、集団ストレスにどう対処するかを考えることができたのは、とても重要だ。人類は、未来に向けて自ら改善するきっかけになったと思うが、理想郷のような話ばかりでもない雰囲気になってきているので、あまり先走って書かずにおきたい。私自身に立ち戻って言うと、何かをするための時間が持てた、ポジティブな意味合いのあった経験だった。

どのように行動したらよいのかがわからない現時点で、自由を再び手にして戸惑っている。でも同時に、規制の中でも頻繁に身内や大切な人達と会えるようになり、とてもうれしい。

これからどうなるのか、見ていよう。

諸行無常:
ヴェネツィアにタコ

ヴェネツィア・サンタ・ルチア駅地区、ローマ広場前の運河に、大きなタコが現れた。

普段は、大陸とヴェネツィアをつなぐ陸上交通と水上交通網が交差する、最も水の動きが激しい地点である。

特にこの時期は潮の流れが変わったり季節風が吹き荒んだりして、内海の状況も変化する。通常でも、小魚の群れやクラゲを目にすることはある。

「タコは初めて」

地元の船乗りたちが驚く。

3月初旬からの全土封鎖で、ゴンドラや観光船、大型客船、個人舟の運航は止まり、タクシー船や運搬専門船、水上バスも航路と本数を限って運航されている。そのため干潟全域の水底は、以前のように攪拌されない。

中世からの時間と沈殿物が澱となり、深く静まり返っている。そこをタコが行く。

@venezia_non_e_disneyland

©Niccolò Serena

クラウドファンディングにご協力いただいた方々

Masae Soma
Yamada Mayumi
齋藤彰
小泉まみ
レイナ
佐々木未来
Kumiko F.
Atsuko Itoh
Miki Kobari
eriko shinbo
平石亜希
泉 映里
山内美穂子
㈱日本ユニ・エージェンシー
上田 香織
あをぢい
TOKUKO HAGIYA
MAIKO HAMANO
橋本美也子
白幡光明
YUMI OGAWA
古屋美登里
CHRIS TOMOKO
真山仁
Miho MITAMURA
小合 忍
横田真紀
Motoko Takenishi
和波雅子
山城 慧
松本 絵里奈
Kazue Hashimoto
Con amore!YUKI OHTSUBO
大貫真弓
新田優子
浅井千草
CIAKI KURODA
麻衣子 Ducret
ユカラ
中村浩子
さとうななこ
Ikumi Yoshida
株式会社トスカニー
道場文香
タカトウサワコ
n.w.
古垣朋拡と古垣美樹
村木直子
masako,ogata
田村 陽子
Turiddù
Shino Nagakura
三浦真樹子
杉井昭仁
Keiko Naga"sue"Kobayashi
Keisuke Tomii
SHIHO NUMAGAMI
Seiji Koshikawa
飯田亮介
KAZUE KUGASAWA
藤生 百合
Akari Terada
山岸健人
森下京子
しょうぶ学園
ターセン&カーリン
山岸岸子
杉原珠都
Madoka Yamashiro
林 礼子
Koichi Sughita
Keiko Hashimoto
JUNJI ODA
Moeri
AKIYA
Mariko Ishige
林口ユキ
Miki YOSHIZAWA
小山 壽美子
チェルビアット絵本店
K . HANDA
Yuki Tada
Satoko H
Yoshiko Oda
Fujiko Enami
湯浅麻美

Special Thanks

イタリア文化会館 東京 Istituto Italiano di Cultura di Tokyo
株式会社 文藝春秋 ／ 株式会社 読売新聞東京本社
インク inkstand by kakimori https://kakimori.com
ガラスペン https://bortoletti.com
スプリッツセット トスカニー https://www.tuscany.co.jp
古書 ベルトーニ書店（Libreria Bertoni） http://www.bertonilibri.com

Printing & Book Binding

中央精版印刷株式会社
営業 ―― 白川真己
本文印刷 ―― 橋本陽介
手仕上げ ―― 佐藤哲也
色調・色分解 ― 吉田峰雄
本文製版 ―― 伊藤宏仁
製本 ―― 岡光 穣
付物印刷 ―― 濱野篤子
貼り込み ―― 北島浩二

DTP 山口良二

動画配信は、事前の予告なしに変更されることがあります。ご了承ください。

いったんご挨拶

「刻々と見えない疫病が近づいてくる。初めてのことに、どのように構えていいのかわからない。どうしよう」

ヴェネツィア大学に通う数人とやりとりをした。ロックダウンが始まった頃、不安だけれどこれもまた人生経験のひとつ、というくらいの心つもりだっただろう。

迷ったら、古典に戻る。

歴史に教えてもらう、という意識がイタリアには強くある。

感染が拡大し始めるとすぐ、ヴェネツィアの古書店に『デカメロン』を探しに向かった学生がいた。中世に大流行した黒死病の恐怖の中、迫る死の恐怖と戦うために幻想へと飛んだ作家がいた。ジョヴァンニ・ボッカッチョ。

若い10人の男女が、感染から逃れて生き延びようとする。怖いものを怖いとは、嘆かない。高ぶる不安や緊張は自分も気が付かなかった感情を表に引き出し、思いもかけない物語を生む。その物語を集める形で、ボッカッチョの『デカメロン』は生まれた。

緊急事態に入り、先行きが見えなくなった。イタリア各地の若者達に声をかけた。文字でも音楽でも絵でも写真でも、そして空白でもいい。好きな方法で、元気かどうかときどき連絡をしてくれないか、と頼んだ。生まれたての赤ん坊だった頃から知る学生もいれば、小学校の頃にうちで預かっていた人もいる。高校卒業旅行で日本に来ていたときに、知り合った子。ミラノのライブハウスで偶然に聴いて、仰天した若い演奏家。うちに食事に来たとき、ひと言も話さなかった人。この数年、連絡を取りそびれていたあの青年。

皆、同じように若いが、それぞれに異なる時間を経験してきた。

そういう若者達が、同じ理由で否応なしに突然、閉じ込められてしまった。

イタリア各地から届く数行は、突然に押し込められた非日常の断片だ。

違うのに、ひとつ。

『デカメロン2020』は、今後どのような物語に昇華していくのだろう。

読んでくださり、どうもありがとうございました。

どれほど彼らの励みになったことか。

離れても、そばにいる。

健康な世の中に戻るとき、どこかでまたお目にかかれますように。

内田洋子
2020年4月28日

DECAMERON 2020©
デカメロン2020©

2020年12月11日　第1版第1刷発行

著　者　イタリアの若者たち
アレッシア・アントニオッティ
アンジェラ・ボナディマーニ
ダビデ・ボルゴノーヴォ
アンドレア・コンケット
シルヴィア・クレアンツァ
クラウディア・ダモンティ
ヤコポ・ディ・ナポリ
キアラ・ランツァ
ソーダ・マレム・ロ
アンナ・ミオット
シモーネ・モリナーリ
クラウディア・パリアルーロ
サーラ・パリアルーロ
シルヴィア・パリアルーロ
ジョヴァンニ・ピントゥス
ジュリ・ジュリア・ピズ
マルティーナ・ライネーリ
ミケーレ・ロッシ・カイロ
エリーザ・サンティ
オット・スカッチーニ
アニェーゼ・セッティ
ヴァレンティーナ・スルブリエヴィチ
アレッシア・トロンビン
マルタ・ヴォアリーノ

企画・翻訳　内田洋子
タイトルロゴマーク・写真・イラスト・映像・音源
©UNO Associates Inc.

デザイン　中川真吾

発行人　宮下研一

発行所　株式会社 方丈社
〒101-0051
東京都千代田区神田神保町1-32 星野ビル2階
tel.03-3518-2272/fax.03-3518-2273
ホームページ http://hojosha.co.jp

印刷・製本　中央精版印刷株式会社
http://www.seihan.co.jp

ISBN978-4-908925-69-6

Vorrei non avere paura qu

ando non tocco a mare
IMPARA A NUOTARE
ONDA
SANTO DIEGO
FLASE